KB142224

조선연애실록 4

4

로즈빈 장편소설

팩토리나인

【목차】

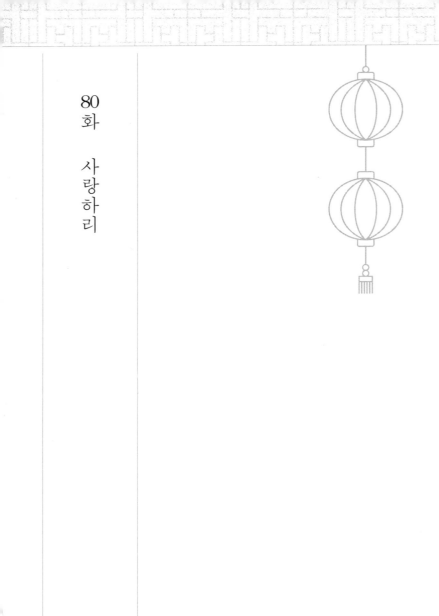

80
화

사
랑
하
리

상이 말하기를,

"지난해는 몹시 가물어 비를 보기 힘들었기에 벼가 잘 자라지 못했는데, 금년은 어떠한가."

김판두가 대답하기를,

"각도에서 아뢰기를 추수(秋收)에 희망을 볼 만합니다."

하니, 상이 무척 기뻐하였다.

"아, 빨리 좀 걸어오시어요! 빨리 좀!"

"대체 어디를 가기에 이렇게 사람을 재촉하는 거야. 힘들어 죽겠다고!"

"시간이 없단 말이에요! 빨리! 빨리빨리!"

이진이 모처럼 오라비인 지담과 함께 장이 선 골목으로 들어섰다. 지담이 뜻대로 빨리 따라와 주지 않고 느긋한 모습을 보이자 이진은 손을 재차 흔들었다.

사가로 돌아온 이진은 편안한 시간을 보냈고, 가족 누구도 큰일을 치르고 돌아온 그녀를 건드리지 않았다. 이진은 모처럼 휴일을 맞은 지담에게 장터를 가자며 졸라 댔다. 툭하면 꿀밤이나 놓는 지담이 툴툴대면서도 따라나서 주었다.

"천천히 좀 가라! 천천히 좀!"

"빨리 와요! 늦으면 없을 수도 있단 말이야!"

이진은 사고 싶은 것을 떠올리며 장터를 걸었다. 복잡한 공간을 잘도 누비는 것을 보아하니 한두 번 다녀간 것은 아닌 듯했다. 중심 길가를 지나 구불구불한 길로 들어서더니, 이제는 오가는 사람도 많지 않고, 하다못해 무얼 파는 곳인지 간판도 없었다.

"으아, 있을까? 있겠지?"

이진은 다소 상기된 얼굴로 가게 앞에 섰다.

"오라버니! 여기 계셔! 나 안에 들어갔다 올게!"

"알았다!"

지담이 알겠다며 손을 흔들어 보이자 이진은 가게 안으로 들어갔다. 문을 열자마자 장옷을 둘러쓴 채 얼굴을 가린 규수들이 몇몇 보였다. 따라온 몸종 아이들은 이곳저곳을 누비며 모시는 아씨가 좋아할 만한 책을 집어 들었다.

이곳은 세책(貰冊) 방이었다. 절제를 덕으로 삼는 조선 땅에서 남녀의 열애를 담은 서책은 흉물로 통하기 마련이었으니, 풍기를 문란하게 만든다는 이유로 아녀자들에게 금기되어 유통 자체가 불법이었다. 하지만 한 번 형성된 문화는 좀처럼 사라지지 않았고, 음지의 문화가 되어 갈수록 수요는 늘어만 갔다.

"아이고, 아씨 오셨습니까?"

"일전에 부탁한 것은 어찌 되었는가? 신간이 나왔는가?"

얼마나 자주 드나들었는지 주인장이 알아보는 수준이다. 이진은 고개를 바깥으로 돌리며 주인장과 말을 텄다. 서책이 빽빽하게 들어선 세책 방엔 낡은 종이 냄새, 그리고 먹 냄새가 진동을 했다. 전시해 둔 평범한 책들은 단속을 피하기 위한 위장용일 뿐이었다.

"당연히 빼 두었습죠. 이제나 오시나 저제나 오시나 기다렸습니다."

"정말? 내 것을 빼 두었는가?"

이진은 주인장과 대화를 나누었고, 순번을 기다리는 규수들이 무심한 척 책을 훑자 먼지가 뽀얗게 일어났다. 주인장은 한 권의 책을 들며 허리를 폈다.

"오신다는 날짜에 오시지 않아서 혹 무슨 일이 있으신가 걱정도 했습니다."

"미안하게 됐네. 집안에 일이 좀 있어서."

이진은 손을 덥석 내밀었고 주인장은 책을 안겨 주었다. 내용인즉슨, 양갓집 규수와 역적 집안 사내의 사랑 이야기다.

"이번에도 한 권뿐인가?"

"예. 독촉은 하고 있으나 워낙 작업 속도가 더디어 빨리 뽑지 못한다고 합니다."

게다 주인공이 병판 집 딸이다 보니 감정 이입도 제법 쉽게 되었다.

"하기야, 이런 글을 쉽게 쓰지는 않겠지. 이렇게 사람 마음을 후벼 파는 글을 어찌 쉽게 써내겠는가?"

"그렇습죠. 다들 이 책 때문에 난리입니다. 독촉은 하고 있으니 다음에 방문하실 때에 맞춰 가져올 수 있도록 해 보겠습니다."

이진은 돈을 주며 준비해 두었던 보자기에 책을 감추고는 문을 나섰다. 얌전히 기다리고 있던 지담은 흘깃 여동생을 바라보았다.

"금방 나오네? 서책을 샀느냐?"

"응, 서책 좀 고르느라. 이제 가요."

무슨 서책인지 알면 오라비는 까무러치겠지. 이진은 어서 집으로 돌아가 책을 볼 생각에 부풀었다.

"너 그런 책 보다가 어머니에게 걸리면 뼈도 못 추린다."

"헐, 오라버니는 어, 어떻게 알았어?"

"척하면 딱이지 뭘 그러느냐? 간판도 없는 세책 방에서 파는 서책이 멀쩡하겠느냐?"

"비밀! 비밀로 해 주어요! 비밀!"

"글쎄 너 하는 거 봐서."

쳇. 지담이 건성으로 대꾸하자 이진은 눈을 흘기다 오라비 곁에 바짝 붙었다. 대장간을 지나던 지담이 잠시 멈춰 서더니 안을 들여다보았다.

"이번엔 네가 좀 기다려라. 저기는 네가 들어갈 만한 곳이 아니니까."

"그래요. 여기 있을게."

장터에 오면 그녀가 세책 방을 찾는 것처럼 지담은 버릇처럼 대장간을 찾았다. 지담이 대장간 안으로 쓱 들어가자 이진은 신줏단지 모시듯 보따리를 꼭 품에 안았다. 빨리 보고 싶어 안달이 난 그녀가 보따리 안을 흘깃거리며 서책 종이를 넘겼고, 그러다 저도 모르게 미소를 지었다.

그때였다.

"아야!"

누군가와 부딪친 이진이 보따리를 떨구며 뒤로 밀렸다. 이진과 부딪친 사내는 다름 아닌 흑단의 수장 육권이었다. 척 보기에도 불량한 기운이 역력한 사내는 고개를 이리저리 꺾으며 미간을 일그러트렸다. 우악스럽게 부딪힌 어깨가 저렸던 이진은 눈살을 찌푸렸다.

"뭔데 길을 막고 서 있어. 사람이랑 부딪쳤으면 사과부터 해야지?"

밀리고 부딪친 것은 이진인데 성질은 저쪽에서 내고 있다. 이진은 불쾌했지만 불량배 따위 상대하지 않는 것이 나을 것 같아 눈길을 돌렸다.

"앞을 살피지 못한 내게도 과실이 있지만 자네도 살피지 못했으니 피차일반 아니겠나? 그러니 갈 길 가게."

이진이 말하자 육권은 긴 한숨을 내쉬며 땅에 떨어진 보따리를 발끝으로 툭툭 건드렸다.

"이래서 나는 양반들이 싫어. 응? 양반들이 싫다고."

급기야 육권은 보따리를 발로 꾹 밟았다. 거친 음성과 험악한 인상이 뿜어내는 기에 눌려 이진은 숨을 길게 내쉬었다. 사달을 예감한 사람들이 하나둘 도망치기 시작했다.

"눈깔을 땅에 박고 다니니까 사람을 치고 다니는 거 아냐? 양반댁 눈깔은 정수리에 달렸다던?"

"말조심하게."

"내가 무슨 말을 어찌했다고 조심해라 마라냐?"

"어리석긴. 내 아버지가 뉘신 줄 아느냐? 일 크게 만들지 말고 갈 길 가라 분명히 말했다."

이진의 말을 들은 육권이 두 눈을 크게 떴다. 이내 비단보를 밟고 있던 발을 떼나 싶더니, 더욱 야멸찬 기운으로 보따리를 밟았다.

"그래서 어쩌란 말이냐? 아비가 먹깨나 묻힌 양반이라고? 응? 그래서 나더러 어쩌라고?"

육권은 보따리를 짓이기며 물었고 이진은 당황한 나머지 두 손을 움켜쥐었다.

"뭘 어쩌라는 거야. 양반 댁 여식 눈깔엔 금붙이라도 달렸단 말이냐? 목숨이 한 세 개쯤 되느냐?"

"분명히 말하는데, 네놈이 내게 와 부딪쳤다."

"아하, 그러셔?"

"이제라도 발을 떼면 책임을 묻지 않을 것이니 서책에서 발을 떼라."

이진이 낮게 말하자 육권이 흉물스럽게 웃었다.

"고것 참 양반 댁 아가씨는 화를 내는 것도 새침하네. 이보쇼, 아가씨, 남녀 사이에 어깨를 마주 댔으면 이거 인연 아닌가? 응?"

"지금, 지금 네놈이 나를 희롱하는 것이냐?"

"희롱이라니? 옷깃이 스쳤으면 인연이 아니냐고 묻는 것이지 희롱이랄 것까지야. 진짜 희롱이 뭔지 보여 줘?"

육권이 이진에게 다가갔다. 짓는 표정은 느글거리는 것을 넘어 비위가 상하기까지 했다.

"희롱은 말이야. 이런 게 아니야, 아가씨."

놀란 이진이 바들바들 떨리는 손을 꼭 쥐며 입술을 깨물자, 육권은 이진의 댕기를 들어 올리며 향을 맡았다. 퀴퀴하게 찌든 냄새가 이진의 코끝을 더럽히고, 육권은 그런 이진의 표정이 마음에 든다는 것처럼 흐물흐물한 웃음을 지었다.

"윤이진!"

대장간에서 나온 지담이 심상치 않은 기운을 느끼고 빠르게 다가왔다. 육권은 손끝에 걸려 있던 이진의 댕기를 놓아주며 중얼거렸다.

"어이, 양반 집 아가씨, 조심해. 집에서도 밖에서도."

이윽고 육권은 반대편으로 쏜살같이 사라졌다.

"뭐야. 아는 자냐? 누구야."

"……."

"누구냐니까?"

지담이 다그치며 물어도 이진은 한참이나 말을 떼지 못했다.

"별일 아니니까 이제 그만 가요, 오라버니."

한참 후에야 이진은 숨을 거칠게 내쉬었고, 떠는 손길로 서책을 주워 들었다. 지담은 육권이 사라진 자리를 한참 바라보았다. 잠시 스쳤던 육권의 얼굴을 똑똑히 두 눈에 새겼다.

◎

"하여, 죽은 이문열의 몸에서 독이 발견되었다는 것인가?"

"예. 그러하옵니다, 세자 저하."

완과 월호가 마주 앉았다. 이영의 아비는 유배지에서 죽음을 맞이했고, 자객에 의한 죽음으로 지방 관아는 종결지었다. 원한 관계의 여부가 관건이었으나 망자가 된 시체는 많은 것을 알려 주지 않았다. 그렇게 세상에 묻히는 듯했으나, 수사는 월호를 중심으로 은밀하게 진행되었다.

"한차례 베고 나서 음독시킨 것 같습니다. 시신의 목 안으로 은비녀를 넣었다가 빼 보니 검게 변했습니다."

완은 짧은 한숨을 내쉬었다. 단순히 이문열의 유배지에 자객이 들었다 하기엔 석연찮은 구석이 여럿 있었다.

"한데 왜 초동 수사에선 독을 발견하지 못한 것일까?"

"아뢰옵기 송구하오나 저하, 독의 종류에 따라 사후 감별이 되지 않는 것도 있사옵니다."

"사용한 독의 종류도 확인이 가능하겠는가?"

"아직 정확하지는 않사옵고, 다만 수법이 흑단의 소행과 유사합니다."

"흑단이라."

완은 중얼거리며 잠시 생각에 잠겼다. 흑단은 단순히 사람을 해치는 것에 그치지 않았다. 이미 죽은 자를 한 번 더 죽이거나, 또는 온갖 괴로움과 공포를 모두 느끼게 한 뒤 그 숨을 앗아 갔다. 칼부림으로 피가 낭자한 시신에 독을 뿌리거나 음복시키는 일도 비일비재했다. 흑단의 소행이라면 신기형이 연루되어 있을 것이요, 연루된 정도로 끝날 문제가 아니었다.

"월호, 이것만으로는 부족하다. 조금 더 정확한 물증이 있어야 한다."

"잘 알고 있사옵니다, 저하."

월호는 완의 말끝에 고개를 조아렸다.

"같은 날 좌상 대감께서 한양을 빠져나간 증거가 있사옵니다."

"그것이 사실인가?"

결정타는 되지 못해도 꼬리는 밟을 수 있을 정황이 포착되었다.

"예. 그날 문지기 중 목격자가 있어 일단 증언을 확보해 두었습니다. 하오나 기록엔 없는 일이옵니다."

"물증을 남기지 않으려 당연히 그리했겠지. 일단 잘 알겠다. 계속 뒤를 파 보도록 하라."

"예, 저하."

신기형은 용의 선상에 올랐다. 겨우 꼬리를 밟은 듯했으나 그림자는 잡힐 듯 잡히지 않았고, 몸체는 보일 듯 보이지 않았다.

"좌상의 죄명을 밝히기란 이렇게도 어려운 일이다."

"하오나 소신, 반드시 잡을 것입니다."

월호의 굳은 다짐은 어쩐지 서글프기까지 했다. 완은 고개를 들어 위를 바라보다 천천히 시선을 내렸다. 월호의 가슴에 맺혀 있을 한을 짐작하기도 어려웠다.

"이영이라는 아이는 아직 찾지 못했는가?"

"그러하옵니다."

이영이 윤월각에서 사라졌다. 때가 되면 이영의 신분을 복원할 수 있을 것이라 생각했는데, 아비가 죽고 난 이후 그녀의 행방이 묘연해진 것이다. 백방으로 수소문해 봐도 그녀는 마치 증발이라도 한 듯 흔적이 없었고, 사라진 이영을 정처 없이 찾아 헤매기만 했던 요 몇 달. 월호는 사람답게 사는 법을 잊어버렸다.

"찾을 수 있을 것이다. 희망을 놓지 말라."

"예. 소신 또한 그리 믿사옵니다."

이영이 살아 있을 확률은 얼마나 될 것인가. 신기형이 그녀를 살려 두었을 리 있겠는가. 홀로 도망을 쳤대도 기녀의 신분으로 발 닿을 수 있는 곳은 대체 어디란 말인가.

"그래, 알겠다. 이만 나가 보거라."

"예, 저하."

이영이 죽임을 당했을지도 모른다고, 두 사람은 같은 생각에 도달했다. 하지만 그러한 말을 둘 중 누구도 입에 담지 않았다. 섞을 말이 많지 않아 월호가 일어섰고, 완은 월호가 남겨 두고 간 자료를 세심하게 훑었다.

관료들의 분위기는 여전히 흉흉했다. 새롭게 입궐한 빈궁을 쉽게 인정하려 들지 않았다. 행여나 그러한 일로 신기형의 눈 밖에 날까, 관료들은 용희를 발견하면 돌아서 다른 길로 가기 일쑤였다. 아니라고 부정하면 그만인 일이기에 문책도 할 수 없었다. 자칫 잘못하다간 용희만 못된 사람으로 내몰리기 십상이었다.

"밖에 용길이 있느냐?"

"예, 저하."

보던 자료를 덮으며 완이 자리에서 일어섰다. 잰걸음으로 들어선 박 내관은 세자의 곁에 멈췄고, 완은 어디로 향하는지 자명한 걸음을 옮기기 시작했다. 오늘 하루도 고단했을 용희에게 돌아갈 시간이었다.

"그렇다면 사라진 이영이라는 여인이 월호의 정인이라는 말씀이십니까?"

"그래, 그렇다."

"세상에. 세상에……."

용희는 입가를 가리며 미간을 좁혔다.

평범한 밤이 되자 약속이나 한 듯 세자는 빈궁의 처소를 찾았다. 여전히 생기 없는 눈동자를 바라보다, 세자는 그녀의 손을 붙잡고 밖을 나섰다. 궐문을 통과해 한참이나 말을 달린 후에야 한

적한 나루터에 발을 디뎠다.

"그럼 월호는 어떡합니까? 정인이 있는 줄은 알았지만 이렇게 아픈 사연이 있을 줄은……."

"백방으로 대감의 여식을 찾아보고는 있다."

"찾을 수 있겠지요? 찾을 수 있어야 할 텐데 말입니다."

남일 같지 않은 마음에 용희는 눈을 내리깔며 두 손을 모았다.

"저하, 그 아이는 얼마나 한이 맺히고 가슴이 탔으면 말하는 법을 잃어버렸을까요."

물살도 잠잠한 뱃길 위 일엽편주에 몸을 싣고, 두 사람은 서로를 마주 보며 앉았다. 세자는 천천히 노질을 하며 방향대로 나아갔다.

"대체 얼마나 기가 막혔으면 말도 못 하고……. 그 심정이 오죽했으면……."

"걱정 마라, 용희야. 어딘가에 살아 있을 것이다. 너도 살아 돌아왔지 않느냐."

용희는 천천히 시선을 들었다. 땅에서 벗어난 육신은 강줄기를 따라 하염없이 흘러갔다. 노를 담글 때마다 찰랑이는 소리가 들려오는데, 그 소리가 또 어찌나 듣기 좋은지 마음이 명경처럼 깨끗해졌다.

"재주이십니다. 사람 마음을 어루만지시는 능력이 말입니다."

복잡다단하던 마음이 순식간에 차분하게 가라앉았다. 용희가 조용히 되뇌자 완은 빙그레 미소를 지었다.

뱃머리에 그녀를 앉힌 완이 쉼 없이 노를 저었다. 물살 아래 길을 낼 것처럼 수면 아래를 힘껏 가르고, 다시 물속에 잠긴 달을 퍼 올릴 듯 노를 들어 올렸다. 답답했을 자신을 위해 노질을 마다하지 않는 세자의 노력이 눈물겹도록 감사해, 용희는 시름하던 모든 것들을 잠시 놓아 보기로 했다.

"지낼 만한가?"

한차례 퍼 올린 물줄기가 제자리로 돌아가고 나서야 완이 물었다. 선뜻 말이 나오지 않아 용희는 무안한 미소를 지으며 답을 피했다. 평생을 몸에 새긴 반가의 교육도, 수없이 각오를 다졌던 시간도 소용이 없었다. 궐은 생각보다 냉혹했다.

"조금 외로운 것 빼곤 괜찮습니다."

"그래, 그렇겠지. 한평생 살아온 나도 때로는 견디기 힘든 순간들이 있는 것을."

"저하께서는 어찌 살아오셨습니까?"

이번엔 용희가 물었다. 많은 힘을 들이지 않고도 노를 곧잘 젓는 완의 모습을 보고 있자니 든든한 마음이 일었다.

"태어나 보니 일국의 원자이던 느낌은 어떤 것이었는지요?"

"글쎄다. 왕가의 교육이란 게 무엇이든 당연하게 받아들일 수 있도록 세뇌를 시키는 것이니, 나 또한 어느새 덤덤해진 것이겠지."

"갑갑합니다. 갇혀 있는 기분이 듭니다."

"왜 아니겠느냐."

완은 미안함이 역력한 음색으로 그녀의 말에 동의했다. 단기간에 해낼 완벽한 적응이란 애당초 기대하지 않았던 일이다.

"그래도 저하께서 계시니 견딜 수 있는 것이겠지요?"

자신을 향하는 차가운 시선을 느낄 때면 그대로 굳어 버리곤 했다. 마음을 아무리 다잡아도 냉기를 외면하거나 무시하기 힘들었다. 누가 세자의 사람이고 누가 세자의 적인지 분간할 수 없어, 고개를 들 수도 숙일 수도 없었다.

"제가 언젠간 저하께 큰 힘이 될 수 있다면 좋겠습니다."

사방의 모든 이는 적이다. 그러한 생각으로 며칠을 허비하니 문득 세자의 안쓰러움이 느껴졌다. 한평생 이러한 세월을 겪어 온 무게를 조금은 느낄 수 있었던 것이다.

"조금 더 현숙하고 영민한 제가 되어, 저하께서 쉬어 가실 수 있는 사람이고 싶습니다."

무겁지 않은 물소리가 마음을 치유하는 것처럼 부드럽게 들렸다. 용희의 음색은 강물보다 깊어 막막하게 하니, 완은 그녀에게서 시선을 떼지 못했다. 심지가 곧고 바르며 유달리 꼿꼿하다는 것은 잘 알고 있었지만, 그녀가 힘들 땐 힘들다고, 지칠 땐 지친다고, 그리 말해 준다면 참 좋겠다.

"가끔 이렇게 바깥 구경을 하며 숨 쉴 수 있게 만들어 줄 것이다."

"정말이십니까? 좋습니다. 이거면 되었습니다."

"그래, 내 약조한다."

용희가 기쁜 마음에 활짝 웃자 완은 어설프게 따라 웃으며 노를 저었다.

"지밀상궁은 괜찮은가? 살갑게 따르고?"

"김 상궁 말씀이십니까?"

그녀는 웃음부터 터트렸다. 언제나 고집 센 얼굴로 매섭게 말하지만, 음성 끝에 매달려 있는 애정을 모를 수가 없었다.

"간택 때부터 얼굴을 봐서 그런지 유달리 제가 잘 따르고 있습니다. 할머니 생각도 나고요."

허리만 굽지 않았을 뿐 이미 무릎이며 발목이 닳고 닳아 걷기도 쉽지 않은 연세였다. 하지만 그토록 정정한 기색을 띠며 나인들을 지휘하는 모습이라니. 말을 듣지 않을래도 듣지 않을 수가 없었다.

"세자인 내게도 호통을 치는 사람이다. 궐 안 누구도 함부로 대하지 못하는 잔뼈가 굵은 상궁이지."

그런 김 상궁이 별궁의 지밀상궁을 자처했다는 것은 무척이나 반갑고도 기쁜 일이었다.

"저하."

"말해라."

"이렇게 매일매일 찾아오지 않으셔도 됩니다."

노를 젓던 완의 손길이 느려졌다. 용희는 실로 괜찮다는 표정을 지으며 말을 이었다.

"바쁘시다는 것쯤은 누구보다 제가 더 잘 알고 있습니다. 무리하지 않으셔도 됩니다."

손에 힘이 들어갔는지, 노는 조금 전보다 더욱 큰 호를 그리며 돌아갔다.

"쓸데없는 말을 하는구나."

"정말입니다. 너무 애쓰진 마세요. 괜찮습니다."

"내가 괜찮지 않아."

바람이 일자 작은 배가 일렁였다.

"내가 너를 못 보고는 괜찮지 않다는 말이다."

완은 마치 인사를 나누듯 편안한 음색으로 반길 만한 말을 내어놓았다. 어느새 별이 가득 박힌 물 위는 성대한 빛의 향연이 되어 있었다. 얼마나 반짝거리는지 한 움큼 끼얹어 전신에 물들이고 싶었다.

"따로 머물며 위로받을 것이었다면 너를 궐에 데려오지도 않았다."

"실은 그 말을 듣고 싶었습니다."

"뭐라?"

노질에 열중한 척하던 완이 시선을 돌리며 용희를 바라보았다. 그녀의 표정은 이미 시름을 모두 다 떨군, 마음을 차분하게 가라앉혀 편안해진 얼굴이었다.

용희가 몸을 일으켜 상체를 기울였다. 갑작스럽게 움직이니 배가 흔들렸고, 완은 중심을 잡고자 노질을 멈추었다. 가볍게 스치며 용희의 입술이 다녀가니 완이 눈을 커다랗게 떴다.

"하지만 정말로, 매일매일 오지 않으셔도 됩니다."

무슨 일이 있어도 나는 너를 사랑하리. 다시 또 태어나고 또 태어나도 나는 너를 사랑하리.

"제가 저하께서 계신 곳으로 찾아갈게요."

사랑하고 사랑하리. 사랑, 하리.

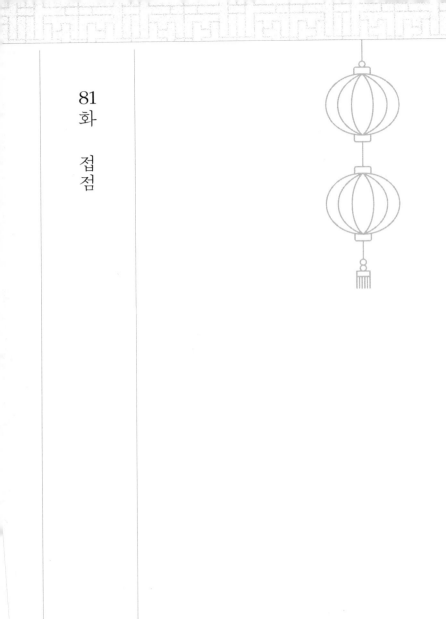

81
화

접
점

【해종실록 11권. 해종(偕宗) 17년 9월 30일】

사헌부 감찰을 황해도·경상도·전라도로 각각 파견하며 죄를 지은
자들은 신분을 불문하고 잡아들이라 이르다. 협조하지 않아 감찰에
어려움이 있거든 세자를 보내겠다 하였다.

“이영아, 아직도 밥상을 비우지 않은 것이냐?”

처소 문을 열고 안으로 들어서던 류명은 멈칫했다. 아침나절에
들여놓은 밥상이 아직도 그대로였기 때문이다.

인기척을 느꼈으나 이영은 돌아보지 않았다. 그녀가 말을 잃은
것도 모자라 들을 수도 없게 된 사람처럼 굴자 류명은 들고 있던
점심상을 내려놓으며 자리에 앉았다.

“굶어 죽을 요량인가?”

그녀 아비의 죽음은 이미 소문이 파다했다. 소문이 꼬리에 꼬리
를 물다 보니 누구는 자살이라 하였고, 누구는 타살, 누구는 신기
형의 짓이라고도 말했다.

"뭐, 굳이 말리지는 않겠다. 본인 의지가 그렇다는데 내가 뜯어 말릴 이유는 또 무엇이겠나?"

흉흉한 소문이 파다하니 이영이 듣지 못했을 리 없었다. 그 충격은 또 얼마나 클 것인가.

륜명은 가까이 다가가 앉았다.

"의원 말 들었지. 의지가 없이는 평생 벙어리로 살아야 한다고. 말을 해 보려고 노력을 해야 할 것 아니냐? 네가 이렇게 살고 있으면 네 아비가 어찌 제대로 눈을 감을 것……."

아버지 이야기가 나오자 이영이 륜명을 노려보았다. 눈빛에 적잖은 살기가 묻어 있어 륜명은 흔연한 미소를 그렸다. 이렇게라도 자극시켜야 반응을 하니 어쩔 도리가 없었다.

"그래, 기운 좀 났으면 밥 챙겨 먹어라. 남기면 천벌받는다."

륜명은 새로 들고 온 점심상을 밀며 새것 그대로인 아침상을 챙겨 일어섰다. 나가려고 하자 이영이 그의 옷자락을 붙잡았고, 미리 써 둔 종이 한 장을 내밀었다.

[날 숨겨 놓은 이유가 무엇이오?]

이유. 륜명은 잠시 머뭇거렸다.

"저번에도 말했잖아. 난 사람 목숨보다 귀한 것은 없다고 생각하니까."

"……."

"내가 그날 너를 건사하지 못했다면 넌 아마 죽었을 것이다."

일전과 같은 답이 돌아오자 이영은 조금 더 륜명의 옷자락을 붙잡았다. 그것만으로는 궁금증이 해갈되지 않는 모양이었다.

"조금만 더 기다려라. 네 정인을 데려다줄 테니."

륜명은 차근차근 설명했다.

"월호라면 아마 네 신분을 되돌릴 수 있지 않겠느냐? 다만 지금은 내 상황도 좋지 않으니 때를 보자는 말이다."

이영의 눈빛에 처음으로 빛이 감돌았다.

"이영아, 지금 밖에 나가면 죽을 수도 있어. 가문의 억울함도 풀고 월호의 얼굴도 보아야 하지 않겠느냐?"

깊이 동감한다는 듯 이영이 세차게 고개를 끄덕였다. 천성이 자상하고 따뜻한 륜명은 힘내라는 것처럼 두 눈에 힘을 주었다.

"나도 내 목숨이 간당간당한 상황이라 지금은 손을 쓸 수가 없다. 월호를 찾아볼 테니 넌 다른 생각 말고 말하는 연습이나 해라."

이제야 말을 따르겠다며 이영이 다시금 고개를 끄덕였다. 륜명은 턱 끝으로 상을 가리켰다.

"밥도 좀 먹고."

그제야 이영이 허겁지겁 상을 끌더니 밥을 입안으로 밀어 넣는다. 그 모습이 기가 막힌 듯 바라보다가 륜명이 조용히 중얼거렸다.

"그렇게 좋으냐? 응? 월호가 그렇게 좋아?"

오랜만에 삼키는 밥알이 힘겨운지 이영은 가슴을 툭툭 치며 밥을 먹었다. 그 모습을 끝으로 륜명이 처소를 나왔다. 터벅터벅 걸음을 옮기던 륜명은 고개를 들며 훤한 하늘을 올려다보았다.

이영의 부친인 이문열의 사인을 파헤치기 위해 월호는 팔도를 누비는 것을 마다하지 않았다. 상황이 그렇다 보니 숨어 지내는 륜명이 월호를 찾기란 쉬운 일이 아니었다. 한양에 없는 것만은 확실했으니 조금 더 이영을 감춰 두고 상황을 지켜볼 수밖에 없었다.

"이영이 없어진 줄 알고 얼마나 속이 타려나. 빨리 알려 주어야 할 것인데."

이영을 윤월각에서 빼돌린 일은 지금 생각해 보아도 정말 잘한 일이었다. 그동안 자신의 곁을 말없이 지켜 주었던 월호에 대한 작은 보답이었다.

"이제 조금씩 정리하고 명으로 건너가야겠다."

륜명은 중얼거리며 다시 걸음을 옮겼다. 뭐, 저 구름 따라가다 보면 잇닿을 곳 나오겠지. 걷다 보면 그런 곳 하나쯤은 나오지 않을까.

"자, 어찌 되었든 오늘 하루도 기운차게."

그래, 어디든 가야겠다. 어디든 가야겠어. 조선의 푸른 하늘은 나와 어울리지 않으니 말이다.

"그동안 쭉 살펴보았는데 빈궁은 그다지 눈여겨볼 만한 위인이 아닌 것 같습니다, 대감."

"맞습니다, 대감. 그저 주어진 일과에만 충실하고 웃전을 뫼시는 것에만 혈안이니, 외척 세력을 키울 만한 낌새는 보이지 않았습니다."

둥글게 모여 앉은 사람들은 저마다 신기형에게 한마디씩 거들었다. 가례를 끝으로 지금까지 길거나 짧게 용희를 보아 온 사람들이었고, 그들은 용희를 만만하게 보았다.

"우리에게 위협적인 인물이 될 만한 그릇은 아닌 것 같으니, 좌상 대감께서는 심려 놓으셔도 되겠습니다."

"그러게 말입니다. 세자 비위를 맞추며 처소나 지키고 있지, 별 움직임도 없고 말입니다. 별수 없는 여인네지 뭡니까, 좌상 대감."

빈궁은 조용했다. 중궁전이나 드나들며 차를 마시거나 자수를 놓았고, 때가 되면 세자와 함께 상감을 찾아뵙고 문안 인사를 드릴 뿐. 별다른 잡음도 없었거니와 부친인 김판두도 좀처럼 빈궁전을 찾지 않았다. 세상에 존재하지 않는 곳처럼 빈궁전은 무척이나 고요했다.

"하나 아직은 긴장을 늦출 수 없소이다."

인사를 하는 둥 마는 둥 불순한 태도를 보여도 빈궁께선 항상 따뜻한 말 한마디 먼저 건네니, 아비의 당색과는 무관하게 정치 영향력을 행사할 것 같진 않았다.

"이러니저러니 해도 영의정의 여식이오. 호랑이 새끼라는 말이외다."

"하오나 좌상 대감, 호랑이 새끼도 새끼 나름이지요. 사냥조차 할 줄 모르는 호랑이 새끼가 대감을 상대로 무얼 어찌하겠습니까?"

신기형은 대꾸를 아끼며 침묵했다. 그의 생각에도 용희는 별다른 위용을 과시하지 않으며, 여인이 익히고 배워야 할 것들에 집중하는 사람이었다. 성질이 드센 기운도 없었다. 지밀나인들에게 은밀히 물어보아도, 기선을 제압하려 들며 웃전 행세를 한다는 소리는 들어 본 적이 없었다. 어쩌면 빈궁은 촉각을 곤두세운 채 날카롭게 주시하지 않아도 될 여인일지 몰랐다.

"아비와는 달리 주제를 아는 모양입니다. 이 궐에서 자신이 할 수 있는 일이란 게 얼마나 하찮은 일인지 깨달은 것일 수도 있겠지요."

신기형은 사내의 말을 부정하지 못했다.

그럴 수도 있다. 본디가 세자 하나만을 바라보며 입궐한 여인이니, 세자 외에 다른 것들은 관심이 없을 수도 있겠지. 사내의 가슴팍에 매달린 채 내주는 사랑만을 받아먹으며 사는 여인. 이 나라,

이 한 세상 어찌 돌아가건 그런 것엔 조금의 관심도 없는 여인. 백성의 원망 가득 찬 음성보다 세자의 굳은 음성이 더욱 반가운 여인.

한참이나 흐른 뒤 신기형은 입을 열었다.

"일단 빈궁께서 별다른 생각이 없어 보이는 건 사실이오. 우리는 우리 일에 집중하면 될 것 같소."

"예, 좌상 대감."

그래, 부디 너는 꽃 같은 여인이어라. 세자를 향기에 취하게 하고, 모습에 반하게 할 여인이어라. 꽃처럼 향기롭게 피어나고, 꽃처럼 허무하게 지고 말아라.

신기형은 표정 없는 시선으로 미간을 한없이 좁혔다. 작금의 빈궁은 그다지 걸림돌이 될 만한 여인이 아니었기에 조금은 안도하기도 했다. 사냥 기술이 없는 호랑이 새끼 따위, 마음만 먹는다면 얼마든지 손아귀에 쥐고 으스러지게 구겨 버릴 수 있었으므로.

◎

좌의정이 독을 사용했다. 용희는 유배지에서 처참히 죽은 이문열을 생각하며 생각에 잠겼다. 자신도 흑단의 독화살을 맞아 본 적이 있었기에 연관된 것을 찾고자 노력했다. 만일 신기형이 독을 사용했다면, 자신을 해치려 들던 자들과 같은 독일 가능성이 컸다.

"……륜명."

그녀는 저도 모르게 중얼거리며 고개를 들었다. 완에게 듣기로 조선의 것들을 무기로 삼지 않는 신기형이었으니, 독은 아마도 륜명에게 사들인 것일 테지. 그렇다면 륜명은 지금 어디에 있는 걸까?

"김 상궁."

"예, 빈궁마마."

"내가 자네에게 은밀히 부탁할 것이 있네."

김 상궁은 용희를 향해 고개를 내리며 두 눈을 동그랗게 떴다. 빈궁의 부탁이라니, 처음 있는 일이었다.

"말씀하소서, 마마."

"사람을 한 명 찾아야겠네."

"사람을 말씀이십니까?"

김 상궁은 이해하지 못해 되물었다. 그러자 용희는 고개를 끄덕였다.

"하오시면 마마, 궐 밖의 사람이옵니까?"

"맞네. 궐 밖의 사람을 찾으려고 하는 것일세. 일을 맡아 줄 주변의 적임자가 있겠는가?"

말끝에 그녀는 주의 사항을 덧붙였다. 반드시 비밀리에 진행되어야 하며, 조정 안 누구와도 연관이 없고 발이 빠른 자여야 한다는.

"아뢰옵기 황공하오나 마마, 누구를 찾으려 하시는 건지 여쭈어도 되겠습니까?"

"명국의 상인이네. 아마도 조선 땅에 있다면 한양을 벗어나지는 않았을 것이네."

"명국의 상인을 마마께서 찾으시는 연유를 여쭈어도 되겠습니까?"

"내가 직접 그자에게 확인할 것이 있네."

용희는 말끝에 힘을 주며 더는 묻지 말라는 기운을 풍겼다. 김 상궁은 가만히 생각하는 듯 잠시 말을 아끼다가 입을 열었다.

"적임자를 찾아보겠습니다, 마마."

"새어 나가지 않게 각별히 유념하여 주게."

"예, 빈궁마마."

김 상궁은 처소를 나섰다. 용희가 알려 준 몇 개의 정보를 가지고 신중히 적임자를 찾기 시작했다. 빈궁께서 무슨 뜻을 품으셨는지 알 길은 없었으나 따르지 않을 수도 없었으며, 처음으로 받아든 명이었기에 신중하지 않을 수 없었다. 이젠 빈궁의 운명이 자신의 운명이니 더욱 그러했다.

용희는 김 상궁이 사라진 뒤에도 한참 동안 생각에 잠긴 채 정황과 추측을 이어 갔다. 분명 신기형의 뒤에 류명이 있다. 류명을 찾아야 다음 일을 진행할 수 있다.

"빈궁마마, 영의정 대감 입시이옵니다."

"어서 뫼시게."

생각에 잠겨 있던 용희는 다급히 고개를 들었다. 장지문이 열리며 아버지가 들어서자 용희는 더럭 반가워 웃음부터 내보였다.

"아버지!"

"마마, 그간 강녕하셨습니까."

아무리 신분이 바뀌고 호칭이 당연해진들 아비의 높임말은 어색했다. 용희는 어쩔 수 없음을 알기에 웃음 끝을 흐리게 매듭지었다.

"어서 오세요, 아버지. 참으로 오랜만입니다."

이제는 아비와 자식이기 전에 세자빈과 일국의 재상. 그러함을 한시도 잊어서는 안 되는 무척이나 무거운 관계였다.

"앉으세요. 어서요."

"예, 빈궁마마."

용희는 처음으로 별궁을 찾은 아버지의 얼굴을 뚫어지게 바라보았다. 예를 다한 인사를 마친 김판두는 딸아이의 얼굴을 길게 응시했다. 참으로 오랜만이었다.

"잘 지내셨습니까?"

"잘 지냈습니다. 아버지께서도 별일은 없으셨지요?"

아버지는 흔한 질문으로 말문을 열었고, 딸아이는 당연한 대답으로 말문을 열었다.

"그간 격조하며 마마를 찾아뵙지 못했습니다. 송구합니다."

"아닙니다. 전부 이해하고 있습니다. 작은 일에도 눈이 따르니, 다른 사람들 입에 오를까 염려하신 마음을 어찌 제가 모르겠습니까?"

용희는 그런 말씀 마셔라, 작게 손사래를 쳤다. 아버지가 왜 별궁을 찾지 않았는지, 어찌하여 한 번도 자신을 보러 오지 않았는지 너무나도 잘 알고 있었다.

딸의 대답에 안심한 김판두는 빙그레 미소 지었다. 잠시 기다리다 보니 따뜻한 차가 각자의 앞에 놓였고, 용희는 아버지께 차를 권하며 한 모금 삼켰다. 가족의 안부, 바깥의 사정, 묻고 싶은 말이 너무나도 많았지만, 같은 공기를 마시고 있다는 것만으로 지금은 위안 삼을 수 있었다.

"마마께서는 요즘 무슨 생각을 하며 하루를 보내십니까?"

서너 번 차를 삼킨 김판두가 입을 열었다. 용희는 긴 속눈썹을 내렸다가 올렸다.

"실은 아무 생각도 하지 않으려 노력하고 있습니다. 여러 생각을 담으니 본질이 더욱 흐려지는 듯합니다. 하여 잡다한 생각을 비우는 중입니다."

"생각을 비우고 계십니까?"

"그렇습니다. 비워 내야 보이는 것들이 있을 것이라 믿기 때문입니다."

고정관념을 깨고 편견을 깨고, 치우치는 사심을 모두 지우고 나면 결국엔 진실을 볼 수 있을 것이라, 그녀는 그리 믿기로 했다.

"모두 비워 낸 뒤 마마께서는 무엇을 보고자 하십니까?"

"저는 제 눈에만 보이지 않는 것들을 보고자 합니다."

용희는 찻잔을 내리며 답했고, 김판두는 딸아이의 손끝을 내려다보았다. 길쭉하게 뻗은 딸아이의 손가락이 어찌나 곱고 흰지, 고사리 같은 손가락을 꼬물거리던 어린 시절이 떠올랐다.

"제게만 보여 주지 않으려고 세상이 기를 쓰며 감춘 것들. 단내나는 아첨 뒤에 숨은 조선의 현실. 그러한 것들을 보려고 합니다, 아버지."

그러고 보니 시간은 참 무섭게도 흐른다. 딸아이는 어느덧 조선의 세자빈이 되었다. 한 사내의 여인이 되었고, 모자람 없는 빈궁이 되었으며, 현명한 여인이 되어 주었다.

용희의 눈빛은 무른 곳 없이 단단했다. 김판두는 그런 딸아이와 시선을 마주하며 아주 희미한 미소를 그렸다. 옅은 김이 피어오르는 찻잔을 바라보던 용희는 다시 눈을 감았다가 뜨며 손을 말아 쥐었다.

"나라에 도둑놈이 많으니 어찌 보고만 있겠습니까? 저는 그럴 수 없습니다."

"지당하신 말씀이십니다, 마마."

아버지가 긍정하자 더욱 용기를 얻은 용희가 말간 미소를 내보였다.

"저는 아버지께 배운 대로, 또한 옳다 믿는 대로 끝까지 정의를 따를 것입니다."

지금까지는 들끓어 오르는 분노를 모른 척하며 숨을 죽이고 지냈다. 궐 안의 따가운 시선을 피하며 구설수를 잠재우고, 상대의 허를 찌르기 위해 몸을 낮춘 채 지냈다.

"저는 가만히 두고 보지 않을 겁니다. 저하를 위해서라도 반드시 그리하겠습니다."

왕권에 도전하며 호시탐탐 세자의 뒤통수를 노리는 자들. 백성들의 고혈을 달게 받아먹으며 나라를 진창으로 뒤덮고 있는 자들. 반드시 색출하여 모든 싹을 잘라 낼 것이다. 아니, 뿌리를 뽑아 버릴 것이다.

용희는 준비되었다는 듯 당당한 기색이 엿보이는 표정을 지었고, 김판두는 그런 딸아이의 곧은 생각에 감사했다.

"아버지."

"예, 마마."

아버지가 자신을 곧게 바라보니 용희는 허리를 꼿꼿하게 펴며 입술을 열었다. 그녀는 더 이상 별당의 어린 아씨가 아니었다.

"믿어 주세요, 아버지. 잘해 낼 것입니다."

"신, 마마를 세상 끝까지 믿습니다."

세자의 빈이었다.

◎

"대감, 이제 퇴궐하십니까?"

발길을 옮기던 신기형이 돌아보자 빈궁이 서 있었다. 두 손을 모은 채 빈궁에게 다가간 신기형은 퇴궐 준비 중이라 말하며 인사를 건넸다.

"그렇습니다, 마마. 마마께서는 어디를 가고 계신 중이십니까?"

음성엔 약간의 존경도 느껴지지 않았다.

"대감을 기다리고 있었습니다."

"신을, 말씀이십니까?"

신기형은 용희를 마주하며 눈썹을 꿈틀거렸다. 자신을 기다렸다는 빈궁의 말은 속내를 읽기 어려워, 무슨 영문인지 수를 계산하기도 어려웠다. 용희는 따뜻한 미소를 지으며 신기형을 향해 말했다.

"대감, 잠시 이 사람을 따라 산책하시겠습니까?"

신기형은 잠시 긴장했다. 아무리 들여다보아도 속이 보이지 않았다.

◎

나인들을 멀리 두고 용희는 신기형과 함께 왕실 정원에 들어섰다. 일전에 완과도 걸음해 보았던 곳이었다. 조금 더 걷다 보면 잘 가꾸어 놓은 못이 나올 것이고, 잠시 멈춰 서 시선을 편안히 두기에 안성맞춤인 경관이 펼쳐질 것이다.

일정한 간격을 두며 뒤따르던 신기형은 뜬금없이 산책을 청한 빈궁의 속내를 읽어 보려고 머리를 굴리기 바빴다. 지금 당장 눈앞에 무릉도원이 펼쳐진대도 시선을 둘만 한 여유는 없었다.

이윽고 용희가 연못 근처에 멈춰 섰다. 팔각의 정자가 못에 떠 있어 시선의 중심을 사로잡는 풍경이었다.

"대감께서는 이곳에 와 보신 적이 있으십니까?"

"예. 일전에 주상 전하와 함께 걸음 한 적이 있습니다."

"네, 그러시군요."

용희는 그다지 놀랍지 않은 듯 덤덤히 고개를 끄덕였다. 천천히 시선을 돌리자 그사이 가을 느낌을 훌쩍 입어 버린 풍경이 시선에 들어왔다.

"가을이 왔나 봅니다. 그렇지요, 대감?"

가지가 멋스럽게 휘어진 버드나무는 못 주변을 촘촘히 메꿨다. 두 아름은 너끈히 넘을 것 같은 굵은 기둥은 풀어놓은 여인의 머리칼 같은 잎사귀에 가려졌다.

"왔으니 가겠지요. 이제 곧 겨울이 오겠습니다."

"그래도 오늘은 가을입니다, 대감."

짧은 대화도 유연하게 오가지 않는다. 신기형은 별 감흥도 없는 계절을 운운하는 빈궁 앞에 잠시 침묵했다.

조용히 못을 응시하던 용희는 허리를 수그려 작은 돌 두 개를 집어 들었다.

"소신을 따로 보자 하신 연유가 무엇입니까, 마마."

집어 든 두 개의 자갈 중 하나를 못에 던졌다. 첨벙 소리를 내며 자갈은 순식간에 사라졌고, 부유물이 올라 못이 탁해졌다가 잠잠해졌다. 용희는 자신의 손바닥에 남은 자갈 하나에 시선을 주었고, 신기형이 따라 빈궁의 손바닥을 바라보았다.

이윽고 그녀의 입술이 열렸다. 신기형이 원하는 답은 아니었다.

"대감, 지금 이 사람 손바닥 위에 남은 자갈돌 하나를 못으로 던질까요? 아니면 원래 있던 자리에 그냥 둘까요?"

신기형은 별 이상한 질문을 다 보겠다는 눈빛으로 그녀의 손바닥만 응시했다.

"마마의 뜻대로 하십시오. 그깟 돌 하나 어쩌지 못하시는 분은
아니시지 않습니까?"

"그렇습니까? 그렇겠지요?"

용희는 신기형의 대꾸가 마음에 든다는 듯 빙그레 미소 그렸다.

이내 손바닥을 쥐었다 폈다 하며 자갈을 부드럽게 매만졌다.

이내 그녀가 다음 말을 잇자 신기형은 눈꺼풀에 힘을 실었다.

빈궁이 심중에 품고 있는 뜻을 이제야 알겠다.

"장악중(掌握中)."

무엇을 어찌해도 손바닥 안.

"돌의 운명을 이 사람이 결정할 수 있으니 장악중입니다. 그렇
지요?"

빈궁의 손바닥 위에 있는 자갈은, 바로 자신을 뜻하고 있었다.

"대감, 어찌 말씀이 없으십니까?"

또다시 보드라운 기운으로 돌을 그러쥔 용희가 태연하게 묻자
신기형은 더욱 고개를 조아렸다. 치욕을 참지 못해 입술이 파르르
떨렸다.

"그렇습니다, 마마."

답이 끝나기가 무섭게 용희는 자갈을 못으로 던졌다. 또다시 첨
벙 소리를 내며 자갈이 사라지자 그녀는 개운하다는 듯 시원한 숨

을 내쉬었다.

"던졌습니다. 원래의 자리에 두고 싶지가 않군요."

"마마께서는 지금 무슨 말씀이 하고 싶으신 것이옵니까?"

작은 돌 하나가 사라진들 세상이 바뀔 것도 아니요, 역사에 점 하나도 남기지 못할 것이다. 여전히 못가 주변엔 자갈이 많고, 대체란 얼마든지 가능했다.

"인과응보."

그대 또한, 그렇게 될 것이다.

인과응보란 말에 신기형은 미간을 일그러트렸다. 빈궁의 말은 노신의 숨통을 옥죄기 시작하니 그럴 만도 했다.

용희는 따뜻한 기운이 역력한 음성으로 신기형을 향해 물었다. 평온한 풍경과 음색과는 달리, 향하는 말들엔 날이 서 있었다.

"인과응보의 뜻을 대감께서는 알고 계십니까?"

신기형은 날카로운 표정을 드러냈다. 저 고운 빈궁의 두 손이 마치 자신의 목이라도 조르는 것 같아 뒷덜미가 서늘했다.

"모르지 않사옵니다."

"그러시겠지요. 전생으로 인한 현세의, 또한 현세로 인한 내세의 행과 불행을 결정짓는 일이지요. 선업을 행했다면 선업의 결과를, 악업을 지었다면 악업의 결과를 받게 되는 것입니다."

"마마."

"스스로 쌓은 선과 악의 업이 모여 행과 불행이 결정되니, 곧 자신의 운명이 되는 것이지요."

"마마."

"피해 갈 수 있으시겠습니까?"

빈궁의 시선이 날아든다. 신기형은 입술을 꽉 다문 채 그 시선을 받았다.

"대감께서는 피해 갈 수 없을 겁니다."

아마도 빈궁께서는 알게 된 모양이다. 불꽃이 일던 그날 밤의 진실을.

"마마."

"혹 이것도 아십니까? 불교에 이런 말이 있습니다."

신기형은 저 작은 몸에서 뿜어져 나오는 강한 기운에 그만 말을 잃었다. 호랑이 새끼는 사냥을 배우지 않아도 본능적으로 알고 있다는 것을 망각하고 있었다.

"뿌린 대로 거둔다."

그녀는 신기형의 목덜미를 물고 비로소 일어났다.

"인과에 시차는 있어도, 오차는 없습니다."

놓아줄 생각은 없다.

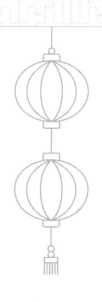

82화

내일도 님과 같았으면

　서연관(書筵官)이 세자와 세자빈이 하루에 세 번 문안할 것을 아
뢰니, 되었고 게을러 미루는 것이 아니라면 아침저녁으로만 문안하
라고 명하였다.

"대감께선 안에 계시는가?"

"예, 륜명 나리. 대감마님께서 기다리고 계십니다."

"안내하게."

솟을대문을 지나고 돌담을 따라 중문을 지나니, 한참 후 초간하게 떨어져 있는 안문이 나왔다. 집이 고래 등처럼 으리으리하게 크다 보니 찾아가는 길만도 한참이다. 평소 신기형이 사색을 즐긴다는 별채가 가까워지던 그때, 어디선가 비명이 들렸다.

"왜 그러십니까, 나리?"

륜명은 자리에 멈춰 섰다. 소리가 나는 방향을 향해 고개를 돌린 륜명은 귀를 쫑긋 세우며 입을 열었다.

"자네는 지금 무슨 소리 못 들었는가? 여인네 비명이 들린 것 같은데."

"아."

사내는 그제야 별일 아니라는 듯 손사래를 쳤다. 수십의 사람이 오고 가도 눈 내린 골목처럼 고요한 공간. 잡음이 있다면 언제나 민연의 처소였다.

"별당 아씨께서 심기가 좋지 않으신 것 같습니다. 아랫것이 또 봉변을 당하는 모양이지요."

"심기? 봉변? 얼마나 큰일이기에 아랫것을 저렇게 잡는단 말인가?"

자지러지는 비명은 또다시 공중으로 솟아올라 흔적 없이 사라졌다.

"그야 속을 알 수가 있습니까? 이유도 없이 무시로 몸종을 잡으니 아이만 불쌍할 따름이지요."

"이유도 없이 저런 패악질을 한다는 말인가?"

"나리께서는 모르시는 게 약입니다. 그나저나 어서 따라오십시오. 대감마님께서도 성격이 불같으신 걸 잘 아시지 않습니까."

너무나도 흔한 일이니 놀랄 것도 없다며 사내는 륜명의 걸음을 재촉했다.

사가로 돌아온 민연은 며칠간 잠잠한 듯 보이더니 또다시 본연의 성격으로 돌아갔다. 집 안 구석구석에 배어 있는 특유의 정서가 그녀의 정신을 해하고 있음이 분명했다.

"나리, 어서……."

"알겠다."

류명은 소리가 나는 방향에서 좀처럼 시선을 떼지 못했다. 믿을 수 없다는 듯 류명은 텁텁한 걸음을 옮겼고, 이내 찬 기운이 스민 별채에 도착했다.

"내가 아뢸 것이니 자네는 이만 가 보게."

"예, 나리."

류명은 자신을 안내해 준 사내를 돌려보내며 문 앞에 섰다. 아침저녁으로 바람이 쌀쌀하니 목덜미 주변에 섬뜩섬뜩한 기운이 느껴졌다. 류명은 생각에 잠긴 듯한 얼굴을 하다가 입술을 열었다. 아비와의 대면은 언제 어느 때라 해도 고달팠다.

"안에 계십니까, 대감. 류명입니다."

채 모두 아뢰기도 전에 벌컥 문이 열렸다. 흉측하게 일그러진 얼굴로 신기형은 성큼성큼 방을 나섰고, 신발도 신지 않은 발걸음으로 류명에게 다가서며 다짜고짜 멱살을 잡아 올렸다. 멱살을 거머쥔 손이 부들부들 떨린다. 신기형은 분노를 이기지 못한 음성으로 입을 열었다.

"네놈이냐?"

류명은 일말의 반항도 하지 않았다. 이런 일이 처음은 아니니 무엇에 또 화가 났나 싶었다.

"네놈이냐고 물었다!"

"무엇이 말씀이십니까?"

신기형은 더욱 류명의 멱살을 틀어쥐었다.

"네놈이 지금 나와 동궁 사이에서 줄다리기를 하고 있음이렷다. 너는 동궁에게 버림을 받은 것이 아니라 내 앞에선 그런 척 위장을 한 것이지. 네놈의 간악한 술수를 내가 모를 줄 알았더냐?"

"그런 적 없습니다."

"닥쳐라! 네놈이 아니면 누가 이토록 자세히 고했겠느냐! 그럴 수 있는 자가 없단 말이다!"

류명은 신기형이 흔들면 흔드는 대로 그저 묵묵히 당하고만 있었다. 신기형의 악에 받친 목소리는 이미 이성을 잃은 뒤였고, 두 눈엔 광기가 번뜩였다.

'혹 이것도 아십니까, 대감? 불교에 이런 말이 있습니다. 뿌린 대로 거둔다.'

"오늘 내게 어떤 일이 벌어졌는지 네놈이 아느냐?"

'인과에 시차는 있어도, 오차는 없습니다.'

"감히 나, 신기형에게! 그 새파랗게 어린 계집이 무어라 했는지

아냔 말이다!"

용희의 목소리가 잊히지 않아 자신의 귀를 베어 버리고 싶을 지경이었다. 빈궁의 작은 얼굴에 담긴 위용을 믿을 수가 없었고, 들리는 음성이 너무나도 삼엄해 말을 잃고 말았다. 처음 있는 일이었다.

"네놈이 동궁의 심복을 자처하고 있음을 내가 모를 줄 아느냐? 말해라. 어서 말해!"

스스로 감당하지 못한 화가 류명에게 쏟아졌다. 옷섶이 뜯길 것처럼 억세게 멱살을 잡았으나 류명은 꿈쩍도 하지 않았다.

"장부를 핑계 삼아 사실은 내 수족을 묶으려던 것이 아니냐! 그것이 동궁의 뜻이더냐? 동궁의 뜻이었냔 말이다!"

"아닙니다."

"어디서부터 어디까지 알렸느냐! 동궁의 다음 계획은 무엇이냐! 동궁이 나를 죽이라고 하더냐? 동궁이 나를 죽여 그 목을 가져오라 했느냔 말이다!"

"아닙니다."

신기형은 힘껏 멱살을 놓았다. 그러곤 어지러운 걸음으로 방에 들어가 장검을 쥔 채 나왔다. 아비가 검을 빼며 다가서니 옷섶이 흐트러진 류명은 천천히 눈을 감았다.

"네놈을 이 자리에서 죽이고 말겠다."

"뜻대로 하십시오. 하오나 대감."

"닥쳐라! 더는 한마디도 듣지 않겠다!"

"온희."

이아아아! 검을 머리끝까지 들어 올린 신기형은 륜명의 입 밖으로 튀어나온 한마디에 얼음장처럼 굳어 버리고 말았다.

"……지금 뭐라 하였느냐?"

"온희라는 여인을 아십니까?"

신기형의 두 팔이 떨리기 시작했다. 간신히 그러잡은 검은 갈 길을 잃고 공중에서 춤을 추듯 휘청거렸다. 터질 것처럼 충혈된 눈빛엔 공포를 닮은 충격이 습윤하게 물들었다.

"대감께서 약관이시던 그해 봄, 단 하룻밤의 일로 인생이 뒤바뀐 여인의 이름입니다. 이름도 없던 여인에게 대감께서 온희라는 이름을 직접 지어 주셨다 하던가요."

신기형은 뒷걸음을 쳤다. 시간은 빠르게 전으로 돌아가 그날의 풍경, 그날의 향기, 그날의 감정이 온몸을 휘감았다.

"그 온희라는 여인은 대감의 자식을 품고 명으로 건너갔습니다."

"지, 지금 무슨, 무슨 말을 하는 것이냐?"

"사내아이를 낳았지요."

"그럴, 그럴 리가 없다."

"그 아이의 이름이 바로 륜명."

신기형은 쥐고 있던 검을 떨어트렸다. 저 옛날 어딘가에 흐리게 남아 있는 온희의 잔상이 동공에 맺혔다.

"이것이 바로 제가 대감 곁에 머물던 이유입니다."

저기 어딘가, 겁이 많고 수줍음이 많아 제대로 얼굴조차 마주하지 못하던 여인이 다소곳하게 앉아 있다.

네 이름이 무엇이냐?

"나, 나는 알지 못하는 사실이다. 나는 모른다."

신분이 천하여 이름을 가지지 못하였습니다.

"그 여인이 누군지 나는 모른다. 처음 들어 보는 이름이란 말이다."

그렇다면 내가 오늘 밤 너의 이름을 지어주겠다. 온희.

"모른다. 모른다고! 모른단 말이다!"

너를 바라보면 따뜻하고 기쁜 마음이 일렁이니, 참으로 너와 어울리는 이름이지 않겠느냐. 내 너를 온희라 부르겠다.

"아니야, 아니다……. 이것은 분명 사특한 함정이다."

신기형은 바들바들 떨리는 걸음으로 뒷걸음을 쳤고, 륜명은 실없는 웃음을 터트리며 주먹을 말아 쥐었다.

쥐고 있던 검을 땅에 떨구며 신기형은 허겁지겁 처소로 들어갔다. 숨을 빠르게 내쉬어도 좀처럼 진정하기가 힘이 들었다. 아주 오래전의 그 밤, 남녀의 뜨거운 시간이 지나가자 온희는 물어 왔다.

나리, 혹 소녀가 나리의 아이를 가지게 된다면 어떡하지요?

"말도 안 돼. 말도…… 말도 안 돼……."

남녀의 뜨거운 시간이 지나고 마음이 차게 식은 신기형은 등을 돌리며 누웠다.

어리석긴. 내게 천것의 피를 이어받은 자식 같은 건 필요 없다.

"분명 모함이다. 이것은 분명 모함…… 모함이다……."

신기형은 재차 숨을 헐떡이며 방을 서성였다. 팽창한 동공을 이리저리 움직이며 초조한 기색으로 처소 안을 헤집었다.

촛불에 비친 그림자가 짐승의 것처럼 커다랗게 신기형을 비추자 륜명은 고개를 떨궜다. 아비가 떨구고 간 장검을 내려다보며 칼날 같은 긴 숨만 내쉬었다.

이런 꼴을 보려고 밀수범을 자처하며 아비와의 연을 붙잡았나. 제 어미를 모른다 말하는 아비의 표정을 확인하고자 매서운 시간을 헤쳐 왔나. 웃음은 절로 흘렀다. 륜명은 이마를 짚으며 자괴가 뒤섞인 웃음과 한숨을 반복적으로 뱉어 냈다. 그러다가 문득 중얼거렸다.

"어머니, 보셨습니까?"

아비는 부정(父情)을 부정(否定)했다.

"보셨다면 이제 그만 미련 따위 버리고 편히 쉬십시오."

륜명은 천천히 왔던 길로 발길을 돌렸다. 온갖 것의 감정이 밀려왔으나 슬픔은 없었다. 실망이란 기대에 비례한다는 것을 너무나도 잘 알고 있었으니까. 그것은 륜명에겐 마치 생존 본능과도 같은 것이었다. 살기 위해, 그는 애당초 아름다운 결말을 꿈꾸지 않았다.

◎

용희는 완과 마주 앉아 죽은 이문열의 수사에 대한 이야기로 열을 올렸다. 완이 곤한 눈꺼풀을 비비고 평소 하지 않는 하품을 쏟아도 전혀 그칠 줄을 몰랐다.

"그때 제가 맞았던 독화살과 같은 독이라는 것만 확인하면 용의자를 더 추스를 수 있습니다."

"그래, 그럴 수 있겠다."

대답은 건성일 수밖에 없었다.

"일전에 륜명이 제게 알려 주기를, 그 독은 명국에서 들여온 것이라 했거든요."

"그래, 그럴 테지."

"사주한 자를 밝혀내는 것은 쉽지 않은 일입니다. 범인을 잡는대도 그 뒤에 가려진 진짜 용의자를 잡지 못하면 또다시 제자리걸음일 수밖에 없습니다, 저하."

"그래, 나도 알고 있다."

용희는 완의 답이 짧은 까닭에 눈을 흘겼다. 아차차. 완은 그런 용희의 얼굴을 바라보고는 무안한 웃음을 흘렸다. 하나에 집중하면 통 다른 것에 반응하지 못하는 성격인지라 그녀에게 무심했던 것이다.

"저하, 곤하십니까?"

"아니다. 미안하다."

흘기던 그녀의 눈빛에 어느덧 근심이 내려앉았다. 용희는 요 며칠 이문열 사건으로 눈코 뜰 새 없이 바빴던 완을 잘 알고 있었다. 상감의 은밀한 명이 떨어졌으니 최대한 빠른 시간에 진범을 가려내야 하는 일이기도 했다. 완은 내려다보고 있던 서책을 닫았다.

"너까지 신경을 쓰게 만들었으니 근심이 많다. 그런 일은 나 혼자 해도 충분하니 나를 따라 괜한 일을 할 것 없다."

"어어? 그리 말씀하시면 섭섭합니다."

용희가 입술을 삐쭉거리자 완은 천치 같은 미소를 흘렸다. 틈틈이 사건 일지를 살펴보며 빈틈을 짚어 주는 그녀의 능력은 탁월했기에, 사실 그만두겠다고 한다면 아쉬운 쪽은 완이었다. 그래도 용희가 편히 있겠다 말하면 따라 주고픈 것도 완의 본심이었다.

"용희야."

"예, 저하."

완은 금세 미소를 지워 냈다. 앞으로의 그녀가 걱정되었기 때문이다. 저리도 의지가 단단하니 혹 부러지진 않을까, 한편으로는 염려되었다.

"이제 좌상도 너의 진심을 알았으니 가만히 있지 않을 것이다."

"제가 몰랐대도 가만히 있지 않을 좌상 대감이 아닙니까?"

"그야 그렇긴 하다만."

용희는 완의 예상과는 달리 너무나도 훌륭히 좌상을 상대했다. 신기형과 뜻이 다른 자가 그를 독대하기란 일각도 어려운 일이었으니 그녀가 대견했지만, 상감도 온전히 옭아매지 못한 신기형의 권세와 지략을 감히 만만하게 보아서는 안 될 일이기에 걱정도 따라 커졌다.

"그들이 곧 덫을 놓을 것이다. 그러니 만전을 기해야 한다."

"예, 저하. 신중을 다하겠습니다."

늘 다다른 고지를 목전에 두고 그를 놓치지 않았던가. 돈과 사람, 권세와 명예를 두루 갖춘 신기형을 상대하기란 상감도 어려운 일이었다. 그러니 완벽한 때를 노리지 않으면 모두가 위험해질 수도 있었다.

"저하, 많이 곤해 보이십니다. 오늘은 일찍 주무시는 것이 어떠하시겠습니까?"

용희가 완의 피곤한 표정을 요리조리 바라보며 묻자 완은 고개를 가로저었다.

"보던 것은 마저 봐야지."

"그럼 그것만 보고 바로 주무시는 것은 어떠하시겠습니까?"

"싫다."

완은 정색했다. 매일매일이 길일인 세자에게 이따위 피곤이 앞길을 막을 수는 없는 노릇.

"나를 그냥 재울 생각이면 고이 접어라. 내 체력이 그 정도로 형편없지는 않다."

말끝에 기운이 넘쳐난다는 것을 증명이라도 하려는 듯 완의 이마에 힘줄이 솟았다. 부릅뜬 눈이 자신을 향하자 용희는 맥없이 웃음을 터트렸다. 이렇듯 바라만 보고 있어도 세월이 흐르고, 함께 숨만 내쉬어도 낮밤이 뒤바뀌니 기이한 일이었다.

얼마를 더 보아야 이 얼굴 지루해지는 순간이 올까. 이 얼굴보다 더 보기 좋은 것들이 생겨 순번이 밀리는 날이 오긴 오려나. 오려거든 아주 먼 훗날이면 좋겠다. 아주아주 멀어 생애엔 오지 않았으면 좋겠다.

"저하, 그러시면 제 무릎에 누워 보시겠습니까?"

"무릎에?"

서책을 닫은 것이 금방인데 잠깐을 못 버티고 다른 서책을 꺼내든 완이 용희를 바라보았다. 잠시 구미가 당기는 듯하였으나, 이

내 완은 고개를 가로저었다. 그녀의 무릎을 베고 누우면 일어나지
못할 것만 같았다.

"조금만 더 있다가 누……."

"지금요, 지금."

용희가 치마를 털털하게 펼치며 이리 오라 제 무릎을 툭툭 쳤
다. 허리를 꼿꼿하게 세우곤 준비되었다는 듯 고개를 까딱 움직이
니 완이 너털웃음을 흘렸다.

"나는 되었으니 곤하거든 너 먼저 눕거라. 괜찮다."

용희는 두 눈을 동그랗게 떴다. 무관심한 완의 음성에 속이 상
했다.

"정말로 안 누워 보실 거예요?"

용희가 눈썹을 아래로 내리며 불쌍한 표정을 짓자 완은 터지려
는 웃음을 꾹 참았다. 당장 가서 눕고 싶은데 이 모습을 조금만 더
보고 싶기도 하고.

"되었다. 되었다니까."

"……네."

용희가 어깨를 축 늘어뜨리며 포기하자 완은 헛기침을 크게 하
며 고개를 돌렸다. 아랫입술을 쭉 내밀고는 실망한 기색이 역력한
용희의 모습은 당장이라도 품에 안고 두 볼을 늘려 보고 싶을 정
도로 사랑스러웠다. 아아, 조선의 팔불출들이여 궐기하라. 내가

선봉에 설 것이다.

"무얼 하는 것이냐?"

혼자 흡족해하던 완이 그녀를 바라보며 영문을 몰라 하자 용희
는 의미심장한 미소를 지었다.

"저하께서 통 주무실 생각을 하지 않으시니 이럴 수밖에요."

"그러니까 무엇을?"

용희는 눈만 깜빡거리는 완을 향해 고개를 반쯤 비스듬히 꺾
었다.

"저하를 위해 이 소매를 걷고."

낮 사이 무척이나 정숙했던 그녀의 음성은 사람을 홀릴 만했다.
소매를 살짝 걷으니 그녀의 손목이 완의 시선을 어지럽혔다.

"치맛자락을 올리며."

그녀의 손끝에서 치맛자락이 슬쩍 올라갔다. 그러자 뽀얀 종아
리가 드러났고 완은 마른침을 꿀꺽 삼켰다.

"머리를 풀며."

용희는 단단히 꽂혀 있던 비녀를 뺐다. 정갈하게 되어 있던 올
림머리가 풀리고 나서야 그녀는 비녀는 내려놓았다.

"그리고 옷고름을."

완은 멍하니 그녀를 응시했다. 용희는 자신의 옷고름을 붙잡고
끌러 내릴 듯 말 듯, 세자의 애간장을 녹이기 시작했다.

"옷고름을, 다음에 무엇인데?"

참지 못한 세자가 어서 다음 행동에 돌입하라 채근하자 용희가 그럴 수 없다며 고개를 야박하게 저었다. 손바닥 위에 세자를 올려놓고 이리저리 굴리는 것이다.

"다음 말이 생각나지 않습니다. 잊어버렸어요."

"내가 알 것 같은데."

"무엇입니까?"

"옷고름을 끌러 보리."

용희가 눈을 가늘게 뜨자 완은 손까지 들어 보이며 어서 진행해 주길 청탁했다.

잠시 후 그녀의 옷고름이 풀렸다. 완의 입술은 주먹이 들어갈 것처럼 커다랗게 벌어졌다. 이제 겨우 당의 옷고름 하나 당겨 냈을 뿐인데 세자의 인내심은 금세 바닥을 드러냈다.

"이래도 아니 오십니까?"

용희가 붙잡아 넣어 두고 싶은 표정으로 완을 바라보며 살근살근 말하자, 완은 앉은 자리에서 들썩였다.

"셋을 셀 것인데, 그래도 아니 오신다면 오늘은 먼저 눕겠습니다."

마지막 일침을 가하자 완은 곧장 튕겨 나갈 것처럼 준비 태세를 갖추었다. 용희는 그 모습을 바라보다 눈꼬리를 어여쁘게 휘었고,

하나를 세었다.

"하……."

"셋."

하나를 모두 세지 못한 그녀를 향해 완은 다급히 책상을 밀며 다가가 앉았다.

"이보시오, 빈궁."

"네?"

그의 입술 사이로 '셋'이 흘러나왔으니 더 이상 수를 세는 건 의미가 없었다.

"빈궁께서는 뒷감당을 어찌하시려고 나를 홀리는가?"

다가와 앉은 완이 그녀의 허리를 감싸자 용희가 몸을 틀었다.

허어, 이 여인 좀 보게. 다가오라면서 녹여 죽일 것처럼 굴어 놓고는 막상 다가가 앉으니 모른 척 시치미를 뚝 뗀다.

"빈궁, 이러시면 곤란합니다."

"네? 제가 무얼 말씀이십니까?"

용희는 전혀 모르겠다는 표정으로 두 눈을 깜빡였고, 완은 나날이 발전하는 용희의 처사에 탄식을 토했다.

"저하, 오늘은 이만 일과를 마무리하시고 좀 누워 보셔요. 건강을 해치실까 겁이 납니다."

"네가 이러다 말까 봐 난 그게 더 겁이 난다."

"저하께서 자꾸 서책만 보시니 할 수 없이 꾀를 쓴 것 아닙니까?"

"허어, 빈궁, 말씀이 지나치십니다. 세자의 가슴에 불을 지펴 놓고 책임이 없다 하시면 곤란하지 않소. 그러니까 조용히 해라."

빈궁이라 칭했다가 너라고 불렀다가, 완은 그녀를 꼭 붙잡고 초가 있는 쪽으로 엉덩이를 밀며 갔다. 행여나 용희를 놓칠까 꽉 잡은 손에 힘이 들어가니 용희가 반항도 못 한 채 웃음을 터트렸다.

"아…… 정말 저하를 재워 드리고 싶었는데……."

"지금 너의 말엔 진정성이 조금도 느껴지지 않는다."

"정말입니다. 정말인데……."

후. 완이 초를 불자 동궁전에 어인 일로 어둠이 일찍 찾아왔다. 하루도 깨가 쏟아지지 않는 날이 없으니, 참으로 불빛을 띤 꽃이 수놓듯 피어나는 나날이었다.

83화

내 민 손, 잡아 주길

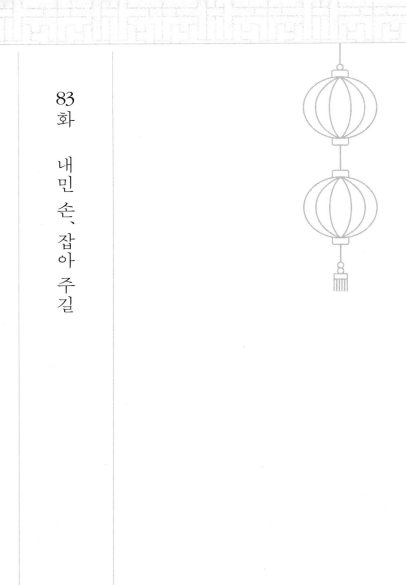

감찰에 어려움을 겪자 세자를 출궁시키다.

상참이 끝난 뒤 왕은 세자를 불렀다. 전라도 지역으로 떠난 사헌부 관료가 감찰의 어려움을 호소하여 세자를 급히 보내기로 한 것이다. 높은 신분을 무기 삼아 어명에도 굴하지 않으며 자료를 내어놓지 않으니, 지방 정부의 폐단은 참으로 심각했다.

"하오시면 소자, 바로 출궁하겠습니다."

"그래, 네가 좀 다녀와야겠다."

왕은 크게 진노했다. 신기형의 뒷배를 믿고 왕권을 우습게 여기는 자들은 조속히 처단해야 마땅했다.

"세자는 감찰에 아량을 베풀지 말아야 할 것이다. 이번 기회를 교훈 삼아 중앙 정부 또한 감찰에 나설 것이니 말이다."

"예, 아바마마."

완은 어명을 받잡으며 대전을 돌아 나왔다. 왕권이 직접적으로 영향을 미치지 않는 지방의 경우는 폐해가 더 심각했다. 상소를 올려도 대전까지 도달하지 않았고, 중간에 빼돌려 왕의 눈과 귀를 가리니, 그야말로 바른 정치를 마비시키는 무법천지였다.

"빈궁!"

완은 출궁 전 다급히 그녀를 찾아 나섰다. 마침 저 멀리 걸음을 옮기고 있는 용희를 발견했고, 그가 큰 소리로 부르자 용희가 고개를 돌렸다.

"저하!"

함께 눈뜨고 얼굴을 맞댄 것이 얼마나 되었다고 이리 반가울 수가. 용희는 세자와 우연히 마주쳤다는 생각에 환히 웃었다.

서로 걸음을 옮겨 가까이 다가서자 완은 다짜고짜 용희의 손을 붙잡았다. 따르던 아랫것들이 고개를 돌렸고, 용희는 자신의 손을 내려다보다 고개를 들었다. 그녀가 무슨 말을 꺼내기 전에 그의 입술이 먼저 열렸다.

"내가 지금 출궁을 해야 해서 말이다."

"출궁요?"

"일이 생겨 감찰 중인 지방에 다녀와야겠다."

"아……."

용희는 너무 갑작스러운 세자의 출궁에 당혹감을 감추지 못했다.

"지금 출궁하시는 것입니까?"

"그래, 지금 가야 해."

"얼마나 걸리는 것입니까?"

"글쎄다. 보름은 족히 걸리지 않을까."

"으아, 보름씩이나!"

완과 보름 이상 떨어져 지내야 한다니 덜컥 심장이 내려앉았다.

한시도 떨어져 본 적 없었기에 불안함이 솟구친 것이다.

저하, 누구와 가시는 것입니까? 기별은 넣어 주실 수 있으신가

요? 보름이 더 걸릴 수도 있다는 말씀이시지요? 혹 위험한 일은

아니십니까?

"두고 가서 미안하다. 함께 갈 수 없는 곳이라."

용희의 혀끝에 매달려 있던 질문은 울대 안에서 사라졌다. 두고

가는 것이 미안해 걸음을 주저하는 완을 바라보고 있자니 스스로

못난 행동을 하면 안 된다는 생각이 들었다. 한 사내의 여인이기

전에, 세자빈의 자리에 있다는 걸 잊어서는 안 되는 것이다. 준비

하기엔 더없이 부족한 시간이었으나 그녀는 덤덤해지기로 했다.

"하오면 저하께서는 어서 가셔야 하는 것 아닙니까?"

완은 잠시 대꾸를 미뤘다. 예상했던 질문이 하나도 이어지지 않

아, 그것은 그것대로 고맙고 속이 상했다. 하지만 그 또한 평범한

사내가 아닌 일국의 왕세자. 사사로운 말들은 잠시 넣어 두어야만 했다.

"그래, 다녀오겠다."

누구에겐 고작 보름의 시간이었고, 누구에겐 장장 보름이나 되는 시간. 완과 용희는 아쉬움에 붙잡은 손끝만 내려다보았고, 완은 잘 있으라며 작게 속삭였다.

"잘 있어. 다녀올 테니."

"네, 저하. 조심히 다녀오세요."

"오는 길에 어여쁜 것이 있다면 사 가지고 올게."

"네, 저하."

그녀는 평소대로 코를 찡긋하며 웃었다. 아쉬움이 가득한 표정으로 완이 돌아서자 용희는 가시는 길을 따라 시선을 주었다.

따르는 한 무리의 관료들과 앞으로 나아가던 완은 우뚝 멈춰 섰고, 다시 용희가 있는 곳으로 돌아섰다. 세자가 돌아서자 관료들은 다시 그의 뒤를 쫓아 후다닥 이동을 했고, 완은 좌우를 살피다 손을 들어 입술에 두 손가락을 맞댔다. 이윽고 손가락을 떼며 그녀가 있는 방향으로 팔을 내리자, 용희는 되었다는 듯 어서 가 보라 손을 흔들었다. 바람이 그를 따랐다.

'온희라는 여인을 아십니까?'

신기형은 주먹을 쥔 채 볼록하게 튀어나온 관절을 잘근잘근 물었다. 온갖 악몽에 시달려 잠을 이루지 못한 두 눈 아래로 시커먼 그늘이 늘어졌다.

'그 온희라는 여인은 대감의 자식을 품고 명으로 건너갔습니다.'

그래, 다시 명으로 건너갔던 것이로구나. 그래서 찾을 수가 없었던 게지.

'사내아이를 낳았지요.'

신기형은 젊은 시절 장원에 급제하여 관직에 올랐다. 그리고 명의 사신 접대에 따라갔던 날 온희를 처음 보았다. 잠시 바람을 쐬러 나왔던 신기형이 목이 말라 지나가던 온희에게 물을 한 잔 청한 것이 시작이었다.

'그 아이의 이름이 바로 륜명.'

단 하루였다. 단 하루. 한양으로 올라와 불현듯 생각이 난 온희를 찾아보기도 했지만 찾을 수가 없었다. 그 후론 시간이 덮어 주었기에 잊은 듯 살아오지 않았던가. 그런데 오랜 시간이 흐른 지금, 그녀의 아들이 죽음을 무릅쓰고 자신을 찾아왔다.

온희는 명국의 사신 행렬에 끼어 조선 땅을 밟았다 하였고, 다시는 명으로 돌아가고 싶지 않다고 말했다. 자신의 곁에 머물고 싶다고도, 수줍게 말했다.

"……했답니다, 좌상 대감."

곁에 앉은 사내가 무어라 말하는지도 잘 들리지 않았다. 신기형은 계속해서 류명을 떠올렸다. 혼란에 빠져 있던 동공이 크게 확장되더니, 잠시 후 신기형은 쿵 주먹을 내리쳤다.

하나 류명이 나의 자식이라고 누가 장담할 수 있겠는가? 단 하룻밤이다. 그런 지조 없는 계집이 다른 사내의 씨를 품고 내게 뒤집어씌우는 것일 수도 있지 않은가?

"……하지 않겠습니까, 좌상 대감?"

있을 수 없는 일이다. 사생아라니. 내게 어찌 다른 자식이 있을 수 있단 말이냐. 류명은 내 자식이 아니다. 절대로 내 자식일 리 없다.

"저, 대감?"

"아, 미안하오."

신기형은 부들부들 떠는 손을 무릎으로 내리며 생각을 접었다. 자식이 아니라고 생각하니 이제야 마음이 편안해졌다.

"내게 뭐라고 하셨는가?"

신기형이 묻자 표정을 살피던 사내가 입술을 열었다. 처음부터 듣지 못한 것이 자명하니, 다시 처음부터 말을 이어 보기로 했다.

"동궁께서 지금 어명을 받잡고 출궁하셨다 합니다."

"뭐라? 동궁께서 출궁을 했다는 말이오? 어디로?"

"그게, 조금 전 전라도 지방으로 사헌부 관료들과 함께 출궁을 하셨다 합니다."

"감찰 때문인가?"

"예, 대감."

"그렇다면 어서 전갈을 보내 흠이 될 만한 것들을 치우라 일러야겠지. 발빠른 자들로 꾸려 동궁보다 먼저 도착할 수 있도록 하시오."

"예, 대감. 잘 알겠습니다."

한 사내가 다급히 집무실을 나가자 모여 있던 사내들이 신기형을 일제히 바라보았다. 불만은 한둘이 아니었다.

"전하께서 관료들을 얼마나 믿지 못하시면 이만한 일에 동궁을 보내신답니까? 이거 그냥 넘길 사안이 아닙니다, 대감."

"맞습니다. 이것은 필시 주상 전하께서 우리를 겨냥한 일이기도 합니다. 이 일을 보고만 있으실 것입니까?"

"하나 어찌할 수 있겠는가?"

예? 사내들은 예상치 못한 신기형의 대구에 말을 멈췄다. 누구보다 이를 갈 줄 알았는데, 신기형의 말은 너무나도 태평했다.

"이럴 때일수록 납작 엎드려 있는 것이 상책일세. 지방 감찰이 끝나고 나면 중앙 정부 감찰은 없을 거라 여기는가? 다들 몸 사리며 준비들이나 하시게."

"아…… 하오나, 대감."

"그리고 이것은 기회일지도 모르지."

신기형이 낮게 중얼거리자 사내들은 서로 얼굴을 바라보았다. 초점이 맞지 않는 시선으로 신기형은 허공을 응시했다.

"빈궁전이 홀로 남았지 않은가?"

흔치 않을 절호의 기회.

"빈궁전을 칠 수 있는 기회일지도 모른단 말일세."

"아…… 역시, 역시 대감이십니다!"

그제야 신기형의 말을 알아들은 사내들은 흥분을 감추지 못한 채 고개를 끄덕였다. 안 그래도 세자빈의 언동이 전과 같지 않고, 사사건건 트집을 잡으며 기강을 잡고 있던 때였기에 눈엣가시 같았다. 만만히 보다가 큰코다치는 중이었다.

"얼마 전엔 예조 참의께서 빈궁마마를 멀찍이 발견하고 돌아가다가 길목에 마주쳤다지 뭡니까? 보고도 멀리 돌아가기에 직접 인사를 하려고 왔다며, 눈 하나 깜짝하지 않고 사람 면박을 주더랍니다."

"그것뿐인 줄 아십니까? 어제는 상의원에 옷을 새로 짓지 말고 수선해서 입을 수 있게 하라고 명을 내렸다 합니다. 주면 주는 대로 입을 것이지 검소한 척을 해 대니, 신하 된 자들이 관복이나 제대로 지어 입겠습니까?"

"큰일입니다. 저렇듯 기고만장하니 조만간 세손이라도 덜컥 가지게 되면 얼마나 더 활개를 치겠습니까."

기다렸다는 듯 불평이 쏟아지자 신기형은 묵묵히 듣고 있다 손을 올렸다. 소란스럽던 말들은 뚝 끊겼다. 이미 다 알고 있다는 듯 신기형은 고개를 끄덕이며 비릿한 미소를 입가에 물렸다.

"동궁이 돌아오기 전까지 그림을 한번 그려 보세."

"예, 대감."

"지금 이 시간부로 빈궁전을 철저히 감시하도록 하게. 밤이고 낮이고 말일세."

신기형은 주먹을 말아 쥐며 눈을 가늘게 떴다. 그날의 치욕을 잊지 않았으니 배로 갚아 줄 일만 남았다.

"이 기회를 절대 놓쳐선 안 될 것일세. 다들 알아듣겠는가?"

"예, 대감. 명심하겠습니다."

왕가의 씨앗이 그녀의 배 속에 자리하기 전에, 하루빨리 그녀를 내쳐야 했다.

삿갓을 눌러쓰고 길을 터벅터벅 걷던 륜명은 작은 가게 앞에 멈춰 섰다. 마음이 영 복잡하고 기분은 좀처럼 나아질 기미가 없었지만, 돌아가는 길에 이영이 좋아할 만한 주전부리를 사려는 것이었다. 한지로 만든 봉투 안에 기름으로 튀긴 간식을 넣어 장사치가 건네자 륜명은 값을 치르고 돌아섰다. 해는 뉘엿뉘엿 기울어 붉었고, 둥근 모습은 마치 깨뜨려 놓은 달걀노른자 같았다.

륜명은 다시 터벅터벅 길을 걷다가 잠시 멈췄다. 슬쩍 눈만 돌려 곁을 살펴보았으나 아무 일도 없이 고요했다.

"휴."

다시 걸음을 옮기며 륜명은 숨기지 못한 한숨을 발끝마다 수놓았다. 주막의 아낙네는 주등에 불을 켜기 위해 분주했고, 간간이 밥을 짓는 연기는 하늘 위로 올라 구름을 닮으려 했다. 집에 돌아갈 시간인지 아이들은 삼삼오오 달음박질을 했다. 어둠이 찾아오고 있는 것이다.

"해가 뜨고 지는 것에 관심이 없으니, 내가 한량은 한량인 모양이다."

륜명은 피식 웃으며 한지 종이를 버스럭거렸다. 그러다 또다시 걸음을 멈추고, 수상한 기운이 느껴지는 곳을 향해 낮게 물었다.

"누구냐."

그제야 사내 두어 명이 나와 륜명 앞에 섰다.

"자네가 륜명인가?"

"누구인가?"

영문을 알지 못하는 륜명이 되묻자 사내들은 확신한 듯 륜명의 좌우에 섰다. 아주 낮게, 그만이 알아들을 수 있을 정도의 작은 음성으로 사내는 말했다. 륜명의 심장은 가파르게 뛰어올랐다.

"따라와라. 세자빈마마께서 네놈을 보자 하신다."

◎

인적이 드문 초가 한 채에 륜명이 섰다. 자신을 여기까지 안내한 사내 둘은 문지기를 자처하며 주변을 경계했다.

"들어가 기다려라."

"어찌 앉아서 마마를 기다릴 수 있겠습니까. 그냥 여기 있겠습니다."

륜명이 자꾸만 마당을 서성이자 사내는 안에 들어가 있기를 권고했으나 되었다며 륜명은 들어가 앉기를 마다했다. 아무리 아닌 척 숨기려 해도 심장은 터질 듯 쿵쾅거렸다. 이미 어두워진 밤하늘이 무색할 정도로 표정은 밝았다. 빈궁인 용희가 자신을 찾고 있는 이유가 무엇이겠느냐만, 그저 한 번이라도 더 볼 수 있게 되었으니 그걸로 되었다.

잠시도 가만히 있지 못한 채 륜명이 서성이자 힐끔 돌아본 사내가 입을 열었다.

"가마가 들어서고 있으니 뒤로 물러나라."

"아, 오셨습니까?"

륜명은 저도 모르게 두 손을 말아 쥐었다. 사내의 말대로 저 멀리 그녀를 실은 가마가 들어서고 있었고, 륜명은 목을 길게 빼며 가마를 바라보았다. 얼마나 긴장했는지 숨도 잘 쉬어지지 않았다.

비로소 가마가 도착하고, 동행한 여인이 가마를 열어 주자 용희가 모습을 보였다. 고개를 수그린 륜명이 발치를 내려다보자 붉은 꽃이 선연한 홍목당혜가 멈춰 섰다. 코가 부드럽게 올라간 신발 끝은 마치 그녀의 콧날 같기도 했다.

"세자빈마마……."

륜명이 땅에 엎드렸다. 토해 내듯 그녀를 부르자 용희는 가만히 륜명의 등허리를 내려다보았다.

"마마……."

"이런 인사가 우리 사이에 무에 필요한가. 어서 일어나게."

꿈에나 들을 수 있을 것 같던 용희의 음성이 전신을 휘감았다. 륜명은 용희의 목소리를 뼈에 새길 것처럼 눈을 세차게 감았다가 떴다.

"일어서게, 륜명."

재차 그녀가 청하니 륜명은 몸을 일으켜 세웠다. 두 손을 공손히 모은 채 남은 예를 다하자, 용희는 둥근 미소를 그리며 반가움을 시선에 담았다.

차마 사이를 가르지 못한 바람은 서로의 등을 스치며 사라졌다. 다시 만났으나, 모든 것이 달라진 두 사람이었다.

◎

사람들을 물린 채 용희와 륜명은 처소에 마주 앉았다. 그가 무릎을 꿇고 앉아 고개를 수그리고 있으니 한참 뒤 용희가 입을 열었다.

"그동안 잘 지내셨는가?"

"예, 마마."

"얼굴 좀 들어 보게."

용희의 말에 륜명이 슬쩍 고개를 들었다. 곱게 땋아 댕기를 물린 예전과 달리 단정하게 올린 쪽진머리는 어색하게만 보였다. 정성껏 빗어 만든 듯 선이 훌륭한 용희의 얼굴은 예전보다 한층 고아해, 바라보는 것만으로도 불충한 느낌이 들었다.

방 한구석에 놓인 촛대의 빛은 두 사람의 시선을 이어 주는 유일한 것이었다. 용희는 진지한 눈빛으로 륜명을 바라보았다.

"내가 그대에게 물어볼 것이 있어 찾아왔네."

"하문하시옵소서."

"그대가 좌상 대감에게 내준 독에 대해 자세히 알고 싶네."

들어줄 수 없을 질문이 시작되었다.

"얼마 전 유배지에서 살인 사건이 일어났네. 나는 물론 사건의 배후에 좌상 대감이 있다고 생각하고."

륜명은 심장을 도려내듯 가슴이 아파 눈을 내리깔았다.

"물론 이제 와 저하께서 정리하신 일을 들추고자 함은 아니네. 난 단지 그 독에 대해 알고 싶은 것뿐이네. 그 독을 내게 구해 줄 수 있겠는가?"

뜨고 있는 눈이 시려 자꾸만 눈꺼풀이 내려왔다. 륜명은 먹먹함을 집어삼킨 듯한 표정으로 침묵했다. 아비는 이미 파멸을 자처하고 있었고 스스로 지옥을 향해 걸어가고 있었으나, 그렇다 해서 아들인 자신이 등을 떠밀 용기는 나지 않았다.

"모두의 바른길을 위함이네, 륜명."

용희가 부드러운 목소리로 권고해도 쉽게 판단이 서지 않았다. 륜명에게는 너무나도 가혹한 시간이었다.

"나를 돕기란 어렵겠는가?"

말라 서걱거리는 입술을 깨물던 륜명은 한참 후에야 입을 열었다.

"마마, 아뢰옵기 황공하오나 그 독은 현재 조선에서 소인이 구할 수 없는 것입니다."

부정적인 답변이 나왔으나 용희의 표정엔 변화가 일지 않았다. 이미 예견했다는 것처럼 별다른 반응도 없었다. 되지 않을 일이라는 것을 빠르게 깨달았다. 륜명을 난처하게 만들까 싶어 미련도 빠르게 지워 버리려던 때였다.

"하오나 명에서는 구할 수 있을지도 모르겠습니다. 방법을 강구해 볼 테니 생각할 시간을 주시겠습니까?"

설득을 포기하려던 때, 륜명이 고개를 수그리며 청하자 용희는 조용히 숨을 불어 내쉬었다.

"생각할 시간을 주시면……."

"부탁하러 온 사람에게 무슨 힘이 있겠는가? 그대에게 시간이 필요하다면 응당 따라야겠지."

용희가 따뜻하게 대구하자 륜명은 두 눈을 꽉 감았다. 아비를 자신의 손으로 불구덩이에 집어넣어야 할 생각에 숨이 막혔지만, 어쩌면 이 길만이 아비의 악행을 막을 수 있는 것일지도 모른다고 여겼다.

"소인, 준비되면 마마께 기별을 넣겠습니다."

포기가 묻어나는 륜명의 말에 용희는 말없이 고개를 끄덕였다. 신기형이 붙잡히게 된다면 국문이 시작될 것이고, 아마 최초로 신기형에게 독을 전달한 륜명 또한 무사하지 못할 것이다. 세자가 마음을 쓴다 한들, 세자의 사사로운 용서로는 해결될 수 없을지도 몰랐다.

"이런 부탁을 하게 되어 미안하네."

그 사실을 여기 앉은 두 사람이 모르는 것은 아니었다.

"아닙니다, 마마. 아닙니다. 아닙니다……."

아비의 목숨이 손끝에 매달린다. 쥐고 싶지 않은 칼자루를 그러잡은 듯 륜명은 힘없이 손을 떨구었다. 잔인할 정도로 마음을 갈기갈기 찢어 놓았던 아비의 매서운 눈빛이 마음을 다그치다가도, 하늘에서 내려다보고 있을 제 어미가 원하지 않는 일은 아닐까 망설여지기도 했다.

"신속한 결정을 내리지 못해 송구합니다, 마마."

"빠른 것만이 좋은 것은 아니라 생각하네. 속도보다는 곧은 방향이 더 중요하니까."

륜명의 마음이 텅 빈 듯 울린다. 왈칵 쏟아지는 서러움은 울대를 뜨겁게 만들었다. 마치 길 잃고 헤매는 자신을 그녀는 알고 있는 것만 같아, 감춰 두었던 깊은 슬픔이 자꾸만 고개를 내밀었다.

"부디 옳은 방향으로 와 주길 바라겠네."

용희는 부디 어둠의 세계에서 이제 그만 건너오라 손짓했다. 그녀가 사는 곳. 꽃이 흐드러지고, 느끼기 적당한 바람이 불며, 근심잊은 웃음이 끊이지 않는 세계. 사랑이 지천을 물들이고, 시간의강을 건넌 믿음이 굳건한, 그러한 세계.

해 봐. 할 수 있어. 그대는 건너올 수 있어.

"나는 그대를 믿네."

느려도, 결국 오지 못한대도, 기다릴게.

84
화

덫과 덫

【해종실록 11권. 해종(偕宗) 17년 10월 12일】

세자가 자리를 비우자 중궁이 세자빈을 데리고 세자의 무사함을
바라는 의식을 치르다.

"저하, 이것이 마지막 자료이옵니다."

"거기 내려 두어라."

"예, 저하."

완은 밤을 지새운 것이 자명한 얼굴로 더미에 쏟아지는 장부들을 바라보았다. 하루 종일 읽어도 수일은 걸릴 것 같은 방대한 양이었지만 완은 이것이 전부일 것이라 믿지 않았다. 함께 감찰 중인 사헌부 관료들은 어마어마한 양으로 추가된 장부를 흘긋 바라보았다. 그러더니 이내 보고 있는 자료로 시선을 돌렸다. 완은 어림짐작으로 수를 세고는 입술을 열었다.

"더 내올 것은 없는가?"

"아뢰옵기 황공하오나 저하께서 당도하신 이후 관찰사가 추가로 내어놓은 마지막 자료이옵니다."

고개를 수그린 사헌부 방주감찰 박손웅이 아뢰자 완은 미심쩍은 표정을 지었다. 줄곧 내어놓을 것이 없다고 버티던 관찰사는 예상치 못한 세자의 등장으로 망연자실했다. 신기형이 보낸 자들보다 완이 빨랐다.

"이게 전부란 말이지."

"예, 저하. 사헌부 지평 한택근과 함께 마지막 창고를 열어 모든 장부를 꺼내 온 것이옵니다."

"마음만 먹으면 손이 닿을 수 있는 곳엔 보아도 좋을 것들만 두었겠지. 자네라면 그리하지 않았겠는가?"

완은 임의로 장부 하나를 펼치며 중얼거렸다. 박손웅 또한 그리 생각하였으나 더는 압수할 자료가 남아 있지 않았다.

"혹 관찰사가 좌상 대감과 연이 있던가?"

완이 장부를 내려다보며 묻자 잠시 생각하던 박손웅이 아뢰었다.

"촌수를 딱히 계하기는 곤란하나 먼 친척인 것으로 알고 있습니다."

깨끗하게 관리된 장부는 역시나 눈여겨볼 만한 것들이 없었다. 이대로라면 흠잡을 것도, 털어 나올 먼지도 없었다.

"저하, 관찰사가 오늘 밤 저하를 위한 연회를 마련하겠노라 하는데 어찌할까요?"

완의 곁에서 밤낮 감찰 중이던 사헌부 관료들이 일제히 고개를 들었다. 잠도 못 잔 퀭한 얼굴로 지금 무슨 말을 들은 것이냐는 표정을 지어 보였다. 잠 잘 시간도 부족한데 연회라니?

"아무래도 저하를 의식하고 하는 말인 것 같습니다. 빈손으로 맞이하기 그렇다는 뜻……."

"제정신이 아니군."

완은 낮게 중얼거리며 헛웃음을 흘렸다. 잘 먹어 기름기가 좔좔 흐르는 관찰사의 음흉한 얼굴이 떠올라 완은 이내 오만상을 찌푸렸다. 이 와중에도 고혈을 짜낸 백성의 세금으로 연회를 베풀겠다 말하는 관찰사는 사태의 심각성을 인지하지 못하고 있는 것 같았다. 그 뒤에 좌의정 신기형이 버티고 있으니 빠져나갈 구멍은 얼마든지 있다 믿는 것이겠지.

완은 흥미 없다는 듯 장부를 덮었다. 위조된 것들을 시선에 담으려고 여기까지 내려온 것은 아니었다.

"자네는 지금 지평과 함께 관찰사의 사가를 수색하게."

"예? 사가를 말씀이시옵니까?"

"별저가 있다면 별저까지 샅샅이 살피라."

"예. 분부받자옵니다."

"어디 사가를 탈탈 털리고도 연회를 베풀 수 있는지 보자꾸나.

참석하겠다 이르라."

완은 붓을 들며 중얼거렸고 박손웅은 퇴장했다. 사각사각 종이를 넘기는 소리만이 공간을 잠식한 시간. 동공이 따가운 까닭에 완이 잠시 눈꺼풀을 내렸다가 올렸다.

"다들 힘내라."

"예, 저하."

다시 글씨를 쓰며 완이 관료들에게 말하자 굳은 몸을 풀며 관료들이 답했다. 잠시 공기도 멈춘 것 같았던 이곳에 움직임이 일어났다.

"이보게, 자네는 얼마 전 혼례를 치르지 않았는가?"

"예, 저하. 그렇사옵니다."

장헌직의 관료가 장부에서 시선을 떼며 아뢰자 완은 입가에 실금 같은 미소를 그렸다. 한양을 그리워하는 것은 비단 세자의 문제만은 아니었다.

"안사람을 두고 왔으니 자네도 심란하겠군."

"사실 안 그래도 걱정이옵니다. 조강지처가 유달리 겁이 많아 혼자 두었다간 밤에도 몇 번씩 잠에서 깨는지라."

"자네는 부인이 산달이지?"

이번엔 다른 관료에게 질문이 돌아간다. 때를 기다렸다는 듯 하소연이 폭발했다.

"예, 저하. 몸 풀기 전에는 돌아가야 할 텐데 말입니다. 그 원망을 평생 들을까 봐 조마조마하옵니다."

누구는 몸살을 앓던 딸아이가, 누구는 두고 온 조강지처가, 또 누구는 오늘내일 하시는 어머니가 염려스러웠다. 완은 피곤에 잠긴 눈가에 힘을 주었다.

"그럼 속도를 더 내어라. 나도 기다리는 조강지처 보러 빨리 가야 한다."

관료들의 야유가 쏟아졌다. 그런 것에 아랑곳하지 않으며, 완은 뻔뻔한 표정으로 다음 장부를 꺼내 들었다.

"일은 확실하고 신속하게 끝낸 뒤 철수한다. 알겠는가?"

"예, 저하."

지체할 수 없었다. 그녀가 기다린다.

◎

"용희야, 이제 한낮에도 날씨가 쌀쌀할 모양이다. 그렇지?"

"예, 그런 것 같습니다."

왕과 나란히 앉아 있던 용희는 바람이 느껴지는 손끝을 가만히 내려다보았다.

잠시 머리를 식혀 보고자 편전 밖을 나선 왕은 멀찌감치 아랫것들을 물려 놓고 용희와 담소를 나누었다. 며느리와 시아버지가 나란히 앉아 하늘을 올려다보고 있으니 무척이나 다정한 모습이 아닐 수 없었다. 왕족의 일상이란 대단할 것 같아도, 가까이서 들여다보면 사람 사는 모습, 크게 다르지 않았다.

"본디가 그 나라 백성들이 잘 사는 것을 확인하려면 겨울나기를 보면 된다 하던데, 올겨울도 혹한일까 겁이 난다."

"날씨가 고르지 못하거나 겨울에 추운 일은 당연한 것이오니, 미리미리 대비할 수 있도록 한다면 잘 보낼 수 있을 것이옵니다."

"그렇다면 대비를 어찌하는 것이 좋을까?"

용희는 잠시 망설이다 입을 떼었다.

"집 안에 바람이 새는 곳이 없도록 보수해야 할 것이고, 물이 얼어 식수난이 예상되오니 그 또한 대비를 해야 할 것입니다. 또한 한양엔 노점 상인이 많은데 추위에 어는 일이 없어야 할 것이며, 외곽 지역으로는 땔감을 약탈당하지 않도록 경계해야 할 것입니다."

"허어, 네가 웬만한 정승보다 낫구나."

"아, 아닙니다."

"아니긴. 영의정보다도 훨씬, 훠어얼씬 낫다."

"아……."

"그 영감탱이는 겨울만 되면 맨날 나더러 진짜 추운 게 뭔지 아느냐, 한번 모시옷만 입고 밖에 나가 보셔라, 백성들은 솜옷도 없어 모시옷을 여러 겹 껴입고 지낸다 어쩐다."

용희는 웃음을 터트렸다. 그 영감탱이란 자신의 아버지를 뜻
했다.

"나한테 그렇게 껴입고 있으면서 추위가 뭔 줄 알긴 아느냐 면
박을 주기 일쑤고. 그러는 자네나 모시옷 입고 나가 보지 그러냐
했더니 이미 자기는 나가 봤다나 어쩐다나."

"아마 지난해 겨울 이야기인 듯합니다."

"그래, 지난해. 내가 아주 곤혹이었다."

살을 에는 추위에 얼어 죽는 백성들이 늘어나자, 추위를 이해하
지 못하면 절대로 현실적인 방안을 내어놓을 수 없다며 김판두는
항시 타박을 늘어놓았다. 그리하여 어린아이 솜옷부터 노인의 털
신발까지, 한바탕 국고를 열어 쏟아 내지 않았던가.

왕은 용희를 바라보다 껄껄 웃음을 터트렸다.

"하여튼 왕실 창고가 두둑한 것을 못 참는 위인이다."

"사가의 창고도 그렇습니다. 쌀가마니 쌓이는 것을 못 참으세요."

"귀신같이 알아내서는 비워 내라, 쌓아 놓고 뭐 할 것이냐, 죽을
때 못 가져가니 털어 내라. 눈만 마주치면 잔소리니 몹쓸 영감탱
이 같으니라고."

왕은 중얼거리며 김판두를 떠올렸다. 틈만 나면 곁을 따라다니
며 잔소리를 퍼부어 대는 사돈은 정말이지 상극이었다.

"너라도 인질로 잡아 두면 좀 나아질까 했는데 잔소리가 더 심해졌어."

"죄송합니다. 도움이 되지 못해서요."

"아니다. 그리 깐깐한 영감탱이가 있으니 조정이 그나마 버티는 게지."

용희가 말없이 미소를 그리자 왕은 조금 더 상체를 뒤로 눕혔다. 하이고, 좋다. 저절로 혼잣말이 터지니 왕은 하늘을 올려다보며 쌓인 시름을 덜어 내 보기로 한다.

"용희야, 너도 조금 더 누워 하늘 좀 봐라."

"예에? 저는 되었습니다. 괜찮습니다."

"봐라. 하늘이 높고 푸르니 바라보는 시야가 무척 편하다."

내친김에 익선관도 벗어 곁에 내려 두시며, 왕은 한참이나 하늘을 올려다보았다.

"저 위에서 아래를 내려다보면 얼마나 형편없을꼬. 부질없는 것들을 붙잡고 일평생 시름하니 말이다."

상감도 상감은 처음이라. 가끔은 올바른 길을 가고 있는 것인지 혼란스러울 때가 있었다. 많은 말의 위로보다, 가만히 올려다보는 하늘이 마음을 더욱 어루만져 줄 때가 있었다. 오늘이 그러했다.

"용희야."

"예, 아바마마."

"세자가 보고 싶지 않으냐?"

용희 또한 고개를 들어 하늘을 올려다보았다. 그가 떠난 지 열흘. 하루는 길었고, 추워지는 날씨가 염려스러웠다. 어디선가 이름을 불러 줄 것 같아 걸음을 멈추기 일쑤였고, 음성이 들리는 것 같아 뒤를 돌아보기 수차례였다.

"보고 싶습니다."

떨어져 있으니 얼마나 대단하고 커다란 사랑을 받고 있었는지 몸소 실감이 되었다.

"아주 많이 보고 싶습니다. 저하가요."

"왜 아니겠느냐. 곧 기별이 올 것이니 조금만 더 버텨 보거라."

"하지만 괜찮습니다. 저하께서 어명을 받잡고 출궁하시었는데 어찌 빨리 돌아오시기만을 바라겠습니까. 그저 소임을 다하고 돌아오시기를 바라고 있습니다."

아마도 저하께선 밤낮을 잊으셨을 것이다. 무엇에 집중하면 다른 것은 도통 생각하지 않는 분이시니까. 해가 기우는 줄도 모르고, 달이 저무는 줄도 모르고 일에 열중이시겠지. 돌아와야 할 곳이 있어, 기다리고 있는 내가 있어 일각도 낭비하려 하지 않으시겠지.

"떨어져 있어도 마음껏 그릴 수 있는 사람이 있다는 건 참으로 좋은 일입니다."

그런 분. 사랑할 수밖에 없는 분.

"마음껏 그려도 죄가 되지 않는다는 건 이렇게 좋은 일입니다."

마음을 내주고, 남아 있는 생을 바치고, 그럼에도 부족하여 내 생에도 그대만 알고 싶은, 그런 사람.

"그래, 그것 참 좋은 일인 것 같구나."

"송구합니다, 아바마마. 제가 쓸데없는 말을……."

"아니다. 그 마음 잘 알 것 같다."

왕이 고개를 끄덕이며 용희의 말에 긍정하자 그녀는 부드러운 미소를 지었다. 이런 그리움은 슬프거나 시린 성질의 것들이 아니니 잘 참을 수 있었다.

"아, 그렇지. 이러려고 내가 너를 부른 것이 아닌데. 기다려 봐라. 내가 그걸 어디에 뒀더라."

"아바마마, 무얼 찾으십니까?"

용희는 두 눈을 동그랗게 뜨며 물었고, 왕은 이곳저곳을 뒤적거리며 무언가를 찾았다.

"내가 너에게 줄 것이 있어서 말이다."

"예? 정말이십니까?"

왕께서 주실 것이 있다 하니 마다할 의사가 없는 용희가 두 손부터 모았고, 좀처럼 찾을 수가 없는지 용포를 뒤적거리던 왕이 동작을 멈추었다.

"찾으셨습니까?"

"그래, 찾았다."

헤. 용희는 찾았다는 말씀에 두 손을 더욱 공손하게 모아 올렸다. 어서 내려 주십사, 애교를 부리는 것이다.

"기대해도 됩니까?"

"암만. 기대해도 좋고말고. 자, 선물이다."

왕은 말과 동시에 용희의 손바닥에 무언가를 내려놓았다. 차디찬 금속의 느낌이 그녀의 손바닥을 묵직하게 눌렀다. 고개를 숙인 채 눈을 감았던 용희가 슬그머니 실눈을 뜨며 자신의 손바닥을 살폈고.

"아……."

"어떠하냐? 마음에 드느냐?"

이내 입술을 멍하니 벌렸다. 금두꺼비였다.

"아…… 이것은……."

"실은 더 일찍 주고 싶었는데 말이다. 생각보다 만드는 것이 오래 걸리더구나."

왕은 용희의 표정을 살폈다. 마치 살아 있는 것을 바라보듯 그녀의 눈가에 조심스러움이 일렁였다. 어딘가에서 폴짝 뛰어와 자신의 손바닥에 내려앉은 것만 같아, 용희는 펼친 손바닥을 어쩌지 못하고 그대로 열어 놓았다. 예상하지 못한 선물이었다.

"너무 작으냐? 마음에 안 드는 눈치인데?"

용희가 아무런 반응 없이 금두꺼비를 내려다보기만 하자 슬슬 불안함이 엄습한 왕은 이리저리 며느리의 눈치를 보았다.

"마음이야 집채만 하게 만들어 주고 싶었다만 너도 알다시피 왕실의 소유란 게 전부 국세이고."

"……."

"역시…… 그래도 작은 게지?"

조금 더 크게 만들걸 그랬나. 왕은 중얼거리며 도리질을 쳤다. 며느리가 이렇다 저렇다 말이 없으니 영 심란한 모양이다.

"……니다."

응? 왕이 머쓱한 시선으로 용희를 바라보자, 용희는 시선을 들며 활짝 웃었다. 눈꼬리가 어찌나 휘었는지 반달 모양이 되어 버렸다.

"정말로 기쁩니다."

"참이냐?"

"네, 정말로요. 정말로 감사합니다. 너무 예뻐요."

그 웃음에 거짓이 묻어나지 않으니 긴장했던 왕의 마음이 풀어진다. 수줍어 어쩔 줄 모르는 용희의 얼굴을 바라보다 왕은 어깨를 으쓱 올렸다.

"떡두꺼비 같은 손자 하나 안겨 달라고 청탁하는 것이니 잘 들어줘."

"네?"

용희가 영문을 몰라 고개를 갸우뚱하자 왕은 붉어진 얼굴로 헛기침을 내뱉었다. 며느리는 선물의 참뜻을 아직 이해하지 못한 게 분명했다.

"그, 그, 두꺼비……. 떡두꺼비……."

"……아!"

용희는 화들짝 놀라 두꺼비를 움켜쥐었고, 왕은 반대편으로 고개를 돌리며 더욱 굵은 헛기침을 내뱉었다. 시아버지고 며느리고 귀까지 붉어진 얼굴을 한 채 서로의 시선을 외면했다.

"여, 열심, 열심히 노력하겠습니다!"

용희는 어울리지 않는 답을 내어놓으며 더욱 오만상을 찌푸렸고.

"그래! 노력을 배반하는 일은 없…… 지만은 않겠지만 수고해라……."

왕은 어울리지 않는 대꾸로 분위기를 더욱 어색하게 만들었다. 얼굴이 화끈거려 용희는 두 손으로 제 볼을 가렸고, 왕은 부자연스럽게 일어섰다.

"그럼 이만 나는 가 보겠다!"

"네! 네, 아바마마! 여, 여기, 익선관!"

용희는 익선관도 놓고 사라지는 왕을 붙잡아 익선관을 건네 드렸고, 채 머리에 올리지도 못한 익선관을 들고 왕은 사라졌다. 시아버지의 은밀한 뇌물이었다.

◎

"빈궁전 말일세. 그 뒤로는 아무 움직임이 없는가?"

"예. 조용합니다, 대감."

흠. 신기형은 손가락을 천천히 움직이며 까딱거렸다. 사내는 의자를 끌며 신기형에게 바싹 다가와 앉았다.

"그런데 빈궁께서 만난 그 사내는 대체 누구일까요?"

"난들 아나? 다시 출궁을 해야 정체를 밝히든 할 텐데."

빈궁은 은밀한 출궁을 감행했다. 이미 사주한 빈궁전의 지밀나인 한 명이 그녀의 일거수일투족을 알려 주었고, 한 사내를 만나고 돌아왔음을 확인했다.

"진 나인이 말하기를 사내와 빈궁 사이가 심상치 않다 하지 않았습니까. 그 밤에 만나러 나갈 정도면……."

세자의 부재 기간에 일어난 일이었고, 정숙함이 생명인 빈궁전에서 일어나면 안 될 일이기도 했다. 생각하기 나름이고 떠들기 나름인, 무척이나 자극적인 사건이 아닐 수 없었다.

"간음(姦淫)."

"예에?"

사내는 신기형의 입 밖으로 튀어나온 불경한 단어에 두 눈을 크게 치떴다. 누가 들을세라 주변을 허둥지둥 살피며 미간을 일그러트렸다. 그에 반해 신기형은 태평했다.

"지아비의 부재를 틈타 궐 밖에서 외간 사내를 만난다는 것이 무얼 뜻하겠나?"

"하, 하오나 대감, 어찌 그런 위험한 발언을……."

"위험한 행동을 한 것은 빈궁전이지. 난 그저 추측을 한 것이고."

간음일 수도 아닐 수도 있다. 부적절한 관계일 수도 아닐 수도 있다.

"하지만 빈궁께서 정말 그런 것일까요? 정말 외간 사내와 정이라도 나누……."

"아니라도 할 수 없지."

이야기는 소란을 만들기 충분했고, 한번 일어난 소란은 쉽게 잠식되지 않을 것이며, 그렇게 되지 않는다 해도 상감과 세자 그리고 중전의 마음에 불신의 싹이 트면 그뿐.

"간음이 아니라도 그쪽으로 밀어붙이면 될 일이기도 하지. 추문이 퍼진 세자빈을 어찌 나라의 국모로 만들 것인가? 당치 않네. 백성들은 진실보다 은밀한 소문을 더욱 좋아하는 법이니까."

사내의 불안한 눈동자가 흔들렸다. 신기형은 고개를 돌리며 사내를 바라보았다.

"빈궁전이 움직이려거든 놓쳐선 안 될 것일세."

"예? 예, 대감. 잘 알겠습니다."

"기회란 저절로 주어지는 게 아니네. 절실하게 잡는 것이지."

생각에 무척이나 더러운 상상이 스치며 지났다. 정숙한 척하던 빈궁의 다른 얼굴을 기대해 보기로 한다. 실망스럽게도 빈궁과 사내 사이에 아무 일도 없다면, 기쁘게 만들어 보기로 한다.

◎

"어찌하여 연회를 시작하지 않았는가?"

완은 관찰사가 평소 즐겨 앉는 상석에 앉아 느리게 물었다. 그 앞에 무릎을 꿇고 앉아 고개를 숙인 관찰사는 어깨를 떨었다.

"저, 저하, 저하……."

사가가 털렸고, 별저마저 털렸다. 지금 관찰사의 눈앞에 산더미처럼 쌓인 장부는 사가와 별저에 묻어 둔 진실의 장부였다.

압수·수색을 맡은 사헌부 관료들은 이골이 난 듯 돈과 장부가 고여 썩은 내를 풍기는 곳을 곧잘 찾아내었다. 사가에서는 벽 뒤에 숨겨진 공간을 허물어 장부를 찾아냈고, 별저에서는 땅에 파묻어 두었던 장부를 찾아냈다.

"내가 이곳에 당도할 때, 나를 백안시하던 백성들의 시선을 잊을 수가 없다."

완은 그중 무작정 아무 장부나 집어 들었다. 관찰사는 어깨는 후들후들 떨었다.

"이토록 깨끗하고 바른 행정 구역에서 어찌 나를 보는 시선이 그러할까 의문이었다. 한데 이것이 답이지 않겠는가?"

"저, 저하! 통촉하여 주시옵소서!"

관찰사는 땅을 파고들 것처럼 코를 바닥에 맞대었다.

완은 한 장 한 장 종이를 넘기며 읊기 시작했다.

"상가의 물건을 도적질하다시피 강탈하고, 재물을 서슴지 않게 빼앗으며, 관직을 사사로이 팔고 그 대가로 수만의 뇌물을 챙긴다."

다음 장을 넘겼다.

"혈세를 내지 못한 백성은 노예로 삼고 아녀자는 팔아넘기고, 그렇게 모아 둔 재산은 수를 헤아리기도 어려울 지경이라 살아생전 못 이룰 것이 없을 정도. 이만하면 한양의 상감보다 더 나은 팔자가 아니더냐?"

"저하! 오해! 오해십니다! 오해이십니다!"

"사지가 찢기기 싫으면 그 입 다물라!"

서릿발 같은 음성이 내리꽂히자 흠칫 놀란 관찰사는 말을 멈추며 한풍의 사시나무처럼 떨었다.

"이건 또 어떠한가."

다시 침착함을 되찾은 완이 다음 장을 넘겼다. 공포에 젖은 관찰사의 손톱이 시퍼렇게 죽어 갔다.

"오위(五衛) 가운데 중위(中衛)인 갑사는 적어도 이천 번 이상의 숙직 이후에 품계 승진이 합당한 것."

갑사직이 품계 승진을 하려면 자그마치 오 년 이상, 평균 칠 년 정도의 시간이 필요했다.

"그런데 어째서 여기 적힌 신협재라는 자는 임관 일 년 반 만에 품계 승진을 한 것인가?"

"그, 그것은! 그것이!"

"좌상의 혈연인가?"

"죽여 주십시오! 세자 저하!"

"기다려라. 그리해 줄 것이니."

사내는 핏발 선 눈으로 뜨거움을 쏟아 냈다. 팽창한 두려움이 만들어 낸 결과였다.

"지평은 말해 보라."

"하문하시옵소서, 저하."

"이것들의 죄를 더하면 그 값이 어찌 되는가?"

완이 장부를 보여 주며 묻자, 지평은 가만히 장부를 내려다보고 는 입술을 열었다.

"아뢰옵기 송구하오나, 언뜻 계해 보니 죽어도 죄가 남사옵니다."

"세자 저하!"

관찰사는 고개를 쳐들며 피를 터트릴 것 같은 음성을 내질렀다. 완은 듣기 싫다는 듯 미간을 일그러트렸고, 장부를 덮었다.

"행적을 모아 감찰하니 주상 전하를 높이 받들고 국법을 따르려 는 의사가 보이지 않는다."

"저, 저하. 저하……."

"이토록 잔악한 행실을 하며 지금껏 떳떳하게 지내 온 것에 경악할 뿐. 이곳이 조선인가? 조선의 관할 구역이 확실한가?"

"저하! 저하! 제발! 소신은 억울하옵니다! 정녕 억울하옵니다!"

"나도 억울하다."

세자는 세차게 주먹을 쥐었다. 혈관이 솟아나니 푸른빛을 띠었다.

"하루라도 빨리 감찰을 했다면 하루라도 더 빨리 네놈을 죽일 수 있었을 텐데. 그것이 억울하고 안타깝다."

관복을 벗고 무릎 꿇은 사내는 그저 기름지게 살찐 인간일 뿐. 완은 차가움이 담긴 시선으로 사내의 심장 부근을 찔러 댔다.

"저자를 지금 당장 한양으로 압송하라. 추가적인 것들을 모아 출발할 것이다."

"예, 저하."

"저하! 억울하옵니다! 신은 정녕 억울하옵니다!"

관찰사는 사헌부 관료들에게 끌려 나가며 발버둥을 쳤다. 완은 당장 죽여 마땅한 관찰사를 살려서 올려 보내기로 결심했다. 그의 입을 통해 들어야 할 중요한 이야기가 남아 있었으니까.

"소신은 다만 대사성 한유철 대감이 시킨 대로 행했을 뿐입니다! 그리했을 뿐입니다! 장부에 다 나와 있습니다! 장부에 전부!"

이렇게 혼자 뒤집어쓰고 죽을 수는 없었으니 관찰사는 마지막 발악을 시작했다. 인간이란 막다른 골목에 도달하면 눈에 보이는 모든 것들을 생존 수단으로 보는 법이었다.

"정말입니다! 정말로 장부에 다 있습니다! 소신이 전부 설명해 드리겠습니다!"

완은 손을 들며 이야기를 중지시켰다. 관찰사를 끌고 나가던 관료들이 잠시 멈췄고, 완은 흥미롭다는 듯 입술을 열었다. 대사성 한유철은 신기형의 오른팔과도 같은 핵심 인물이었다.

"지금 대사성 한유철이라 하였는가?"

"예! 예예! 그러하옵니다! 그렇사옵니다, 저하!"

관찰사는 단 하루라도 더 살기 위해 자신의 뒤를 봐주었던 자를 벼랑 끝으로 밀었다. 본디 이해관계로 맞물린 자들의 습성이 그러했다. 자신에게 더 이상 이득이 되지 않으면 상대방에게 손해를 끼치게 만드는 것.

"대사성 대감이 연루되어 있다는 장부가 이것인가?"

"예! 예, 그렇습니다! 거기 모든 장부에 대부분! 대부분 기록되어 있사옵니다!"

"그럼 자네는 대사성의 꼭두각시가 아니었더냐. 그저 시키는 대로, 그자가 명하는 대로 따랐을 뿐이라는 얘기가 아닌가?"

"예! 예예! 그렇습니다! 그렇습니다! 저하!"

"저런. 그렇다면 그 이야기는 한양에서 천천히, 아주 자세하게 듣도록 하지."

흙빛으로 변했던 관찰사의 얼굴에 번쩍하고 생기가 웃돌았다. 한 폭도 되지 않는 좁은 벼랑 끝에서 다른 이의 등을 밀고 살아난 아찔한 기분이 들었다.

"하, 하오시면 소신이 다 말씀드리면 되겠습니까? 그럼 살려 주실 것이옵니까?"

어쩌면 살아남을 수 있을지도 모른다는 기대에 차올랐던 사내의 눈빛은 얼마 후 절망으로 뒤바뀌었다.

벼랑 끝으로 추락할 사람은 변하지 않았다. 그저 순번이 밀렸을 뿐.

"그럴 리가. 말하지 않으면 괴롭게 죽을 것이요. 터놓으면 편히 죽을 것이다."

귀결은 간단명료했다.

85화

서슬 퍼런 날

【해종실록 11권. 해종(偕宗) 17년 10월 14일】

사헌부에서 행대감찰(行臺監察)을 평안도에 보내어 이중 검찰할
것을 아뢰자, 세자와 일을 잘 처리하고 있는 것 같아 흡족하다 이르
며 그리하라 하다.

"자네 지금 뭐라 하였는가? 궐 밖에서 기별이 왔다고?"

자료와 씨름하던 용희가 고개를 들었다. 도성 안 독거노인들을 위한 잔치를 베풀고자 준비하던 중이었다. 중궁전 지휘 아래 매해 시행되었던 일이나 이번엔 빈궁전이 주관을 맡게 되었다. 중궁께서 믿고 맡겨 주신 것이다.

"예, 마마. 조금 전 인편을 통해 기별이 닿았습니다."

처소로 들어선 김 상궁은 용희에게 곱게 접힌 종이를 내밀었다. 서둘러 손을 내민 용희가 떨리는 손끝으로 종이를 펼쳤다. 빠르게 읽어 내린 그녀의 얼굴에 화색이 도는 것을 보아하니 내용은 짐작이 될 만했다.

"그자가 마마의 요구를 들어주겠다 하는 것입니까?"

"그렇다 하네. 드디어 륜명이 마음을 정한 모양일세."

용희가 활짝 웃으며 김 상궁을 바라보자, 김 상궁 또한 잘되었다며 주름이 늘어진 미소를 지었다. 현재의 빈궁전은 궐을 비운 세자를 대신하여 이문열의 수사를 총괄하고 있었고, 간간이 현장에 나가 있는 월호와 서신을 주고받으며 수사망을 좁히고 있었다.

그동안 수많은 여인을 보아 온 김 상궁이었지만, 용희는 혀를 내두르게 할 만큼 현명하고 영리했다.

"하오시면 그자는 마마를 언제 만나자 하는 것입니까?"

"오늘이네."

접혔던 모습 그대로 종이를 고이 접으며 용희는 말했다. 오늘, 일전에 만났던 그곳, 같은 시간에서 륜명을 보기로 했다.

"정말 다행일세. 독을 구할 수 있다면 용의자를 더 좁힐 수 있을 것이니 말이네."

"돌아가신 이문열 대감께서 이 사실을 아신다면 무척이나 기뻐하실 것이옵니다."

"그러게 말이네. 내 마음이 몹시 급하네."

용희가 다소 들뜬 목소리로 말하자 김 상궁은 입술을 열었다. 간과해서는 안 될 문제가 남아 있다.

"하오나 마마, 그자가 정말로 마마를 도우려는 것일까요? 믿을 수 있는 자가 확실하옵니까?"

"그게 무슨 뜻인가?"

"마마를 곤경에 처하게 할 사람은 아닌지 해서 말입니다."

눈을 천천히 감았다가 뜨며 용희는 륜명을 떠올렸다. 그의 눈빛
은 언제나 감추는 것이 많아 비밀스럽기는 했지만 혼탁하지 않고
맑았다.

"그럴 사람은 아니네."

"신중, 또 신중을 기하셔야 하옵니다. 함부로 사람을 믿는 것만
큼 위험한 일도 없는 것입니다."

"잘 알고 있네."

용희는 긍정하듯 느리게 고개를 끄덕였다. 김 상궁의 염려스러
운 눈빛이 자신을 향하자 그녀는 무안하다는 듯 작게 미소 지으며
입술을 열었다.

"독화살을 맞아 사경을 헤맬 때 물심양면으로 나를 도왔던 사람
이네. 쉽게 돌아서거나 쉽게 배반하는 그런 사람은 아닐세."

"그런 사람이 마음을 돌려 독한 생각을 품고 움직이면 더욱 무
서운 법입니다, 마마."

"그래, 그렇겠지."

용희는 작은 주먹을 움켜쥐었다. 쉽게 돌아서거나 쉽게 배반하
지 않는, 그러한 륜명이 독한 생각을 품었다.

"류명은 내게 마음을 돌린 것이 아니네. 좌상 대감에게서 마음을 돌린 것일세."

그리고 한 번 돌아선 류명은 무섭게 움직일 것이다.

◎

"빈궁께서 지금 출궁을 했단 말인가?"

"예. 지금 은밀히 궐을 빠져나갔다 하옵니다."

"확실한가?"

"빈궁전 지밀나인에게 직접 들은 것이니 틀림없는 사실입니다, 대감."

드디어 기회를 포착했다. 내명부의 수장인 중궁도 사사로이 출궁하려면 까다로운 절차를 밟아야 하는데, 하물며 이제 막 명부에 이름을 올린 빈궁의 반복되는 야행이라니. 그러한 사실은 이유를 불문하고 문제가 될 수 있었다. 게다 접견 상대는 궐 밖의 정체불명 사내가 아니던가.

"그럼 어서 금부에 사실을 알리고 군사를 풀게. 현장을 잡아야 하니 되도록 많은 사람이 필요할 것일세."

"예. 잘 알겠습니다."

"외간 사내와 단둘이 방 안에 있는 모습을 포착해야 하네. 빠져

나갈 구멍이라곤 조금도 없게 빈틈없이 처리하게."

빈궁이, 사내를 만난다.

말을 급하게 내뱉던 신기형은 이럴 게 아니라 자신도 가야겠다는 생각에 자리에서 일어섰다. 놀라 얼빠진 눈빛으로 자신을 바라볼 빈궁을 떠올리니 벌써부터 소름이 끼칠 정도로 즐거웠다. 자신의 바짓가랑이를 붙잡고 늘어지며, 살려 달라고 애원할 빈궁의 파멸을 두 눈 크게 뜨고 보아 줄 생각이다.

"주변을 단단히 둘러싸고 기다리다가 적당한 때에 들이닥쳐야 할 것일세."

"예, 대감."

신기형은 다소 조급한 걸음을 옮겼고, 사내는 금부와 작당모의를 하기 위하여 쏜살같이 사라졌다.

폭풍 전야를 암시하듯 조선의 밤은 평소보다 고요하고 적막했다. 항시 찾아오는 어둠은 오늘따라 유독 매혹적이었으며, 달빛마저 교태를 부리는 여인네 속살처럼 뽀얗게 밝았다.

"내가 반드시 빈궁의 자리에서 처절하게 내려 주겠다."

신기형은 중얼거렸다. 실패할 경우 맞닥뜨릴 위험 또한 상당했지만 그러함에 더욱 쾌감이 일었다. 본디가 쉽게 잡히는 것들은 손맛이 없는 법. 기다려 온 만큼, 공을 들여 온 만큼 성취감은 솟구쳤다. 덫에 걸려 울부짖는 범의 포효만큼 사냥꾼을 광기 어리게 하는 일도 없는 법이었다.

　　　　　　　　○

　일전에 륜명을 만났던 곳에 도착한 용희는 가마에서 내린 뒤 걸음을 옮겼다. 추위가 깃든 탓인지 상당히 을씨년스러웠고, 발아래 자욱하게 깔린 안개가 한층 괴이한 감정을 부추겼다.

　단출하게 꾸려 출궁에 나선 용희는 불빛이 작게 까물거리는 처소 안을 바라보았다.

　발을 내디딜 때마다 흙이 밟혀 인기척이 생겼다. 달 언저리에 흐리게 물든 달무리는 그녀의 발걸음을 부옇게 비추었다. 처소 밖엔 신 한 켤레가 단정히 놓여 있었다. 용희는 그곳에 멈춰 시선을 주었고, 곁으로 다가선 김 상궁이 낮은 음성으로 아뢰었다.

　"소인이 먼저 들어가 보겠습니다, 마마."

　"되었네. 그럴 필요 없으니 예서 기다리게."

　천천히 시선을 들며 용희는 마저 걸음을 옮겨 신을 벗었다. 문고리를 당겼고, 열었다. 처소 바닥을 디딘 그녀는 모든 행동을 멈춘 듯 한동안 움직이지 못했다. 감동이 서린 눈망울엔 감사함과 대견함, 그리고 만감이 교차하는 사연이 매달렸다.

　길고 막연하게 한곳을 응시하던 용희는 감정을 형언하기 어려운 미소를 머금으며 입술을 열었다.

"이렇게 와 줘서 고맙네. 무척이나 오래 기다렸네."

기다렸다. 이렇게 마주할 수 있기를. 이 마음을 전할 수 있게 되기를.

"내가, 그대를 말이네."

이윽고 문이 닫혔다.

◎

"아가씨! 민연 아가씨!"

먼발치서 들려오는 간절한 목소리를 외면하며 민연은 발길을 재촉했다.

"아가씨! 아가씨!"

"따라오지 마라! 내버려 두라고!"

민연은 빠르게 다리를 교차하며 걷다가 내친김에 조금씩 속도를 내어 달리기 시작했다. 혹 자신의 몸종 아이가 뒤따라오고 있을까 봐 간간이 고개를 돌려 뒤를 바라보았다.

"후, 후······."

무작정 별당을 뛰쳐나와 발이 닿는 곳으로 향했다. 어디를 가고 싶은 것인지 알 수 없었으나 집이 아니라면 어디든 괜찮을 것 같았다. 한참이나 달린 까닭에 목구멍이 쓰리고 숨이 쓰게 느껴졌으나 멈출 수가 없었다.

'네 혼처를 찾았다.'

두 다리는 두려움을 이기지 못해 휘청거렸다. 민연은 아비의 음성을 떨쳐 내려 이를 악 물었다.

'대사헌 가문, 그 장남이 적당할 것 같아 혼담을 마무리 지었다. 가문에 흠이 별로 없고 아비와의 친분도 상당할뿐더러, 그 댁이 송도에서 제일가는 부호니라.'

통보를 받는 것에 익숙하였으나 이번엔 정신이 어질어질했다. 대사헌 가문의 장자는 이미 파락호라 정평이 날 대로 난 작자임을 모르지 않았다. 술에 찌들어 아녀자 손찌검을 서슴지 않으며, 기방을 제집 드나들 듯하며 희롱질을 일삼는 작자로 오죽하면 그의 앞길엔 개도 돌아다니지 않는다는 설이 생겼을까. 가문에 쌓인 돈이 많아 때때로 무마되었지만, 흉측한 행실도 곧잘 하는 사내였다.

'아, 아버지, 그 댁 장자라면 행실이 좋지 않아 소문이……..'

'항간의 소문이 좋지 않은 건 알고 있으나 그저 소문일 뿐.'

그녀가 입안의 여린 살을 무참히도 깨무니 묽은 피가 잇몸 사이를 칠해 비린 맛이 났다.

'간택에 오른 처녀를 받아 주기란 쉽지 않은 결정이다. 아비의 권세가 하늘에 미치지 못했다면 이마저도 어려웠을 것이니 잘 새

겨들어라.'

떨리는 그녀의 눈동자가 온몸으로 거부하고 있음을 알렸으나 아비는 모른 척했다. 오로지 가문을 위해. 가문을 위해.

"안 돼, 안 돼……."

민연은 마치 정신을 놓은 사람처럼 혼잣말을 중얼거리며 정신 없이 뛰었다.

그자는 분명히 날 죽일 거야. 날 죽이려 들 거야. 아버지는 그걸 알고도 날 보내려는 거야. 단지 날 이용하기 위해!

"절대로 안 돼……. 안 돼……. 죽어도 가지 않아! 죽어도!"

신이 벗겨졌지만 뒤돌아볼 수도 없었다. 민연은 길이 난 곳이라면 무작정 뛰고 보았다. 멀리 내달렸지만 이런 일에 이골이 난 아랫것들이 계속해서 거리를 좁혀 왔다.

"아가씨! 민연 아가씨!"

"따라오지 마! 오지 마!"

모두가 자신을 죽이려 드는 것만 같았다. 마음에 눌러앉은 병이 정점을 찍으니, 차디찬 귀신의 손이 자신의 목덜미를 낚아챌 것 같은 오한이 들었다.

그때였다. 길이 갈라지는 곳에서 멈칫한 민연이 골목 안으로 쑥 끌려 들어갔다. 순식간에 벌어진 일이라 소리를 내지를 경황도 없이, 민연은 낯선 손이 이끄는 대로 몸을 움직였다.

"읍, 읍……."

뒤늦은 본능에 고함을 지르려고 하자 사내가 불쑥 손을 올려 입을 막았다. 쉿. 작게 이르는 사내의 음성이 상황과는 어울리지 않을 만큼 차분하고 정겨워, 민연은 두 눈을 크게 떴다.

"아가씨! 민연 아가씨!"

한발 늦게 자신을 찾는 아랫것들이 동서로 갈라지며 멀어졌고, 사내는 인기척이 끊길 때까지 민연을 붙잡았다. 한차례 소란이 지나가고 고요해지자 비로소 멈췄던 것들이 움직이기 시작했다.

"이제 되었다."

사내가 손을 내리자 민연은 힘껏 그를 밀치며 뒷걸음쳤다. 놀란 심장이 터질 듯 가슴을 방망이질했다.

"감히 내가 누군 줄 알고 내 몸에 손을 대는 것이냐!"

류명은 가까이서 마주한 민연의 얼굴이 신기했으므로 길게 바라보았다. 오목조목 들어선 이목구비가 단정했고, 닮은 것은 아닌 듯한데 표정 어딘가에서 신기형이 보였다.

"썩 말하지 못할까! 대체 누구냐!"

"도망가고 싶으냐?"

"뭐, 뭐라고?"

민연은 말을 멈췄다. 벽에 기댄 채 바라보던 류명은 상체를 세우며 바르게 일어섰고, 민연은 그의 행동만 멍하니 주시했다. 마음이 꿰뚫린 것처럼 오소소 소름이 돋았다.

"그런 행실이 난잡한 사내와의 혼례라니, 가당치 않다."

아주 낯설고 또 아주 생경한 사내는 눈웃음이 참 예뻤다. 따뜻함이 고여 있는 음성은 별다른 말을 하지 않아도 무작정 안심이 되었다.

"너는 누구냐?"

"나? 나는 륜명이라고 한다. 네 아버지와 인연이 깊은 사람이지만 또 아니기도 하지."

"륜명?"

"그래, 륜명."

눈웃음이 예쁜 사내는 허리를 쓱 구부리며 얼굴을 가까이 마주댔다. 다정한 손길이 머리 위를 물들이니 무슨 일이 벌어지고 있는 건지도 모르게 되었다. 그러나 단 하나 분명한 건, 살며 만난 그 누구보다 지금 이 낯선 사내의 말 한마디가 더욱 믿긴다는 것.

"이렇게 우연히 만난 나를 구원이라고 생각해도 좋다. 내가 너를 지켜 줄 거니까."

지켜 주겠다. 눈웃음이 예쁜 사내는 다른 이에게 들어 본 적 없는 말을 들려주었다.

"허, 헛소리하지 마라. 네놈이 무언데 나를 지키고 말고 한다는 것……."

"약속할게. 내가 너를 지켜 준다고."

민연은 다음 행동과 질문을 잊고 말았다. 텅 빈 마음은 그동안 얼마나 오갈 곳이 없고 기댈 곳이 없었는지, 생면부지 사내의 말을 가슴에 담고 말았다. 눈웃음이 예쁜 사내는 모든 것을 다 알고 있다는 것처럼, 일견 모든 것을 다 이해한다는 것처럼 시선을 곧게 내주었다. 속사정이 글로 쓰여 주르륵 읽히는 것만 같았다.

"흐…… 흐흑……."

민연은 고개를 떨궜다. 단지 마주친 눈빛에 걷잡을 수 없을 만큼의 눈물이 쏟아졌다. 이렇게 작은 몸에 숨겨 두었다고 믿기엔 너무나도 커다란 두려움이 그녀의 안에서 밀려 나왔다. 륜명은 사람의 참모습을 꺼내게 만드는 재주가 있는 것 같았다.

"어찌 이 많은 걸 참고 있었어. 그러니 병이 나지 안 나겠느냐."

"흐으으……."

눈웃음이 예쁜 사내는 민연이 몸을 가누지 못할 만큼 무너지자 어깨를 부드럽게 감싸며 등을 토닥였다. 괜찮다는 말도, 괜찮을 거란 말도 하지 않았다.

거짓말은 할 수 없었다. 누구도 괜찮지 않을 시간이 기다리고 있으니까.

"이제 내가 지켜 줄게……. 지켜 줄게……."

륜명은 하염없이 중얼거렸다. 아버지의 전쟁은 시작되었고, 그

끝은 우리를 뺀 조선의 모두에게 행복한 결과를 가져다줄 것이다. 그러니 겸허해야 하지 않겠니. 우리에게 남은 시간이 괜찮지 않겠지만. 버텨야 할 시간이 썩 행복하진 않겠지만. 하지만 내가 널, 그래도 너만은 내가 지켜 줄게.

"실컷 울어라, 실컷. 전부 다 비워 버려."

"흑, 흑흑…… 흐흑흑……."

약속해. 너를 지켜볼게.

◎

작은 집 주변에 매복된 군사들이 숨을 죽였다. 빈궁과 비슷한 시간에 도착한 금부 군사들은 촘촘하게 주변을 에워싼 뒤 상관의 명령을 기다렸다. 뉘를 잡아들여야 하는 건지 알지 못한 채, 그저 움직이라는 대로 움직이는 말단의 군사들일 뿐이었다.

"어찌 되어 가고 있는가?"

뒤늦게 도착한 신기형이 걸음 하자 지의금부사 임협이 곁으로 다가왔다. 사건이 긴박하였으므로 목소리는 무척 조용했다.

"오셨습니까. 대감의 말씀대로 지금 빈궁마마께서 저 안에 계십니다."

"안에 있는 자는 확인하였는가?"

임협은 고개를 가로저었다.

"저희가 왔을 땐 이미 상대가 도착해 있던 상황이라, 얼굴은 미처 확인하지 못하였습니다."

신기형은 먼발치 용희가 있는 공간을 바라보았다. 투시라도 해 볼 것처럼 처소 문을 뚫어지게 바라보다가 수염을 쓸었다. 현장의 긴장감은 고조되었다.

"저, 대감."

임협이 조용히 입을 떼자 신기형이 바라보았다.

"송구하오나 지금 빈궁마마께서 뉘를 만나고 있는 건지 여쭈어도 되겠습니까?"

만만히 볼 사안은 아니었다. 괜한 사건에 말린 건 아닌가 싶어 임협은 초조함을 감추지 못했다. 상대는 나라의 왕세자빈. 만에 하나 일이 잘못되기라도 한다면 목이 달아나고도 남을 일이었다.

"아는 것은 정체불명의 사내라는 것일 뿐. 하여 밝히고자 하는 것이네."

"예? 그럼 대감도 정체를 모른다는 말씀이십니까?"

"빈궁께서 이런 야심한 시각에 홀로 출궁을 감행하면서까지 만날 외간 사내라는 게 대체 무엇을 뜻하겠는가?"

"그야……."

"게다 동궁께서 궐을 비우신 때에 누구보다 자중하셔야 할 빈궁

마마가 아니신가. 그런 상황에 사내를 만나다니. 분명 문제가 있
으이."

신기형은 비웃음을 흘렸다. 눈가에 담긴 부정적 기운이 임협을
오싹하게 했다.

"궁금하지 않나? 빈궁께서 차마 입궐도 시킬 수 없어 직접 출궁
해서 만날 수밖에 없는 존재."

임협은 신기형을 따라 고개를 돌렸다. 처소 안의 작은 불빛 하
나가 희미하게 생기를 불어넣었다.

"모두가 알아야 하겠지. 대전도, 교태전도, 백성들도. 빈궁께서
대체 뉘를 만나고 다니는지 말일세."

"하오시면……."

"때가 된 것 같으니 들어가세."

신기형은 이제 습격하자는 듯 임협의 어깨를 두드렸다. 그러곤
당부의 말을 잊지 않았다.

"임기응변에 강한 빈궁이시니 시간을 주지 말고 궐로 뫼시게.
말에 현혹되다간 될 일도 안 될 것일세."

"잘 알겠습니다."

"그리고 함께 있던 자는 포박한 뒤 금부로 압송하게. 뒷일은 내
가 책임질 테니."

"예, 대감. 그럼 대감만 믿고 진행하겠습니다."

신기형이 고개를 끄덕이자 결심을 굳힌 임협은 군사들에게 신호를 보냈다. 몸을 낮춘 채 때만 보던 군사들이 정렬된 자세로 일어섰고, 임협은 선두에 나섰다. 횃불이 군사들의 머리 위로 둥둥 오르니 위협적인 그림이 연출되었다. 마당 앞에 놓여 있던 민가의 가마가 썰렁하게 그들을 반겼다.

"이, 이게 무슨!"

놀란 김 상궁이 떼로 몰려오는 군사들을 놀란 눈으로 바라보았고, 곁에 있던 두 명의 별감 또한 뒷걸음을 쳤다. 위풍당당하게 뛰어 들어오니 겁을 먹을 만도 했다.

"무, 무슨 일이십니까!"

김 상궁이 격양된 음성으로 묻자 임협이 김 상궁을 훑었다.

"이런 곳에서 보게 될 줄은 몰랐네, 김 상궁."

"지의금부사 대감이 아니십니까. 대체 이게 무슨 일입니까?"

빈궁을 뫼시러 왔다 말하기엔 기운이 불경했다. 여간한 일에 당황을 모르는 김 상궁이지만 이번만은 달랐다.

"빈궁마마께서 지금 저 안에 계시는가?"

"아니, 아니, 그것이!"

당황한 별감들도 우왕좌왕하며 어찌할 바를 모르니 임협은 코웃음을 쳤다. 빈궁의 수족이라는 이유만으로 처벌받게 될 사람들이 딱하기도 했으나 그것이 지밀의 숙명.

"빈궁마마께서 은밀히 괴한을 만나고 있다는 소식을 접하고 왔네."

"말씀이 지나치십니다, 대감! 괴한이라니요!"

"하면 어찌하여 이렇게 야심한 시각에 출궁을 하셨단 말인가? 무엇들 하느냐. 가서 문을 열어라."

임협이 뒤에 서 있는 군사에게 명하자 김 상궁은 두 눈을 크게 떴다.

"무엄하오! 당장 멈추지 못하시오?"

이미 소란스러움은 하늘을 찌르는데 처소 안은 죽은 듯 고요하기만 했다. 안으로 가지고 들어가셨는지 댓돌 위에 신발조차 없어 정황이 여러모로 음흉했다.

"나중을 어찌 감당하시려고 이러는 것입니까, 대감!"

"자네야말로 후일을 어찌 감당하려고 이러는가?"

"빈궁마마이십니다! 세자빈마마시란 말씀입니다!"

"오늘내일하는 목숨이나마 아깝거든 뒤로 물러나게. 늙은 자네까지 내가 엮어 가야 하겠는가? 어서 문을 열어라!"

임협이 크게 외치자 따르는 군사들이 처소 앞으로 이동했다.

"감히 어디를 열겠다는 것이냐! 멈추지 못할까!"

"비켜라!"

빈궁전 별감들이 막아 보지만 거칠게 밀어냈다. 분노를 어쩌지 못한 김 상궁의 낯빛이 푸르게 변하고, 임협은 고개를 길게 빼며 처소 안을 들여다볼 준비를 끝마쳤다.

"빈궁마마! 소신 지의금부사이옵니다! 송구하오나 문을 열겠습니다!"

임협의 외침에도 처소 안은 고요했다. 신기형은 조금 멀리 떨어져 동태를 살폈다. 난장판이 된 공간에 끼고 싶은 마음은 없었고, 조금 더 상황이 극적으로 올라가면 등장할 생각이었다.

드디어 문이 열렸다. 두어 명의 군사들이 처소 문을 활짝 열었고, 안을 들여다본 임협의 두 눈이 커다랗게 변했다.

"무슨 일인가?"

꼿꼿한 자세로 처소 안에 앉아 있던 세자빈의 음성이 밖으로 퍼졌고, 임협은 눈을 비비며 다시 안을 들여다보았다.

"아……."

그곳엔 빈궁과 한 여인이 앉아 있었다. 공간 어디에도 사내가 없음에 임협은 숨쉬기를 끊었다. 땅이 양 갈래로 갈라져 추락하는 것만 같아 발아래를 내려다보고는 이내 절망했다.

"자네, 무슨 일이냐고 물었다."

갈라지지 않았다.

86
화

운명이 있다면 우리는 아마도

【해종실록 11권. 해종(偕宗) 17년 10월 15일】

세자빈이 출궁하니 환궁에 병조판서 윤송엽이 돕다.

"잠시 기다리게. 소란이 일어서 말이네."

용희는 앞에 앉아 있던 여인에게 이르며 몸을 일으켰다.

난데없이 열린 문틈으로 쌀쌀해진 바람이 허겁지겁 들어왔고, 촛대의 불이 꺼졌다. 그깟 불빛이 아니라 해도 스스로 밝은 빛을 뿜어내는 빈궁께서 밖을 나섰다. 홍해가 갈라지듯 군사들이 갈라졌고, 있을 곳을 찾지 못하는 고개를 어깨 아래로 내렸다. 임협은 입술을 멍하니 벌렸다.

"처음 보는 얼굴인데, 누구인가?"

"아…… 소신……."

겁에 질린 목소리가 잘 나오지 않는다. 그를 대신하여 김 상궁이 아뢰었다.

"지의금부사 임협 대감이시옵니다, 마마."

"지의금부사라. 한데 대감께서는 무슨 일로 여기까지 이 사람을 찾아오셨습니까?"

"아…… 그것이…….."

임협은 불안한 모습으로 시야에 보이지 않는 신기형을 찾았다. 간사하게 몸을 숨긴 신기형이 모습을 드러내지 않자 임협은 어쩔 바를 모르며 자신의 입술을 못살게 굴었다.

"마마께서 묻지 않으십니까! 대감!"

"아, 그것이, 그것이 말입니다."

김 상궁이 앙칼진 음성을 높이지만 임협은 말을 더듬거리며 잇지 못했다. 신기형은 차마 나서지 못하고 몸을 숨긴 채 정황을 주시했다. 처소 안에 있는 여인을 보지 못한 신기형은 머뭇대는 임협이 답답하기만 했다.

"대체 어찌 돌아가는 것이냐. 어서 잡으란 말이다."

임기응변에 강한 빈궁이니 시간을 주지 말고 바로 잡아야 할 것이라 그리 말했건만, 무엇에 저리도 망설이고 있는지 모를 일이었다.

"대감께서는 어찌 말씀을 하지 못하는 것입니까?"

빈궁의 음성은 바위틈에 흐르는 물처럼 맑으나 차가운 기운이

있었다. 상서롭고 우렁찬 기운이 발끝까지 감싸니 기에 눌리는 것

은 당연지사였다.

"아, 아뢰옵기 황공하오나 마마."

임협은 우물쭈물하다 입을 열었다. 뭐라도 뱉어 내지 않으면 죽

을지도 몰랐다.

"소신, 소신, 다만 마마께서 은밀히 출궁하셨다기에."

"나의 출궁이 대감과 무슨 관계가 있다는 말씀이십니까?"

"아⋯⋯."

"내가 묻지 않습니까!"

사납고 서늘한 빈궁의 음성이 고막을 찢을 것처럼 울렸다. 전혀

예상하지 못한 상황에 임협은 간덩이가 오그라들어 맥없이 사지

를 떨었다. 가늘고 길게 가고 싶었던 관직의 꿈이 한순간에 끝날

지도 몰랐다.

"저, 저 여인은 누구입니까?"

용기 내어 물었다.

"뭐라?"

"마마와 함께 있는 저 여인은 누구입니까. 뉘기에 마마께서 이

렇게 은밀히 출궁을 하셔야 했는지요!"

"은밀하다?"

용희는 웃음을 터트렸다. 음절이 자아내는 불손한 기운이 그녀

의 심기를 어지럽혔다.

"참으로 기가 막힌 일입니다. 감히 세자빈인 나의 뒤를 밟고 추궁하는 것도 모자라, 은밀하다는 불손한 말로 상황을 더럽히다니."

"마마, 이 일은 그냥 두고 보실 일이 아니옵니다."

김 상궁이 허리를 구부리며 고발하듯 부추기자 용희는 웃음을 터트렸다. 기쁘고 맑아 하늘 위로 올라가는 웃음이 아닌, 쌓인 분노가 주저앉아 땅을 파헤치는 그러한 소리였다.

임협은 빈궁의 웃음소리에 남은 명줄이 갉아 먹히는 것 같았다.

"하아, 김 상궁, 병판 대감은 아직이신가?"

"이제 곧 당도하실 때가 되었습니다."

병판 대감이라는 말에 임협의 얼굴이 새파랗게 질렸다. 병판 대감이 온다는 말은 어명을 받잡았다는 것을 뜻한다. 그를 움직일 수 있는 자, 상감뿐이었으므로.

임협은 잘못되어도 한참 잘못되었다는 생각에 다짜고짜 무릎을 꿇었다. 상관이 무릎을 꿇으니 별수 없이 따르던 무관들도 무릎을 꿇었고, 상황을 지켜보던 신기형은 두 주먹을 쥐었다.

용희는 허리를 곧게 폈다. 이 순간만큼은 항시 따뜻한 분위기로 주변을 밝게 물들이던 그녀가 아니었다. 정이품 대감을 향한 거침없는 말은 홀린 듯 경청을 하게 만들었다.

"참으로 재미있는 일이 아닙니까? 대감께서 이 사람의 사생활에 이다지도 관심이 많은 줄 미처 몰랐으니 말입니다."

"마마! 마마! 그것이 아니오라!"

"닥치시오! 내 결단코 용서하지 않을 것이니!"

온몸에서 죽은 자의 향기가 올라왔다. 임협은 퍼렇게 질린 얼굴로 사지를 떨었고, 용희는 주먹을 말아 쥐며 천천히 눈을 감았다.

오늘 낮, 륜명에게서 도착한 서찰엔 저 대신 보낼 여인이 있다고 적혀 있었다. 이문열 대감의 여식을 보호하고 있었다고, 보내 드릴 테니 부디 안전히 환궁하시기를 바란다고. 또한 찾으시던 독은 이영에게 숨겨 보내니, 부디 도움이 될 수 있으면 좋겠다고도 적혀 있었다.

"대감께서는 이 사람의 무엇이 그리도 궁금하셨습니까? 무엇을 상상하였기에 그토록 당당하셨습니까?"

륜명, 자네가 옳았네. 보고 있는가? 그대의 판단이 오늘의 나를 살렸네. 믿음에 보답해 주어 진정으로 고맙네, 륜명.

"함께 있는 여인이 그토록 궁금하시다 하니 대감께 쾌히 알려 드리겠습니다."

용희는 천천히 눈을 떴고 건조하리만치 무덤덤한 음성으로 입을 열었다.

"저 여인은 바로 이문열 대감의 사라졌던 여식. 나와 함께 입궐

할 사람이네."

처소 안, 이영은 밖으로 시선을 돌렸다. 때마침 그녀를 모시고 갈 병판의 무리가 도착했고, 엎드려 있던 임협은 땅에 머리를 찧었다.

◎

"마마, 소신이 뫼시겠습니다."

병조의 관료들과 함께 도착한 병판 윤송엽이 빈궁을 뫼실 때까지 임협은 계속해서 어깨를 떨었다. 땅의 한기가 전신에 채워졌고, 누굴 팔아 목숨을 부지해야 하는지 생각은 두서없이 복잡했다.

"지의금부사, 자네는 입궐해서 보세."

"병, 병판……."

신기형을 팔자니 살아남은 뒤의 후일이 두려웠고, 홀로 죄를 뒤집어쓰자니 살아남지 못할까 그것이 두려웠다. 평소 임협과 친분이 있던 윤송엽은 매서운 태도를 유지했다. 임협은 병조의 사람들에게 압송되었고, 그를 따르던 무관들도 죄인처럼 끌려갔다.

"마마, 괜찮으시옵니까?"

대강의 정리가 된 마당에 서서 윤송엽이 물었다.

"괜찮습니다. 어서 저 아이와 함께 환궁해야겠습니다."

"예, 마마. 주상 전하께서도 기다리고 계시옵니다."

윤송엽은 용희와 이영을 각각 가마에 태웠다. 아직 말을 하지 못하는 이영이 가마에 올라타자, 윤송엽은 가마의 문을 손수 내려 주며 말했다.

"이영아, 너를 보고 싶어 하는 부친의 벗들이 꽤 많다. 월호도 곧 한양으로 돌아올 것이니 궐로 가자."

이영은 그제야 서러움 많은 눈물을 터트렸다. 복잡한 심경에 손바닥 사이로 얼굴을 묻었고, 그제야 가마 문은 굳게 닫혔다.

병판 윤송엽은 진두하며 용희와 이영의 가마 행렬을 궐로 인도했다. 언제 시끄러웠냐는 듯 공간은 조용해졌다.

"이건…… 이건 아니다…….""

몸을 숨긴 채 이영의 존재를 확인한 신기형은 날개가 끊어지는 환청을 들었다. 늪에 빠진 듯 다리 아래가 저리고 늘어졌다.

"이럴 수가……. 이럴 수가……."

모두가 떠난 뒤 고요해진 주변은 처참하리만치 서늘했다. 홀로 남은 신기형이 믿을 수 없다는 듯 중얼거리며 휘청했다. 이영이라니. 어찌하여 저곳에 이영이 있단 말인가?

"륜명……. 륜명 네 이놈……."

어금니끼리 맞부딪치니 신랄한 소리가 퍼졌다. 분노는 신음으로 흘러나와 마치 짐승의 것처럼 괴상했다. 기댈 곳이 없어 나무 기둥을 붙잡고 숨을 고르니, 일국의 재상이라는 자의 모습이 참으로 볼품없었다.

"죽여…… 죽여 버리겠다……."

이 순간 신기형은 생각했다. 지금 자신의 눈앞에 지옥의 사신이 나타나 목숨을 대가로 소원을 들어주겠다고 말하면, 가차 없이 모두의 숨을 끊어 내고 말 것이라고.

"전부 죽여 버리고 말리라."

아아, 그리고 그다음 소원을 말하라 한다면.

"반드시 내가! 네년을 찢어 죽이고 말 것이다!"

두말할 것도 없이 그 으뜸의 순번에 빈궁을 놓아 달라, 그리 말하겠다고.

◎

다 늦은 시간에 용희가 환궁하니 그녀보다 먼저 환궁한 사내가 있었다. 바로 완이었다.

상감을 찾아뵙고 대강의 사건을 정리해 보고를 마친 완이 처소로 돌아왔고, 미간만 꿈틀거리며 빈 공간을 서성였다. 불편한 심기가 표정에 그대로 드러났다. 불만 많은 입술과 고집 센 눈매는 한시도 편안히 있지 못한 채 삐죽거렸다. 그렇게 얼마나 흘렀을까.

"저하! 세자 저하!"

바닥이 꺼져라 숨만 푹푹 내쉬던 완이 고개를 들었다. 오매불망 기다리던 소식을 물어 온 동궁전 박 내관은 헐레벌떡 처소로 뛰어 들어왔다.

"저하! 세자 저하!"

"왔느냐?"

"예, 저하! 지금 입궐하시었다 합니다!"

"가 봐야겠다."

완은 옷자락을 펄럭이며 처소를 나섰다.

"혼자 갈 것이니 따르지 말라."

"예, 저하."

길게 늘어선 나인들이 뒤따르려 하자 완이 그들을 저지하며 썽하니 홀로 걸음을 옮겼다. 그렇게 서너 걸음 옮기던 완이 힐끗 뒤를 돌아보았다. 눈치 없이 따라 걷고 있는 박 내관이 해맑게 올려다보니, 완은 눈썹을 일그러트리며 매서운 눈빛을 쏘았다.

"예? 소신도 따르지 말까요? 소신도요?"

"그래, 거추장스러우니 혼자 다녀오겠다. 그리고 자라. 좀 자. 돌아오지 않을 것이니 기다리지 말고 제발 좀."

박 내관이 서운함을 얼굴에 적었지만 그런 게 눈에 들어올 리

있겠나. 세자께서 칼바람을 일으키며 발길을 돌리시니 박 내관은
목을 길게 빼며 그 모습을 바라보다 돌아섰다.

◎

감찰을 마친 세자는 뒤도 돌아보지 않고 한양으로 출발했다. 말
의 꼬리에 불이 붙은 것처럼 달렸으니 체력깨나 된다는 사헌부 관
료들조차 세자를 따르지 못했다. 잠시 쉬어 갈 법도 했으나 간간
이 지친 말이나 바꾸어 탈 뿐, 밤도 낮도 잊으신 것처럼 목적만을
염두에 두셨다.

목적. 세자의 목적.

"저하!"

목적을 눈앞에 둔 완은 우뚝 멈춰 섰다. 자신의 입궐 소식을 들
은 용희도 홀로 움직이고 있었다.

"저하, 이제 오셨습니까?"

마치 언젠가 우리 이렇게 만나자며 약속이나 한 듯, 빈궁의 복
식으로 환복도 하지 못한 용희가 반갑게 걸어왔다. 완은 시선을
길게 주며 그녀의 머리끝부터 발끝까지 모든 것을 눈에 담았다.
아주 깊은 밤은 그녀가 혼자 빛나기를 허했고, 또 그윽하게 물들
어 버린 주변의 풍경은 그가 지닌 운치와 어울리려 애썼다.

용희가 멈춰 섰다. 진즉 멈춘 완과 적당한 간격을 두고 선 용희가 시작부터 맑게 웃었다. 누가 먼저 미소를 그렸는지는 알 수 없고, 다만 서로의 전신에 다정함이 있었다. 얼마 전까지 부정부패한 관료의 등골을 오싹하게 한 세자의 모습은 없었고, 조금 전까지 술수를 부리던 대감의 간담을 서늘하게 했던 빈궁의 모습 또한 없었다.

"저하께선 못 본 사이 더 멋있어지셨습니다."

"누가 할 소리."

아주 평범한, 그래서 더욱 풍요로운 둘의 만남이 웅혼한 궐의 분위기를 아늑한 것으로 바꾸어 버렸다.

용희가 고개를 내리며 수줍게 웃었다. 손바닥으로 마구 비빈 듯 얼굴에 상열이 일자 반가움에 상기되었다.

"어찌 멈춘 것이냐. 가까이 오지 않고?"

"그게…… 좀…….'

용희는 애먼 발끝으로 땅을 툭툭 치며 손을 쥐었다가 펴기를 반복했다. 간격을 유지하는 것만으로도 심장이 터질 듯 오르내리니 더 가까이 서는 것은 무리였다.

완은 고개를 기울이며 그런 용희의 모습을 바라보았다. 매사에 현명한 처사로 야무진 그녀였으나, 오늘처럼 수줍어하는 모습도 그가 좋아하는 모습의 일부였다. 며칠 동안 뜨고 있던 눈이 시렸으나 그런 건 안중에도 없었다.

"오랜만인데, 안겨 보겠는가?"

완이 팔을 벌리며 묻자 용희가 고개를 들었다. 무척이나 어여쁜 얼굴로 잠시 눈을 흘기던 용희가 그제야 가까이 다가섰다. 아주 자연스럽게 허리를 감싸며 품에 안기자 완은 옷자락이 넓은 도포로 그녀를 감싸 안았다. 바라보고 서 있을 땐 그것으로 행복하더니, 이렇듯 품에 안자 완벽한 기쁨이란 게 무언지 알 수 있었다.

"보고 싶었어."

세자는 말했다. 하루를 쪼개고 또 쪼개며 일을 처리해야 했음에도, 생각 저 너머엔 네가 있어 마음이 조급했다고.

"저도 그리웠습니다."

빈궁은 답했다. 긴 하루를 보내는 것에 겸허해야 했으나, 혼이 닿은 듯 생각이 잇닿은 듯 저하께서 곁에 있어 마음이 분주했다고.

숨을 길게 내쉬니 서로의 체향이 코끝에 스며들었다. 아주 달고, 몹시 익숙해서 나른하게 몸 안으로 퍼지는 기운이었다. 작고 연약한 용희의 어깨가 한 품에 쏙 들어오니 고단한 음성이 한층 가라앉아 쇠잔하게 변했다. 세자의 이런 모습을 끌어낼 수 있는 자, 오직 그녀뿐이다.

"그동안 혼자 수고 많았다."

"그런 말씀 마세요. 저하야말로 수고가 많으셨는데."

"무엇을 하며 지냈느냐?"

"그냥요. 이것저것. 이것저것을 하며 보냈습니다."

"내 생각은 많이 했는가?"

부질없는 질문이 이어지자 용희는 답 대신 둥글고 긴 미소를 지었다. 아마도 세자께서 그녀의 표정을 보았다면 훌륭한 답을 들었노라 하셨을 것이다.

"왜 답이 없어."

"많이 했지요."

"대답이 건성인데."

용희가 짧게 웃음을 토하자 완은 더욱 그녀를 그러안았다. 숨이 갑갑했지만 그가 원하는 대로 고분고분 품에 안긴 그녀가 턱을 조금 들며 하늘을 바라보았다. 이렇듯 그에게 안겨 바라보는 하늘이란 세간의 멋과 달랐고, 감흥이 상이했다.

"나는 네가 없으니 통 잠이 오지 않았다. 이제야 피곤이 밀려와 곤하구나."

마치 잠꼬대를 하듯 완이 중얼거리자 용희는 팔을 들어 그의 등을 쓸어내렸다. 그녀의 어깨에 턱을 기댄 채 눈을 감은 완이 등을 어루만지는 손길에 숨을 길게 내쉬었다. 이미 체력의 한계를 넘어선 세자의 전신으로 잊고 지낸 고단함이 휘감겼다.

"이만 들어가서 주무세요, 저하."

"조금만."

"……."

"조금만 더."

현저히 느려진 완의 음성은 잠에 빠진 것처럼 생기가 없었다. 해 줄 것이 많지 않아, 용희는 손끝에 마음을 실어 그의 등을 한없이 어루만졌다. 예전엔 미처 알지 못했다. 그의 자리가 얼마나 위태롭고 외로우며, 또 얼마나 무겁고 어지러운 자리인지. 중용을 지킨다는 일이 어떤 고독함을 가져다주는지. 그것은 사물에 빗댈 수도 없고, 하물며 나누어질 수도 없는 일이라는 것을.

"저하."

선 채로 정신없이 곯아떨어지는 것 같은 세자의 등을 토닥거리던 용희는 낮은 목소리로 완을 불렀다. 이럴 것이 아니라 일각이라도 편히 주무시게 해야 할 것 같았다.

"저하, 이러지 마시고 어서 처소로 드시어 주무시는 것이 낫지 않겠습니까?"

"……."

"저하, 저하."

그때였다. 완의 팔이 그녀의 얼굴 옆으로 쓱 다가왔다. 용희가 곁눈질로 보니 그가 내민 것은 작은 천 주머니였다.

"이것이 무엇입니까?"

"선…… 물……."

느리게 잠긴 목소리였다. 완은 반쯤 잠이 들고 반쯤 정신이 있는 것 같은 입술로 말을 이었다.

"이것만 아니면 더 일찍 왔는데…… 이게 생각이 나서……."

"이게 뭔데요?"

"끌……."

완은 끌러 보라는 대꾸를 갈무리하지 못했고, 용희는 불편한 자세로 완의 손에 들린 천 주머니를 받아 들었다. 이윽고 주머니를 끌러 보니 기가 막힌 물건이 나왔다.

"아……."

홍시가 대롱대롱 매달린 뒤꽂이다.

"……이게 뭐예요."

"선물……. 선물……."

알차게 익어 주렁주렁 열린 것이 금방이라도 톡 떨어질 것 같았다. 용희는 고개만 빼꼼 들어 뒤꽂이를 바라보다 너털대는 웃음을 터트렸다. 대체 이런 걸 어디서 사 왔단 말인가.

"세상에, 이걸 어디서 사 왔담? 저하, 이거 어디서 사셨어요?"

"장터……. 모르겠다, 거기가 어딘지……. 한참 찾았어……."

"저하께서 직접 고르셨습니까?"

"……."

불리하니 말이 없다. 분명 사헌부 관료들을 괴롭힌 것이 자명
했다.

"직접 고른 건 아니구나?"

"출처에 연연하지 말아라. 분명한 건 내가 샀다."

잠에 빠진 것 같던 음성이 분명해지더니 완이 상체를 폈다. 어
느새 온기로 물들었던 그녀의 어깨에 휑한 바람이 스쳤다. 용희는
대롱대롱 매달린 홍시를 바라보다가 머리에 꽂으며 완을 향해 해
사한 웃음을 지었다.

"마음에 꼭 듭니다. 매일 하고 다닐게요."

주상 전하께서 금두꺼비를 주셨다고 말해 볼까 하다가 관두기로
한다. 더 좋은 것을 해 주겠다며 눈에 쌍심지를 켤지도 모르니까.

사랑받는 것이 벅차 그녀가 환히 웃으니 무심코 완의 입술이 이
마로 내려왔다. 분명하고도 선명한 자국이 새겨지는 기운에 용희
는 눈을 감았다. 목덜미엔 그의 두 손이, 머리 위론 달빛이. 입술
이 더욱 내려왔다. 닿을 듯 닿지 않은 간격 사이로 서너 초를 흘려
보낸 완이 입술을 열었다.

"한시도 내 곁에서 떠나지 마라."

"네, 저하."

"허하지 않을 것이니 등 돌리지도 말고."

"네, 저하."

입술을 포갰다. 틈을 주지 않을 것처럼 완벽하게 맞닿으니 숨쉬기도 힘든 침묵의 사위가 공간을 물들였다. 시야는 막히고 감각은 트이니 또 다른 따뜻함이 두 사람을 이롭게 했다.

'단 한순간도, 내 곁을 떠나지 마라.'

'네, 저하.'

87
화

부부의 금슬

【해종실록 11권. 해종(偕宗) 17년 10월 18일】

　함경도 관찰사가 압송되어 토지의 조세를 줄여서 보고한 죄가 드러났다. 상이 추국을 직접 맡아 죄목을 정하니 국법에 의하여 귀양을 보내라 이르다.

　세자 또한 전라도에서 환궁하다.

"여봐라! 대감께선 안에 계시느냐!"

"예? 예. 하온데 이렇게 이른 아침부터 어인 일⋯⋯."

"대감! 좌상 대감!"

한 무리의 대신들이 신기형의 집 문턱을 넘었다. 해가 미처 차오르기 전의 일이었고, 아랫것은 머리를 긁적거리며 대신들의 뒷모습을 바라보았다. 등이 굽은 노신부터 허리가 곧은 젊은 관료까지 출동하였으니, 아랫것들은 삼삼오오 모여 구경하듯 바라보다 입술을 열었다.

"이봐, 영꺽이, 어제 개똥이가 죽었다지 않았어?"

"응, 그랬지? 그게 왜?"

"그래서 다들 꼭두새벽부터 문상을 오셨나?"

개똥이란 집에서 문지기로 키우던 어제 죽은 개의 이름이었다.

뜬금없는 이야기에 두 눈을 게슴츠레 뜬 한 사내가 투덜거렸다.

"그게 무슨 말도 안 되는 개소리여? 아, 키우던 개 한 마리가 죽 었다고 저 높으신 분들이 떼로 조문을 와?"

"왜 말이 안 돼? 정승댁 정승이 죽으면 사람이 없지만, 정승댁 개가 죽으면 줄이 백 리로 늘어선다잖어."

"예끼! 어디서 쉰 소리를 주워듣고 헛소리여? 어서 하던 비질 이나 마저 혀! 또 한 소리 듣지 말고!"

"그게 아니라면 아침부터 우르르 몰려오실 일이 뭐 있대? 어차 피 입궐하면 다들 보실 텐데."

탐탁지 않은 비질을 시작하며 아랫것은 대신들이 사라진 공터 를 바라보았다. 날씨는 평소보다 차게 느껴져 기분 나쁜 소름이 돋았다.

"대감! 계십니까! 강평택이올시다!"

사내가 우렁차게 입을 떼자 잠시 후 안채의 문이 열리며 신기형 이 모습을 보였다. 입궐하고자 이제 막 착건속대를 마친 그의 모 습은 지나치게 평온했다. 지난밤, 마신 물까지 토하며 이를 갈았 던 모습은 온데간데없었다.

"무슨 일이오? 이른 아침부터 문간에서 소란이라니."

"대감, 이렇게 태평하실 때가 아닙니다!"

안채에 틀어박혀 패배에 시름하는 모습은 좋지 않은 영향을 끼칠 것이 자명했다. 자신이 조금이라도 흔들린다면 저들 중 누구는 혼자 살기를 자처할 것이고, 방법을 모색할 것이고, 침몰하지 않기 위해 닥치는 대로 밀어내려 할 것이 뻔했다.

"지금 전라도 관찰사가 한양으로 압송되었다고 합니다! 사헌부에서 사가의 벽까지 뜯어내 장부를 찾았다지 뭡니까! 아주 작정을 한 모양입니다!"

"그러게 말입니다! 이번에 새로 임명된 방주감찰이 화근인 듯합니다!"

"내 말이 그 말 아닌가! 그 박손웅이라는 자가 우리와는 연이 없는 자라 잠시 안이했던 게 문제였네!"

"저하께서 끌고 내려가셨으니 오죽했겠습니까? 그나저나 이 일을 어쩐답니까, 대감!"

"조용히들 하게! 조용히들!"

신기형은 소란을 저지하며 손을 들어 보였다. 밤새 입술로 뜯어낸 손톱은 시커멓게 죽어 멍이 맺혔다.

"자네들은 어찌하여 하나도 스스로 해결하지 못하고 이 사람에게만 매달리는가?"

"예에?"

"죄를 지었으면 응당 잡혀 들겠지. 그게 무슨 대단한 일이라도 되는 것처럼 아침부터 소란이냐 이 말일세!"

모두는 당황한 듯 우물쭈물거렸다. 신기형은 미간을 사정없이 일그러트리며 굵게 혀를 찼다.

"하오나 대감, 장부가 발각되었다면 사태가 심각하지 않겠습니까?"

"맞습니다. 관찰사 한 명이 잡혔기로서니 그것이 문제겠습니까? 꼬리에 꼬리를 물 것이니 그것을 염려하는 것이지요!"

"진정들 하게. 때를 대비해 우리에겐 준비해 둔 것들이 있지 않은가?"

신기형은 수염을 쓸어내리며 댓돌 위에 놓인 신을 신었다. 아랫것이 무릎을 꿇고 신겨 드리니, 신기형은 터덜터덜 마당을 걸었다.

"뱀에게 다리를 물렸으면 다리만 내주면 될 일이지."

의심 많고 궁금한 것이 많은 대신들의 시선은 그의 걸음을 따랐다. 신기형이 뜨거운 오장육부 사이에서 숨을 밀어내니 입김은 굴뚝의 연기처럼 흘렀다. 그저 일신의 안위만을 염려하는 멍청한 놈들을 상대하자니 토악질이 날 만큼 염증이 났다.

"대감, 대감, 그것이 무슨 말씀이십니까? 무슨 뜻입니까? 예?"

"독이 온몸으로 퍼지기 전에 다리만 잘라 내면 될 것 아닌가. 어리석기는."

신경질적인 음성이지만 그나마 희망이 있어, 대신들은 신기형의 다음 말을 기다렸다. 부디 자신이 뱀에게 물린 다리는 아니기를. 나만 아니면 무엇이든 괜찮으니 부디 잘릴 다리가 자신이 아니기를.

"안타깝지만 지의금부사를 잘라 내야겠네."

"그, 그럼 되겠습니까? 그걸로 전부 덮어지겠습니까?"

어미를 따르는 어린 새처럼 모두는 신기형의 뒤를 졸졸 따랐다. 그의 판단 없이는 한 치 앞도 홀로 걸어갈 자신이 없는, 탐욕스러움에 젖은 자들일 뿐이었다.

"압송된 관찰사의 일은 염려 말게. 입을 열면 열수록 죄가 추가될 것이요, 또한 주변에 엮인 것이 많으니 함부로 발설은 하지 못할 걸세."

"그렇다면 오죽 다행이겠습니까? 전라도로 내려 보낼 군량미를 빼돌린 게 두 달밖에 되지 않았으니 그게 제일 걱정입니다, 대감."

"장부에 자네들 이름은 없을 테니 걱정 말고 함구불언하게."

신기형은 멈춰 서서 헛웃음만 흘렸다. 이런 자들을 곁에 두고 감히 대업을 꿈꾼 자신이 한심스럽기도 했다.

"그것이 참입니까? 정녕 대감만 믿어도 되겠습니까?"

"정말 제 이름이 오를 일은 없는 것이지요, 대감? 대감만 믿겠습니다!"

진흙탕에 발을 담근 줄 알았는데 알고 보니 자신이 진흙탕이요, 이자들이 발을 담그니. 한마디로 진창이었다.

◎

입궐한 신기형이 침음한 공간에 발을 디뎠다. 주로 중벌의 죄인들을 심문하는 곳으로 쓰이는 이곳은, 안으로 들어갈수록 굴을 파고 들어가는 것 같았다. 위치를 묻지 않아도 들려오는 사내의 비명이 고신이 벌어지고 있는 곳을 알려 주었고, 신기형은 무미건조한 얼굴로 그곳을 찾았다. 목청 찢기게 울리던 비명이 뚝 끊기자 찾아든 적요는 습하고 눅눅한 공간에 잘 어울렸다.

"대감, 오셨습니까?"

"그래, 수고가 많네. 죄인은 어떠한가?"

"방금 혼절했습니다."

눈을 찌푸리며 신기형은 관찰사를 바라보았다. 발목과 팔목이 묶이고, 벌어진 다리 사이엔 피가 흥건했다. 뼈가 튕겨 나올 것처럼 부풀어 오른 살집이 찢긴 옷자락 사이로 흉측하게 드러났다. 완벽하게 눈을 감지 못한 채 혼절한 사내의 흰자위가 볼썽사나웠다.

"죄인을 깨우고 자네들은 잠시 나가 있게."

"예, 대감."

고신을 담당한 사내가 눈짓하니 곁에 서 있던 군졸이 얼음물을 끼얹었다. 살을 에는 찬기가 밀려들자 강제로 정신을 차린 죄인은 헉, 헉, 가쁜 숨을 몰아쉬었다. 군졸들은 조용히 밖을 나섰고, 신기형은 몰골이 흉하다는 듯 눈살을 찌푸렸다.

"세상에, 꼴이 이게 무언가?"

"아…… 아…… 대감……. 대감!"

흐릿하던 잔상이 확실해지니 죄인의 동공에 신기형이 담겼다. 사력을 다해 고신을 참으며 오로지 신기형이 나타나기만을 기다린 죄인의 눈에 피눈물이 맺혔다.

"대감! 대감!"

"그래그래, 내가 여기 있네."

"흑흑…… 어흑흑……. 대감……."

육신의 고통이라고는 일절 당해 본 적 없이 살던 자였으니 참고 버틸 재간이 대단한 것도 아니었다. 그래도 참았다. 그것만이 살길이라는 것을 잘 알고 있던 까닭이었다.

"고생이 많으이. 참으로 고생이 많네."

"대감…… 어흑흑……. 대감…… 살려 주십시오……."

신기형은 느리게 걸어 사내 앞에 섰다. 피비린내가 확 끼쳐 오르니 미간을 일그러트리다가, 죄인을 향해 낮게 물었다.

"장부는 어디에 있는가?"

"흑흑…… 아흐흑……. 그것이…… 세자 저하께서……."

"얼마나, 어디까지 발설하였는가?"

"장부를 들킨 것 말고는…… 아직…… 살려 주십시오. 살려 주십시오…… 대감……."

"자네가 동궁에게 대사성을 팔아넘겼다지?"

"어, 어, 어쩔 수 없었습니다! 그것이…… 그것이라도 안 하면……."

"한유철 대감의 이름이 자네 장부에 적혀 있는가?"

질문은 끊임없이 이어졌다. 어깨를 툭툭 쓸어내리며 신기형은 금방이라도 살려 줄 것처럼 답을 종용했다. 시키면 시키는 대로 죄인은 입을 열었다. 신기형이 요구한다면 무엇이라도 답할 용의가 있었다.

"시, 실명을 적어 둔 것은 아니고……."

"되었네, 되었어. 그럼 지금부터라도 이름을 바꿔 지의금부사라 발설하게."

"어찌, 어찌 그럴 수 있을까요?"

"실은 대사성과 우리 가문 사이에 혼담이 있으이. 죄가 묻은 집에 딸자식을 보낼 수는 없지 않겠는가?"

"아…… 하지만 이미 세자께서 알고 계신 것을……."

"말이야 뒤집으면 그만 아닌가."

"하오시면 저는 어찌 되는 것입니까?"

죄인은 눈물이 그렁그렁 맺힌 얼굴로 신기형을 올려다보았다. 때로는 인간의 목숨만큼 질기고 질긴 것이 없는지라, 살고자 원하는 심장 부근에 힘찬 박동이 이어졌다.

"조금 있다가 추국이 시작될 것일세."

"추, 추, 추국이라면……."

"상감께서 직접 자네를 치국하실 모양이야."

"아아…… 대감, 대감……."

"내가 시킨 대로 잘 아뢸 수 있겠는가?"

"예! 예예! 무조건! 무조건 시키는 대로 하겠습니다!"

신기형은 인자한 미소를 그리며 죄인의 어깨를 쓰다듬었다. 마치 모든 게 잘될 것이라는 듯 결심 선 미소를 보여 주니, 죄인은 억척스러운 눈물을 흘리며 통사정을 했다.

"죽기 싫습니다……. 죽기 싫습니다, 대감……."

"그래, 내 어찌 모르겠는가. 다 알고 있네."

"부디 살려 주십시오……. 대감만 믿겠습니다……."

신기형은 말없이 죄인의 어깨를 두드리다 밖을 나섰다. 그러곤 대기 중이던 관료 앞에 멈춰 서 입술을 열었다.

"곧 추국이 시작될 것이니 죄인의 심문은 중지하고 기다리세."

"예, 대감."

사방을 살피다 관료의 옷자락을 끌었다.

"오늘 죽을 목숨이니 옷이라도 따뜻하게 입혀 추국장으로 보내고."

"예. 알겠습니다, 대감."

신기형은 되었다는 듯 고개를 끄덕이며 걸음을 옮겼다. 몇 마디 말로 몇 사람의 목숨이 위태로워졌지만 그런 것쯤 우습게 넘길 수 있었다. 때로는 고단하여 멈추고 싶기도 하였으나, 이대로 멈춘다 한들 살아날 수 있는 방도가 있는 것도 아니었다. 그러니 멈추지 못할 수밖에. 허물은 또 다른 허물로 덮어 버리면 그만이라 스스로를 속일 수밖에.

©

"저하, 제 얼굴이 닳겠습니다. 책은 들여다보고 계신 것이 맞습니까?"

"보고 있다. 책장 넘기는 소리가 안 들리는가?"

"책장만 넘어가면 무얼 합니까? 저하 시선이 그곳에 없는데."

서책을 바라보던 용희가 고개를 들며 완을 바라보았다. 들켰다는 생각에 흠칫 놀란 완이 벌써 여러 장 영혼 없이 넘긴 서책으로 시선을 주지만 이미 때가 늦었다.

종이 한 장을 넘기고 용희 얼굴을 바라보고, 또 한 장을 넘기고 바라보고.

"또 이러십니다."

"정수리에 눈이라도 달린 건가? 어찌 그리 잘 알지?"

"이렇게 코앞에서 바라보시니 어찌 모를 수가 있겠습니까?"

아차. 무의식중에 조금씩 그녀에게 끌려가, 대놓고 바라보고 있었음을 깨달은 완이 미간을 좁혔다. 턱을 괴고 그녀의 얼굴만 바라보고 있어도 시간은 곧잘 흐르니 아무것도 하고 싶지 않았다.

"활자가 눈에 들어오냐?"

"네, 무척이나요."

"내가 이렇게 보고 있는데?"

용희는 다음 장을 넘기며 집중하는 눈빛을 했다.

"이제 대꾸도 안 해 주는 것이냐?"

"오늘 중 할 일이 많다 하지 않으셨습니까?"

"그 할 일에 너를 보고 있는 것도 포함되었다. 그래서 일이 더욱 많아졌지."

"저는 포함을 시키지 않았는데도 일이 많습니다. 어마마마께서 내리신 숙제가 많단 말이에요."

야박한 용희의 대꾸에도 좀처럼 시선을 뗄 수가 없다. 완은 아예 상체를 틀어 책상에 팔꿈치를 기대고 턱을 괸 채 그녀를 응시

160

했다. 이마는 어쩜 저렇게 선이 둥글고 도톰하게 나왔을까. 콧날 좀 보라. 쓱 문지르면 베일 것 같이 유려하지 않은가. 두 볼은 또 어떻고. 늘어트리면 말캉말캉하니 촉감이 일품인데. 하기야, 입술을 빼놓고는 얘기를 논할 수 없지. 콱 물어 잘근잘근 깨물어 주고 싶게 생기지 않았는가.

"용희야."

"안 됩니다."

"내가 무슨 말을 했다고 안 된다는 것이냐?"

"안 들을래요. 안 듣고 싶습니다."

"내가 없는 사이 야박함을 배웠느냐? 김 상궁이 그러라 일러 주던?"

"관상감에 찾아가 협박을 하셨다지요? 세자는 매일이 길일이라고."

"협박이라니? 난 사실을 이르고 온 것일 뿐. 누가 그런 망언을 퍼트리고 다닌다는 것이냐?"

"이미 대전이 알고 내전이 알고 빈궁전이 안다지요. 망측함에 살 수가 없습니다."

쩝. 완은 용희의 이어지는 타박에 입맛을 다셨다. 어젯밤만 해도 온갖 사랑스러움을 폭발하던 그녀가 하루 사이에 낯빛을 바꾸고 박대하니, 망측한 것은 모르겠고 서운해서 살 수가 없다. 서운

161

해서 살 수가 없다.

"밤낮으로 얼굴을 바꾸니 그것도 재주다."

"지금 무어라 하셨습니까?"

용희가 고개를 들며 묻자 완은 덥석 반가운 기색을 보이며 생기
어린 눈빛을 했다.

"그렇지 않은가? 밤이면 밤마다 길일을 자처하는 것이 비단 나
만의 이야기인가?"

"저하, 듣는 귀가 많습니다."

"부부의 이야기가 다 그렇고 그런 거지. 그럼 너와 내가 앉아 정
치라도 논해 볼 참이냐?"

용희는 바깥을 살피는 눈치를 하다 완을 향해 눈을 흘겼다. 아
침나절 중궁전에 문안 인사를 드리고 오는 길, 나인들이 숙덕대던
소리를 들은 게 화근이었다.

'빈궁전에서 밤마다 앓는 소리가 끊이질 않는다며?'

'금실이 좋아도 그렇게 좋으실까? 저하께서 어쩐지 옥체가 상
하신 것 같지 않아?'

'어쩜, 난 몰라. 저하께서 관상감에 그러셨대. 나는 매일매일이
길일이다. 이렇게.'

소쿠리를 옮기던 나인들이 저마다 입방아를 찧으며 두 사람의
밤을 읊었다. 지나치며 우연히 들은 용희는 얼굴이 화끈거리는 탓

에 고개를 들 수가 없었다.

"저하께서는 매일매일이 길일이라 참으로 좋으시겠습니다."

"좋지. 나의 체력엔 한계가 없다."

"그걸 지금 말씀이라고!"

하유. 용희는 눈썹을 슬쩍 올렸다 내리며 다시 붓을 들었다. 하지만 얼마 지나지 않아 붓을 들었던 손을 잠시 꺾었다. 주관할 행사가 산더미 같은데 이렇듯 도와주지 않으니 속도는 지지부진이다.

용희의 박대를 이해하지 못하는 완이 뚱한 표정을 일관하자, 한참 후 그녀는 야속한 속내를 털어놓았다.

"궐 안 사람들이 자꾸 쑥덕거린단 말이에요."

"무슨?"

"그게…… 그러니까…….."

용희는 말로 꺼내기 어려워 애먼 입술을 깨물다가 세자의 귓가에 소곤거렸다.

"밤마다 빈궁전에서 앓는 소리가 울려 퍼진다잖아요. 아주 부끄러워 죽겠습니다. 아시겠습니까? 다들 저를 쳐다보는 눈길이 얼마나 괴상한지 저하께서는 모르실 거예요."

완은 크게 웃음을 터트렸다. 굵은 웃음이 한참이나 퍼지자 용희는 허겁지겁 용포 자락을 붙잡으며 역정을 내었다.

"웃을 일입니까? 민망해 죽겠는데, 이게 웃을 일인가요?"

163

"하하! 하하하! 내가 너 때문에 아주 못 살겠다."

얼마나 웃었는지 허리 주변에 통증까지 지르르 울린다. 완은 유쾌한 웃음을 갈무리하며 다시 용희를 바라보았다.

"그게 뭐 어떻다고 빈궁께서는 이 난리이신가?"

"뭐, 뭐라 하셨습니까?"

공감해 주지 않으니 용희의 시선에 배신감이 일렁였다. 이래서 말을 꺼내지 않으려고 한 것인데. 참하게 생긴 빈궁이 밤마다 밝힌다는 이야기가 얼마나 심장을 바짝 조였는지 세자는 절대 모를 것이다.

"내 이럴 줄 알았지요. 역시나 몰라주실 줄 알았습니다."

"밤마다 앓는 소리가 들리지 않으면 또 그런대로 흉한 소문이 돌지."

무슨? 용희가 눈으로 묻자 완은 흔연한 미소를 그렸다.

"예컨대 세자와 빈궁의 사이가 냉랭하다."

궐이란 무엇이든 소문이 되는 법.

"세자와 빈궁 사이가 틀어졌다더라. 그럼 이후엔 어찌 될 것 같은가?"

"그야……."

왕가의 일이란 항간에 떠도는 소문으로 그치지 않을 것이다.

"대신들이 옳다구나 하고 물어뜯을 것이다. 원손이 없는 빈궁에게 자격을 묻고, 후궁을 들이십사 주청을 올리겠지.”

“그, 그게 무슨.”

“그럼 또 어찌 되는 줄 아느냐? 이것이 기회다 싶어 각자 밀고 있는 가문의 여식을 후궁으로 올릴 것이다. 너와 나 사이에서, 정치가 시작된단 말이다.”

용희는 세자의 설명에 어깨를 축 늘어트렸다. 듣고 보니 한마디도 틀림이 없어, 미처 생각해 본 적 없는 다른 세계를 접한 것만 같았다. 이러면 이러는 대로 저러면 저러는 대로 정말이지 어려운 자리였다.

“그러니 이왕지사 돌게 될 소문이라면 앓는 소리가 울려 퍼진다는 게 낫지 않겠는가?”

용희는 할 말이 없어 입술만 삐죽거렸다. 완은 쓱 얼굴을 들이밀며 새침해진 그녀의 코끝까지 다가갔다.

“아니면, 빈궁께선 매일매일이 길일인 내게 후궁이라도 소개해 줄 참인가?”

“저하!”

“농이다, 농. 실수, 실수.”

용희가 불같은 역정을 내니 완이 두 팔을 들며 고개를 끄덕였다. 밀었다가 당겼다가, 완은 그녀를 손바닥 위에 올려놓고 간지럼을 태우듯 놀렸다.

“이제 어쩔 작정이신가, 빈궁?”

“무엇을 말씀이십니까?”

정신을 차려 볼 요량으로 용희가 다시 붓을 드니 완이 다급하게 손을 잡았다.

“흐르는 소문이 두려워 세자의 길일을 막아설 참인가?”

“으이그.”

“세자와 빈궁의 밤이 혹한의 설야와 같다는 소문이 더 구미에 당기는가?”

“그럴 리가 있겠습니까?”

이번엔 용희가 예고 없이 다가갔다.

“앓다 죽는 쪽으로 갈게요. 그쪽이 더 구미에 당깁니다.”

“좋습니다, 빈궁. 아주 좋습니다.”

완이 강하게 고개를 끄덕이자 용희도 강하게 고개를 끄덕였다. 부부의 일과지만 밖으로 퍼져 나가 세간의 입방아를 찧어야만 하는 운명이라면, 까짓것 범접할 수 없는 금실을 보여 주겠다고.

용희는 곁눈질로 책상에 올려놓은 금두꺼비를 바라보았다. 반드시…… 조만간…….

“아야!”

그런 음흉한 속내를 읽었는지 완이 용희 이마에 딱밤을 놓으며 정좌했다. 이제 본격적으로 책을 들여다볼 것처럼 표정을 사무적으로 바꾸었다.

"빈궁, 어찌 해가 이리 중천인 시간부터 농익은 소리를 해 대는 것입니까."

"어머."

"이렇게 밝혀서야. 자중합시다. 할 일이 많지 않소."

"아주 들었다가 놨다가 잘하십니다. 이제 말 걸지 마세요. 대꾸 안 할 겁니다!"

토라진 얼굴로 용희가 붓을 드니 완은 귀엽다는 듯 미소를 그리며 서책을 바라보았다. 그녀의 손끝에서 분노의 붓질이 이어지자, 한참 후 완이 입술을 열었다.

"조만간 매사냥이나 다녀오자."

"되었습니다. 저하께서 혼자 가십…… 네?"

용희가 멍하니 고개를 들자 완은 싫으면 말고, 하는 표정을 지었다.

"바람을 쏘고 싶다던 말은 거짓인 모양이다. 내키지 않으면 가지 않아도 될 것인데."

"날이 잡히면 제일 먼저 알려 주세요. 만반의 준비를 다하겠습니다."

완은 용희를 힐끔 바라보았고 서로는 웃음을 터트렸다.

"그런데요, 저하. 매사냥은 할 줄 아십니까?"

"물론. 보고 반하지나 마라."

"반할 거예요."

"그럼 더 좋고."

감출 수 없는 단내가 폴폴 풍겨 왔다.

88
화

귀
로

상이 이르기를.

"증좌가 모이고 정황이 쌓이니 나라의 도둑놈들이 누군지 이제 잘 알겠다. 은혜와 기회를 주어도 마침내는 배반하니 엄중히 생각하고 신중히 가려내었다. 이제라도 잡아들이지 않으면 두고두고 악을 징계할 길이 없겠다."

하였다.

"저! 나리! 지담 나리!"

간단한 훈련을 마친 지담이 궐 안을 쑤시고 다니자 저 멀리서 두 명의 나인이 달려왔다. 궐 안의 빨래와 다듬이질을 담당하고 있는 세답방 나인들이었다.

"지담 나리!"

저돌적으로 달려오니 저도 모르게 두어 걸음 뒷걸음을 치며 지담이 뚱한 표정을 지었다. 두 명의 나인 중 한 명이 앞섶에 손을 올리며 공손히 인사를 했다. 지담은 일면식이 없어 유심히 얼굴을 들여다보았다.

"무슨 일인가? 자네는 뉘고?"

"저, 이것을 드리려고……."

"이게 뭔데?"

지담은 나인이 공손하게 손을 내밀자 시선을 내렸다. 손바닥 위에 손수건이 놓여 있는 것을 바라본 지담은 그제야 기억이 나는 듯 아아, 소리를 냈다.

"자네는 그 세답방…… 세답방……."

"예, 맞습니다. 세답방."

"그, 그, 김 나인?"

"아닙니다."

"아, 그럼 신 나인?"

세답방 나인은 또 한 번 고개를 저었다.

"그럼 박 나인? 정 나인? 한 나인? 이 나인?"

"아…… 그것이……."

"아하, 강 나인이었구나."

"황 나인입니다."

"그래, 황 나인. 황 나인이었어. 내 잘 알고 있지. 그래그래, 반갑네."

"네, 나리. 반갑습니다."

황 나인이 얼굴을 붉히자 지담은 멋쩍은 미소를 지었다. 일전에 궐 안 어딘가에서 마주친 황 나인이 별안간 코피를 쏟자 지나가던 지담이 손수건을 내준 일이 있었다.

"그때 피를 쏟아서 손수건을 빌려 주었던 것으로 기억하는데, 의원은 찾아가 보셨는가?"

"예, 나리. 피로가 겹쳐 그랬다지요. 지금은 괜찮습니다."

"다행이네."

"그땐 정말 감사했습니다. 잘 세탁해서 가져왔습니다."

황 나인은 수줍은 표정을 하며 공손하게 두 손을 올렸다. 지담은 손수건을 내려다보다가 팔을 들었다. 솜털에도 닿지 않으려는 듯, 집게손가락 끝에 온통 신경을 쏟으며 손수건을 집어 들었다. 균이 묻은 헝겊을 만지는 것처럼 무척이나 야박한 모습이었다.

"돌려주어 고맙네. 그럼 잘 가게."

"저, 나리!"

지담이 손수건을 붙잡은 채 돌아서자 황 나인이 그를 불렀다. 아, 이놈의 인기. 지담은 애써 다정하게 표정 관리를 하며 황 나인을 바라보았다.

"송구하지만 제가 나리께 감사하여 작은 선물을 하나 가져왔습니다."

"선물?"

"저…… 사가에서 직접 빚은 술인데……."

황 나인이 곁에 서 있던 벗에게서 작은 호리병이 담긴 천 주머니를 받아 들었다. 몇 날 며칠을 고민한 모양이다.

"그저 정성이구나 생각하시고 받아 주시면 감사……."

"아니? 안 받고 싶은데?"

"네?"

당황한 황 나인이 고개를 들자 지담은 손가락을 까딱까딱 흔들었다. 따라온 친구 나인이 이럴 줄 알았다는 듯 오만상을 찌푸렸다. 지담은 실망한 기색이 역력한, 눈망울에 속상함이 그득그득 내려앉은 황 나인의 귓가에 작게 속삭였다. 황 나인의 얼굴이 터질 듯 붉어졌다.

"존재하는 술 중 으뜸의 술은 여인의 입술. 그러니 이따위 선물이 내게 무슨 의미겠는가? 여인의 입술이 앞에 있는데."

"으아…… 나리……."

"내 마음 그만 흔들게. 자네는 나를 참형에 목숨을 잃을 죄인으로 만들고 싶은 것인가?"

"아, 아닙니다! 아닙니다! 어찌 소인이 그럴 수 있겠습니까!"

"그러니 넣어 두게. 술은 맛본 것으로 하지."

"네…… 나리……."

"안타깝게도 여기서 그쳐야 할 지독한 운명이 아니겠나. 나를 더 아프게 할 생각이 아니라면 잘 가시게. 사는 내내 행복하고."

"흑, 송구합니다!"

황 나인은 심장을 부둥켜안으며 동료와 함께 뒤돌아 뛰었다.

지담은 나인들의 꺅꺅거리는 소리가 시끄러워 귀를 파며 중얼거렸다.

"이 윤지담이가 궐 안에 커다란 파장을 일으켰어. 이 몸을 홀로 사랑하는 여인들이 벌써 몇이냐."

하, 또 한 여인의 마음을 거머쥐다니. 몹쓸 일이로다. 몹쓸 일이야.

"휴, 이러니 누구와 혼례를 치른단 말이냐. 차라리 모두의 사내가 되고 말지."

"존재하는 말 중 제일 더러운 말은 윤지담의 말."

들려오는 말에 황급히 돌아선 지담은 다가오는 사내를 바라보다 두 눈을 크게 떴다.

"존재하는 담 중 제일 더러운 담은 윤지담의 입담."

"뭐야?"

월호였다.

"윤지담은 이젠 하다하다 궁녀들에게까지 더러운 술수를 부리는 것이냐?"

"왔냐?"

지담은 반기는 눈빛을 했다가 금세 지웠다. 적잖이 반가웠으나 녀석과 자신의 사이에 어울리지 않는 일이었다.

"저하께 이실직고해야겠다. 네놈이 궁녀들을 상대로 희롱질을 하고 다닌다고."

"희, 희, 희롱질이라니!"

"입술이 어쩌고저쩌고, 그것이 희롱이 아니고 무엇이냐?"

"웃기는 소리 하지 마라!"

지담은 으르렁거렸다. 월호는 세상 가장 더러운 것을 목격했다는 듯 인상을 구겼다.

"민월호는 한 번도 이런 일을 겪어 본 적이 없어서 잘 모르겠지만, 여인의 선물을 거절할 땐 상처를 입히지 않도록 조심해야 하는 거야, 이 멍청아."

"웃기는 소리."

"그럼 익위사의 신분으로 궁인에게 선물이나 받고 돌아다니는 게 더 낫다는 거냐? 관복 벗을 일 있냐?"

터덜터덜 걸어오던 월호는 지담 앞에 멈춰 섰다. 빈궁전에서 구해 온 독은 죽은 이문열의 몸에서 나온 독과 일치했고, 륜명의 도움으로 이영을 찾을 수 있었다.

"갈 때는 죽을상을 하고 떠나더니 얼굴 부쩍 좋아졌다, 민월호?"

이영은 빈궁의 도움 아래 실어증 치료를 받는 중이었고, 조만간 신분 또한 되찾을 수 있었으니 경사 중의 경사였다.

"딱히 축하는 하고 싶지 않지만 축하는 해야 하는 상황이고, 축하를 하긴 하는데 축하가 하고 싶어서 하는 건 아니야."

지담의 실없는 소리에 월호는 피식 헛웃음을 흘렸다.

"웃어? 그 정도 피식이면 민월호에겐 박장대소 수준인데? 진짜로 먹고살 만해진 모양이로다?"

"거의 다 왔다. 머지않았어. 전부 다 잡아들일 수 있겠다."

월호는 이제 곧 신기형을 잡을 수 있을 거라고 확신했다.

"축하한다, 여러모로."

지담은 녀석의 어깨를 툭 쳤다. 민월호가 이영을 찾게 되어 사실은 무척이나 기뻤다. 다시는 헤어지지 않을 수 있을 것 같아 그것 또한 썩 마음에 들었다.

두 사람은 각자 들고 있던 검집을 교차시키며 부딪쳤다.

"잘 왔다, 민월호."

"나도 그렇게 생각한다."

"너무 내 앞에서 연애질만 하지 말고. 외로우니까."

그들만의 인사였다.

◎

'도망가고 싶으냐?'

민연은 손톱을 깨물며 방을 서성였다. 류명을 만나고 온 뒤로 그녀는 잠시도 진정할 수가 없었다. 믿을 수 없는 사내의 말을 곱씹고 있다는 걸 알면서도 생각은 좀처럼 멈출 수 있는 지경이 아니었다.

'이렇게 우연히 만난 나를 구원이라고 생각해도 좋다.'

민연은 초조한 눈꺼풀을 쉼 없이 닫았다가 열며 입술을 사리물었다. 본연의 생기를 잃은 얼굴 위로 푸른 그늘이 늘어졌다.

'내가 너를 지켜 줄 거니까.'

거짓말이다. 그자는 내 아버지의 권력 아래 엎드린 수많은 자들 중 하나일 뿐이다.

"그래, 그자는 날 인질로 삼으려는 거야. 내 아버지께 바라는 것이 있어서 날 현혹하는 것뿐이야."

약속할게. 내가 너를 지켜 준다고.

"아니야. 그럴 리가 없어. 그런 천하고 근본 없는 자의 말을 무슨 수로 믿어."

약속할게. 내가 너를 지켜 준다고. 약속할게. 내가 너를…….

"아니야! 아니라고!"

민연은 책상 위에 있는 모든 것을 쓸어 버리며 주저앉았다. 묵직하게 떨어져 금이 간 면경을 바라보니, 그 안엔 일그러진 자신의 얼굴이 있었다. 문득 용희의 얼굴이 떠올랐다. 그 아이의 얼굴은 한없이 맑고 부드럽지 않았던가.

"왜 나만, 왜 나만!"

민연은 무릎을 세우며 끅끅 울음을 터트렸다. 이미 아랫것들은 그녀의 처소에 얼씬거리지도 않게 되었고, 구슬프고 처량하게 깍깍 울어대는 새소리만 문지방을 뚫었다. 어미도 포기했는지 더는 찾지 않았다.

"정말 나를 지켜 주지 않을까? 그자가 나를 정말로 지켜 주지 않을까?"

급하게 눈물을 닦아 내며 민연이 고개를 들었다. 아무리 생각해 보아도 륜명의 음성과 눈빛은 믿기기만 했다. 일견 정체도 모르고 신분도 모르는 자의 말을 이다지도 믿고 싶은 건 기댈 곳이 없기 때문임이 자명했다.

"그자가 날 지켜 줄 수도 있잖아. 정말 그럴 수도 있는 거잖아."

사레가 걸리듯 눈물이 목청에 걸려 목소리가 흠뻑 젖어 버렸다.

"아니야……. 아니야……. 그럴 리가 없어……."

또다시 서러워 무릎 위에 고개를 묻었다가도, 그런 파락호의 부인이 되어야 한다니 지금 당장 죽고 싶기도 했다. 닳고 닳은 사내의 손끝에 허물어질 자신의 인생은 돛이 찢긴 풍랑 속 배와 같았다.

"이러고 있을 게 아니라 지금 당장 아버지를 뵈어야겠어."

고개를 든 민연이 벌떡 일어섰다.

"그래, 싫다고 말해야겠어. 아버지, 아버지는 세자빈이 되지 않아도 괜찮다고, 잘했다고 보듬어 주셨으니까, 어, 이번에도 그럴 수 있을 거야."

민연이 정신없는 발길로 별당 밖을 나섰다. 치맛자락을 들고 정신없이 아버지를 찾아 나서다가 우뚝 멈춰 섰다. 눈물은 흐른 적 없다는 듯 멎어 들었고, 찬기를 맞은 동공은 쉴 새 없이 깜빡였다.

"이제 그만 멈추십시오. 멈추셔야 합니다, 대감."

민연은 몸을 숨기며 숨을 낮게 내쉬었다. 지금 아버지 앞에 서 있는 사내는 눈웃음이 예쁘던 그때 그 사내였다.

◎

밤이 오는 소리가 들린다. 어둠은 많은 것을 가려 주니 죄 많은 사람이 고개를 들기 적당했다. 잠시 가린 것일 뿐 지우지는 못해, 날이 새면 언제 고개를 들었냐는 듯 다시 종적을 감춰야만 했다.

지금의 신기형은 고개를 들었다. 밤은 깊었고, 모든 것이 가려졌고, 그리하여 자신을 찾아온 륜명을 대하기 수월했다.

"이제 그만 멈추십시오. 멈추셔야 합니다, 대감."

신기형은 숨을 깊게 내쉬었다. 자세히 들여다보니 인정을 지운 륜명의 눈빛엔 자신을 닮은 기운이 있어, 무엇을 부정해야 하는지도 혼란스러웠다. 나약함을 들키지 않으려 신기형은 입가에 조소를 발랐다.

"이제 와 멈춘다는 것이 무슨 의미인가?"

"모든 것이 밝혀질 것입니다."

"네놈이 나를 너무 만만히 생각한 게지. 난 그리 호락호락한 사람이 아니네."

신기형의 음성은 덤덤했다. 모든 것을 포기한 것과는 다른 의미의 처연함이었다.

"그깟 독이 흑단의 것임이 밝혀졌다 해서, 관찰사 한 명이 압송되었다 해서 내 권력이 흔들릴 것이라 생각하는가?"

"주변 모두가 잘려 나가 결국엔 대감만 남게 될 겁니다."

"사람은 다시 모으면 그만일 뿐. 권세란 그런 것이다."

"단 한 번만이라도 진정한 정치를 해 보실 생각은 없었습니까?"

"하, 미련한 놈 같으니라고."

신기형의 섬뜩한 눈빛이 륜명의 살갗을 찔렀다.

"상감이 배면 백성은 바다다. 배를 순항시킬 수도 있지만 언제고 뒤집을 수도 있지."

"……."

"잘 산다고 생각하면 그때부터 민심에 불만이 생긴다. 생각할 시간이 많아지면 인간이란 굳이 하지 않아도 될 생각에 당면하지.

그것이 정녕 나라에 도움이 될 일인가?"

신기형은 말했다. 백성들이 상감의 배를 뒤집지 못하게 하는 일, 그것이 바로 정치라고.

"악독한 정치 아래 안정된 민심이 생기는 것이다. 태평성대란 모두가 잘 사는 나라가 아닌, 민란이 없고 두려운 자가 통치하니 법 아래 엎드리는 세상이란 말이다."

"하여 다 죽이셨습니까?"

"네놈은 살았지 않은가?"

팽팽한 공기가 숨을 불편하게 만들었다. 륜명은 물러서지 않는 신기형을 바라보다가 고개를 돌렸다. 인간이기를 포기한 아버지를 마주하는 일은 언제나 곤혹이었다.

"륜명."

신기형이 그를 불렀다. 륜명이 돌렸던 고개를 수습하니 신기형은 그제야 속내를 드러냈다.

"빈궁을 밖으로 꾀어내라."

"그것이 무슨 말씀이십니까?"

"빈궁을 꾀어 밖으로 불러내란 말이다. 자네라면 쉽게 할 수 있는 일 아닌가?"

지금 무슨 말을 들었나 싶어 륜명이 두 눈을 크게 떴다. 그러자 신기형이 한 발 다가섰다.

"아직 기회는 있다. 얼마든지 있고말고. 네가 빈궁을 꾀어내면 그다음은 내가 알아서 하겠다."

"무엇을, 무엇을 어찌하시겠다는 말씀이십니까?"

"궐 밖의 빈궁이란 한갓 아녀자에 불과하지. 손쓰기 쉽단 말일세."

"대감!"

륜명은 뒷걸음을 쳤다. 신기형은 앞으로 걸으며 간격을 유지했다.

"습격이야 얼마든지 할 수 있지. 민심이란 이럴 때 이용하는 것일세. 궐 밖으로 이끌어만 주게. 내 그럼 자네의 모든 것을 용서하겠네."

"대감! 정녕 노망이라도 들었단 말입니까! 하늘이 두렵지도 않으시오!"

"왜, 못 하겠는가? 내 소원이라는데 못 들어주겠는가?"

두 주먹이 떨려 륜명은 이를 악물었다. 이미 괴물이 되어 버린 아비의 한 걸음 한 걸음이 뱀처럼 징그러웠다.

"원하는 것은 무엇이든 해 주겠네. 정치에 입문하고 싶은가? 그럼 그리하게."

어머니…….

"아니지, 아니지. 조선 최고의 상단을 한번 맡아 보겠는가? 그게 낫겠는가?"

이제 그만 미련을 거두십시오. 불편했던 눈꺼풀을 이제 그만 덮으십시오.

"아니면 왕실 사람과 혼례는 어떠한가? 왕족이 되고 싶지는 않은가? 이씨 가문의 자식을 낳아 왕족의 피를 물려주고 싶지 않은가?"

어머니의 가슴에 담을 만한 일은 아니오니 이제 그만 등을 돌리십시오. 소자, 부디 청하고 바랍니다.

"이게 무언가?"

륜명이 장부를 바닥에 떨구자 신기형이 고개를 내렸다.

"일전에 빈궁마마께서 가지고 계시던 장부입니다. 영의정 대감께서 만든 대감의 치부책이지요."

"무, 무어라?"

"대감께서 찾으시던 물건이 아닙니까?"

"이, 이것을 왜 네놈이! 어째서 네놈이!"

신기형은 허겁지겁 장부를 집어 들었다. 없어진 줄로만 알았던 장부가 어찌하여 륜명의 손에 있는지 알 길은 없었으나 지금은 그런 것이 문제가 아니었다.

"어째서! 어째서!"

후드득 후드득 장을 넘기며 바라보던 신기형이 두 눈을 부릅떴다. 화재로 소실된 줄 알았는데, 버젓이 확인된 장부는 보관 상태가 깨끗하여 더욱 충격적이었다.

"말도 안 돼. 말, 말도 안 돼······."

"이러고도 사람이길 바라십니까?"

천륜을 버리지 못하던 아들은, 죽을 때까지 묻어 두고 싶었다.

"륜명, 내 말 좀 들어 보게, 내 말 좀. 이게 어디서 났는가?"

"이러고도 대감께서 떳떳하다 말하실 수 있으십니까?"

"어디서 났느냐니까! 말해라! 말해!"

장부를 북북 찢으며 신기형은 악을 질렀다. 불어 드는 바람은 신랄했다.

"다 끝났습니다. 이제 전부 끝났단 말입니다."

"빈궁이 네게 주었더냐? 아니지. 김판두가 네게 주었더냐? 너, 너, 김판두의 사람이었느냐? 네놈은 첩자가 확실했단 말이냐!"

종이에 베인 손바닥에 새붉은 피가 선연했다. 찢긴 종잇장이 바람에 흩날리는 동안 륜명이 아무런 말을 하지 않자 신기형은 다짜고짜 무릎을 꿇었다.

"여보게, 여보게, 륜명."

아비가 무릎걸음을 걸으니 륜명은 눈을 감았다. 이대로 함께 갈라지는 땅에 갇혀 죽고 싶었다.

"자네, 자네는 내 아들이라 하지 않았는가?"

아비의 피맺힌 손이 옷자락을 움켜쥐었다. 다리를 붙잡고 간절하게 매달리니 눈빛엔 가혹한 희망이 매달렸다.

"아들이라며. 자네, 내 아들이지 않은가. 설마 아비를 사지로 몰 아넣을 생각은 아니겠지?"

어머니, 편히 눈 감으소서. 이젠 정말 끝입니다.

"륜명, 내 아들, 내 아들아. 자네는 내 아들이 확실하지 않은가? 내가 이렇게 비네. 아비를 살려 주게."

"⋯⋯."

"어째서 말이 없어. 아들아, 아들아, 이 아비의 음성이 들리지 않는 것이냐? 아비가 이렇게 빌고 있는데 어째서 보지 않는 것이야. 아들아, 내 아들 륜명아."

다리에 매달려 처절하게 빌던 신기형이 벌떡 일어섰다. 조바심이 일렁이는 마음에 급변하는 태도는 당연한 일이었다. 매달려도 보고, 그르쳐도 보고.

"네놈이 그러고도 사람이냐! 애비를 죽이려고 작정을 했어! 어찌 자식 된 도리로 애비를 곤경에 처하게 할 수 있단 말이냐!"

통 사정을 했다가 애원도 했다가. 설득을 하다가 가난한 믿음을 꺼내 보였다가.

"아니지, 아니지. 륜명, 아들아, 저 장부를 어찌했느냐? 그저 내게 넘겨준 것이지? 다른 곳에 준 것은 아니지?"

실성한 아비의 웃음은 섬뜩했다.

"말해라. 그런 것이냐? 그럼 그렇다고 얘기를 해야지. 설마 아들이 아비 등에 칼을 꽂는 일이 있어서야 되겠느냐? 그런 천하의 몹쓸 패륜아가 되면 쓰겠는가?"

"다 끝났습니다, 대감."

륜명은 천천히 눈을 떴다. 어린 시절 어머니가 설명해 주시던 아버지는 귀하고 높으신 분. 강직하고 엄격하시며 고귀하신 분. 그 입술로 불리는 이름을 한 번쯤 듣고 싶어 밤잠을 설치게 하던 분.

"이제 그만하십시오. 이미 빈궁전에 원본을 보냈습니다."

"뭐, 뭐라?"

그랬던 아들은, 아버지의 손을 붙잡고 다시는 돌아올 수 없는 길을 떠난다.

"원래 주인에게 되돌려 드렸습니다. 저 또한 그분의 물건을 도적질했으니 떳떳할 수 없습니다."

신기형은 얼음 속에 갇힌 듯 굳어 버렸다. 륜명은 피가 흐를 것 같은 시선에 아비의 최후를 담았다.

"저 또한 죗값을 달게 치를 것이니, 대감께서도 합당한 대가를 치르십시오."

"이, 이럴 수는, 이럴 수는……."

"스스로 멈추실 수 없다면 멈춰 드리는 수밖에 없었습니다."

다리에 힘이 풀린 신기형이 주저앉았다. 흙먼지가 붙어 드니 맡기에 매캐한 냄새가 흘렀다.

"다 끝났습니다."

엿듣던 민연이 얼굴을 가린 채 어깨를 흔들었고, 신기형의 허무한 시선은 아들의 발끝에 닿았다.

"여기가 끝입니다."

말로였다.

89화

네 이름을 다정하게

상이 이르기를.

"가진 증좌와 그간의 행적을 눈여겨보니 조정에 남을 자가 실로 손에 꼽을 정도다. 몰라 묻지 못한 것이 아니라 알았기에 지켜본 바, 종친과 대관일지라도 한 명도 빠짐없이 모두 도둑으로 논하여 숙청 되기를 허할 것이다."

하였으니 실로 많은 이들이 붙잡혔다.

모든 것이 고요하다. 바람은 울먹이며 불어 들었고, 구름은 순리를 따르듯 한 방향으로 흘렀다. 신기형은 정처 없는 발길로 안채로 향했다. 술에 흠뻑 취한 듯, 발끝은 점잖지 못하게 제멋대로 땅을 디뎠다.

'잘 살고 있는가?'

조금 전 그 공터에터, 아들의 손에 밀려 추락한 아비는 모든 것을 포기한 음성으로 물었다.

'네 어미 말일세.'

예감에 어쩐지 이런 날이 올 것 같았다. 모든 것을 잃고, 모든 것을 놓아야 하는 날.

'몇 해 전에 돌아가셨습니다.'

'그래, 그랬는가.'

지은 죄가 구름을 가를 듯 쌓이고 쌓여 위태롭게 흔들린다는 것은 이미 잘 알고 있었다. 실은 너무 잘 알아서, 멈추지 못했을 뿐이다.

'사는 동안은 편안했는가? 아니, 아니다. 내가 괜한 질문을 했군.'

괜한 질문이었다. 사내 없이 홀몸으로 자식을 키운다는 게 어디 쉬운 일이었겠는가.

그러니 온희, 자네도 참 미련했다. 미리 말했다면 먹고사는 일은 책임져 주었을 것을. 더 나아가 작은 마님 소리라도 듣게 했을지 모르는 일인데. 다른 건 둘째로 치더라도 아들과 아비가 이렇게 만나는 일은 없었을 것 아니냐. 아니지. 어쩌면 자네는 나보다 나를 더 잘 알았던 모양이다. 한 톨의 자비도 베풀지 않았을 나를 알아, 그래서 뒤도 돌아보지 않고 미련 없이 떠난 모양이다. 아마도, 자네는 그랬던 모양이다.

'륜명, 염치없으나 부탁이 있다.'

휴우. 신기형은 생각을 이어 가며 기분과 어울리지 않는 헛웃음을 흘렸다.

'우리 민연이를 데리고 조선을 떠나 주게.'

흔들리는 어깨는 웃음 탓인지 삼켜 먹은 울음 탓인지 알 수가 없었다.

'가는 방도는 마련해 주겠네. 내가 이렇게 부탁하네.'

'이 모든 일, 그저 업보라 여기소서. 어디서 멈추든 끝은 같았을
것입니다.'

'그래, 그랬겠지. 내가 몰랐겠는가.'

끝끝내 제대로 된 아비의 눈빛 한번 내주지 못하고 륜명을 보냈
다. 돌아서는 아들의 발걸음이 자국 자국 가슴에 남았지만, 생전
모르고 살았던 염치라는 것이 고개를 들어 바라보기 힘들었다.

◎

신기형은 우뚝 멈춰 섰다. 생각에 잠긴 듯했던 눈매는 천천히
나아가야 할 길에 접어들었다. 죄를 인정하고 싶지 않다는 마음이
아닌, 빈궁의 웃는 낯을 바라보기가 죽기보다 싫었다.

"내가 기껏 그 계집애 손에 죽으려고 이렇게……."

날아가는 새도 떨어트린다던 세도가에서 하루아침에 전락한 신
세가 참혹하기 그지없었으나, 다른 무엇보다 빈궁의 뜻대로 흘러
가는 것이 못 견디게 싫었다.

"그 계집만 아니었어도……."

궐에 담은 세월이 고작 일 년도 되지 않는 계집이, 뼛속까지 왕

실 사람인 척하며 일국의 재상을 향해 조소를 날리는 모습이 끔찍했다. 네가 무언데. 네깟 것이 대체 무엇인데.

"대감, 이게 무슨 일입니까? 세상에! 옷이 이게 다 무엇입니까!"

"시간 없으니 짐 챙기게."

시선에 륜명이 사라지고 나니 잠시 누그러졌던 악이 받쳐 올랐다. 생각은 가해자에서 또다시 피해자로 돌아가, 빈궁의 계략에 륜명까지 넘어간 것이라는 분노가 눈을 멀게 했다. 자신과 딸자식이 빈궁의 치맛자락에 휩싸인 된 것도 모자라 이번엔 륜명까지.

"이게 무슨 말씀이십니까? 갑자기 짐을 챙기라니요?"

녹아난 애간장이 제 역할을 하지 못해 목구멍으로 쓴 물이 올라왔다. 정실부인이 뒤를 따라다니며 묻자 신기형은 목청을 높였다.

"대꾸할 시간 없으니 간단하게 짐이나 꾸리란 말일세!"

"예에? 그럼 우리 민연이는요?"

"딸자식은 내가 잘 알아서 했으니 찾지 말고 서두르게. 곧 떠나야 할 것이니."

"대감!"

"어허! 글쎄 잔말 말고 따르라니까! 시간이 없단 말일세!"

급한 손놀림으로 안채의 비밀 장소에서 문서를 대강 챙긴 신기형은 이를 아득 물었다. 무슨 일인지 알 길이 없어 불길한 정실부인은 덜덜 떨리는 손으로 머리만 짚었다.

"아니, 대체 무얼 어디서부터 어떻게……."

"다 버리고 갈 것이니 챙길 것 없다면 비켜서게. 거추장스러우니."

닥치는 대로 밀어뜨리고 쓸어내리며 신기형은 간단하게 짐을 꾸렸다. 임금의 군사가 들이닥치기 전에 사라져야 했다. 찾아온 육권이 기다리고 있었고, 신기형은 땅문서와 노비 문서, 여러 이권을 보장하는 문서 등을 챙겨 정신없이 허리춤에 쑤셔 넣었다.

"따라 나오게. 어서."

"하이고, 이게 무슨 난리인지……."

정실부인은 중얼거리며 가슴을 쓸어내렸다. 신기형은 묵묵히 안채 문을 열고 밖을 나섰다. 기다리고 있던 육권은 인상이 좋지 않은 웃음을 흘리며 고개를 수그렸다.

"염려 마십시오. 이제부터는 소인이 모시겠습니다."

"앞장서라."

이렇게 가만히 앉아 죽을 수는 없다. 사지가 잘리고 무덤이 파헤쳐질 수는 없다. 그런 식으로 역사의 뒤안길에 남을 수는 없는 법.

"대감, 저자는 누구입니까? 저렇게 흉측하고 기분 나쁘게 생긴 사내를 따라 가야만 하는 것입니까?"

"따라오기나 하세. 조용히 하고."

아직 끝은 아니다.

"집으로 돌아올 수 있긴 있는 겁니까? 대감, 말씀 좀 해 주……."

"조용히 안 하면 자네 또한 버리고 갈 것이니 조용히 하고 따라오기나 하게!"

아니어야 했다.

"복직이 될 만한 사람들은 복직이 되고, 파직이 될 만한 사람들은 파직이 되고."

지담은 술잔에 엄지를 담근 채 꿀꺽꿀꺽 들이켰다. 단숨에 비워 내는 모습을 보아하니 무척이나 갈증이 났던 모양이다. 모처럼 궐밖을 나선 월호와 지담은 주막을 찾아 술 한 잔을 청했다.

"캬아, 오래간만에 마시는 술맛도 일품이네."

대충 입가를 닦아 낸 지담은 지져 놓은 빈대떡을 손으로 찢어 와구와구 먹었다. 손에 묻은 기름기를 쪽쪽 빨아먹는 모습이 영락없는 철부지 어린아이 같은 모습이었다.

"주모! 여기 빈대떡 좀 더 주게!"

"예! 곧 갑니다, 가요!"

쌀 한 가마니는 너끈히 해치울 것 같은 지담의 식성에 주인장은 안에서 쉴 새 없이 빈대떡을 부쳐 냈다. 고소한 냄새는 포렴 사이로 흘러 지나가는 이들의 발길을 잠시 묶곤 했다. 지담은 우물우물 빈대떡을 먹다가 월호를 바라보았다. 녀석은 오만상을 찌푸린 채 구경하듯 바라보고 있었다.

"뭘 그렇게 보냐?"

"네놈이 너무나도 더러워서 술맛이 나지 않는다."

이런 대꾸가 일상이었으니 지담은 별 반응하지 않으며 다시금 빈 잔에 술을 채웠다. 얼마 만인가, 모든 것을 내려둔 채 밤하늘을 벗 삼는 일이. 슬픔이 쌓인 술은 입에 썼고, 근심이 쌓인 술은 목에 썼고, 분노가 쌓인 술은 속을 쓰리게 하니 마실 수가 없었다.

"아아, 좋다. 어이, 민월호, 한 잔 더 따라 봐라."

지담이 잔을 내밀자 월호가 어인 일로 묵묵히 잔을 채웠다. 이러쿵저러쿵 말이 많아도 서로의 고충은 서로만이 가장 잘 이해하고 느낄 수 있었다.

"야, 민월호, 장가 안 가냐? 이영이도 찾았는데 가야지?"

크아아아아. 따르기가 무섭게 다시 잔을 비운 지담이 묻자 월호는 답 대신 작게 미소 지었다.

요즘 따라 녀석의 웃는 모습이 자주 포착되자 지담은 마음에 들지 않는다는 듯 인상을 구겼다.

"주둥이를 찢으며 웃는 꼴을 보아하니 마음은 이미 갔는데? 응? 마음은 이미 이영이를 조강지처 삼았는데?"

"곧 할 거다. 시국이 어느 정도 안정되면."

"웃기시네! 조정이 안정되는 거랑 너랑 무슨 상관이라고? 무슨 대단한 가문이 혼례를 치른……."

가문이 대단하긴 하지. 지담은 웅얼웅얼 남은 말을 삼켰다. 민 월호는 마음에 들지 않아도, 아비가 이조에 으뜸을 맡고 있으니 가문이 당당하긴 당당했다.

빈궁의 보호 아래 있는 이영은 곧 신분을 되돌려받을 것이다. 흩어졌던 가족들 또한 다시 만날 수 있겠지. 비록 아비는 객지에 서 목숨을 잃었지만, 남은 식솔들이 제자리를 찾아가니 다행이라 말할 수밖에 없었다.

"병판 대감께 혼담이 들어가는 것 같던데."

"누구? 우리 아버지? 혼담이면 나 말하는 것이냐?"

월호가 짧게 운을 떼자 지담은 질색을 했다. 혼례란 가문과 가 문의 만남인 것이 지극히 정상이던 때였으나 지담은 그것이 몸서 리치게 싫었다.

"내 짝은 그냥 내가 찾으면 안 되는 건가? 너처럼? 내가 보기보 다 눈이 높아서 어지간한 규수로는 마음이 동하지 않는단 말이다."

"눈이 높긴 퍽이나."

"허, 못 믿어? 내가 홍시마마를 곁에 두고도 눈 한번 깜짝한 적 없는 사람이야. 이거 왜 이래?"

"조금 궁금해서 묻는데, 정녕 한 번도 없느냐?"

"없어. 한 번도."

지담은 단칼에 잘라 말했다. 월호는 별 관심 없다는 듯 술잔을 들어 목을 축였다. 손바닥으로 바닥을 짚으며 지담은 상체를 조금 눕혔다.

"물론 홍시마마께선 나를 좋아하셨지."

풉. 월호는 술을 뿜었다. 더럽다는 듯 눈살을 찌푸리며 지담이 옷을 툭툭 털었다.

"몰랐어? 사실 홍시마마는 나와 저하 사이에서 잠시 갈등하셨다."

"미친놈."

"사실인데 뭐. 나와 단둘이 남았을 때 홍시마마께서 내게 마음을 얼마나 많이 기대 오셨는지 너는 모를 거다."

그때였다. 어느새 나타난 완과 용희가 발소리를 죽인 채 지담의 뒤에 섰다. 월호는 침착함을 유지하며 술병을 들었고, 지담은 특유의 해맑음으로 하늘을 올려다보며 회상에 젖은 표정을 했다.

"그때 말이다. 홍시마마께서 나와 저하 사이에 갈등하시는 것을 알고 내가 무척 강하게 외면했지."

너무 멀리 가지 마라⋯⋯. 저하께서 듣고 계시다⋯⋯. 후일이 염려되었던 월호가 지담에게 재주껏 눈치를 주지만 이미 제 갈 길을 떠난 지담의 눈빛은 그곳에 없었다.

"느낌이라는 게 있잖아, 느낌. 그때 딱! 하고 오는 느낌이 아, 어쩐지 홍시가 이대로 내게 빠질 것만 같다."

"음······."

"그런데 내가 또 보통 사내더냐? 우리 저하를 생각해서 딱 잘랐지."

뒤에서 말없이 듣고 있던 완은 미간을 사정없이 일그러뜨렸고, 용희는 소리 없는 웃음을 터트렸다. 사내의 허풍이란 이런 모양이지? 없던 일도 만들어 내니 대단한 재주가 아닐 수 없었다. 해맑은 표정으로 빈궁과의 염문설을 퍼트리고 있으니 무식하다 해야 하나, 용감하다 해야 하나. 세 사람은 갈피도 잡지 못했다.

"잠시만 생각해 봐도 홍시마마가 나를 더 좋아할 수밖에 없지 않아?"

월호는 침묵했다. 타오르는 세자의 기운에 붙잡고 있는 술잔이 뜨끈하게 느껴졌다.

"이 잘생긴 외모에, 이 사내다운 거친 성격에, 무술은 또 얼마나 절륜한지 일당백이 우습고."

용희와 완은 서로 바라보았다. 그녀는 잘 모르겠다는 듯 어깨를 으쓱 올렸다.

"사실 저하의 멋을 폭발시켜 드리기 위해 궂은일은 내가 다 하지. 저하는 그저 다 된 밥에 짠 하고 나타나서 옷자락만 펄럭거리시잖아."

"여러모로 넌 참 용감한 것 같다, 윤지담."

"그걸 이제 인정하는 것이냐?"

캬캬캬. 지담은 호탕하게 웃으며 술잔을 잡았다. 꿀꺽꿀꺽 삼키고는 조금 더 상체를 뒤로 눕혔다.

"으어어!"

뒤집힌 시선으로 완의 얼굴을 본 지담이 놀라 버둥거렸다.

중심을 잡지 못한 녀석이 바닥으로 쿵, 떨어지자 월호는 단정하게 일어나 세자에게 예를 다했다.

"지담아, 네놈은 어찌 이리 호들갑인가? 마치 대역죄를 지은 역적처럼?"

"죽여 주시옵소서어어!"

정신을 차린 지담이 납작 엎드린 채 목청을 높였다. 저하께서 오신 것을 알고도 말해 주지 않다니, 만약 죽지 않고 살아난다면 민월호의 목부터 따고 말리라 이를 갈았다.

완이 무릎을 굽히고 앉아 등허리를 손가락으로 툭툭 치자 지담은 울먹였다. 그것참 이상하지. 이런 말이 하고 싶어질 때면 영락없이 저하께서 등장하셨다.

"내가 너를 너무 오래 살려 두었어. 그렇지 않은가?"

"흐엉……."

"앞으로 네놈은 빈궁 앞 접근 금지다. 그림자라도 보이면 네놈의 머리털을 다 뽑아 버릴 줄 알라."

"네…… 저하……."

"그리고 너, 아무 집 규수나 점찍어 장가를 보내야지 도저히 안 되겠다. 병판 대감께서 못 하시겠다면 나라도 나서 중매를 해야겠구나."

"제가 그냥 알아서 하겠습니다……. 서둘러 볼게요……."

울먹거리면서도 할 말은 다하니 용희가 큰 웃음을 터트렸고, 월호는 한심하다는 듯 고개를 저었다. 모처럼 출궁에 나선 네 사람이 만나니 옛 기억이 선연한 때였다. 이렇듯 함께 모여 웃음을 지었던 때가 있지 않았던가.

"일어나! 당장!"

"옙! 저하!"

불과 얼마 전의 일이었고, 잊기엔 고와 여전히 살아 숨 쉬는 기억이었다.

"전하께서 곤하시어 침전에 일찍 드셨으니 날이 밝는 대로 치부책을 올릴 것이네."

"마마, 그런데 륜명은 왜 이제 와 생각을 바꾼 걸까요? 치부책의 행방을 모른다고 내내 잡아떼더니 말입니다."

용희는 잘 모르겠다는 듯 빙그레 미소를 그렸다. 륜명이 전해 준 좌의정의 치부책은 자신이 잃어버린 줄만 알았던 아버지의 것이었다.

"잘은 모르겠으나 그냥, 그냥 이대로 끝내고 싶었던 게 아닐까……."

이유도 없이 문득 그런 생각이 들었다.

"치부책을 찾았으니 증좌란 더욱 확연해진 것이 아닙니까? 빨리 날이 밝았으면 좋겠습니다. 주상 전하께서 어서 확인하셨으면……."

"지담아, 지금까지 기다려 왔는데 하루를 견디지 못할까. 단 한 명도 살려 두지 않을 것이다."

지담의 희망에 바람을 더하며 완은 중얼거렸다. 아마도 많은 이가 잘려 나가고, 또한 새로운 사람들이 대거 등용될 것이다. 부디 희망찬 시작이 될 수 있기를. 다가오는 조선의 아침은 밝고 맑아

한 점의 그늘도 찾아볼 수 없기를.

"아아, 그런데 저하, 이렇게 앉아 있으니 예전 생각이 많이 나지 않습니까? 소신만 그런 것이옵니까?"

조용히 술잔을 입으로 가져가던 완이 멈칫하며 눈을 감았다가 떴다. 시선을 스치는 장면들은 하나같이 특별한 것들 뿐이라, 무엇도 결심 끝에 고르기 힘겹기만 했다. 곁에 앉아 있는 용희가 눈가를 둥글게 휘며 입술을 열었다.

"난 아직도 궁금한 게 있네."

"무엇이 말씀이십니까?"

"대체 나는 왜 홍시인가?"

"아……."

세 사내는 잠시 생각에 잠겼다. 그러게. 왜 홍시지. 언제부터 홍시가 되었지? 당연하게 불리던 이름의 시초가 무언지 기억이 나지 않는다. 지담은 기억을 짜내며 인상을 찌푸렸다.

"기억이 날 듯 말 듯……."

"아뢰옵기 송구하오나 이 녀석이 꿈을 꾸었다 했습니다."

월호가 기억해 내고 답하자 완 또한 기억이 났다는 듯 미소를 그렸고, 지담은 무릎을 탁쳤다.

"그렇지! 꿈! 꿈입니다!"

"꿈?"

"소신이 꿈을 꾸었는데 말입니다. 감나무에서 감이 턱 하고 떨어져서!"

지담이 기억을 더듬으며 그날의 상황을 재연했다. 용희는 낯선 자들의 발걸음에 나무 위로 올라갔던 자신을 기억해 냈고.

"그때 마마께서 저하의 품으로 툭, 떨어지셨지요."

완은 대롱대롱 매달려 있던 그녀가 품으로 낙하한 기억을 끄집어 냈다. 다시 생각해 보아도 기이한 일이었다.

"마마께서 신분을 감추시니 홍시라 부르던 것이 그리되었지요. 이제 보니 소신의 꿈자리가 기가 막혔습니다."

"지담, 돗자리 펴고 앉아도 되겠네. 그런 꿈을 꾸다니."

"그렇지요, 마마? 그냥 깔고 앉을까요?"

우스갯소리가 오가는 사이 용희가 감회에 젖은 눈빛을 했다.

"태진사도 그립습니다. 추억이 많은 곳인데."

"그립다면 가 보면 되지. 매사냥을 가는 길에 들러 보자."

"네, 저하."

완이 따뜻하게 대꾸하자 용희가 따라 웃고, 남은 두 사람은 질색하는 표정으로 팔을 비볐다. 언제부터 저하께서 눈 한번 깜짝이는 일 없이 단내 나는 말씀을 하시게 된 것인가? 정말이지 간지러워서 못 봐 줄 지경이다.

"아……."

오만상을 찌푸리던 지담은 잠시 후 멍하니 입술을 벌렸다. 이렇듯 대화를 주고받다 보니 잊고 있었던 어제의 꿈이 떠오른 것이다.

"왜 그러느냐?"

월호의 물음에도 답을 하지 못한 채 지담은 눈을 감았다가 떴다. 소스라치게 선명해진 꿈자리를 따라가니, 그곳엔 저하께서 계셨다. 불러도 듣지 못하시니 한참이나 먼발치에서 저하를 바라만 보았다. 늘 입고 계시던 흑색의 용포는 어쩐지 예사롭지 않았고, 품에 안고 있던 감은 또 얼마나 큰지 보자마자 용희인 것을 깨달았다.

"지담?"

"아, 아닙니다, 마마."

지담은 급히 생각을 갈무리하며 세자의 잔에 술을 채웠다. 꿈속, 세자는 품에 안고 있던 커다란 감을 떨어트렸다. 깊은 나락으로. 건져 올릴 수 없는 곳으로.

"마마께서도 한잔해 보시겠습니까?"

"네놈이 정녕 죽고 싶은 게냐? 감히 우리 빈궁에게 술을 권하다니."

"옛 생각이 나서 그러지요. 저하도 참."

지담은 생각을 완벽하게 지울 요량으로 번잡하게 움직였다. 그러다 짚이는 것이 있는지, 지담은 태연을 가장하며 질문을 올렸다.

"저하, 혹시 말입니다. 사람의 태몽에 감이 나올 수도 있습니까?"

"감 같은 소리 하지 말고 한 잔 더 마셔라. 나와 빈궁의 태몽을 꾸려거든 호랑이 정도는 등장시켜야 한다. 알겠는가?"

"예……. 노력해 볼게요, 저하……."

더 이상 곱씹고 싶지 않았고 말로 꺼내고 싶지도 않았다. 불러도 대답 없으시던 꿈속의 저하께선, 고이 안고 있던 감을 떨어트리곤 몹시 슬퍼하셨으니까.

90
화

녹
는
다

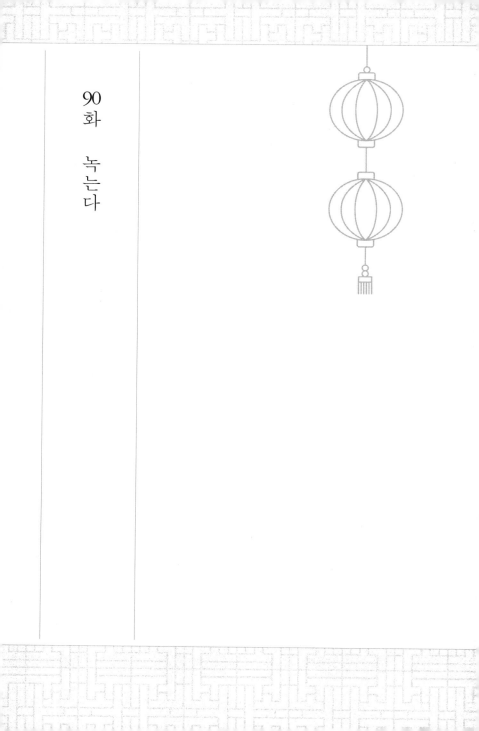

【해종실록 11권. 해종(偕宗) 17년 10월 25일】

세자가 임금을 모시고 매사냥을 나갔다. 어가가 온천에 머무르니
여러 종친과 대신들 또한 탕목(湯沐)과 사냥을 함께했다.

"죄인 한유철을 비롯한 여덟 명은 지엄한 형률에 의하여 참형에 처한다!"

둥. 둥.

북소리가 울려 퍼졌다. 오라에 묶여 무릎을 꿇은 사내들은 마지막 순간까지 죄를 뉘우치지 못했다. 그저 이 한 목숨 살 수만 있다면 누구든지 팔았고, 무엇이든 말했고, 처자식이라도 팔아 넘길 용의가 있었다. 적게는 수년부터 많게는 수십 년까지, 파란 많은 옥당에서 후한 봉록을 챙겨 오던 자들이다. 백성들의 여윈 목덜미 사이로 설한풍이 고이니 망국의 풍조라. 그런 일에 누구보다 앞장서며 누구보다 사리사욕을 채우는 일에 급급했던 자들.

북소리가 고조되자 망나니의 칼춤이 더욱 현란해졌다. 소리와 동작이 광기에 휩싸이자 죄인들도 점차 환각에 빠져들었다. 구름 떼처럼 모여 든 백성들의 들끓는 분노가 섬뜩한 공기를 한층 부추 겼다.

둥. 둥. 둥둥둥.

몇 푼에 참봉직을 얻거나, 거만의 돈으로 참의직을 얻기도 했던 시절은 자취를 감출 것이다. 여기 모인 모두는 쌓인 죄명 아래 자유 로울 수 없었다.

밤새 술에 찌든 망나니는 휘청휘청 춤을 추었고, 눈앞의 죄인들 을 잘라 내야 할 고깃덩어리로 바라보기 시작했다.

단 한 명, 신기형은 사라졌다. 모든 것을 예감한 그는 야반도주 를 통해 연기처럼 사라져 버린 것이다. 그를 붙잡고자 팔도로 수 만의 군사들을 풀었지만 흑단의 은거지를 찾기란 쉬운 일이 아니 었다. 반드시 붙잡고 말리라는 염원을 담았을 뿐, 아직 조선에 남 아 있는지도 추측하기 어려웠다. 혹자들은 이미 조선을 떠났을 것 이라 말했고, 혹자들은 이미 죽었을 것이라 말했다.

신기형의 수배령은 열 걸음에 하나씩 붙었다. 백성들은 텅 빈 그 의 집에 불을 질렀으며 남은 패물과 곳간을 털어 냈다. 신기형의 사 람이었던 자들은 모두가 잘려 나가 누구는 스스로 옥에 갇히고, 누 구는 왕명 아래 귀향을 떠났으며, 누구는 이렇듯 목숨으로 그 죄를 갚아야 했다.

"이야아아!"

시작된 망나니의 칼날 앞에 죄인들은 형장의 이슬로 사라졌다.

덩겅 잘린 목이 땅에 떨어지니 죄인의 얼굴엔 질끈 감은 눈주름이 그대로 남아 있었다. 그들 중 어느 누구도 구원받지는 못했다. 이렇듯 환부를 도려내는 것만이 능사인가 의문하게 했으나, 다른 방도는 백성들이 원하지 않았다.

임금은 자신을 섬기는 백성을 두려워하는 마음을 항시 지녀야 했다. 최악의 정치란, 임금이 백성과 다투는 일이었다.

⊙

겨울이 찾아왔다. 깊은 추위는 아니었으나 시린 것이 당연해지는 동절의 초입. 잎사귀를 떨궈 밋밋해진 나무들은 휑한 바람을 그대로 맞았고, 자고 나면 처마 끝에 매달린 고드름은 아이들의 장난감이 되기도 했다.

불어닥친 바람보다 매서웠던 조정엔 새로운 인사가 대거 등용되어 활기찬 기운이 있었다. 관모를 벗고 낙향했던 자들이 입궐을 서둘렀고, 젊고 패기 넘치는 자들이 채워지기도 했다.

신기형을 붙잡으려는 각고의 노력은 여전히 진행 중이었다. 수

배 중인 그의 현상금은 이미 역대 최고급으로 치솟아 있었다. 몇 가지 해결하지 못한 난제들을 제외한다면, 작금의 조선은 민심과 조당이 차차 안정되어 가고 있음을 느낄 수 있는 태평의 기로였다.

나팔소리가 퍼져 흘렀다. 해마다 겨울이 되면 매사냥을 즐겨 하시는 상감의 뜻에 따라 대대적인 행렬이 시작되었다. 세자가 임금을 뫼시며 따랐고, 중궁과 빈궁 또한 동행하니 성대한 규모였다. 장쾌한 풍악이 사대문 문루를 통과할 때부터 가시는 목적지까지 앞을 인도했다.

왕실 사람들의 표정이 건강해 백성들은 안도했다. 남녀노소를 가리지 않은 모두가 찬기 가득한 흙바닥에 엎드렸으나 그것마저도 감사했다.

"빈궁, 괜찮소?"

연 대신 말을 선택한 완이 그녀가 타고 있는 연에 가까이 다가가며 물었다. 달그락 달그락, 징을 박아 놓은 말발굽 소리가 투박했다.

"괜찮습니다, 저하. 얼마나 더 가야 하는지요?"

"거의 다 온 것 같은데."

"아아, 그렇습니까."

용희가 길게 드리워진 천을 올리며 얼굴을 보이자 완이 미소를 지었다. 공식 행사이다 보니 용희를 향하는 완의 말투가 점잖게 변했다.

이윽고 목적지에 도달했고 행렬이 멈췄다.

"내가 직접 하겠다."

완은 말에서 내리며 다급히 용희가 타고 있는 연에 다가섰다. 그녀를 모시려던 나인들은 물러섰고 완이 손을 내밀자 용희가 붙잡았다. 한참 만에 땅을 디딘 용희가 다소 상기된 표정으로 주변을 살펴보니 완 또한 오랜만이라는 듯 바깥으로 시선을 주었다.

"으아…… 시원하다……."

용희가 낮게 중얼거리자 완 또한 숨을 깊게 내쉬었다. 이곳은 왕가의 사냥터로 평소 상감께서도 자주 애용하던 곳이었다. 매를 사육하며 사냥을 교육하는 응방이 직접 마련되어 있을 만큼 매사냥에 적합한 곳이기도 했다. 게다 온천이 솟아나니 사냥에 관심이 없는 중궁께서도 온욕을 즐겨 하셨다.

"저하께서도 오랜만이시지요?"

"그래, 나도 오랜만이다."

모두가 왕실 사람들을 맞이하기 위해 일사불란하게 움직이자 비교적 자유로워진 완과 용희가 도란도란 대화를 나누었다. 오며 보았던 풍경의 이야기, 보며 느꼈던 세상 사는 이야기.

"저하, 사냥은 바로 하실 것입니까?"

"글쎄다. 막상 오니 몸이 근질근질한데."

완이 감추지 못한 즐거움을 내보이자 용희가 모처럼 눈웃음을 쳤다. 매사냥은 겨울 사냥의 묘미인지라 추운 날을 피할 수는 없었다. 산잔등의 바람은 다소 차고 거칠어 완이 용희를 끌었다.

"괜찮습니다. 춥지 않은데."

"내가 춥다. 내가 추워."

완이 용희를 뒤에서 안으며 매사냥이 처음일 그녀를 향해 다정하게 말을 이었다. 매사냥에 얽힌 정치 이야기, 명국에 바칠 조공으로 매를 선택해야 했던 이야기.

"저하께서는 사냥하실 적 어떤 매를 즐겨 찾으십니까?"

"나는 참매를 좋아한다. 몸집이 크니 날개와 꼬리가 길어 방향을 꺾을 때 정확성이 좋거든."

"그 매도 낙상매입니까?"

낙상매. 불현듯 옛 기억이 스며든다. 완은 언젠가 용희에게 들려주었던 낙상매를 떠올리곤 달가운 미소를 지었다. 언젠가의 그 밤, 서로는 마주 앉았지. 교교한 달빛을 권리처럼 받으며 그는 말했다.

놓아라. 그토록 허망한 것을 잡고자 너를 놓지 말고.

"그것을 어찌 기억하고 있었어."

"어찌 잊겠습니까. 소녀에겐 무척이나 인상 깊었던 이야깁니다."

'지금 당장 너의 삶이 고달프다 노여워 말아라. 위태로운 네 삶

215

은 겨울을 지나고 있을 뿐, 결국은 봄을 맞이할 운명이다.'

"큰 위로가 되었지요. 아마 저하께서는 모르실 겁니다."

얼마나 많은 나날을 곱씹었는지 모르겠다. 그러다 황망한 상상을 하곤 했지. 이 겨울 끝자락에 그대가 서 있을 것만 같다는 생각. 그대가 내 사람이면 좋겠다는 생각. 그대가 내 곁에 머물러 준다면 참으로 좋겠다는 생각.

"이렇게 서서 그때를 생각해 보니 참으로 감회가 새롭지 않겠습니까. 그냥 모든 것에 감사해요. 정말입니다."

그대에게 나, 빠진 것이다.

"춥지 않은가?"

"하나도. 정말 하나도."

말이 끝나기가 무섭게 바람이 그녀의 콧마루를 향해 불어 들었다. 매섭기가 꽤 쌀쌀했지만 조금도 시리게 느껴지지 않았다. 완은 조금 더 그녀를 끌어 등 뒤에서 온기를 내주었고, 서로는 같은 방향을 바라보며 같은 생각에 잠겼다.

"소녀는 언제까지고 저하께 좋은 사람이고 싶습니다."

"지금도 충분하다. 아니, 차고 넘친다."

"살며 많이 노력할게요. 매일매일 저하를 찾아가겠다는 말, 지킬 것입니다."

발끝에 바람이 고이고 두 볼은 차갑게 식었으나 마음이 뜨거운 까닭인지 느껴지지 않았다. 그의 어깨에 고단한 머리를 기대며 펼쳐진 정경을 바라보자니, 더 바라면 천자의 비난을 받을 것만 같았다. 모든 것이 움직여도 두 사람은 움직일 줄 모르고, 세자의 단단한 두 팔은 그녀를 소유한 채 시간이 멈추기를 소망했다.

다정하고, 따뜻하며, 아름다운 시간이 얼마나 흘렀을까.

"저하! 세자 저하!"

불청객이 찾아와 모처럼의 시간을 방해하니 완의 눈매가 사나워진다. 용희가 완의 품에서 빠져나와 몸을 틀었고, 해맑기로는 조선 팔도 따라올 자 없는 지담이 껑충껑충 뛰며 달려왔다.

"저하아! 저하아!"

기운이 남아돌다 못해 밤사이 산 하나를 옮기래도 옮길 것만 같은 모습이었다.

"제발 부탁인데 적당히 방해해라, 적당히. 제발 좀."

"네? 소신이 무얼 방해하였습니까?"

"아니다. 왜 불렀느냐?"

타박해도 눈치가 없으니 먹히지 않는다. 완은 포기했다는 듯 옷자락을 툭툭 털었고, 용희는 지담의 용무를 알 것 같아 빙그레 미소를 그렸다. 참새가 방앗간에 도착했으니 그냥 있을 리 없었다.

"저하, 이러고 계실 시간이 어디 있습니까? 사냥 가셔야죠."

"매번 상대도 되지 않으면서 재촉하기는."

"일전에 무승부로 끝나지 않았습니까? 오늘 결판을 지어야 합니다."

"무승부라니. 난 너와 무승부로 끝난 적이 없다. 난 그런 역사를 만든 적이 없어."

에에? 완이 부정하자 지담은 억울하다는 듯 눈을 크게 떴다. 용희와의 시간을 방해받은 완이 불편한 시선으로 홱 노려보자 지담은 머리를 긁으며 어깨를 으쓱 올렸다.

"저하, 그럼 오늘이 결승전입니까?"

"허어, 결승전이라니. 빈궁, 저런 자의 말을 귀에 담고 믿는 것인가?"

짧은 한숨을 내쉰 완은 사냥을 따라나설 준비를 했다. 저 멀리서 병조판서 윤송엽이 고개를 수그리니 함께 갈 요량인 듯했다.

"부자지간이 함께할 텐가? 그럼 난 월호와 하겠다."

"어어, 좋습니다. 이석이조로 날려 버…….."

"지금 뭐라 했느냐? 날려? 날려 버려?"

완이 인상을 험악하게 일그러트리자 지담은 분주히 움직이며 용희에게 인사를 건넸다. 마음은 이미 매사냥을 떠나고도 남음이었다.

"마마, 그럼 소신, 저하를 잠시 빌려 가겠습니다."

"뜻대로 하시게. 모쪼록 좋은 승부가 되길 바라네."

용희가 어서 지담을 따라가 보셔라 완을 밀었다. 하나 영 내키지 않는지 완은 고개를 꺾으며 물었다.

"따라올 텐가? 적적할 텐데."

"아니요. 내일 따라가겠습니다. 웃전을 뫼시고 와 어찌 홀로 움직이겠습니까?"

용희는 발돋움하며 완의 귓가에 속삭였다.

"온천 갈 거예요. 온욕이나 해야겠습니다."

"그럼 나도 따라가야겠다. 사냥은 다음에……."

완이 버티며 따라가겠다고 하자 용희는 웃음을 터트리며 그의 등을 밀었다. 째가 쏟아지니 지담은 슬금슬금 두 사람에게서 멀어지며 한숨을 쉬었고, 완은 영 내키지 않는다는 듯 발길을 돌렸다.

"일찍 올게!"

"네!"

군사들이 왕가의 사람들을 옹위했고 완은 매사냥을 떠났다. 용희는 나인들을 따라 임시 처소로 향했고, 잠시 후 웃전들을 찾아 뵈며 담소를 나누었다. 내관들과 상궁, 나인들에게도 약간의 유연함이 주어져 웃음이 끊이지 않았다.

오랜만의 출궁이니 너 나 할 것 없이 모두는 자유로웠다. 세자는 손끝에서 살을 놓았고, 세자빈은 긴장했던 마음을 눕혔다. 그러한 시간이었다.

"마마, 뜨겁지 않으시옵니까. 찬물을 조금 섞어 드릴까요?"

"아닐세. 괜찮네."

온천에 도착한 용희가 나인들의 도움을 받아 온욕을 시작했다. 이 온천물이라는 게 어찌나 신기한지, 사람의 노력이 없어도 자연적으로 데워져 잠시나마 통증도 잊게 했다. 김이 서린 물을 담아 그녀의 어깨에 뿌리니 아지랑이처럼 연기가 피어올랐다.

"몸은 뜨거운데 마음은 시원하니 참으로 이상한 일일세."

용희가 뼛속까지 전달되는 시원함에 눈을 감자 온욕을 돕는 나인들이 미소 지었다. 모시는 웃전의 행복은 곧 자신의 행복이라, 궐에선 볼 수 없었던 밝은 표정을 짓는 빈궁의 여유가 다행으로 느껴지는 때였다.

"마마, 너무 오래 계시면 현기가 일지 모르옵니다."

"알고 있네. 곧 나갈 것이니 자네들은 먼저 나가 있게."

"예? 소인들이 마저 해야 할 일이 있사온데……."

"무에 할 일이 있겠는가? 괜찮으니 나가 좀 쉬게. 때 되면 부르겠네."

혼자만의 시간을 즐기고 싶었던 용희가 나가 있기를 권하자 나인들은 자리를 비웠다. 사방이 조용해지자 물을 퍼 담아 얼굴에 뿌렸다. 뜨거운 기운이 얼굴에 닿으니 남은 먼지가 씻겨 내려가는 것만 같았다.

"어마마마께서도 오셨으면 좋았을 것을."

고단하셨던 중궁께서 온욕은 내일이나 하겠다 하시어 용희 혼자 걸음 하게 되었다. 사가에서 한 번도 경험해 보지 못했던 온천에 반한 용희가 거듭 물을 뿌리며 시간을 즐기던 그때, 누군가 찾아왔다. 보나 마나 현기를 염려한 김 상궁이지 싶어 용희는 입술을 열었다.

"안 그래도 이제 막 자네를 부를 참이었네."

"부를 참이었다니. 듣던 중 반가운 소리인데."

으아! 음성이 낮고 익숙하니 용희가 드러나 있던 어깨를 물속에 쑥 집어넣으며 눈을 크게 떴다. 김 상궁은 아니었으나 이 역시 보나 마나였다.

"어, 어, 어떻게 오셨습니까! 이제, 이제 막 나가려던 참인데!"

"못 올 곳을 왔다는 것처럼 야박하게 구는 것은 언제쯤 고쳐 주려나?"

더운 김이 모락모락 피어오른 공간. 물에 젖은 발소리가 조금씩 다가왔고 용희는 고개를 돌려 찾아온 객을 바라보았다. 더운물에 붉어진 두 볼은 상당히 매혹적이었다.

"사냥은 벌써 끝났습니까?"

"너 없이 혼자 하려니 영 재미가 없어서 말이다. 대강 끝내고 내일 다시 경합하기로 했다."

"이기셨습니까?"

"물론."

완이 다가와 나무 욕조에 걸터앉자 용희가 물끄러미 올려다보았다.

"나도 씻고 싶다."

"소녀는 이제 막 다했습니다. 저하께서도 어서 박 내관에게 일러 온욕을 하⋯⋯."

흰히 드러난 어깨가 추워 보여 완이 더운물을 부어 주었다. 그러자 잠시 잊었던 뜨거움이 피부에 선명히 남았다.

"밖에 사람들 있지 않습니까?"

"있지."

"어떻게 들어오셨어요?"

"말해 무엇 할까? 적진의 성벽을 뚫기보다 더 어렵게 들어왔다."

무엇을 물어도 언제나 다정한 여유로움이 따라오니 그저 웃을 수밖에. 용희는 포기했다는 듯 푸념 섞인 웃음을 지었고, 완은 계속해서 물을 퍼 그녀의 어깨에 쏟아 주었다.

"머리는 내가 감겨 주랴?"

"아, 아니요. 아닙니다."

"두어라. 내가 해 줄 것이다."

용희가 길게 끌러 내린 머리를 정돈하려 하자 완이 그녀의 손길을 제지했다. 정성스럽게 머리에 물을 뿌리고 약재로 만든 가루로 머리를 헹궈 주니 용희가 천천히 눈을 감았다. 말이 끊긴 자리에 첨벙대는 물소리만 들려오니 심신은 그 어느 때보다 편안했다.

"여인의 머리를 처음 감겨 보시는 것 맞습니까?"

"질문의 의도가 불손한데."

"너무 잘하셔서요. 어찌 처음 해 본다는 손길이 이렇게 세심하답니까."

손길이 부드럽고 다정하니 불편함이 조금도 없다. 용희는 나른해지는 기분에 입가에 미소를 지었고, 완은 정성을 쏟는 손길로 머리를 매만졌다.

그의 시선이 이마를 지나자 그녀의 긴 속눈썹에 매달린 물방울이 흔들렸다. 열기에 붉어진 두 볼이 수줍은가 싶더니, 시선을 조금 더 내리자 가슴팍을 동여맨 차림이 전라의 모습보다 더욱 농염했다. 혈색이 완연해진 쇄골 주변의 매끈한 살이 탐스러웠다.

"괜히 들어왔다."

"네?"

머리를 정돈해 주며 완이 탄식하듯 말하자 용희가 눈을 떴다. 이런 호사를 언제가 되어야 또 누릴 수 있으려나, 생각에 잠겼던 그녀가 눈동자를 위로 올리며 바라보니, 이미 완은 난색이 되고 난 후였다.

"괜히 들어왔어. 괜히 들어와 힘들어졌다."

"그러니 제가 한다 하지 않았습니까. 물론 좋긴 했습니다만……."

"너만 좋은 일을 시킨 것 같다. 나는 힘들어졌어, 아주 많이."

오늘의 사냥은 흐지부지 끝나 버렸다. 그녀가 없으니 사냥도 전만큼 흥미가 없고, 부랴부랴 끝마치고 돌아오자 빈궁께서 온욕을 떠나셨다는 기가 막히게 반가운 소식이 들려왔다. 체통을 차릴까도 싶었지만 부부라는 인연 아래 허락되지 않은 일이 무엇인가 싶어 걸음을 옮겼다. 다른 마음은 둘째 치고서라도, 그녀가 느끼고 있을 치유의 시간에 잠시나마 함께하고 싶었다. 그런데 자꾸만 미혹되었다.

"나의 생각이 대단히 짧았다."

"무슨 말씀이십니까?"

"아니, 아니다."

쿵. 완은 자꾸만 그녀의 여린 속살에 시선이 돌아가니 입술을 꾹 깨물었다.

"저하."

찰랑이는 물소리와 함께 맑은 목소리가 들리자 완은 부러 다른 곳에 고정했던 시선을 옮겼다.

"저하?"

그녀가 나무 욕조에 턱을 괴며 바라보았다. 폭이 좁고 유려한 턱 아래로 물방울이 뚝뚝 흐르자 완은 마른침을 삼켰다. 정성껏 감겨 놓은 머리가 물 위로 부유하며 물결쳤다.

"제가 저하의 온욕을 도와 드릴까요?"

"농이라면 사절이다."

"농 아닌데. 정말인데."

용희가 검지로 욕조를 쓱쓱 문지르자 완은 또다시 마른침을 삼켰다. 반듯한 그녀의 어깨는 마치 누군가 광칠을 해 놓은 듯 윤기로 빛이 났다. 고개를 갸우뚱하며 가장 예쁜 표정을 지어 보이니 저 농염한 작태에 한숨이 나오지 않을 수 없었다.

완은 쓱, 그녀에게 고개를 디밀었다. 그녀가 품고 있는 더운 기운이 그에게도 느껴졌다.

"지금 나는 더운물이 아니라 찬물로 씻어야 할 것 같은데. 몸이 너무 더워서 말이다."

"사냥이 곤하셨습니까? 문뜩 생각해 보니 저하께서는 지금 곤하실 것 같습니다."

"아니, 곤하지는 않고 그저 너 때문에 덥다."

"아아, 그렇군요. 하오시면 소녀가 저하를 덥게 했습니까?"

"어디 그뿐인가?"

완은 천천히 그녀의 목덜미를 끌었고, 젖어 붉어진 그녀의 입가에 얼굴을 가까이 마주 댔다.

"물에 들어간 것은 너인데, 현기가 이는 어지러움은 내 몫이니."

닿을 것도 같고 아닌 것도 같은 간격을 지켜 내며 세자는 그녀의 향에 취해 갔다.

"지금부터는 너와 현기를 나누어 볼 생각이다."

수증기는 안개처럼 피어올라 이색적이었고, 이탈은 일탈을 불러왔다.

이런 때, 이런 시간 다신 오지 않을 것만 같아 모든 것을 내려 둔 채 부부의 연만을 기억하고 싶었다. 물론 그의 뜻만은 아니었다.

"허하겠는가?"

그녀는 웃음으로 답했다.

91화

우리는 돌아오리

상이 세자가 활 쏘는 것을 보려 하다가 바람이 거세고 날이 추우
므로 거둥을 중지하였다.

상감께서 임시로 머물고 계신 행궁의 아침이 밝았다. 이렇듯 대규모의 행차는 비용적인 면이나 인력 소모가 만만치 않았기에 연중행사나 다름없는 일. 품고 있는 뜻이 깊고 단순한 사냥이 아닌 까닭에 행차는 오래전부터 준비되었다. 건강한 육신과 심신으로 만백성과 함께 혹한을 이겨 내리라는 왕가의 바람이 담긴 행사였다.

"이제 슬슬 교대 시간 아닌가?"

"그러게. 아, 저기 오네."

왕족의 일원이 계시는 동안 조금의 문제도 없어야 했기에 철통 보안은 밤낮으로 이루어졌다.

인적이 드문 곳에서 번을 서던 병졸들은 다가오는 한 명의 사내를 바라보았다. 꽤 긴 시간 움직임 없이 번을 섰더니 뭉친 어깨가 뻐근하게 느껴지던 차였다. 칼을 차는 관료들이라면 당상관 아래 누구나 보안의 의무를 맡았기에 그 수가 상당했다.

"그런데 옷이 좀 이상한데?"

다가오는 사내를 바라보던 병졸들은 금세 수상함을 느끼며 칼자루를 잡았다. 신분이 명확하지 않고 깨끗하지 않은 얼굴은 나라의 녹을 먹는 자의 형상이 아니었다.

"멈춰라! 누구냐!"

멈추라 하자 다가서던 사내는 그대로 멈춰 섰다. 얼굴에 선연한 칼자국은 이곳에 발을 들일 자가 아니라는 것을 알게 했다.

"으으윽……."

그때 사내에게 정신 팔린 두 병졸이 한 명 한 명 차례대로 쓰러졌다. 뒤에서 소리 없이 다가온 괴한이 가차 없이 베어 버린 것이다. 비명 한번을 지르지 못하고 병졸들이 쓰러지자 칼을 쓰던 괴한은 숨이 끊긴 것을 확인했다. 병졸들의 관복이 필요했던 육권은 냉한 표정으로 입술을 열었다.

"옷을 잘 벗겨 낸 뒤 보이지 않게 시체들을 숨겨라."

"예, 알겠습니다."

"이제 교대 시간이니 사람들이 올 것이다. 서둘러."

"예."

병졸들의 목덜미를 질질 끌며 사내가 이슥한 곳으로 숨자, 육권은 사방을 주시하다 그를 따라갔다. 이곳은 신기형이 누차 보수를 총괄했던 곳이라, 위급 상황에서 상감이 이용하게 될 비밀 통로까지 육권은 이미 모두 꿰뚫고 있었다.

잠시 후 관복을 입은 육권이 병졸들이 있던 자리에 나타났다. 이내 교대 시간을 알리는 종소리가 들리자 두 명의 병졸이 다가왔다.

"어이, 이제 교대 시간이니 이만 가서 눈 좀 붙이게."

"그리하지."

육권은 태연히 고개를 끄덕이며 발걸음을 옮겼다. 그러자 다가왔던 병졸 한 명이 어깨를 붙잡았다. 육권은 슬그머니 칼자루로 손을 옮겼다.

"이봐, 갈 때 가더라도 번 패는 주고 가야지. 그래야 명록에 적을 것이 아닌가?"

"여기 가져가라."

병졸의 요청이 평온했던 까닭에 육권은 쥐던 칼자루를 내려놓으며 품에서 번 패를 꺼내 넘겨주었다.

"잘 쉬게."

"그래, 수고해라."

육권은 수월하게 자리를 떴다. 맡은 바의 임무들이 바빴기에 그들에게 시선을 주는 자는 흔치 않았다. 이제 남은 목적을 처리하고자 육권은 더욱더 서둘렀다. 사사건건 신기형의 발목을 붙잡고, 끝끝내 뒤통수를 쳤던 병조판서 윤송엽의 목을 따야 했다. 최종 목적은 그다음이었다.

◎

"말을 타는 솜씨가 제법 늘었다."

"실은 이곳에 오기 전 몰래몰래 연습했습니다. 월호를 많이 괴롭혔지요."

완과 용희는 각자 말에 올라탔다. 무엇이든 배우고 익히는 것에 능한 용희가 매사냥을 위해 기마를 배웠다. 무릇 사냥이란 날렵함이 생명이었기에 둔한 움직임으로 폐를 끼치고 싶지 않았다.

본격적인 사냥이 시작되니 광활한 공간 안에 한바탕 활기가 일어나고, 각자는 뜻이 맞는 자들과 함께 움직였다. 간간이 뉘의 것인지 알 수 없는 매가 하늘을 선회하며 길게 날았다. 사냥이 한창인 듯했다.

펼쳐진 평지와 경사가 높고 험준한 산세, 그리고 깎아 지르는 듯한 기암절벽과 까마득한 아래로 이어지는 바다까지, 다양한 지형을 자랑하기에 역동적인 사냥을 할 수 있는 장소였다. 완이 고개를 들어 매를 바라보자 용희가 말고삐를 붙잡으며 입술을 열었다.

"저는 괜찮으니 개의치 마시고 사냥에 집중하소서, 저하."

"되었다. 나는 너와 이렇게 노니는 것만도 즐거운데."

"경합을 하신다 하지 않으셨습니까? 벌써 지담은 성과를 올렸을지 모릅니다."

완은 잠시 망설였다. 지담과 병판, 그리고 완과 월호가 편을 짜고 어제에 이어 경합을 벌이는 중이었다. 지는 것을 끔찍하게 싫어하는 완의 성정에 패배란 있을 수 없는 일이었다.

그때, 갑자기 뒤에서 월호의 매가 날았고 쏜살같이 하늘 위로 질주했다. 뒤를 따르던 월호가 정신없이 말을 몰며 앞으로 달려나갔다.

"어서 가 보세요, 저하."

"그럼 다녀오겠다."

용희와 눈인사를 마친 완은 월호의 뒤를 따라 말고삐를 당기며 말을 몰았다. 용희는 순식간에 눈앞에서 사라지는 두 사람의 모습을 바라보다 둥근 미소를 그렸다.

"마마, 소신을 따르소서."

"그래, 부탁하네."

그녀에게 승리를 안겨 주기 위해 완이 떠나니 용희를 사수하는 군사들이 대신 곁을 지켰다.

사내들의 호기로운 사냥이 한창인 지금, 한쪽에선 육권이 열어 준 비밀 문을 통해 흑단의 괴한들이 들어왔다. 곁엔 이미 숨이 끊어져 차디찬 주검으로 변한 병졸들이 뒤엉켰고, 괴한들의 꼬리를 물고 신기형이 들어섰다. 찬 숨을 삼킨 신기형은 하늘 위를 수놓는 매들을 올려다보았다. 짐승의 가죽으로 만든 옷을 입고, 헝클어진 머리를 대강 묶은 신기형은 전혀 다른 사람처럼 보였다.

"오늘 우리는 여기서 결판을 낼 것이다."

감정 없는 눈빛으로 매를 바라보던 신기형이 중얼거렸다. 이미 사람답게 살 수 없는 흑단의 괴한들은 신기형의 말끝에 겁 없는 웃음을 지었다. 조선의 백성이 될 수 없는 그들은 조선이 싫었다.

"나라가 우리를 버렸으니 우리도 나라를 버리는 게 당연한 일 아니겠는가?"

흑단의 괴한들은 신기형의 말에 긍정하며 주먹을 움켜쥐었다. 어느덧 이러한 삶은 본인의 선택이 아닌, 그저 이렇게밖에 살 수 없게 만든 세상 탓이 되어 버렸다.

신기형은 천천히 괴한들에게 시선을 옮겼다. 오늘을 위해 숨을 죽인 채 동굴 속에서 침음하게 앉아 피맺힌 이를 갈았다. 수십 일 동안 치밀한 작전을 세웠고, 완벽한 호위를 뚫을 수 있는 유일한 허점을 장악했다.

"전부 다 쓸어 버려라."

"예!"

할 수만 있다면 상감과 세자, 중궁과 빈궁의 목을 칼끝에 꿰어 올린 뒤 춤을 추고 싶었다. 계획대로라면 불가능한 일은 아니었다.

◎

"이랴!"

병판 윤송엽은 매를 따라 말을 달렸다. 풍채의 맵시가 좋고 젊은 사내들에게 지지 않는 체력이 있으니 가히 병조의 으뜸이라 칭할 만했다. 찬바람을 가르며 병판이 말을 몰자 아들인 지담이 그 뒤를 따랐다. 반드시 세자 저하를 이기고 말리라. 오늘이야말로 왕가를 상대로 가문의 위상을 떨쳐 볼 절호의 기회였다. 부자지간이 같은 목적으로 엮이니 평소와는 달리 합이 척척 맞았다.

"아들아! 이쪽!"

"예!"

손을 들면 뜻을 알아채고 눈을 마주치면 답을 알아채니 역시 핏줄은 핏줄이라. 제법 좋은 성적을 유지하며 병판과 지담은 유려한 사냥 솜씨를 자랑했다.

"휴, 아버지, 실력이 좋으십니다."

"그러냐? 이 애비가 아직 실력이 죽지 않았다."

잠시 후 한바탕 노루 몰이를 했던 지담과 병판이 말고삐를 잡고 느리게 이동했다. 서로는 서로의 사냥 솜씨에 칭찬을 아끼지 않았고, 모처럼 다정함을 이어 가며 다음 사냥을 위해 한숨 돌렸다.

"저하께서는 많이 잡으셨을까요?"

지담이 묻자 병판은 호기심 많은 웃음을 띠었다.

"뭐, 그래도 우리만 하겠느냐?"

"그렇지요? 민월호도 매사냥은 영 젬병이니 말입니다."

부자지간이 호탕한 웃음을 주고받았다. 아직 뚜껑은 열어 보지도 않았건만 희한하게 승리가 예감되어 기쁨을 감출 길이 없었다.

"소자, 이번 기회에 저하께 확실한 실력을 보여 드려야겠습니다. 하하하!"

"그래그래! 이 애비는 주상 전하께 으름장을 놓아야겠다! 껄껄껄!"

유쾌함과 화통함은 집안 내력인지라 주거니 받거니 김칫국을 들이켜고 있던 때.

"거기, 잠시 멈춰 봐라."

웃음을 뚝 끊은 병판이 앞서 걸음을 옮기던 병졸 한 명을 불렀다. 조금 전 병졸을 스쳐 지나며 슬쩍 얼굴을 바라보기를, 풍기는 기운이 좋지 않았다. 수십 년을 쌓아 온 병판의 눈썰미는 보통의 것이 아니었다.

"아버지, 어찌 그러십니까?"

지담이 묻자 병판은 눈을 가늘게 뜨며 멈춰 선 병졸을 바라보았다. 고개를 조아린 채 멈춘 병졸은 지담이 바라보기에 문제가 없었다.

"너는 어디 소속인가?"

말 위에서 병판이 묻자 병졸은 입을 열었다.

"소인은 무예청 소속이옵니다."

"무예청?"

"예."

인력이 대거 필요했으므로 무예청 소속의 사람들도 간혹 보였다. 낯선 기운에 병판은 유심히 병졸을 바라보았다.

"그렇다면 네 상관은 누구더냐?"

"……."

병졸이 쉽게 답하지 못하고 뜸을 들이자 말에서 병판이 내렸다.

"고개를 들어 봐라."

수상함을 따라 느낀 지담이 뒤늦게 말에서 내리며 고삐를 붙잡았다. 병졸의 얼굴을 되새겨 보니 언젠가 본 적이 있는 것처럼 낯이 익었다.

"어디서 봤더라……."

지담은 중얼거리며 기억을 더듬었다. 하지만 언제 보았는지, 어디서 보았는지 기억이 잘 나지 않았다. 말고삐를 정리한 지담이 아버지를 쫓아 걸음을 옮겼다. 육권은 여전히 침묵했고, 병판은 그와 거리를 좁혔다.

"거기 너, 고개를 들어라. 감히 병판 대감의 명을 거역하는 것이냐?"

지담이 아버지를 지나치며 먼저 병졸에게 다가섰다. 천천히 육권이 고개를 들자 칼자국이 선연한 얼굴이 드러났다. 그때였다.

히이잉!

말 울음소리가 크게 들리니 지담의 시선이 잠시 비켜섰고, 때를 놓치지 않은 육권이 빠르게 움직였다. 모든 것이 눈앞에서 느리게 펼쳐지는 것 같은 찰나의 순간, 지담은 그가 누구인지 떠올렸다. 일전에 여동생인 이진과 장터에서 시비가 붙었던 사내였다.

"아버지! 피하십……."

결국 기억해 낸 지담이 병판을 향해 돌진하는 육권을 온몸으로 막아섰다. 하지만 조금 늦었다.

"으윽……."

육권의 칼날이 스치자 지담의 눈두덩에 극심한 뜨거움이 일었다. 이어 거친 칼날이 병판의 허리춤을 스쳤고, 병판은 말의 매듭을 짓지 못한 채 입을 크게 벌렸다. 피할 틈도 없었다. 아들에게 시야가 가려져 육권의 행동을 미처 보지 못한 것이다.

"아아……."

뜨거움이 가시지 않은 지담이 눈두덩을 붙잡고 비틀거렸다. 병
판의 두 무릎은 땅으로 추락했다.

"아버지!"

이미 육권은 저만치 달아났고, 병판은 가쁜 숨을 몰아 내쉬었다.

"아버지! 아버지!"

병판이 움켜쥔 허리춤을 바라보니 붉은 피가 진하게 묻어나고
있었다. 지담은 한쪽 눈을 제대로 뜨지 못한 채 아비의 상체를 들
어 올렸다.

"아, 아버지! 괜찮으십니까! 아버지! 아무도 없느냐! 여기 사람
이 다쳤다!"

허공에 외쳐 보지만 넓디넓은 공터는 지담의 목소리를 우습게
삼켰다. 붉은 피는 역류해 병판의 입술 사이로 흘러내렸다.

"아, 아버지! 아버지!"

허겁지겁 지혈을 시작했지만 병판은 순식간에 푸르게 변한 얼
굴로 아들의 손을 잡았다. 덜덜 떠는 손이 서늘하게 느껴졌다.

"빨리…… 빨리 알려라…….."

"아버지! 말씀 마십시오! 피가 더 흐르지 않습니까!"

"어서, 어서 빨리…….."

지담의 턱 끝으로 핏물이 뚝뚝 떨어졌다. 아들의 피는 아비의
앞섶을 적셨고, 아비의 피는 아들의 바지를 적셨다. 어깨를 헐떡

이는 아비의 숨은 금방이라도 끊어질 것 같았다.

"곧 사람을 불러오겠습니다! 조금만 버텨 보십시오, 아버지!"

"나는, 나는 되었으니 어서…… 어서 빨리……."

"아, 아, 알겠습니다. 알겠으니 정신을 놓지 마십시오! 버티십
시오!"

병판 윤송엽은 남은 힘을 다해 아들의 손을 잡았다. 지담은 쏟
아지는 오열을 삼키며 아비의 손을 꾹 잡았다. 눈가의 통증은 이
미 잊은 지 오래였고, 남은 본능이라곤 오로지 아비를 향한 염려
에 묶여 버렸다.

"알겠습니다. 저하께 가겠습니다. 그러니 부디…… 아버지……."

"전하께 가라……. 전하를 먼저…… 먼저 지켜라……."

터질 듯 충혈된 두 눈 사이로 아비의 신념이 쏟아지니, 아들은
차마 듣지 않을 수도 없었다.

"전하…… 전하를…… 먼…… 저……."

아비의 손이 힘을 잃고 아래로 떨어지자 지담은 눈물과 핏물이
범벅된 얼굴로 아비의 상체를 찬 바닥에 내려놓았다. 정신이 온전
치 못해 분별이 가능하겠느냐마는 그렇다 해서 할 일을 외면할 수
도 없었다. 지담은 서슬 퍼런 광기를 뿜는 모습을 한 채 내달렸다.
누구라도 만날 때까지, 달리고 달렸다.

"여기, 짐승이 지나간 흔적입니다."

월호는 말에서 내렸다. 발자국이 꽤 선명한 것을 보아하니 이곳을 지난 지 얼마 되지 않은 짐승의 것이 분명했다.

"크기를 봐서는 작은놈이 아닙니다."

"그렇구나. 이동해야겠다."

월호의 곁에서 발자국을 확인한 완은 방향을 정한 뒤 다시 말에 올랐다. 지담과 병판 부자가 사냥에 얼마나 성공했는지는 가늠할 수 없었으나, 이쪽 또한 잡은 수가 상당했으니 지는 일은 없겠구나, 그런 확신이 들었다.

저 멀리서 무슨 일이 벌어지고 있는 줄도 모른 채 두 사람은 짐승의 발자국을 따라 산기슭을 올랐다. 어느덧 짐승의 발자국이 뚝 끊긴 갈래 길에 도달했다.

"예서 발자국이 끊겼으니 예상이라면 저쪽인데."

완이 팔을 뻗으며 방향을 가리키자 월호가 입술을 열었다. 녀석의 생각도 같았지만 세자를 모시고 가기엔 무리가 따랐다.

"아뢰옵기 황공하오나 그쪽은 경사가 높고 절벽이 가로막아 위험합니다."

"그럼 예서 포기한단 말인가?"

"이제 그만 아래로 이동하시는 게 어떠하시겠습니까?"

"내려가지는 않았을 것이다. 여기까지 어떻게 올라왔는데 빈손으로 내려갔겠는가?"

완은 아쉽다는 듯 시선을 고정했다. 휑한 바람만이 머무는 저곳은 아찔한 낭떠러지로 이어지는 사냥 금지 구역이었다. 붉은 실로 엮어 들어가지 못하게 막은 것은 행여 누구라도 들어갈까 미리 설치해 둔 것이었다.

완은 숨을 고르며 심신을 가다듬었다. 온통 사냥에 집중했던 머릿속을 비우니 찬기 가득한 바람이 섬뜩하게 느껴졌다. 무심코 먼 곳을 돌아보자, 한 무리의 말이 이동한 듯한 흔적이 완의 시선을 어지럽혔다. 그 무리는 붉은 실을 넘었고, 가파른 낭떠러지를 향해 이동하고 있었다.

완은 잠시 숨을 끊어 내쉬었다.

"저건 무엇이냐?"

한참이나 멈춰 주변을 살피던 시선은 어느 한 곳에 머무른 채였다. 월호가 그 시선을 따라가 보니 수풀에 숨겨진 사내의 발이 보였다. 언뜻 보기에도 힘을 잃은 발이 불길함을 암시해, 월호는 답 대신 말에서 내려 수풀 사이를 갈랐다. 그러자 이미 싸늘하게 식어 버린 병사의 주검이 시선을 장악했다. 놀란 월호와 완의 눈빛이 부딪쳤다.

"저하! 마마를 뫼시던 자들입니다!"

"빈궁에게 갈 것이다!"

"예, 저하!"

완은 가차없이 말머리를 돌리다 천천히 시선을 올렸다. 붉은 실이 사납게 제 몸을 흔들며 그를 향해 손짓했다. 넘어오라고, 건너오라고.

"월호."

"예, 저하."

"가서 사람들을 불러와라."

이곳에 너의 그녀가 있다고.

"하오나 저하."

"아니, 아니다. 너는 지금 당장 내려가 아바마마와 어마마마를 살펴라."

"저하……."

"명이다. 감히 세자의 뜻을 거역 말라."

조금도 지체할 수 없다는 듯 완은 말머리를 돌려 붉은 실 사이를 넘었다. 찬바람은 칼바람이 되어 불어 들었고, 마음은 창창히 깨져 흩어지는 것만 같았다. 지옥이 따로 없었다.

행궁의 임시 대전을 향해 달리던 지담은 한 무리의 괴한들을 마주했다. 침입 소식이 여기까지 당도하지 않은 듯했다. 아마도 길목을 차단하려는 듯, 수십의 괴한들은 촘촘히 길을 막아섰다.

"죽고 싶지 않으면 비켜라."

피로 범벅이 된 한쪽 눈을 제대로 뜰 수가 없었다. 하지만 지담은 칼자루를 쥐고 몸을 바로 했다. 그러자 어인 일인지 몸 안의 모든 신경이 차분해지고, 비로소 들끓던 분노와 살기가 육신을 괴롭히지 않게 되었다.

"그런 몰골로 칼부림을 해 보시겠다? 미친놈이 따로 없군."

"어이, 익위사 양반, 네놈이 그렇게 칼을 잘 썼다지? 어디 그 솜씨 한번 보자."

사내들은 지담을 바라보며 킬킬 웃음을 터트렸다. 애꾸눈이 되어 버린 지담의 검술 따위, 수십의 사내가 두려워할 바는 되지 못했다.

지담은 호흡을 가다듬고 검 끝에 신경을 집중했다. 그때 한 사내가 목을 꺾으며 느린 걸음으로 걸어 나왔다. 키가 육 척은 될 것 같은 거구에 우락부락한 상체가 괴물처럼 보이는 사내였다. 들고 있는 칼은 손잡이가 길고 칼끝이 여러 날로 퍼진 모양으로, 사내의 인상과 무척이나 잘 어울렸다. 흑단의 무리 중 검술로는 으뜸인, 따라올 자 없이 출중하다 정평이 난 괴한의 수장이었다.

지담은 검을 더욱 그러잡았다. 그 모습을 바라본 사내는 가래가 들끓는 음성으로 한바탕 비아냥거렸다.

"내가 네놈을 머리끝부터 발끝까지 씹어 삼켜 주랴? 아니면 갈기갈기 찢어 짐승 밥으로 던져 주랴?"

사내의 말을 바람에 날리며 지담은 굵은 숨을 뱉었다. 그러곤 천천히 눈을 감았다.

"여기서 죽여 주마! 이야아아아!"

다시 눈을 떴다. 사내가 공격해 오자 손끝에 감각을 맡긴 지담이 단칼에 그를 베어 버렸다. 피가 터져 흐르니 지담의 얼굴에 튀긴 피가 수많은 점을 찍었다. 황당하리만치 허무하게 수장이 죽자 괴한들은 두 눈을 크게 떴다. 지담은 입가에 묻은 사내의 피를 핥아 삼키며 손가락을 까딱였다. 비릿한 웃음이 지담의 입가에 발리자 그는 마치 이 세상에 존재하는 무엇이 아닌 듯했다.

"이런 피라미 말고 진짜가 와라."

지금의 그는 사람이 아니었다. 괴한들을 죽음으로 인도할, 사신(邪神)이었다.

92
화

어쩌면 행복했을까

【해종실록 11권. 해종(偕宗) 17년 10월 26일】

악인 신기형이 흑단의 무리와 함께 행궁에 잠입하니 닥치는 대로 베고 죽이며 내인들과 군졸들을 살생하였다. 반란이 일어났다.

"이랴!"

가파른 길을 쉴 새 없이 달렸다. 폭이 좁은 길을 회전하며 완은 그 끝을 향해 정신없이 말을 몰았다. 뾰족한 산봉우리가 드문드문 안개에 가려졌고, 구름마저 뚫은 높은 산봉우리만이 끝만 내어놓은 모습으로 세자를 반겼다. 길이라곤 이것 하나뿐이었으니, 완은 달리고 달리며 부디 멈춘 저 끝에 용희가 없기를 소망했다.

그때였다. 말이 다그닥거리던 네 발을 멈췄다. 저 아래가 아득하고 귀가 먹먹한 것이 무척이나 높은 곳까지 올라온 것이었다. 자욱한 안개가 쉽게 길을 터 주지 않으니 한갓 미물인 말조차 겁을 먹고 더 올라가기를 주저했다. 말이 뒷걸음치며 앞으로 나아갈 생각을 하지 않자, 하는 수 없이 말에서 내린 완은 그대로 내달렸다. 두 다리가 꺾일 듯 휘청거렸으나 곧 닿을 것만 같은 벼랑 끝이 높은 경사를 모르고 달리게 했다.

나는 네가 저곳에 없기를 바라고, 나의 불행한 예감은 그저 쓸데없는 기우이길 바라고, 나는 열과 성을 다해 그렇게 바라고 또 바라지만⋯⋯.

"아⋯⋯."

완은 멈춰 섰다. 희게 칠해 놓은 듯 시야를 가리는 안개보다 두려운 것이 있으니, 제아무리 죽을힘을 다해 바라도 시야에서 사라지지 않는 저 모습, 저 형체.

열 명 남짓의 괴한은 칼을 빼 든 채 세자를 겨냥했다. 그 가운데 짐승의 눈매를 닮은 신기형이 서 있었다. 긴장감이 폐부에 엉켜 누구도 움직이지 못하니, 먹으로 그려 놓은 재앙의 묘화인 것도 같았다.

완의 두 주먹이 뻣뻣하게 굳었다. 잔인한 바람은 겁에 질린 용희의 치맛자락을 쓸며 나아가 세자의 옷자락을 스쳤다. 이 바람은 어디서 불어와 어디를 향해 사라지는가. 답을 채 알기도 전, 신기형의 늙고 닳은 입가에서 비틀린 웃음소리가 흘렀다. 절망과 두려움이 엉킨 세자의 시선에서 신기형은 승리를 예감했다.

"오랜만이외다, 세자."

그들은 전리품으로 빈궁을 선택했다.

◎

"헉, 헉……."

지담은 비틀거리며 칼자루를 움켜쥐었다. 시야가 좁으니 몸의 균형이 맞을 리 없었다. 게다가 수를 헤아릴 수 없을 만큼의 괴한 을 베야 하니, 그 과정에서 부상이 따랐다. 이리저리 찔리고 베인 상처에서 흐르는 피가 낭자했다. 보통의 사내였다면 흘린 피에 이 미 고꾸라지고도 남았으리라.

"헉…… 헉……."

가쁜 숨을 몰아 내쉬며 지담은 작은 원을 따라 돌았다. 간신히 목숨을 부지한 괴한들이 지담을 중심에 두고 호를 그렸다. 어느 방향에서 공격해도 지담이 막아 내니, 한쪽 눈이 보이지 않는 어 려움 따위 별것도 아닌 게 분명했다. 괴한들은 먼저 쓰러진 동료 의 눈동자에서 자신의 죽음을 읽었다. 가히 혀를 내두를 만한 익 위사의 절륜함에 원을 돌며 마른침만 삼켰다.

"……하."

지담의 입가에서 실소가 터졌다. 제 한 몸 지탱하며 서 있는 것 만도 용하게 보였지만, 이런 상태로 괴한을 상대한 것이 꽤 되었다. 손가락도 까딱하기 힘들었으나 지담은 검을 들었다.

"아직도······ 아직도 진짜는 없는 거냐? 전부, 전부 피라미들만
······."

그의 팔은 의지와는 달리 후들후들 떨렸다.

"이야아아아!"

괴한이 죽기를 자처하며 돌진하자 지담이 돌아섰다. 그 모습에
용기를 얻은 괴한들이 일제히 그를 향해 돌진했고, 지담은 혼을
실은 검을 가볍게 돌렸다. 괴한을 베었으나 그는 어깨를 다쳤고,
괴한의 허리를 갈랐으나 그는 다리를 찔렸다. 결국 지담의 두 다
리가 휘청였다.

"내가 죽여 주마!"

때마침 육권이 달려들었고, 지담의 거친 숨 사이로 핏방울이 튀
었다.

"으아아아아!"

육권이 칼을 높게 들었으나 더는 방어할 수 있는 기력이 남아
있지 않았다. 지담은 끝을 예감한 까닭에 겸허히 눈을 감았다. 하
지만 응당 이어져야 할 칼부림이 느껴지지 않자 잠시 후 천천히
눈을 떴다. 눈앞의 육권은 눈두덩이 흰자위를 가득 내보인 채 검
을 떨구며 사지를 부르르 떨었다.

"늦어서 미안하다."

"드럽게…… 드럽게 늦게 오네……."

지담은 흐려지는 정신 속 녀석을 응시했다. 월호의 칼끝으로 육권의 피가 뚝뚝 흘러내렸다.

"괜찮으냐?"

"물…… 론…… 물론 괜……."

투두둑, 지담의 입가에서 피가 쏟아진다. 월호는 녀석을 끌어한 팔로 감싼 뒤 남은 괴한들과 맞서 검을 겨누었다.

"죽지 마라. 가만 안 둘 테니까."

"내가 너보다…… 먼저 죽을 것 같으냐……. 천만에…… 천……만……."

월호는 마지막 남은 괴한들을 향해 검을 돌렸다. 검이 부딪히는 소리는 언제 들어도 날카로웠으나 오늘의 그것은 귀신의 울음소리처럼 뼈에 사무쳤다. 익위사의 검이 내는 소리와 괴한의 칼 소리가 같을 리 만무했다. 괴한들은 한 획의 실수를 단칼의 죽음으로 갚아야 했다. 이곳은 실전이었다.

⊙

스치는 바람이 이리도 사나운 것이었나. 죄수의 목덜미를 가르는 칼날이 혹 이런 느낌일까. 예측 불가한 바람은 형체도 없는 것이 팔방에서 밀려들어, 세자의 전신을 스치며 통증을 만들었다. 온몸이 갈기갈기 찢겨 바람결에 흩어지는 것만 같았다.

"오랜만이외다, 세자."

간단한 인사를 건네는 신기형의 음성엔 서늘함이 가득했다. 완은 신기형의 팔에 사로잡힌 용희의 얼굴을 응시했다.

"세자께서는 그간 강녕하셨는가? 어이 말씀이 없으시오?"

용희 뒤에 펼쳐진 광활한 하늘과 텅 빈 배경은 바라만 보아도 아찔했다. 서너 걸음만 걷는다면 그녀는 한 송이 낙하하는 꽃처럼 벼랑으로 떨어져 으스러질 것이 자명했다. 새파랗게 질린 그녀의 얼굴이, 혹은 창백한 살갗 위로 돋아난 혈관이 세자의 심장을 쥐고 흔들기 바빴다. 생각엔 몇 번이고 신기형의 말에 대꾸해야 한다 여겼지만 단 한마디도 입 밖으로 내뱉지 못한 채, 세자는 그렇게 빈궁의 얼굴만을 살폈다.

"말씀이 없으신 것을 보아하니 강녕하지 못한 모양이외다."

그다지 볕이 들고 있지 않음에도 신기형의 손에 들린 단검이 반짝였다. 날이 잘 선 칼끝은 얼마나 칼갈이를 했는지 확신하게 해주었다.

"세자는 빈궁과 인사 나누시오. 아직도 서로 내외하는가?"

숱한 나날, 신기형은 빛도 잘 들지 않는 첨습한 동굴 안에서 묵묵히 칼을 갈았다. 단지 오늘만을 위해. 이 순간만을 위해.

"아아, 인사를 나누기엔 장소가 너무 협소한가?"

늙었으나 나이테를 제법 두른 기둥처럼 신기형의 굵은 손목은 그녀의 목을 단단히 옥죄었다. 여차하면 터질 것 같은 신음을 입 안으로 밀어 넣으며 용희는 두 눈을 부릅떴다. 어떻게든 괜찮아 보여야 했기에 머리로는 갖은 노력을, 입가로는 어울리지 않는 미소를 지었다. 오로지 눈앞의 세자를 위한 일이었다.

"죽고 싶지 않으면 빈궁을 내 곁으로 보내라."

간신히 버티는 음성으로 세자가 운을 뗐다. 무엇도 버릴 줄 모르는 세자께서 상황을 파악하지 못한 것 같아, 신기형의 입가에 또다시 조소가 발렸다. 칼자루를 쥐고 있는 자를 혼동하고 있음이 분명했다. 신기형은 더욱 용희의 목을 졸랐다.

"누가 죽는단 말인가? 내가?"

그녀의 숨통이 닫혔다.

"아니면 빈궁이?"

세자는 이를 악물었다. 눈빛에 형형하게 매달리는 것이 있으니, 살기였다.

"아니면 죽는 자는 나도 빈궁도 아닌 바로 그대, 세자인가?"

숨통이 꽉 막히자 용희가 발버둥을 쳤다. 침착하게 두고 보기가 어려운 까닭에 완의 팔이 떨리자 칼끝이 좌우로 흔들렸다. 바람이 혼란스럽게 부니 옷자락도 갈피를 잡지 못한 채 부대꼈다.

"세자는 칼을 버려라."

신기형의 요구가 떨어졌다. 용희의 음성은 처음으로 허공을 갈랐다.

"안 됩니다! 안 됩니다, 저하!"

"칼을 버려라. 버리고 짐승만도 못한 취급을 하던 자들에게 짓밟혀 죽음을 맞이해라."

"저하! 저하! 안 됩니다! 안 됩니다!"

떨어져 내리는 불덩이에 반항하듯 용희의 목소리가 갈라졌다. 이토록 높게 치솟은 그녀의 음성은 또 처음이라, 완의 두 눈이 붉게 물들었다.

신기형이 쥐고 있던 단도가 그녀의 턱 끝을 스쳤다. 채 매달릴 시간도 없이 핏방울은 주르륵 떨어져 내렸다. 끔찍한 통증이 뜨겁게 솟구쳐, 용희는 정신이 혼미해진 까닭에 입을 크게 벌렸다. 핏방울이 시선에 꽂히자 물속에 잠긴 듯 숨이 쉬어지지 않아, 완은 눈을 감았다가 뜨며 숨을 헐떡였다. 그들의 고통이 증가할수록 신기형의 기쁨 또한 배가되었다.

들어 보라, 세자여.

"너의 여인이 이렇게 괴로워도 너는 정녕 칼을 버리지 않겠느냐?"

네 마음은 나로 인해 더욱 괴롭길 바란다. 중하게 아끼던 것을 잃고야 마는 슬픔을, 나로 인해 알길 바란다.

"상감의 군대가 올라올 때까지 시간을 벌어 볼 생각이거든 꿈도 꾸지 말아야 할 것이다."

그래, 심장에 녹아나는 사무치는 고통을 내가 네게 주고 싶구나. 평생의 시간이 서러울 아픔을 내가 네게 선물하고자 한다.

"네 여인이 어찌 되어도 너는 살아야겠는가? 그래서 칼을 못 버리는 것이냐?"

신랄한 네 여인의 비명을 귓속에 새기고, 버둥거리는 네 여인의 육신을 두 눈에 넣어라. 나 역시 너로 인해 모든 것을 잃었으니, 너 또한 전부라 여기는 것을 눈앞에서 잃어 보아라.

"눈이 먼 것처럼 아끼고 귀히 여기더니, 종국엔 너도 네 목숨이 제일 귀하더냐?"

신기형은 으스스한 웃음을 토했다. 돌처럼 굳어 버린 세자의 난색 또한 가히 볼만했다. 피가 쏟아지니 조금 잠잠해진 용희의 상체가 조금 앞으로 기울었다. 그러자 목덜미를 잡아 그녀를 반듯하게 일으켜 세우며 신기형은 말했다.

"잘 보아라. 이것이 네 여인의 말로니라."

피에 물든 그녀의 옷자락이 고통을 말해 주었다. 완은 천천히 눈을 감았다가 떴다. 칼을 버린다고 저들이 무엇을 멈춰 주겠느냐마는, 들고 있는 순간 내내 그녀는 치욕을 맛보아야 할 것이다.

"이번엔 이년의 손가락을 잘라 낼 것이다."

"빈궁을 풀어 줘라. 그럼 칼을 버리겠다."

"칼을 먼저 버려라. 순서는 내가 정할 것이다."

"저하…… 저하 안 됩니다……. 저하께서는 버티셔야 합니다
……."

용희의 애달픈 애원이 이어지자 완은 용희를 향해 시선을 주
었다.

"……하."

아주 작은 웃음이 탄식처럼 튀어나오니, 어쩌면 너와 내가 나누
는 마지막 웃음이었다. 완은 입꼬리만 간신히 올린 미소를 내보이
며, 물기가 번질거리는 눈꺼풀을 내렸다가 올렸다.

"무얼 망설이냐. 어서 칼을 버리란 말이다! 손가락을 자른 뒤엔
이년의 입술을 잘라 낼 것이다!"

혹, 괜찮은가. 묻는 말도 소용없어 한마디도 떼지 못했다. 못다
이룬 것들은 또 어찌나 많은지 죽는 것이 두려운 것보다 그것이
더욱 후회스럽구나.

"역시 계집 하나에 버릴 수 있는 목숨은 아닌가? 그래! 아깝겠
지! 너로 인해 열이고 백이고 죽어 나간대도 네 목숨 하나 구명하
고자 너는 아무것도 하지 못할 것이다!"

비록 잡객들의 손에 죽임을 당한다고 그것이 수치스러울까 보

냐. 다만 칼을 버린대도 너를 살리지 못할 것이니 그야말로 헛된 희생이라.

"저하!"

완은 칼을 떨궜다.

"저하! 안 됩니다! 안 됩니다!"

그래, 우리 손잡고 나란히 가자. 도저히 방법이 없겠거든 우리, 한날한시에 끝을 보자. 천자의 부름이라 여기며 때가 되어 사라진다, 그리 여겨 보자. 못 이룬 것 셀 수 없으나 이곳만이 참 세상은 아니지 않겠느냐.

"아아아…… 안 됩니다……. 안 됩니다……. 저하, 저하!"

괴한들은 천천히 완을 향해 걸음을 옮겼다. 두 손이 무방비해진 완은 꼿꼿하게 어깨를 폈고, 용희의 비명은 골짜기를 뒤흔들었다.

"저하! 저하아!"

혹, 아는가? 네게 배운 세상은 참으로 아름다웠다. 열 번을 다시 태어난들 이런 인생 또 없겠구나. 백 번을 다시 태어난들 이런 사랑 또 없겠구나.

"저하…… 아아…… 안 됩니다……. 안 됩니다……."

그래, 그러했다. 그렇게 네가 내게 와 주어 참으로 무량한 고마움이 가슴에 사무쳤다.

"아아…… 저하…… 저하……."

"하하하하! 역시 너는 아둔하다! 이 어리석은 세자여!"

신기형의 웃음이 서늘하게 퍼졌다.

"천하에 아둔한 놈! 네가 칼을 버리면 네 여인을 살릴 수 있을 것이라 생각했느냐? 또한 세자의 신분이란 네놈에게 이다지 아무것도 아니었더냐?"

괴한들은 한 걸음씩 옮기며 세자와의 간격을 좁혔다.

"이제 어쩔 것이냐! 네가 그토록 중히 여기다던 이 나라 백성들은 왕을 잃고 세자를 잃고 지옥을 맛볼 것이다! 어찌 여인 하나와 조선을 바꿀 생각을 했단 말이냐!"

괴한들의 검은 손에 들린 칼끝은 섬뜩한 빛을 뿜었다.

"너를 믿고 살았던 백성들이 참으로 불쌍하구나! 나는 그것이 이렇게도 기쁘니라! 칼을 버리지 않으면 계집이 죽고, 칼을 버리면 백성을 포기하는 것과 진배없으니 너는 어떻게 죽어도 오점을 남길 것이다! 그러니 무엇을 택한들 후회가 없으랴?"

그림자는 점점 다가왔다. 광기 서린 신기형의 눈빛은 단지 그의 죽음을 바랐고, 이어 그녀의 죽음을 바랐다. 완은 신기형의 손에 묶인 채 발버둥 치는 용희를 향해 입술을 열었다.

"용희야."

"아아…… 저하……."

"내가 누구냐."

용희는 솟은 눈물이 뜨거워 어쩔 바를 몰랐다. 목구멍엔 쓴 물이 가득 차 한마디도 내뱉기 힘들었다. 여기가 끝이려면 어쩌려고 한마디를 못 해. 어쩌면 이렇게도 한마디 생각나는 것이 없어.

"나는 전무후무 유일무이한 사내니라. 그런데 어찌 이런 사내를 믿지 못하는 것이야. 괜찮다니까."

"아아…… 저하……."

"걱정 마라. 네가 걱정할까 봐 그것이 제일 걱정이 된다."

완은 염려 말라는 듯 흔연한 미소를 지었다. 마치 그에게는 눈앞의 괴한들이 보이지 않는 것만 같았다.

"어서 세자를 죽여라! 지금 당장 이씨 가문의 씨를 말려 버려라!"

더는 볼 수 없어 용희가 눈을 감았고, 신기형은 괴한들을 말로 움직였다. 괴한들은 잠시 뜸을 들였다. 아무리 눈에 뵈는 것이 없는 자들이라 하여도 세자의 신분이 감히 실감 나지 않는지라. 게다가 의연한 표정은 죽음의 두려움을 해탈한 것만 같아 의문스럽게 했다.

"어서 해치워! 이 나라 조선은 썩었다! 새로 시작해야 한단 말이다!"

바람이 높게 불었으나 누구도 스치지 못하니 처량하게 사라졌다. 완은 용희를 바라보다 괴한에게 시선을 옮겼다. 그들의 눈빛은 야생에서 자란 독버섯과도 같았다.

"베어라. 누가 해 볼 것이냐?"

완은 포기했다는 듯 두 팔을 양옆으로 뻗었다. 시간을 벌기 위한 수단이란 게 이런 것뿐이었다. 괴한들은 서로의 얼굴을 힐끔 바라보았고, 용희는 터져 흐르는 신음을 악물었다. 차근차근 괴한들의 얼굴을 바라보던 완은 한 사내에게서 시선을 멈췄다.

"그래, 네가 좋겠다. 네가 베어 보아라."

"아…… 저……."

세자에게 지목을 당하니 당혹감을 감추지 못한 사내가 어깨를 움츠렸다. 완은 편안한 시선으로 괴한을 바라보았다.

그때였다.

"으아아아아악!"

멀리서 날아온 살이 괴한의 가슴팍에 박히자 순식간에 아수라장이 되었다. 굳이 돌아보지 않아도 누구의 솜씨인지 알 수밖에 없어, 완은 떨군 검을 발등으로 던져 올려 붙잡았다.

"으아악!"

"으아아악!"

그녀는 감은 눈을 뜨지 못했고, 하여 누구의 비명인지 분간하지 못했다. 다만 신기형의 조바심 나는 걸음이 뒤로 향하는 것을 느낄 뿐이었다.

살은 먼발치에서 맹렬하게 날아들었다. 월호가 쏘는 화살이 쉴 틈 없이 사내들의 가슴팍을 꿰뚫는 사이 임금의 군사들이 올라오는 소리가 들렸다. 점점 가까워 오는 함성은 하늘을 삼킬 것만 같았다. 완은 가차없이 베어 냈다. 열 명 남짓의 괴한은 지은 죄를 목숨으로 갚았다. 평소 불필요한 악(惡)을 모르던 세자였으나 한 번에 베지 않고 두 번, 세 번을 갈라 베며 일말의 자비도 남기지 않았다.

"동궁을 지켜라! 단 한 놈도 살려 두지 마라!"

"예! 이야아아!"

수십의 군사들이 떼로 몰려오니 좁은 벼랑 끝은 임금의 군사들로 가득했다. 그림은 종전과 무척 달라졌다.

◎

"아무도 가까이 오지 마! 다 죽여 버리겠다!"

괴한들은 모두 죽었다. 신기형은 용희의 목을 더욱 부여잡은 채 단도를 허공에 내리그었다. 여차하면 빈궁을 해하겠다는 강한 의지 앞에 누구도 섣불리 움직일 수 없었다. 소란을 피해 신기형은 더욱 뒷걸음을 걸었고, 이젠 한 치만 걸으면 천 길 아래로 떨어질 절벽에 다다랐다.

"누구든지 다가서면 이년을 죽이고 말리라!"

완은 칼을 겨누었고, 월호는 살을 장전했다. 용희와 가깝게 붙어 있는 신기형을 쏘기란 몹시 어려운 일이었기에, 월호는 온 신경을 집중한 채 시위를 벌렸다. 여전히 아물지 못한 용희의 턱 끝에 핏물이 고여 툭툭 방울로 떨어졌다. 두고만 보자니 완의 억장이 무너졌다.

"빈궁을 내게 보내라."

완의 요구가 떨어지자 신기형은 실성한 듯 웃음을 터트렸다. 미치광이가 된 것 같은 눈동자는 빛을 노려보는 듯 작아졌다.

"세자! 너는 이미 내게 졌다! 내게 진 것이다!"

핏발 선 신기형의 두 눈에 승리가 고였다. 저 발아래 푸르게 펼쳐진 바다가 아직은 자신의 편이 되어 주고 있었으니까.

빈궁이 서 있는 공간이 협소한 까닭에 완은 마른침을 삼켰다. 더 이상의 도발은 그녀에게 위험할 수 있었다. 이미 이성을 잃은 신기형이 무슨 짓을 할지 몰랐다.

"세자, 너는 내게 죄가 있다 했느냐? 내게 무슨 죄가 있더냐! 나 또한 조선을 위했다! 이 나라를 위해 수십 년을 몸 바쳤다! 청춘을 바치고 자식을 바치며 끝내는 가문을 다 바쳤다!"

악에 받친 그의 음성에 피가 섞인다.

"이런 내게 너는 무엇을 돌려주었느냐? 나를 궁지로 몰아 결국 이렇게 만든 것은 너희들이 아니었더냐?"

"으으······."

신기형이 말끝에 목을 조이자 그녀의 발끝이 버둥댔다.

"다 죽이고 말리라! 나 하나 없어지기 서러워 이러했겠느냐? 데려갈 자들을 챙겨 죽으면 그만이다!"

월호는 조준에 갖은 힘을 다했다. 완은 용희에게서 시선을 떼지 않으며 입술을 열었다.

"살아 죄를 모르거든 죽어 알리라. 죽어도 죄를 모르거든 다시 태어나 업보로 받으면 그뿐."

당긴 시위가 팽팽했고, 긴장감은 바람이 따를 바가 아니었다.

"용희야."

이어 부르신 그 이름이 어찌나 다정한지, 불러 주신 제 이름이 낯설어 용희는 재차 되새겼다. 눈을 뜨며 그를 바라보니 괜찮다고 말하는 눈빛이 이름만큼이나 따스해 눈물이 왈칵 쏟아졌다. 서로가 손 내밀면 잡힐 것도 같았으나, 넓고 아득한 사이의 간격은 바라보기를 허무하게 했다.

그리고 그때.

완이 용희를 부르니 신기형의 시선이 용희에게 머물렀고, 때를 놓치지 않은 월호가 손끝에서 살을 놓았다. 바람처럼 빠르게 날아가는 시위였으나 반백의 인생을 지나친 것처럼 더디고 느리게 느껴졌다. 날아간 살은 신기형의 목에 정확하게 꽂혔다. 놀라 웅크렸던 용희는 신기형의 팔에 힘이 빠지자 더욱 왕성하게 발버둥을 쳤다.

월호가 다시 날린 화살이 신기형의 가슴팍에 꽂혔고, 심장이 뚫린 신기형이 비틀거리며 무릎을 후들후들 꺾었다.

"용희야!"

애가 타는 완이 그녀를 향해 손을 뻗으며 달렸고.

"저하!"

용희는 그를 향해 손을 뻗으며 상체를 내밀었다. 이제 곧 닿을 것도 같고 닿아야만 하던 기쁨의 순간, 절벽 아래로 떨어져 내리는 신기형의 손이 그녀의 발목을 붙잡았다.

"용희야!"

순식간에 뒤로 끌려간 용희가 시야에서 빠르게 멀어졌다. 완이 가까스로 손을 뻗었지만 손끝이 겨우 스쳤을 뿐, 그녀는 절벽 아래로 사라졌다.

"용희야! 용희야!"

완이 무릎을 꿇으며 머리를 내려 절벽 아래를 내려다보니, 이미 그녀를 집어삼킨 물줄기가 평온하게 흘렀다. 믿을 수가 없어 재차 눈만 깜빡이던 세자의 비명이 이어졌다. 숨이 쉬어지지 않았다.

93화

보내 드리는 길

예조에서 아뢰기를.

"왕세자빈 자리가 비어 나라의 종사가 위태로운 실정이옵니다. 공경히 생각하건대 이제는 때가 도래하였으니, 내명부를 위태롭게 하는 공석을 채워 기강을 완강히 하시옵소서."

하자, 상이 근거 있는 말이다 하였다.

"에효, 오늘따라 술도 쓰고 영 기운도 없고 그렇구먼?"

"왜 그런대? 윤식이 자네, 집에 무슨 일 있어?"

잔인했던 겨울이 지나 미운 봄이 성큼 오는가 싶더니, 뜨거운 여름을 스쳐 어느덧 외로움이 사무치는 가을이 떠밀려 왔다.

"아, 벌써 일 년이여. 우리 세자빈마마께서 그렇게 되신 것이."

그리고 휑하게 불어 드는 바람은 높디높은 궐 담을 넘어 누구의 심장을 박살 내기 충분했다.

"어어, 그런가? 벌써 그리되었어? 세상에."

"그때 임금님도 사냥을 나가셨으면 어찌 됐을 겨? 일정을 바꿔서 중전마마와 온천을 가지 않으셨으면 큰일 날 뻔했지, 아주."

"그러게 말여. 나쁜 놈들이 임금님 찾아다가 몹쓸 짓 하려고 별지랄을 다 했지?"

"흑단 놈들이 깡그리 다 잡혀서 그래도 다행이었지. 신기형 이 잡놈은 그렇게 안 죽었으면 내 손에 죽었어. 에효."

번잡한 장터 어느 한 귀퉁이에 앉아 낮술을 마시던 사내들은 긴 한숨을 내쉬었다. 하늘은 추위를 품었고, 땅 아래는 사내들의 한숨으로 더운 기운이 일었다. 얼마 후면 빈궁께서 사라지신 지 일년이 되는 때였다.

"아이고, 참으로 하늘도 무심하지. 어찌 그렇게 착하고 좋은 분을 데려가셨을까?"

"그러게 말여. 때가 아닌 분을 데려가서 뭘 어쩌시려고 데려가셨대. 세상 참 몹쓸 일이여."

"우리 세자 저하께서는 괜찮으실까 모르것네. 이럴 때는 더 싱숭생숭하고 사람 마음이 쓸쓸하고 그런 법인데."

"하, 웃기는 소리 하고 있네. 세자 저하께서 또 안 괜찮으실 것은 뭐간디?"

빈궁은 천 길 물속으로 사라졌다. 대대적인 수색이 이루어지기를 얼마나 흘렀을까. 그녀와 함께 추락한 신기형의 시체는 얼마 지나지 않아 먼 하류 쪽에서 발견되었다. 물에 빠져 퉁퉁 붇고 사지가 뜯겨 나간 시체는 흉측하기 짝이 없어 보는 이들을 혐오스럽게 했다. 날아가는 새도 떨어트린다는 권세가의 말로를 보니 인생의 허무함도 느껴졌지만, 동시에 지은 죄가 막중하니 당연한 결과로 받아들여지기도 했다. 사필귀정(事必歸正). 모두는 그렇게 믿기로 했다.

"세자 저하께선 우리 빈궁마마를 벌써 잊어버리신 것이 분명할걸?"

"옴마? 워쩨 그런 말을 입에 담는 겨? 우리 세자 저하가 빈궁마마를 얼매나 아끼셨는데?"

"이런! 쯧쯧! 벌써 돌아가신 게 일 년이여, 이 사람아! 둘이 살 붙이고 산 세월이 얼마나 된다고 저하께서 아직도 마마 생각을 하시것어?"

몇 달 동안 이어지던 수색도 왕명으로 중지되고 며칠 후 빈궁의 사망이 공표되었다. 왕명을 전달하고자 궐 밖을 나선 사령들의 걸음 좌우로 백성들의 곡소리가 퍼졌고, 엎드려 흐느끼는 자들의 줄이 끝도 없이 이어졌다. 갑작스러운 빈궁의 죽음을 누구도 받아들이려 하지 않았다. 어쩌면 받아들이고 싶지 않았을지 모른다.

"임금님이 더는 빈궁전을 비워 둘 수 없다고 했다며? 이제 그럼 새로운 세자빈마마가 오시려나?"

"그렇지 않겠어? 그런데 이렇게 쉽게 다른 사람을 들여도 되는 건가?"

"답답하긴. 빈궁전이 어디 여염집 안방인 줄 아는가? 오래 비워 두면 안 되는 자리라는 건 하늘이 알고 땅이 아는 것을."

"그러니 결국 죽은 사람만 불쌍한 거지. 산 사람은 어떻게든 산 다는 게 이런 말이었네그려."

크으으. 한 사내가 술그릇을 들고 벌컥벌컥 비워 내자 다른 사 내들은 어깨를 축 늘어뜨렸다. 먹고사는 일에 치여 시간이 어찌 가는지도 모르겠더니, 벌써 일 년이나 흘렀다는 사실에 탄식이 흐 르는 것이었다.

"그러니저러니 해도 세자 저하께서 참 너무하시네. 벌써 빈궁마 마를 잊으신 건가? 참으로?"

"눈에서 멀어지면 마음도 멀어지는 거여. 그게 사람 사는 순리 아니겠어?"

"오죽 괴로우셨으면 벌써 잊으셨을까? 담고 살자니 살 수가 없 는 거지. 빈궁마마야 그런 세자 저하를 원망하실 수는 있겠지만."

"아녀. 우리 빈궁마마시라면 분명 세자 저하께서 잘 살기를 바 라셨을 거여. 아, 그러고도 남을 분이 아니셨는가?"

"그러게. 그것도 그러네. 듣고 보니 자네 말이 백번 옳아."

수다스럽던 말끝에 잠시의 침묵이 찾아들었다. 아무리 되돌려 생각해 보아도 빈궁의 마지막은 너무나 허무했다.

"하이고, 괜히 내가 다 쓸쓸하네. 온종일 일도 손에 안 잡히고."

"그래서 일 못 하는 거 맞아? 원래 안 하면서 말은 번지르르하게."

"아, 이 사람아! 사람 참 말 서운하게 하네!"

"자자, 그러지 말고 우리라도 빈궁마마 잘 가시라고 빌어 보세. 더 사셨으면 좋은 일 많이 하셨을 텐데……."

괜한 말에 분위기가 어그러질까 한 사내가 중재에 나섰다. 으르렁거리며 서로 눈을 치켜뜨던 사내들도 고개를 휙 돌리며 술을 마셨다.

아아, 나라의 슬픔이어라. 원통하고 서러워도 죽은 자는 돌아오지 않는다.

"어이, 자네들, 술값은 내가 낼 테니 다들 조금 더 마셔 봐. 무슨 조화인지 낮부터 술이 잘 들어가네."

여기까지 인정하기만도 참으로 길었던. 누구에게나 조금은 각별한, 그런 날이었다.

◎

"여기 누구 없소? 말 좀 묻겠소이다."

한양을 한참이나 벗어난 곳. 가죽으로 만든 덮개로 한쪽 눈을 가린 사내가 복덕방을 운영하는 공간을 찾았다. 주로 집을 흥정하는 일을 하는 곳이다 보니 소문이 빠르고, 건너가는 사람들이 많아 동네 사정을 훤히 꿰는 곳이기도 했다.

"무슨 일이오?"

식사가 한창인 듯 양 볼에 터질 듯 밥을 넣은 사내가 우적우적 씹으며 천 가리개를 열고 나왔다. 늘어트린 천으로 공간을 갈라 놓고 안쪽은 임시 처소로 사용하는 듯, 주인장은 편한 차림으로 배를 긁었다.

"뉘쇼?"

풍기는 인상이 범상하지 않은 까닭에 주인장은 눈을 위아래로 뜨며 지담을 살폈다. 지담은 묵묵히 들고 있던 종이를 펼쳤다.

"사람을 한 명 찾고 있소만."

"사람? 어떤 사람?"

"이것 좀 봐 주오. 이자를 본 적이 있소?"

주인장은 밥알을 모두 삼킨 뒤 혀로 잇몸을 쓸었다. 그러곤 건조함에 간지러운 배를 사정없이 긁으며 종이에 시선을 주었다.

"여인이네?"

"본 적이 있소? 얼굴이 희고 작소만."

"가만있어 보자……."

주인장은 지담의 손에서 종이를 건네받은 뒤 초상화를 유심히 바라보았다. 단아하게 생긴 얼굴과 둥그런 눈썹, 반듯한 콧날에 단정한 입술은 상당한 미인형이었다.

"글쎄? 본 것도 같고 아닌 것도 같고."

"자세히 좀 봐 주오."

"그런데 이 여인은 뉘요?"

"그건 알 것 없고."

지담의 답변이 시원하지 않자 주인장은 미간을 좁혔다. 남의 일에 관심이 많은 주인장은 이렇듯 호기심이 많아 버릇처럼 사사건건 캐묻곤 했다.

"바람 나서 야반도주한 양반집 마님인가? 곱게 생긴 것을 보니 딱 봐도 양반 댁인데? 건넛마을에 최씨 부인도 얼마 전 바람이 나서 그 댁 머슴하고 도망을 쳤지 뭐요? 삼 일 만에 잡혀 둘 다 개죽음을 당했다지?"

"헛소리는 되었고 본 적 있소, 없소. 그것만 말해 주면 될 일."

"가만히 있어 보라니까? 보고 있잖소. 겨우 그림 한 장 가지고 사람을 어찌 구별하라는 건지."

주인장은 중얼거리며 지담을 흘깃거렸다.

"헌데 무슨 일을 하는 사람이오? 보아하니 관아에서 나온 사람은 아닌 것 같은데. 눈은 어쩌다가 그리되셨어? 아예 안 보이는 거요?"

"……."

"원, 사람이 물으면 답을 해야지. 무시하는 것도 아니고."

"이 여인을 보았소, 못 보았소."

"글쎄올시다. 본 적 없는 것 같은데."

"확실한가?"

"내 눈썰미를 뭐로 보고. 이 사람아, 내가 이 마을 복덕방을 한 것이 벌써 삼십 년이오. 이 마을에 관련된 일이라면 숟가락 몽둥이까지 세고 있다고."

주인장은 고개를 가로저으며 지담에게 종이를 돌려주었다. 흥미가 떨어진 집주인이 다시 안으로 들어서려 하자 지담은 다급히 옷자락을 붙잡았다.

"꽤 중요한 일이라서 그런데 한 번만 더 봐 줄 순 없겠소? 찾아준다면 사례는 응당 할 것인데."

"아, 모른다니까? 내가 장담하는데 이런 미색을 가진 여인은 이 마을에 없으니 헛수고 그만하고 돌아가시오. 조용한 마을 들쑤시지 말고."

"하나만 더 묻겠소이다. 그렇다면 혹 일 년 전부터 이곳에 새로 들어온 사람은 없소?"

"없는데? 누가 이런 산골짜기까지 부러 찾아온단 말이오? 살던 사람들이나 사는 거지."

주인장은 긁던 배를 마저 긁으며 안쪽으로 사라졌고, 지담은 종이를 내려다보며 긴 한숨을 내쉬었다. 궐을 떠나 떠돌기 시작한 것이 벌써 계절을 지났다. 팔도에 발 도장을 찍으며 이곳저곳을 헤집고 다녔지만 아무도 초상화의 주인을 알지 못했다. 더는 찾아볼 곳도 많지 않은 때였지만 빈궁의 죽음이 공식화된 후에도 완강하게 믿지 못하는 분이 계셨으니, 그런 세자를 대신해서라도 멈출 수가 없었다.

"여기도 아닌가……."

지담은 문을 열고 밖을 나섰다. 빌어먹을 계절은 언제 또다시 이렇게 추워졌는지, 지독했던 그날의 일이 떠올랐다.

"휴……."

수색은 오랫동안 이어졌다. 민가의 안채까지 빈궁의 얼굴을 알리는 것은 부수적인 위험이 따를 수 있었기에 수색대를 제외한 곳엔 그녀의 얼굴을 따로 알리지 않았다. 날이 갈수록 사체를 발견하는 것에 더욱 집중하였기에 생김새는 사실상 의미가 없기도 했다.

수사가 종결될 때까지 참으로 많은 일이 있었다. 모두가 서러웠고, 모두가 힘겨웠으며, 상감이 죽음을 천명했음에도 그녀를 보내지 못했다. 서러운 시선이 하늘에 멈추었으나 그곳엔 길이 없어, 지담은 먹먹한 시선 속 세월을 곱씹었다.

"뭐야."

그때였다. 잠시 사색에 잠겨 있던 지담이 소란한 소리에 시선을

276

내렸다. 저 멀리서 한 무리의 아이들이 달려오고 있었다.

"나 잡아 봐라! 으헤헤헤!"

"야아아! 멈춰! 멈춰!"

아이들은 앞으로 넘어질 듯 뒤로 넘어질 듯 아슬아슬한 달리기를 이어 갔고, 지담은 마른침을 삼켰다. 어찌나 전투적으로 달려오는지 꼭 넘어질 것 같아 바라보는 것만으로도 어질어질했다.

"아야!"

지담은 쏜살같이 제 곁을 스치는 아이의 목덜미를 쓱 잡아끌었다. 엉겁결에 멈춰 선 아이는 두 눈을 크게 뜨며 기침을 쏟았다. 아이를 따라 달려오던 꼬마 녀석들도 무시무시한 아저씨 앞에 덩달아 멈춰 섰다.

"콜록콜록!"

"어이, 꼬맹이, 나 뭐 하나만 묻자."

"이거 놔요! 콜록! 콜록!"

아이가 버둥거리자 지담은 목덜미를 쑥 놓으며 종이를 꺼내 들었다.

"자, 너희들 중 이 사람 본 적 있는 꼬맹이는 손들어 봐. 자신 있게."

"누군데요? 이 사람 누구예요?"

"이 사람이 누군지 알면 뭐 다르냐? 본 적 있어, 없어. 그것만 말해. 어서.”

“어어! 나 누군지 안다! 안다!”

누구인지 안다는 말에 지담의 시선이 꼬마 녀석들 사이를 갈랐다. 당당히 손을 번쩍 든 아이는 누군지 알고 있다며 폴짝 뛰었다.

“이 사람을 안다고?”

“우리 누나요! 우리 누나예요! 우리 봉실이 누나!”

“맞아! 봉수네 집 봉실이 누나다! 봉실이 누나!”

허무맹랑한 이름이 튀어나오자 지담은 눈을 깜빡거렸다. 녀석들은 제대로 초상화를 보지도 않은 채 맞는다고 아우성을 쳤다. 참새가 천 마리쯤 모여 짹짹거리는 소리와 맞먹는 소란스러움이었다.

“우리 누나가 봉실인데요! 이 그림 우리 누나랑 똑같아요! 우리 누나 이렇게 생겼어요!”

지담의 심장이 가파르게 뛰었다. 설마 아니겠지, 하는 마음 저편에 기대와 희망이 부풀어 올랐다.

“그런데 아저씨가 왜 봉실이 누나 그림을 가지고 있어요?”

아이들은 확신에 가득 찬 눈으로 지담을 바라보았고, 간절함을 먹고 살아온 지담은 부디 아이의 말이 맞기를 온몸으로 바랐다. 심정이란 게 지푸라기라도 잡고 싶었기에.

“그치? 우리 누나지? 우리 봉실이 누나 맞지?”

"응응! 맞아! 봉실이 언니 맞아!"

"꼬맹아, 그 봉실이라는 누이는 너의 친누이냐?"

"네!"

"몇 살······ 인데?"

"열두 살!"

내 이럴 줄 알았지. 지담은 분노에 찬 손길로 종이를 다시 감았다. 녀석들은 무에 좋은지 꺄르륵 웃으며 야단법석을 떨었다. 누렇게 흐르는 코를 훌쩍거리며 아이들은 자신들만의 대화를 이어 갔다. 지담은 난처한 표정을 하며 이마를 짚었다.

"그런데요, 아저씨, 아저씨가 우리 누나를 어떻게 알아요? 아저씨 술래잡기하는 거예요? 우리 누나는 열두 살이라 술래잡기 안 하는데! 아저씨는 누구예요?"

"아저씨, 아저씨는 눈이 안 보여요? 그거 왜 눈에다 했어요?"

"아저씨는 애꾸눈이에요? 우리 보여요?"

"얘들아, 마저 달리기해라. 붙잡아서 미안하다."

질문이 쇄도하니 서둘러 자리를 뜨고 싶은 마음에 지담이 움직였다. 세상에 가장 무서운 것은 왜적도 아니요, 성난 민심도 아니요, 바로 떼로 덤비는 꼬마 녀석들이었다.

"우리 봉실이 누나 지금 집에 있는데! 아저씨 우리 집 갈래요?"

"아니야. 어서 가던 길 가라. 그리고 잘 가. 만나서 반가웠다."

지담은 억지로 아이의 등을 밀었다. 별 이상한 아저씨를 다 보겠다는 표정으로 뚱하던 아이는 다시 달음박질을 시작했고, 그 뒤로 아이들이 왕왕 떼를 지어 달려가기 시작했다. 굴러가는 아이들을 멍하니 바라보던 지담은 그만 헛웃음을 터트렸다.

"하, 미치겠다."

주저앉을 것만 같아 아무렇게나 벽에 등을 기댔다.

이게 벌써 몇 번째 겪는 일인지 모른다. 더는 믿지 말아야지 하면서도, 네가 아닌 줄 알면서도 또다시 믿어 버렸어. 그 순간만큼은 정말 너일지도 모른다는 생각이 들어서. 정녕 네가 맞기를 죽을 만큼 바라서.

"꼬맹이들한테 물어보는 일은 이제 하지 말아야겠다. 매번 속네."

긴 한숨을 내쉬며 지담은 다시 바르게 섰다.

"초상화 구겨졌네. 제길, 똥강아지 놈들 다시 만나면 혼쭐을 내줘야겠어."

오늘도 외로운 발길을 이어 갔다.

◎

잎을 달았던 나무들이 다시 잎을 벗는다. 바싹 마른 잎을 밟으니 바스락 바스락, 그의 발끝에 요란한 소리가 매달렸다. 길이라 칭할 곳도 마땅치 않아, 쏟아지는 바람을 가르며 앞으로 나아가다 보니 잔잔하고도 고요하게 흐르는 물줄기가 찾아온 객을 반겼다.

완은 걸음을 멈추며 천천히 고개를 들었다. 턱 끝이 하늘을 향할 듯 꺾어 올려다보자 사람의 손을 타지 않은 가파른 절벽이 장승 같이 솟은 채 그를 마주했다. 위에서 내려다볼 땐 파란 물이 출렁여 아찔하더니, 아래에서 올려다보니 메마른 절벽이 하늘을 찌르고 있는 것만 같아 그것이 또 아찔하게 느껴졌다.

완은 천천히 물가로 다가가 무릎을 구부리고 앉았다. 이내 옷자락을 여미며 일렁이는 물속으로 가만히 손을 담갔다. 찬기를 넘어선 찌릿함이 느껴지고, 이어 뼈를 으스러트리는 시린 추억이 밀려들었다. 손을 빼며 주먹을 그러쥐었다. 그러곤 멀리 시선을 주며 흐르는 물줄기를 망연하게 바라보았다.

그날도 이렇게 시렸을 텐데. 아마도 너는 추웠을 텐데. 유유히 흐르는 물줄기는 보기보다 차가워 몹시 놀랐을 텐데. 살갗이 찢길 듯한 고통이 일었겠구나. 전신이 가루 되어 해체되듯 괴로웠겠구나. 숨통이 막히고 눈앞이 검게 물들어 한없이 두려웠겠지. 내가 너를 찾아내기도 전에, 너는 이미 살기가 어려웠을지도 모른다.

"잘, 있었는가."

완은 아주 작게, 그리고 아주 단조로운 음성으로 입을 열었다. 누구의 답을 바란 것은 아니니 뱉은 말은 불어 드는 바람이 쓸어

갔다.

물에 빠진 신기형의 시체는 건져 올렸으나 용희의 것은 찾지 못했고, 반년 뒤 나라는 빈궁의 죽음을 선포했다. 지담이 지푸라기라도 잡는 심정으로 그녀를 찾아 길을 떠난 지 어언 몇 개월이 지났고, 동궁전은 사람이 살지 않는 것처럼 적막했다.

완은 눈을 감으며 그날의 일을 떠올렸다.

'저하, 저하!'

서로의 두 손은 닿을 듯이 가까웠다.

'용희야!'

몹시 가깝고 또 몹시 간절해서 반드시 붙잡고야 말리라, 서로는 그리 생각했었다.

피에 젖은 그녀의 손이 시선에 담기자 맹렬하게 손을 뻗었고, 일각의 시간만 더 허락된다면 그녀를 붙잡아 품에 안을 수도 있을 것 같았다. 하지만 닿지 못한 손끝이 눈앞에서 멀어지고 순식간에 시야에서 사라지게 되자, 살기를 바라는 것은 무엇이요, 죽기를 두려워할 것은 무엇인가 싶었다. 그렇게 건조한 시간 속에 덩그러니 혼자 남아 버려 온 것이 벌써 일 년. 세자는 웃음을 잃어버렸다.

'꺄아아악!'

이윽고 그녀의 비명이 세자의 뇌리를 스친다. 우레와 같은 파열음이 한차례 퍼붓고 지나니 완은 두 눈을 세차게 감았다가 떴다.

입술은 저절로 열려 내내 가슴에 품고 있던 말이 툭, 입 밖으로 새어 나왔다.

"미안하다."

미안함. 그대의 손을 붙잡지 못한 미안함. 결국은 홀로 보내게 되어 버린 미안함. 영원하자는 말을 지키지 못한 미안함. 이렇듯 혼자 살아남아 버린 미안함. 그런, 어느 틈에 셀 수 없이 꽉 차 버린, 미안함.

"미안하다. 미안하다……."

완은 모든 책임을 통감했다. 처음으로 꺼낸 말은 무색하리만치 서러워 뜨거움을 삼키게 했다. 내내 괜찮은 줄 알았던, 어쩌면 포기한 듯 어쩌면 잊은 듯도 했던. 그런 완의 표정은 사뭇 저리고 서러워, 바람도 잠시 몸집을 수그렸다.

"용희야."

얼마 만에 불러 보는 이름인가. 음성은 통증이 되어 이미 저민 가슴을 또다시 후벼 팠다. 부인을 잃은 슬픔이야 사내 된 도리로 무엇에 견줄 바가 있었겠느냐마는, 힘겨워할 시간도 제대로 주어지지 않아 야속한 시간이었다. 계절이 한 바퀴를 도는 동안 완은 사내이기 전에 세자여야 했다.

"곧 간택이 시작될 것 같다."

하. 스스로 말하고도 기가 막힌 듯 완은 헛웃음을 흘렸다. 그녀

를 쓸어 간 물줄기는 이런들 저런들 관심 없다는 것처럼 평온하게 제 갈 길을 갔다.

나라의 빈궁이 사라진 지 일 년. 왕실엔 새로운 사람이 필요했고, 그것은 개인적인 생각으로 일을 더하거나 미룰 수 없는 것이기도 했다. 지금의 조선은 완의 부인이 필요하다기보다, 세자의 빈을 필요로 했다.

"자네는 알고 있었는가? 뭐, 듣기로는 그렇다는구나."

개인의 고유한 감정으로 사안을 대처할 수 없음을 모두는 잘 알고 있었으니, 이만큼 미루어 온 것만도 충분히 세자를 위한 것이었음을. 그녀의 죽음을 공식화하던 날, 세자는 침묵했다.

저하, 어쩔 수 없는 일이지요. 당연한 결과입니다. 무엇을 망설이십니까.

여기 어딘가에, 토라진 얼굴로 바른 말을 하는 용희가 보이는 것만 같아 완은 미간에 힘을 주며 밀려 오르는 것을 참았다. 눈을 감으니, 아직은 추억이 되지 못한 기억들이 마치 어제의 일인 것처럼 선명하게 떠올랐다. 무엇 하나도 잊고 싶지 않은 나날의 것들은 행여나 잊힐까, 행여나 지워질까 조바심 나게 했다.

나는 아직 믿지 못한다. 또한 너의 죽음을 온전히 받아들이지도 못했다.

"세상이 우리의 뜻과는 달리 흐르니, 어쩔 도리가 있겠는가."

나에게 너는 처음이자 끝, 전부이자 목숨, 찰나이자 영원이니, 다시 곁을 채워 본들 세자의 껍데기만 남아 있을 뿐 사내의 무엇이 더 있겠느냐.

"저하, 날이 춥사옵니다."

뒤에 서 있던 박 내관이 염려스러운 음성으로 입을 열었다. 그 제야 완은 천천히 눈을 떴고, 새어 나오는 입김 사이로 푸르른 물줄기를 응시했다.

알고 있는가. 언젠가 나는 네게 빌었다. 원망해라. 그러다 잊어라. 아무래도 우리, 그 편이 낫지 않겠느냐.

"저하, 고뿔이 드실까 저어되옵니다. 이제 그만……."

그 바람을 또다시 가슴에 새기게 될 날이 올 줄은 몰랐으나 또다시 주문을 읊듯 말한다. 너는 나의 무능함을 원망해라. 한 점으로 시작하여 한 획으로 끝난 우리를, 그러다 모두 잊어라.

세자께서 눈꺼풀을 내리자 두 볼이 젖어 들었다.

"저하……."

완은 다시 눈을 떴다. 박 내관의 재촉에 천천히 무릎을 세워 일어선 완은 검은담비로 만든 잘배자를 끌렀다. 이윽고 그녀를 삼켜 버린 물가로 내던졌고, 유유히 흘러가는 자신의 털옷을 바라보았다.

모쪼록 따뜻하여라. 온광으로 잇닿아 차가웠던 모든 기억을 녹여 버려라. 추위에 웅크린 채 불어 버린 파란 입술로, 길 잃은 듯 구천을 떠돌지 말아라.

"저하! 저하! 날이 춥습니다! 소신의 옷이라도!"

"되었다."

떠내려가는 털옷을 한참이나 바라보던 완은 눈길을 거두며 발길을 돌렸다. 못 한 말과 묵힌 말이 너무 많았으나 그녀라면 모두 알아줄 거라 믿으며. 언제나 다시 올 수 있을지 기약도 없겠으나, 그녀라면 모두 이해해 줄 거라 믿으며.

"가자."

그리고, 편안하라.

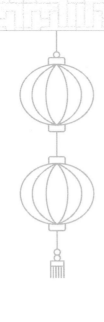

94화

우리는 잊거나, 혹은 지워지거나

【해종실록 12권. 해종(偕宗) 18년 10월 23일】

세자빈을 뽑기 위한 절차와 길일에 대하여 의논하다.

"저하, 여기 계셨습니까?"

"아, 오셨습니까."

입궐한 완이 여전히 마음을 잡지 못한 채 용희와 노닐던 왕실 정원을 서성이고 있자, 장인 김판두가 찾아왔다. 김판두는 인사를 건네는 완을 바라보며 짧은 미소를 지었다. 두 사람, 참으로 오랜만이었다.

"저하, 그동안 강녕하셨습니까."

"보시다시피 잘 있었습니다. 그간 격조하였습니다. 송구합니다."

"아닙니다. 신이 더욱 송구할 따름이지요. 뵐 면목이 없습니다."

왕래가 활발한 사이는 아니었으나 끊을 수 있는 인연도 아니니 그저 조심스러웠을 뿐. 서로의 얼굴을 바라보기가 죽기보다 힘들었던 때도 있었다. 가지고 있는 각자의 슬픔이 부딪혀 걷잡을 수 없을 만큼 커지니 쉬이 감당할 수도 없었다. 서로는 서로에게 최악의 상대, 그리고 죄인이었다.

"저하의 생각이 나서 동궁전으로 걸음 하였다가, 여기 계신다는 말을 듣고 왔습니다."

"잘 오셨습니다. 안 그래도 같은 생각을 하고 있던 차였습니다."

완이 부드럽게 대꾸하자 일 년 사이 십 년 정도 늙어 버린 것 같은 김판두의 웃음이 처연하게 늘어졌다. 시선에 같은 것을 담고 말을 잇지 못하는 두 사내가 한참이나 서로를 마주 보았다. 잠시 후 완은 길을 터듯 옆으로 비켜서며 입술을 열었다.

"함께 걸어 보시겠습니까?"

"예, 저하."

김판두는 완을 바라보다가 무겁게 느껴지는 걸음을 옮기며 앞으로 걸어 나갔다. 만사의 서러움과 한을 짊어지고 있으니 걸음이 무거울 만도 했다.

완은 천천히 장인을 따라 걸음을 옮기며 숨을 깊게 내쉬었다. 그녀만 떠올리면 세상 누구의 슬픔과도 빗댈 수 없다 여길 만큼 서글펐으나 김판두의 앞에서는 겸허했다. 그럴 수밖에 없었다. 그는 딸을 잃은 아비였다.

"출궁을 하셨다 들었습니다."

"뭐, 그저 잠시 바람이나 쏘일까 하여 그리했습니다."

장인과 사위로 불리었던 두 사람이 나란히 왕실 정원을 거닐었다. 절정의 풍경은 아니었으나 아직 몸체에 붙어 있는 잎사귀들은 붉거나 노랗거나 제 할 도리를 다해 발색했다. 중간중간 가지만 남은 나무에 새가 날아드니 그 모습은 풍경을 더욱 외롭게 했다.

"저하께선…… 그곳에 다녀오신 모양입니다."

완은 잠시 걸음을 멈췄다. 그런 동궁의 움직임을 모른 척하며 김판두가 앞서 걸어 나가니, 마음을 다잡은 완이 다시 길을 재촉했다.

"예. 그리했습니다."

숨기거나 부정하고 싶은 것은 아니었다.

완의 답을 들은 김판두는 잠시 고개를 들며 느린 속도로 눈을 감았다가 떴다. 몇 번이고 관직을 내려놓고자 무던히 애를 썼으나 조정은 아직 그를 필요로 했다. 그럴 때마다, 세자께서도 버티시니 버텨야 한다고, 김판두는 억장이 무너지던 가슴을 추슬렀다.

"가슴이 답답하여 다녀왔습니다. 그곳에 가면 조금 나을까 싶어서."

"하여 어떠하십니까? 좀 나아지셨습니까?"

"……조금도."

완의 말끝에 김판두는 이해한다는 듯 고개를 끄덕였다. 마음은 매일같이 찾아가 딸아이의 잔상을 마주하고 싶었으나 마주하면 무너질까 봐. 무너지고 나면 다시는 일어나지 못할 것 같아 아버지는 시도도 해 보지 못했다. 그런 김판두가 완을 이해하는 것은 어쩌면 당연한 일인지도 몰랐다. 무슨 낙을 바라여 삶을 이어 가겠느냐마는, 지난 언제처럼 딸아이가 살아 있을까 봐 따라 죽지도 못했다. 그러는 사이 아버지는 뒹구는 낙엽처럼 바싹 말라 버렸다.

"저하."

얼마간의 시간이 흐른 뒤 김판두는 완을 불렀다.

"저하."

김판두는 재차 그를 불렀다. 그 뒤에 이어질 말을 예감한 까닭일까. 완은 한참을 망설이다 입술을 열었다.

"예. 말씀하십시오."

"저하, 이제는 그만 놓아주소서."

이번엔 누가 먼저랄 것 없이 멈춰 섰다. 서늘한 바람이 감싼 이곳은 주인을 잃은 것처럼 메마른 것들의 천지였다. 유독 용희가 좋아하던 이 정원은 더 이상 아름답지 않았고, 그 누구의 낙원도 되지 않았다.

완은 침묵했다. 들은 말은 재차 곱씹기도 어려울 만큼 짧고 명료해서, 이해하기 어렵다 딴청을 피울 수도 없었다. 김판두는 고개를 돌려 완을 바라보았다.

"이제 그만 놓아주소서. 그 아이도 그것을 원하고 있을 것입니다. 누구보다 그것을 바라고 원할 용희가 아니겠습니까."

"어찌하여, 어찌하여 그런 말씀을 하십니까……."

완이 물먹은 음성으로 간신히 말을 뱉어 내자 김판두는 의연하게 웃었다. 나라의 세자빈이 사라져 소내상(小內喪)을 치른 것이 육 개월. 후사가 없으시니 서둘러 세자의 가례를 시작해야 했다.

"괜찮습니다, 저하. 전부 괜찮습니다."

그럴 때가 되었음을 영의정 김판두가 청하였고, 상감이 윤허했다.

"저하께서는 하실 수 있는 모든 것을 하셨습니다. 신이 어찌 모르겠습니까. 하니 이제 그만 놓아주소서. 그 아이도 편히 쉴 수 있도록 저하께서……."

"그런 말씀 마십시오. 그리고 행여라도 그런 기대는 하지 마십시오."

"저하……."

"저를 어디까지 비참하게 만드실 생각이십니까. 대감께서는 정녕 그리하실 수 있으십니까?"

완의 음성에 서러움이 깃들었다.

"시체도 찾지 못해 염도 하지 못했습니다. 거두지 못해 편하게 눕혀 주지도 못했단 말입니다."

헤어짐은 무엇인가. 육신이 갈라서는 것. 공허한 눈동자가 시리게 느껴지는 것. 불현듯 상대의 부재를 온몸으로 맞닥뜨려야 하는 것.

"아직도 그날이 이렇게 생생한데 놓으라니요. 어찌 그런 말씀을 하십니까."

어쩌면, 이라는 기대로 오늘을 살게 하는 것. 혹시나, 하는 마음으로 내일을 버티게 하는 것.

"모든 이가 그리 말해도 대감께서는 그런 말씀하지 마십시오. 안 된다는 것도 알고 계시지 않습⋯⋯."

김판두는 천천히 팔을 들어 완의 손을 붙잡았고, 완은 말끝을 흐렸다. 누구도 따뜻한 온기가 없어 냉한 기운이 서로의 감각을 일깨웠다. 전부 다 괜찮다는 듯 웃음을 만들어 내는 김판두의 표정은 모든 것을 비워 낸 초인의 모습 같아 현실감마저 들지 않았다.

"죄책감은 갖지 마십시오, 저하."

완은 입술을 꾹 깨물었다. 눈가로 이는 통증이 충혈을 만들어 재차 눈을 깜빡였다. 김판두는 다른 손으로 완의 손을 온전히 덮으며 토닥거렸다.

"괜찮습니다. 전부 괜찮아질 것입니다. 그러니 다 잊고 새 출발 하십시오. 저하께서는 일국의 국본이시지 않습니까."

헤어진다는 것. 아끼던 무엇을 놓아야 한다는 것. 목숨 같던 너의 손을 놓고, 네게 주었던 내 마음을 갈아 먼지처럼 날려 버리는 것.

"사사로운 기억은 묻어 두시고 부디 천수의 광영을 누리소서. 저하께서는 반드시 그리하셔야 합니다."

더는 듣고 있을 자신이 없어 완은 고개를 수그렸다. 지금껏 누구의 앞에서도 보여 준 적 없던, 가쁜 숨을 내쉬면서도 단 한 번 누구에게 들켜 본 적 없던 완의 표정이 무너졌다.

"그 아이의 죽음을 헛되이 만들지 말아 주십시오, 저하."

그래, 헤어진다는 일은 그런 것이었다.

"또한 저하의 자리를 한시도 잊지 말아 주십시오."

아무 말도 필요 없는, 네가 없이 산다는 것.

◎

"순돌아! 순돌아! 나와! 우리 바다로 놀러 가자!"

말썽꾸러기 기운을 얼굴에 덕지덕지 붙인 꼬맹이 몇몇이 누구의 집을 찾아 밀려들었다.

"순돌아! 순돌아아아!"

오르지 못할 것 같은 몇 개의 산을 넘고, 건널 수 없을 것 같은 몇 개의 계곡과 폭포를 거치고, 끝없이 이어진 초원을 걷다가 또

다시 나타난 산을 가로질러 가다 보면, 아찔한 절벽 너머 전혀 예상하지 못한 작은 마을이 있었다.

앞은 바다요 뒤는 전부 산봉우리뿐. 이런 곳에 사람이 살고 있을 것이란 기대는 누구도 하지 못할 마을이었다. 마을이라 칭하기도 애매한 것이, 드문드문 볼 수 있는 집은 겨우 구색만 갖추었을 뿐이고, 풀이니 나무니 전부 불살라 겨우 만든 밭뙈기는 대강 훑어도 한눈에 들어올 만큼 소박했다. 돌로 쌓아 만든 담으로 집의 경계만 간신히 있을 뿐 사실상 모든 집은 개방형이었다.

"순돌아! 순돌아아!"

유목민의 터전으로 자리를 잡은 것이 벌써 수십 년. 이곳은 조선의 지도에 없는, 관아의 보호 구역도 아닌, 마치 세상에 없는 존재들처럼 살아가는 사람들이 모여 있었다.

"누나! 순돌이 집에 없어요?"

"우리 순돌이? 글쎄, 집에 없을까?"

고개만 빼꼼 들며 벗을 찾던 아이들은 밖에서 들어서는 순돌의 누이를 바라보았다. 밭일을 마치고 소소한 반찬거리를 소쿠리에 담아 온 누이가 아이들을 향해 미소 지었다.

"아, 맞아. 순돌이 아까 불쏘시개 할 마른 잎 쓸어 온다고 나갔는데."

"그래요? 그럼 우리도 거기로 가자!"

나이로 따지면 고작 여덟아홉의 꼬맹이들이었지만 이곳에선 으레 밥값을 하고도 남을 나이. 날이 더욱 추워지기 전 마른 잎을 모아 오는 일은 꼬마 녀석들의 몫이었다.

"조심해! 넘어지지 말고!"

"네!"

누이 순영은 아이들이 멀어지는 것을 바라보다 안으로 들어섰다. 이곳의 일과란 참으로 단순했다. 먹을 것을 만들었고, 추위를 대비하여 장작을 구했고, 저장해 놓은 음식이 짐승에게 발각되지 않도록 애를 썼다. 세간의 소식은 무엇도 들려오는 것이 없어 귀 기울일 것 없었다. 모두가 공평하게 나누어 가졌으니 더 가져 보고자 애를 쓸 필요도, 가지지 못해 근심할 필요도 없었다. 아이는 아이의 일을, 사내는 사내의 일을, 여인은 여인의 일을, 노인은 노인의 일을 하면 그만이었다.

"오늘 저녁은 무얼 해 먹지?"

순영은 소쿠리를 내려놓으며 짧게 숨을 내쉬었다. 매일 비슷한 먹거리였지만 순영의 최대 관심사는 언제나 반찬거리에 있었다. 바구니에 담긴 것을 바라보다가 고개를 든 순영은 눈을 동그랗게 떴다.

"참 오늘 계문 할머니 오시는 날인데."

순영은 대강 손을 털어 낸 뒤 뭉근한 불이 붙은 약탕기로 걸어

갔다. 일 년 동안 약을 달이니 이제 어지간한 의녀보다도 약을 잘 달이는 수준이 되었다.

"거의 다 됐네. 이제 할머니 오실 때까지만 달이면 되겠다."

의원이 있을 리 없으니 이곳 사람들은 민간요법에 의지했고, 어지간한 의원보다 사람을 잘 보는 계문 할멈이 그 중심에 있었다.

순영은 약탕기에 부채질을 하다가 몸을 일으켰다. 산의 계절이란 다른 어느 곳보다 가장 빠르게 찾아왔고, 그래서 더욱 겨울이 길었다. 아이들이 순돌이를 만났는지 깔깔대는 맑은 웃음소리가 아득한 메아리로 들렸다.

이곳 사람 모두 조선말을 하며 조선 땅에 살았으나 조선인은 아니었다. 적어도 조선은, 이들을 알지 못했다.

◎

"순돌아! 순돌아!"

보기만 해도 숨이 턱 막히는 가파른 곳을 평지처럼 달리며 아이들은 순돌이를 목 놓아 외쳤다. 맑은 공기를 주식으로 먹으며 하루에도 수십 번씩 산을 오르내리는 아이들이다 보니 남다른 건강함은 뒤따를 수밖에 없었다. 이미 차게 변한 날씨에도 솜옷을 입은 아이들은 찾아볼 수 없었고, 고뿔에 걸린 아이들도 찾아볼 수 없었다.

"순돌아! 순돌아아아!"

"왜 불러! 나 여기 있는데!"

마른 잎사귀를 수북하게 모아 놓은 곳에서 순돌이가 크게 목소리를 냈다. 마치 이곳에서 만나자고 약속이라도 한 듯, 아이들은 익숙하게 순돌이 있는 곳을 찾아냈다. 보통의 사람이었다면 해가 다 지도록 순돌의 그림자도 찾지 못했을 것이다.

"순돌아! 순돌아!"

아이들은 하나둘 순돌이 있는 곳으로 모여들었다. 또래보다 유달리 키가 작은 순돌은 올해 아홉 살이 되는 사내아이였으나, 언뜻 보기에 여섯 살 정도로밖에 보이지 않았다.

"거 시끄러워 디지것네!"

"순돌아! 우리 오늘 낚시 가기로 한 거 잊었어?"

"낚시?"

순돌은 나뭇잎을 줍던 손을 멈추며 허리를 폈다. 어린아이답지 않게 성격이 무심하며 표현이 과격했고, 어리광이나 재롱도 모르는 아이였다. 부모를 일찍 여의고 누이와 둘만 남아 살다 보니 또래보다 의젓해 때때로 안쓰럽기도 했다.

순돌은 눈을 반짝이는 아이들을 한심하게 바라보았다.

"헛소리 작작들 해라. 내가 언제 낚시를 간다고 그랬대?"

"어제! 어제 그랬잖아! 순돌이 너는 그새 잊은 거여?"

"아, 몰라. 나는 기억에 없어. 갈 수도 있고 안 갈 수도 있다고 했지."

"그게 그 말 아닌가? 우리는 그래서 낚시 간다고 생각했는데!"

"웃기네! 니들이 뭔데 남의 생각을 함부로 추측하고 그런대?"

순돌은 성마른 소리를 내며 관심 없다는 듯 다시 마른 잎을 주워 담았다. 녀석보다 한 뼘씩은 더 자란 아이들도 순돌을 따라 엉겁결에 마른 잎을 따라 줍기 시작했다. 이 와중에도 아이들은 저들끼리 눈치를 보며 순돌이를 데려갈 궁리로 바빴다. 으으, 빨리 가야 하는데. 바다낚시는 우리 순돌이를 따라올 자가 없는데.

"순돌아, 이거 그냥 내일 줍고 오늘은 그만 낚시 가면 안 될까?"

"안 돼. 집에 마른 잎이 싹 떨어졌단 말여."

"우리가 내일 싹 다 주워 줄게! 그럼 되잖어!"

"니네 집은 많이 남은 줄 아냐? 후딱 주워 가! 니네 집도 다 떨어졌어!"

"그래? 우리 엄니는 그런 말 없던데?"

"아, 주둥이 고만 놀리고 손 빨리빨리 안 놀리냐?"

순돌의 타박은 또다시 이어졌다. 씨알도 먹히질 않으니 아이들은 바쁘게 손을 움직이며 마른 잎을 주워 담았다. 이제 보니 바싹 마른 것들을 추려 주워 담는 솜씨가 어른 못지않았다.

"순돌이 없으면 바다낚시는 재미없는데."

"그러게. 순돌이 없으면 바다낚시는 진짜 재미없는데."

다 들리게 이야기를 해도 들리지 않는 것처럼 순돌은 묵묵히 제 할 일에 집중했다.

"순돌아, 순돌아, 진짜 안 가?"

"야, 이 멍충이들아! 오늘은 바다를 나가면 안 되는 날인 거 몰라?"

"왜? 왜 나가면 안 되는데?"

"그야 내가 안 나가고 싶으니까."

"아아……."

아이들은 희한한 곳에서 설득당했다. 어제는 분명 함께 나가 주겠다고 했는데 오늘은 싫다니 야속했지만, 또 순돌이 그렇다니 그런 것이다.

"그럼 순돌아! 내일은 같이 가 줄 거야?"

"그래, 순돌아! 내일은 같이 가! 그럼 나도 오늘은 꾹 참고 넘어갈 테니까!"

"웃기고 자빠지네. 오늘도 살기 바쁜데 내일은 무슨 내일? 아, 내일 다시 얘기해!"

"아아……."

아홉 살의 아이들은 또다시 이상한 대목에서 설득당했다. 전혀 논리적이지 않은 아홉 살 순돌의 말투는 좀처럼 또래 아이들에게서 찾아볼 수 없는 강력한 호소력이 있었다. 아이들은 순돌의 말이라면 무조건 따르고 봤다. 이유 없이 좋고, 이유 없이 따르고 싶은 그런 벗이었다.

"이 정도면 됐을까? 더 담을까, 순돌아?"

제법 높게 쌓아 놓은 잎사귀를 힐끔 바라본 순돌이가 허리를 폈다. 내일 아침이면 서리가 내려 마른 나뭇잎을 구하기가 힘들어질 것이다. 이 집 저 집 나누어 주려면 해가 지도록 주워 담아야 했다.

"아, 순돌아, 너네 집 바다 누나는 아직도 잠만 자?"

"말해 뭐 혀냐. 쯧."

"우리 엄니가 그러는데 바다 누나는 숨만 쉬는 거래. 머리가 죽어서 눈도 못 뜨는 거라던데?"

"말조심혀라. 콱 혓바닥을 잘라 버리기 전에."

헙. 아이는 순돌의 무시무시한 협박에 입을 꾹 닫았다. 어릴 적 계문 할멈이 키우다시피 해서 그럴까. 순돌의 거친 입은 계문할멈의 말투와 꼭 닮아 있었다. 젊은 시절 조선 팔도를 누비며 살았다는 계문 할멈의 말씨는 여러 지방 사투리가 뒤섞여 재미있었는데, 그것을 순돌이 꼭 빼다 박은 것이다.

순돌은 잠시 하늘을 향해 시선을 주었다. 오늘따라 유독 날카로운 순돌은 기분이 영 좋지 않아 보였다. 무슨 일이 있음이 단단히 느껴져 아이들은 쓱쓱 눈치를 보았다.

"왜 그려? 이제 그만하려고?"

순돌이 손을 툭툭 털자 아이들도 일제히 행동을 멈췄다. 부피가
커진 자루를 바라보던 순돌은 입술을 열었다.

"나는 아까부터 주웠으니 니들도 남은 포대만 다 채워서 내려가."

"너는? 너는 어디 가는데?"

"나 먼저 내려갈 테니 잘 챙겨 와. 알것어? 농땡이 피지 말고 잘
하라고!"

"괜히 성질이여, 저것은. 알았어!"

아이들이 툴툴대며 고개를 끄덕이자 순돌은 영 못 미더운 시선
을 주더니 쓱 사라졌다. 감시자가 사라졌지만 아이들은 어느덧 나
뭇잎을 긁어모으는 데 열중했다. 순돌의 말은 곧 법이었다.

◎

"순돌이 온 겨?"

방문을 열며 누이 순영이 얼굴을 내밀었다. 수많은 발자국 소리
중 귀신같이 동생의 발자국 소리를 알아듣는 순영은 빈손으로 내
려온 순돌을 바라보았다.

"잉? 어째 빈손이여? 불쏘시개 모아 온다더니?"

"애들한테 가지고 내려오라고 시켰어."

"어어? 애들한테 심부름 시키고 그러면 안 된다니까? 세상에 그런 못된 버릇은 누가 가르쳤대?"

"아, 심란하니 그랬지! 누이는 뭘 그런 걸 가지고 타박이래?"

듣기 싫다는 듯 순돌은 꺼멓게 변한 손바닥을 바지에 툭툭 털었다. 마루에 앉는 모습하며, 한숨 쉬며 하늘을 올려다보는 모습이 영락없는 노인네였다.

"애늙은이처럼 웬 한숨을 그리 내쉰대? 무슨 일 있었어?"

순영은 동생의 기분이 좋지 않다는 것을 깨닫고 방에서 나왔다. 찬바람이 들어갈까 조심스럽게 문을 닫으며 동생의 곁에 다가와 앉았다. 부모를 일찍 여읜 까닭에 세상에 둘만 남아 버린 것이 벌써 여덟 해.

"누나한테 말해 봐. 무슨 일 있었어?"

"일은 무슨. 됐고, 계문 할멈은 왔다 갔어? 바다 누나는 보고 갔어?"

"응, 다녀가셨지. 바다 언니도 보고 가고."

"별말은 없었고?"

"뭔 말이 있었어. 매번 똑같지 뭐. 약이나 잘 먹이라고 하셨어."

세상천지 피붙이라곤 둘뿐이라, 순영과 순돌이는 나이보다 성숙하게 자랐다. 젖동냥으로 순돌이를 키워 낸 누이 순영에게 순돌은 세상의 전부였고, 이날 이때까지 자신을 돌봐 준 누이 순영은 순돌에게 가장 소중한 존재였다.

"누나, 있잖어."

"응, 그래. 말해 봐."

순영은 귀를 쫑긋 세우며 순돌을 바라보았다. 아홉 살의 고민은 무엇인가, 새삼 궁금하기도 했다.

"영풍이 형님이 시집오라고 그랬다며. 나한테 왜 말 안 했어?"

"아, 아? 그, 그게 뭔 소리래?"

화들짝 놀란 순영이 두 눈을 크게 떴다. 순돌은 뭘 그런 것으로 놀라느냐는 표정으로 누이를 바라보았다.

"뭘 그렇게 놀라고 그런대? 생각도 못 해 봤다는 것처럼?"

"그, 그, 그게 무슨 소리여! 누나가 하긴 뭘 한다고!"

이내 얼굴을 붉힌 순영이 당황함에 목소리를 높였다. 두 손을 허벅지 사이로 갈라 넣으며 순돌은 멀뚱히 하늘을 바라보았다.

"남녀 일이란 게 바람 타고 벽 타고 들려오는 그런 것이지. 뭔 유별을 떨고 숨긴다고 지랄들을 하는지. 그럼 내가 모를 줄 알았나?"

순영은 입술을 쩍 벌렸다. 비밀 없는 마을이고, 오늘 저녁때 벌어진 일이 내일 아침이면 모두에게 알려지는 곳이기도 했지만 동생만큼은 몰랐으면 했는데.

"너, 너, 너 그거 누구한테 들었어? 응? 그런 헛소리를 누구한테 들은 거여?"

"그 형님이 누이 좋아하는 건 산신령님도 아는 일인데 뭘 새삼 스럽게."

"아니야! 아니야, 순돌아! 그런 거 아니여! 절대 아니여! 순돌아! 오해하지 마! 절대 그런 것은 아니고……."

"그렇게 역정부터 내지 말고 내 말 좀 들어 봐, 천천히."

순돌은 외려 펄쩍펄쩍 뛰는 순영을 진정시켰다. 목소리가 내려 앉은 것이 순돌은 한 세상 거뜬하게 살아 낸 지천명(知天命), 쉰 살의 사내 같았다.

"아, 영풍이 형님이믄 사람들한테 평판도 좋고 성실하고 그만하면 됐지 뭘 그라고 쌍심지를 켠대?"

"순돌아!"

"영풍이 형님한테 잘 보이려는 누이들이 지천에 깔렸고만 모르는 거여?"

"야아!"

"나 때문에 그러는 거여? 내가 혼자 남는 게 불쌍해서?"

순영은 입술을 꾹 닫았다. 아이가 하는 생각이 기가 막힌 까닭이었고, 아니라고 부정하자니 일정 부분 사실이었기에 일순 말문이 막혀 버렸다.

순돌은 말을 잇지 못하는 누이를 대신하여 말을 이었다.

"아까 낙엽 쓸러 올라가는데 사람들이 그러잖여. 누이가 나 때문에 시집도 못 가고 불쌍하다고."

"아니⋯⋯."

"뭐, 나라고 그런 말 듣고 싶디? 그런데 나는 진짜 괜찮어. 누나 시집가면 영영 못 보는 것도 아닌디."

"⋯⋯."

"이러다가 계문 할멈처럼 쭈그렁 할멈이 되것어. 또 누이가 그라고 늙어 버리면 내 맘이 편하간? 그건 그것대로 슬픈 일이지."

혼기가 도래한 순영은 정오의 햇살을 받은 개울물처럼 투명하게 빛이 났다. 가지런한 치아를 내보이며 터트리는 환한 웃음은 따라 웃게 만드는 청량함을 가지고 있었다. 똑 부러지는 성격, 부드러운 심성, 순수하고 정이 많은 누이는 마을 사람들이 입을 모아 칭찬하는 인물이었다. 그런 누이가 떠난다는 것을 상상하면 목 안 부근에서 육중한 통증이 느껴졌지만 순돌은 티를 내지 않기로 결심했다. 사람들의 이야기에 화가 났지만, 틀림없는 사실이기도 했으니까.

"나 정말 괜찮어. 요라고 이만큼 키워 줬으면 됐지, 내가 누이한테 더 뭘 바랄 수 있간?"

"순돌아⋯⋯."

"계문 할멈한테 좋은 날짜 잡아 달라고 혀서 후딱후딱 준비혀.

뭐, 난 잘 모르지만 듣기로는 아무 날이나 잡지 못한다고 하던데."

순돌이 눈이 매운 듯 자꾸 깜빡이며 말을 잇자 순영은 아이를 꼭 끌어안았다. 어린 것이 가장의 노릇을 하려고 기를 쓰며 태연한 척하니 누이의 억장이 무너졌다.

"순돌아, 누나 시집 안 가."

"또! 또 이런다! 사람들이 자꾸 그러니까 내 흉을 보는 거여! 내가 거머리처럼 달라붙어서 누이 발목 잡고 있……."

"사람들 말 신경 쓰지 말어. 나는 너 두고는 어디도 안 갈 거여. 우리 순돌이 두고 내가 어딜 가."

순영은 순돌의 머리에 자신의 볼을 가져다 댔다. 아이의 헝클어진 머리를 하염없이 쓸어내리며 순영은 말했다.

"누나는 영풍 아재 안 좋아해. 아, 누나가 마음이 가고 시집가고 싶고 그랬다면 내가 너한테 제일 먼저 말했지."

"웃기시네. 누이가 퍽이나 나한테 말해 줬것다. 그랬음 나가 요 손가락에 장을 지지고 말지."

순돌이는 누이의 품에서 눈만 깜빡거렸다. 퉁명한 말과는 달리 아이의 두 눈엔 너무나도 선하고 맑은 빛이 있어, 일렁였던 두려움이 고스란히 묻어 있었다.

순돌은 팔을 뻗어 누이의 허리를 감았다. 때로는 어머니, 때로는 스승, 때로는 벗이요, 때로는 여동생 같은 누이를 둘러 안고 나니 복잡했던 마음이 조금씩 누그러졌다. 사실은 내내 일렁이는 울음을 참아 내느라 발가락에 쥐가 날 것만 같았다.

"누이, 내가 잘할 거구먼. 참으로 누이한테는 잘할 거구먼."

"얼마나 더 잘하려고 이런대? 아이고, 요 예쁜 것."

"진짜 진짜 잘할 거구먼. 내가 더 빨리 커서 고생 안 시킬 거구먼."

순영과 순돌이 다정하게 서로를 어루만지며 남매지간의 정을 돈독히 나누고 있던 그때, 한차례 거센 바람이 불어 방문이 활짝 열렸다. 으, 추워. 순돌은 순영의 품을 더 파고들었고, 순영은 방 안으로 바람이 들어갈세라 팔을 뻗었다. 그러곤 우뚝 멈췄다.

"저…… 순돌아."

문득 얼이 빠진 것 같은 순영의 음성이 순돌의 귓가에 울렸다.

"응? 왜 부른대?"

순돌이 눈만 깜빡거리며 누이 품에서 꼼지락거리자 순영은 재차 자신의 눈을 비볐다. 그래도 믿기지 않는지 다시 눈을 비비고 또 비볐다.

"눈에 뭐 들어갔어? 내가 봐 줄까?"

누이의 행동을 인식한 순돌이 고개를 들며 순영을 바라보았고, 순영의 시선이 방 쪽을 향하고 있음에 순돌 역시 고개를 돌렸다.

"허……."

순돌은 입술을 멍하게 벌렸다. 역시나 마찬가지로 아이도 자신의 눈을 비비고 또 비볐다. 그러다가 남매는 믿을 수 없다는 듯 방안을 뚫어지게 바라보았다.

"저, 저게 뭐여. 귀신이여? 내가 지금 헛것을 보는 겨?"

"아니야……. 바다 언니…… 움직인다…… 순돌아……."

장장 일 년을 누워 있던 바다 여인이 움직이는 것이다. 온전히 들어 올리지 못해 미약한 버둥거림만 이어졌지만, 순영과 순돌은 강타한 충격에 말을 잇지 못했다.

이름 석 자도 모르는 바다 여인이 눈을 떴다.

95화

그래도 그리운 하루

【해종실록 12권. 해종(偕宗) 18년 10월 26일】

 왕세자 가례색(王世子嘉禮色)을 설치하고 중앙과 지방에 금혼을
명하였다.

"체온도 멀쩡하고."

소식을 듣고 부랴부랴 도착한 계문 할멈이 이불 속으로 손을 쑥 넣었다. 할멈은 바다 여인의 몸을 이곳저곳 쓸어 보고, 손톱과 발톱의 색과 형태를 확인하고, 마지막으로 맥이 뛰는 곳은 전부 짚어 보고 나서야 여인의 얼굴을 바라보았다. 가까이 있던 촛대를 들어 촛불로 눈가를 비추니 바다 여인의 동공이 자연스럽게 반응한다.

"반응도 멀쩡하고."

곁에 바짝 다가앉은 순영과 순돌은 계문 할멈의 말대로 여인의 팔다리를 주물렀다. 조금 전, 바다 여인은 잠시 움직였던 것을 끝으로 또다시 풀썩 쓰러졌다. 일 년 사이 몇 번 눈을 뜨긴 했었으나 자의적으로 움직인 것은 처음이었기에 놀랄 수밖에 없었다.

처음 여인을 발견한 것은 순돌이었다.

"할멈, 바다 누나 이제 괜찮은 겨?"

"글쎄 말이다. 이러고저러고 움직였다니 징조가 좋긴 허지."

순돌이 묻자 계문 할멈은 중얼거렸다. 바다 여인은 발견 당시 죽은 여인인 줄 알았다. 물의 마찰로 온몸의 살은 시커멓게 죽었고, 찢긴 옷은 처참할 정도로 너덜거렸다. 게다 살갗은 얼음장 같고 맥 또한 잡히지 않아, 이곳 사람들은 그녀가 이미 황천길을 건넜다고 생각했다. 그런 여인의 발바닥에서 희미한 맥을 짚어 낸 것이 다름 아닌 계문 할멈이었다.

"어, 눈 떴다! 할멈! 바다 누나 눈 떴어!"

순돌이 바락바락 외치자 계문 할멈은 황급히 여인의 얼굴을 살폈다. 아주 느리게 눈을 깜빡이는 그녀는 초점을 맞추려는 듯 보였다.

"여보시오, 정신이 드는감?"

할멈이 묻자 여인이 눈을 깜빡거렸다.

"나, 나도 보여? 바다 누나? 나도 보여? 보이면 두 번 깜빡여 봐!"

흥분한 순돌이 끼어들며 묻자 또다시 여인은 눈을 깜빡였다. 한 번, 그리고 두 번 이어졌다.

"우와아아아!"

순돌의 탄성이 방을 물들였고, 계문 할멈은 여인의 귀를 연신 주물렀다. 남매는 부랴부랴 바다 여인의 팔을 주물러 댔다.

일 년 전. 다 죽은 자를 살려 무엇 할 것이냐며 마을 사람들은 고개를 가로저었다. 그도 그럴 것이 여인의 오장 육부는 퉁퉁 부어 기능을 다하지 못했고, 손톱은 시커멓게 죽어 있었다. 동상에 걸린 발은 썩어 들어갈 것처럼 물렁거렸고, 입술은 푸르게 변하다 못해 허옇기까지 했으며, 귓가엔 고름이 끊임없이 맺혀 흘렀다.

"우와…… . 진짜 정신이 들었나 봐."

"그러게 순돌아, 정말 깨어났나 봐."

모두가 쓸데없는 일이라고 말했지만 나약한 숨이나마 붙어 있으니 여인을 살려 보자 말한 것은 순영이었다. 정의감에 사무친 순돌이 적극적으로 나섰고, 계문 할멈이 사연을 도왔다.

한 달이 흐르자 동상에 걸렸던 여인의 다리가 조금씩 호전되었다. 두 달이 흐르자 전신에 수놓였던 멍이 노르스름하게 빠져 갔다. 넉 달이 되던 달엔 귀에서 흐르던 고름이 멈췄고, 반년이 흐르자 약재를 넘기기 수월할 정도로 오장육부의 부기가 가라앉았다.

"난 이만 갈 테니 오늘은 이대로 두어. 너무 말을 많이 시켜도 못 써. 알아듣것어?"

"응, 할멈. 조심히 가."

할멈을 배웅한 순돌은 가만히 여인의 얼굴을 들여다보았다. 일곱 달을 지나자 손과 발이 혈색을 되찾고 온기가 생기기 시작했다. 그렇게 육신은 조금씩 나아 갔지만 의식을 찾지 못한 그녀는 항상 두 눈을 굳게 감고 있었다. 바다 누나가 눈을 뜨면 어떤 모습일지 순돌은 언제나 궁금했다.

"탕약 좀 드세요. 옳지."

순영이 익숙하게 여인을 지탱하며 탕약을 입안으로 밀어 넣자 자연스럽게 꿀떡 삼킨다.

"우와, 삼킨다. 삼킨다."

그 모습이 신기한 순돌은 눈을 빛내며 바라보았다. 의식이 없는 여인에게 탕약을 먹이는 일만도 쉽지 않아 늘 낭패를 보던 남매가 아니었던가. 넣어 주면 스스로 삼키는 과정이 신기해 남매는 감탄에 감탄을 연발했다.

"헤, 바다 언니 잘 먹는다, 순돌아."

"응응! 나도 먹어 볼래! 나도!"

다행히 귀한 약재가 지천에 깔린지라 매일매일 달여 먹인 탕약이 큰 효험을 본 것 같았다. 새벽 다섯 시에 길어 오는 물부터 약탕기를 달이는 참나무 장작까지, 정성으로 시작해서 정성으로 끝나는 것들이었다. 천지신명의 도움이 있었대도 아마 남매가 없었다면 여인은 살아나지 못했을 것이다.

아아, 이런 경우를 두고 세간의 혹자들이 주로 쓰는 말이 있었다. 바로 '기적'이었다.

◎

"대체 여긴 어디야."

지담은 오만상을 찌푸리며 쉴 새 없이 걸음을 걸었다. 이틀 밤낮을 걸어도 길다운 길은 나올 기미가 없고, 보이는 거라곤 온통 수풀 더미뿐이니 오감에 방향을 맡긴 채 걸어야만 했다. 설상가상 끝없는 산길이 이어졌다.

"이런 빌어먹을, 이 망할 지도는 맞는 게 하나도 없어. 대체 누가 만든 거야!"

지담은 손에 꾹 쥐고 있던 지도를 흙바닥에 패대기치려다 씩씩대며 멈췄다. 너덜너덜해진 낡은 지도는 이제 보니 허술하기 짝이 없어, 지방으로 내려올수록 맞는 것이 없었다.

"내가 그려도 이것보단 정확하겠다. 이런 니미럴."

홧김에 버릴까 하다가 그래도 미련이 남아, 지담은 되알진 욕을 뱉어 내며 호주머니에 지도를 쑤셔 넣었다. 슬슬 배도 고프고 목도 마르다. 야생의 길에 최적화된 몸이었지만 본연의 피로함까지는 어쩔 바가 없었다.

지담은 남북의 방향을 알려 주는 작은 지남침 하나에 다리를 의지한 채 밑도 끝도 없이 걸었다. 어렴풋이 느끼기를, 왕가의 사냥터가 멀지 않은 곳에 자리하고 있으니 당분간 사람 구경을 하긴 힘들 거라는 것. 형성된 마을이 없다는 뜻이다. 오르고 내린 능선의 수를 헤아리면 벌써 민가 금지 구역을 지나고도 남음이 있어야 했다.

"수상한 것이 한두 개가 아니야. 여기 너무 기분이 별론데."

거칠게 엮어 만든 삿갓은 군데군데 구멍이 뚫렸고, 흑복은 빛바랜 뿌연 색으로 변해 버렸다. 궁색한 겉모습과 검 한 자루. 언뜻 보기엔 외로운 검객의 쓸쓸함과 고독함이 느껴졌지만 실상은 달랐다.

한시도 입을 놀리지 않고는 배기지 못할 것처럼 지담은 오만 가지 생물에게 말을 건넸다.

"안녕? 너는 몇 살이나 되었어?"

나이테가 지긋한 나무에게 말을 걸어 보기도 하고.

"감히 내 앞길을 막다니! 배포 한번 대단한 녀석이로구나! 죽기 싫으면 썩 비켜라!"

폴짝폴짝 뛰어 제 갈 길을 가는 산토끼를 향해 괜한 시비를 걸기도 했다. 졸졸 흐르는 물 앞에 쭈그리고 앉아 물고기와 대화를 시도하는가 하면.

"잘 가라. 한양으로 가니? 대장께 내 소식도 전해 줘. 그리고 민월호를 만나면 똥 한 번만 싸질러 줘."

푸드득 올라 날아가는 새들을 향해 손을 흔들며 배웅하기도 했다.

"으아! 미치겠다! 미치겠다고!"

인기척이라곤 무엇도 느낄 수 없던 산속의 시간, 삼 일째. 지담은 다른 무엇보다 심심함과 외로움에 사무쳐 머리를 부여잡았다. 지금 눈앞에 죽은 신기형이 돌아온대도 붙잡고 말 몇 마디 붙여 볼 것 같은 상황이었다.

"아니, 왜 아무 곳도 안 나오지? 분명 이 방향이 맞는데."

진즉 고장이 난 줄도 모르고 지담은 지남침을 바라보며 탄식했다. 곧 죽어도 이쪽이라니 별수 있나. 고개를 갸우뚱하다가도 걷고 또 걸었다. 그때였다.

"뭐야."

발밑의 기운이 낯설고 수상해 지담은 다음 걸음을 떼지 못한 채 시선을 내렸다. 단단하고 딱딱한 쇳덩어리를 밟은 감촉에 수많은 상상이 스쳐 지났고, 지담은 마른침을 삼켰다.

"지금 이거, 거짓말이지? 그렇지?"

덫이다. 지담은 믿을 수 없다는 듯 주변을 휘휘 둘러보았다. 덫이 아니라고 믿고 싶었지만 의심은 조금씩 확신에 가까워졌고, 당장 도움을 청할 만한 곳도 없어 움직일 수 없었다.

"뭐야. 윤지담이 지금 덫을 밟았어? 그런 거야?"

꼼짝도 하지 못하고 우두커니 서서 헛웃음만 히죽거렸다. 경험상 알기엔 짐승을 잡기 위한 덫으로, 지그시 밟았던 쇳덩어리에서 발을 떼면 위에서 그물이 쏟아져 내릴 것이다. 지담은 천천히 위를 올려다보았다. 아뿔싸. 아주 넉넉하고 커다란 나무가 덫이라는 정황을 제대로 보여 주었다.

"이런 미친, 대체 산중에 누가 덫을 놓은 거야? 아니지. 바보야, 덫은 원래 산중에 놓는 거다."

짜증이 폭발한다. 발을 떼지도 못하고 지담은 온갖 욕을 끌어다 바치며 조심스럽게 다리를 구부려 앉았다. 품에서 단검을 꺼낸 녀석은 천천히 발과 장치를 분리해 볼 요량으로 심호흡을 했다.

"내가 이래 봬도 날고 기는 익위사야, 이놈들아. 이따위 덫 하나 못 빠져나갈까 봐?"

홀로 으스대며 단도를 내리던 지담이 고개를 들었다. 삼 일을 걸어도 발견하지 못한 인간의 흔적이 아닌가.

"덫을 놓았다면 그리 멀지 않은 곳에 사람이 있으렷다."

저 멀리 앞은 모든 면이 절벽과 바다로 둘러싸여 있기에 마을이 있을 리 만무했다. 그렇다면 여기 어디쯤 사람이 있다는 얘기.

"그런데 이런 곳에 사람이 있다고?"

흠. 지담은 다시 일어섰다. 처음 길을 잃었을 때부터 지금까지 줄곧 기분이 좋지 않은 산이었다.

"뭐, 자세히 들여다보니 허술하기 그지없네. 금방 빠져나가겠어."

전문적인 사냥꾼이 놓은 덫은 아닌 듯, 간단한 방법으로 빠져나올 수 있음을 확신한 지담은 코웃음을 쳤다. 어쩐지 덫의 주인을 상대로 이긴 것 같은 기분이 밀려와 어깨를 으쓱거리기도 했다. 이곳저곳을 쓱쓱 살피던 지담은 다시 발아래를 내려다보았다.

"자, 이제 슬슬 빠져나가 볼까?"

단검을 쥔 지담이 다시 다리를 구부리던 그때, 자만한 까닭인지 온전히 구부리기 전에 휘청거렸고.

"으어! 으어어어!"

두 팔을 윙윙 돌리며 균형을 잡아 보려 했지만 결국 발이 지면에서 떨어지고 말았다.

"이야아! 으어어!"

예상대로 나무 위에서 그물이 쏟아졌다.

"그렇지! 으어어어!"

지담은 데구루루 구르며 날렵한 솜씨로 그물을 피했다. 으라차차! 온몸에 진흙이 덕지덕지 붙었지만 덫을 피했다는 환희에 환호성을 질렀다. 하지만 기쁨도 잠시.

"으억."

이어 다른 나무에서 덫이 쏟아졌고, 지담은 그물에 둘러싸인 채 허공으로 들렸다. 순식간에 나무에 대롱대롱 매달린 지담은 기가 막힌다는 듯 눈을 깜빡거렸다.

"뭐야. 나 지금 덫에 걸린 거야?"

지담의 몸은 그물의 반동에 의해 좌우로 흔들렸다. 덫을 피할 방법은 애당초 없어 보였다. 짐승이 한 번에 걸려들지 않을 것을 염두에 둔 채 이중 덫을 설치해 놓은 것이다.

"윤지담이 덫에 걸리다니. 가문의 수치다! 가문의 수치라고! 하! 기가 막혀!"

수치스러운 자세로 덫에 걸린 지담은 현실을 부정했다.

"아니야, 괜찮아. 민월호만 모르면 돼. 민월호만 모르면 되는 일이야. 괜찮아."

그러다 금세 긍정적인 말로 스스로를 위로하기 시작했다. 이렇듯 덫의 주인은 상당히 치밀했다. 과연 수십 년의 경력을 가진 전문적인 사냥꾼이 아닐 수 없었다.

◎

"저게 뭐야?"

"그러게. 저게 뭐래?"

밤이 지났을까. 지담의 얼굴 위로 햇살이 쏟아졌다. 그물에 폭 둘러싸인 채 지쳐 단잠을 자던 지담은 눈썹을 씰룩이며 몸을 뒤척였다.

"사람인데?"

"그러게 말여. 얼추 보기엔 사람인데."

"야, 이 멍충이들아, 그럼 사람이지 뭐디? 도깨비라도 되는 줄 아남?"

어디서 똥강아지들 수다가 들려오자 지담은 눈을 번쩍 떴다. 적당히 그물이 흔들리니 어머니의 자장가처럼 심신이 편해 모처럼 깊은 잠을 잤다.

"봐 봐, 저러고 늘어지게 하품까지 하는데?"

"그러게. 뭔 꼬라지가 저런 꼬라지가 있대?"

"안 얼어 죽고 용케 저러고 있네."

"원래 바보는 추위를 안 탄대. 울 엄니가 그랬어."

잠에서 깨니 추위가 밀려왔다. 지담은 으으으, 입 밖으로 입김을 밀어내며 아래를 내려다보았다. 코를 찔찔 흘리는 꼬맹이 서너 명이 고개를 위로 꺾은 채 덫에 걸린 자신을 바라보고 있었다.

"뭐야! 니들 여기 어떻게 들어왔어! 이 험한 산속을!"

"뭔 소리여?"

"위험해! 당장 비켜! 너희가 있을 만한 곳이 아니란 말이다! 부모님은 어디 계시느냐!"

　그물 밖으로 간신히 손만 뻗은 지담이 휘휘 저으며 다급한 목소리로 외쳤다. 그도 그럴 것이, 또 다른 덫이 있을지도 모르기에 아이들이 위험했다. 하지만 영문을 모르겠다며 꼬맹이들은 서로서로 얼굴을 바라보았다.

　"저 아재가 지금 뭐라 하는 거여? 우리더러 집에 가라는 거여?"

　"그러게? 뭐 위험하다는데?"

　"위험해? 뭐가? 우리가? 아니믄 지가?"

　"꼬맹이들아! 큰일 당하지 말고 어서 마을로 내려가 어른들을 불러와! 어서! 위험……."

　지담은 말꼬리를 흐리며 한 아이를 바라보았다. 코를 훌쩍거리는 한 아이가 낫으로 머리를 긁적긁적하는 것이다. 보고도 믿기지 않아 지담은 입술을 멍하니 벌렸다. 그러고 보니 한 녀석은 곡괭이를, 한 녀석은 집채만 한 포대 자루를.

　"아재는 누구요?"

　"긍게요? 아재는 누군디 거기 매달려 있는 거요?"

　이, 이것들은 대체 뭐냐! 지담은 탄식을 터트렸다. 천진난만한 아이들의 말본새가 칠순 노인들처럼 걸걸했기 때문이다.

　"큰일 났다. 순돌이 오면 난리 나겠네?"

　"내 말이. 순돌이가 이 꼬라지를 보면 가만히 있겠어? 생난리가 나지."

쯧쯧. 아이들은 혀를 차며 지담을 올려다보았다. 내려 줄 생각
은 없는지, 얼어 죽지 않은 바보 아재를 아무도 걱정하지 않았다.

"저기…… 얘들아……."

"가자. 울 엄니가 남의 일에 끼어들지 말랬어. 골치 아프다고."

"억동이 니 말이 맞어. 그냥 가자."

"얘, 얘들아! 얘들아!"

흥미가 떨어진 아이들은 곧 가려 했다. 지담이 허겁지겁 아이
들을 부르자 무관심한 표정으로 아이들은 다시 뒤를 보았다. 여타
꼬맹이들하고는 무엇이 달라도 달랐다.

"뭔데 사람을 서라 마라 불러요?"

"아재요, 거기 있다 보면 덫 주인이 올 거니까 계산은 그때 하셔."

"계산? 계산이라니?"

두 눈을 껌뻑이는 지담을 향해 아이들은 다시 혀를 찼다. 쏘아
보는 눈빛을 보니 저런 바보가 다 있나, 하는 표정이었다.

"아, 남의 덫을 망쳤으면 응당 값을 지불해야지. 빈손으로 내려
오려고?"

"뭐, 뭐라?"

"나잇값 좀 하소. 눈 뒀다 뭐 해? 짐승도 피해 가는 덫에 사람이
걸리고 그런대?"

"이놈들이!"

"좌우지간 여기 덫 주인 성깔이 지랄 맞으니께 흥정 잘해 보시라고. 금방 올 테니 기다리시고."

"얘들아! 얘들아! 얘들아아아!"

지담이 아무리 목 놓아 불러도 뒤돌아보지 않은 채 아이들은 멀어져 갔다. 덫에 걸렸다는 사실보다 꼬마 녀석들의 행실이 더욱 충격이었던 지담은 눈을 껌뻑거리며 한동안 넋을 놓았다. 그러다 꿈인가 싶어 지담은 제 뺨을 소리 나게 쳤다. 얼얼한 통증이 느껴지는 것을 보아하니 꿈은 아니라는 사실에 실성한 사람처럼 웃음을 흘렸다.

"허허허허, 허허. 허허허허."

웃다가 곧 으르렁대며 눈썹을 씰룩거렸다. 망할 덫 주인, 나타나기만 해 봐라. 아주 그냥 요절을 내 주리라. 우락부락하게 생긴 덫 주인을 상상에 그리며 지담은 느긋하게 기다려 보기로 했다. 사실은 자포자기 상태였다.

◎

"안녕? 넌 또 누구냐?"

아이들의 말마따나 얼마 후 꼬맹이 한 명이 나타났다. 콩만 한 녀석의 표정을 보아하니 이미 썩을 대로 썩어 있었다. 이 순간만을 기다려 온 지담은 최대한 여유 있는 척 몸을 편히 만들며 그물을 좌우로 흔들었다.

"왜? 꼬마야, 나한테 볼일 있어? 나한테 말을 걸어 보고 싶은 굉장한 눈치인데?"

끼긱, 끼긱. 그물이 좌우로 움직이니 꼬마의 표정은 더욱 썩어 들어갔다. 지담의 유치함은 나이 어린 상대를 만날수록 폭발했다.

"거기서 뭐 하는 거여?"

"나? 보다시피 휴식 중이지. 왜?"

지담은 마치 제 발로 덫에 걸린 것처럼 한껏 여유를 표했다. 아이의 손에 들린 낫이 서슬 퍼런 게 잠시 무서웠지만, 이내 아무것도 모르겠다는 해맑은 표정을 지었다. 콩만 한 아이 놈은 뚜벅뚜벅 걸어와 망가진 덫과 장치를 이곳저곳 살폈다.

"아아아, 세상 편하네. 세상 이곳이 무릉도원이네. 아이고, 편하다."

"나 좀 보소, 아재요."

"아아, 날 불렀느냐? 꼬마?"

"시방 지금 남의 그물 위에서 뭐 하고 자빠졌대?"

"자, 자빠져?"

지담은 분노의 마른침을 삼켰다. 성질머리 같아선 불같은 화를 담아 대꾸하고 싶었지만 참아야 했다.

"꼬마야, 이 덫의 주인이 올 때까지 기다리는 중이야. 그러니까 꼬마 넌 신경 꺼라."

"……."

"아아, 그러지 말고 꼬마 네가 이 덫 주인 좀 불러올래? 아는 분이냐?"

내가 그분 모가지를 좀 분질러 드리고 싶은데. 응? 만나 볼 수 있을까? 지담이 그물 속에서 한껏 거드름을 피우자 아이는 피식 실소를 흘렸다.

"거, 되게 웃기는 아재네."

순간 너무나도 수치스러웠지만 지담은 못 들은 척했다.

"내가 여기 덫 주인인데?"

"응?"

"내가 여기 덫 주인이라고!"

"……응?"

꼬마의 말을 금세 알아들었지만 지담은 알고 싶지 않았다.

"니가 더, 덫 주인이라고?"

"지금까지 뭐 듣고 딴청이래?"

"니가 이 덫을 만들었다고? 니가?"

"눈만 이상한 줄 알았더니 귀도 모자란가? 아주 그냥 이목구비

성한 곳이 없네?"

"떽!"

지담은 근엄한 표정으로 아이의 말을 잘랐다. 이런 치밀한 덫을 고작 저 콩만 한 녀석이 만들었다는 사실을 인정할 수 없었다. 분명 꼬마의 뒤엔 무시무시한 배후 세력이 있을 것이다. 암! 그렇고 말고!

"네 이놈! 어디서 그런 망발로 사람을 현혹시키려 드는 것이냐! 어서 썩 어른을 모셔 오지 못할까!"

이럴 땐 근엄함과 엄숙함이 생명이다. 지담은 아이의 눈물을 쏙 빼 놓을 참으로 큰 소리를 냈다. 그러자 아이가 귀를 후볐다.

"별 지랄을 다 보것네, 참말로."

"뭐, 뭐, 뭐라?"

"거기 계속 있고 싶어서 그러나? 그럼 있든가?"

"허, 꼬마야, 미안한데 내가 못 내려가서 이러고 있는 게 아니거든? 난 지금 쉬고 있는 중이고, 마음만 먹으면 얼마든지 내려갈 수 있……."

"그럼 그러시든가. 쉬쇼, 아재요."

"저기! 저기! 꼬마! 꼬마야!"

아이가 매몰차게 뒤를 도니 지담은 목 놓아 아이를 불렀다. 체면이고 뭐고 일단 살고 봐야겠다.

"나 좀 내려 줘."

"뭐라고 중얼거려 쌌는지 모르것네. 나도 귀가 안 들리나."

저, 저것이 듣고도 시치미를 뗀다! 지담은 자세를 공손하게 고쳐먹었다. 끼긱대며 흔들리던 그물도 정중앙에 멈춰 섰다. 실은 밤사이 탈출해 보고자 안간힘을 썼으나, 얼마나 정교하게 만들었는지 몸부림을 치면 칠수록 덫은 더욱 몸을 옭아맸다. 편하게 잠든 것이 아니라 지쳐 잠든 것이다.

"내려 줘. 부탁이다."

"내가 뭣이 아쉬워 아재를 내려 준대?"

"흥정하자, 흥정."

"흥정?"

"짐승 값 주면 될 것 아니냐. 망가진 덫이랑 셈해서 줄 테니 일단 내려 줘."

"값이라니. 아재가 뭐로 값을 치른단 말이오?"

"은화로 주지. 내가 돈이 없어 보이게 생겼지만 사실 아주 없는 건 아니거든."

지담은 꿈틀거리며 품에서 은화를 꺼내 그물 밖으로 흔들었다. 그러자 아이가 또다시 코웃음을 쳤다.

"그딴 먹지도 못할 나부랭이 아재나 실컷 가지든가. 난 그딴 거 필요 없으니까."

"알았어, 알았어. 짜식이 하…… 장사할 줄 아네. 옛다, 여기 더 얹어 줄게."

"아니, 진짜 필요 없다니까 사람 말 뭐로 알아듣고."

"알았어! 알았어! 금화도 있어, 인마! 하…… 진짜 강적이네."

지담은 주섬주섬 금화를 꺼냈다. 목숨 값 한번 두둑하게 치르는 구나, 탄식하며 아이에게 금화를 내보였다. 한데도 아이는 시큰둥하다. 그도 그럴 것이 꼬마가 사는 마을에서는 돈이 필요 없었다.

"그냥 난 가야것어. 뭔 놈의 흥정을 그런 먹도 못할 것으로 하는지."

"그럼 뭐 어쩌자고! 말을 해! 말을!"

또다시 발길을 돌리려는 것처럼 꼬마가 움찔하자 지담은 다시금 목 놓아 아이를 불렀다. 잠시 멈칫하던 꼬마는 지담을 돌아보며 한심하다는 표정을 지었다.

"아재요, 멍청해 보여서 내가 특별히 풀어줄 테니까 이 길로 곧장 내려가시라고. 엄한 산길 돌아다니며 남의 덫 망치지 말고."

"그래, 곧장 내려갈게. 나도 내려가고 싶어. 내려가는 게 나의 꿈이자 소망이야."

꼬마는 낫을 입에 물고 나무를 탔다. 어찌나 빠른지 금세 지담이 매달린 곳까지 올라왔다. 그러고는 탁탁, 낫으로 밧줄을 내리치니 밧줄은 조금씩 끊겼다.

"그런데 꼬마야."

지담은 조금씩 밧줄이 끊기자 아래를 바라보았다. 높이가 상당한데 아래는 돌바닥이다. 마른침이 절로 넘어갔다.

"그런데 말이야. 미안한데 난…… 이대로 떨어지면 되는 거니?"

"풀어 준대도 난리여. 뭘 어쩌라고?"

"아…… 그냥…… 조금 더 매달려 있을까 하고……."

아이는 별일이라는 듯 잠시 손을 멈췄다. 거의 다 끊긴 밧줄을 한 번 보고, 아래를 한 번 내려다본 아이는 지담을 바라보았다. 긴장함이 역력한 이상한 아재를 바라보던 아이는 피식 웃으며 마지막 낫질을 했다.

"으어어어!"

투투툭. 밧줄이 끊기고 지담은 아래로 추락했다. 땅바닥에 그대로 처박힌 지담은 전신이 깨지는 것 같은 통증 사이로 번뜩이는 생각을 했다.

그래, 괜찮아. 지금 이 모습, 이 광경…….

"아재요, 그래 떨어져도 안 죽으니까 않는 소리 말고 후딱 일어나 내려가소! 난 바빠서 이만!"

민월호만 모르면 된다고.

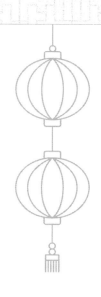

96화

모두에게, 겨울

【해종실록 12권. 해종(偕宗) 18년 10월 30일】

이미 치렀던 간택인 만큼 긴할 필요가 없다 이르다. 따라서 삼간택에 판부사 임학성의 둘째 딸을 제외한 모두를 돌려보내라 이르다. 참가 처녀들의 혼인을 허해 주다.

"허."

순돌은 입을 멍하게 벌린 채 앞을 바라보았다. 덩치만 큰 모자란 아재를 덫에서 풀어 준 것이 몇 시간 전. 저 이상한 아재는 어서 가래도 말을 듣지 않고, 닥치는 대로 사냥을 해서 순돌이 있는 곳으로 돌아왔다.

"어이! 꼬마! 여기 멧돼지 옮기는 것 좀 도와줘!"

마치 도라지 캐 오듯 꿩을 잡아 오나 싶더니, 이번엔 쑥 뜯어 오듯 몸집보다 큰 멧돼지를 질질 끌며 왔다. 마을 사람 전부 모아 잔치를 해도 며칠은 두둑하게 먹을 만큼의 양을 가져온 아재는, 잡아 온 꿩 옆에 멧돼지를 끌어다 놓으며 칼칼칼 웃음을 터트렸다.

"캬캬캬캬! 꼬마! 어떠냐! 이 정도면 값으로 제법이지?"

"허······."

순돌은 크게 치뜬 눈을 하며 말을 잇지 못했다. 맨손으로 때려잡다시피 멧돼지를 사냥해 온 아재의 솜씨는 보고도 믿기 어려웠다.

"놀란 것이냐? 겨우 이 정도로 놀란 것이야? 캬캬캬!"

아재의 웃음소리는 어찌나 방정맞은지 듣다 보면 은연중 기분이 나빠졌다. 순돌은 애써 놀라지 않은 척 표정을 수습하며 홱 고개를 돌렸다.

"이, 이 정도는 나도 할 수 있어! 이게 뭐라고 호들갑이래?"

"그래? 그럼 너도 잡아 와 봐."

"됐고! 볼일 끝났으면 후딱 내려가라니까 왜 말을 안 듣는 거지?"

"내가 빚지고는 못 사는 성격이라 그래, 인마. 네 덫을 망쳤으니 이 정도는 잡아 줘야 셈이 맞는 것 아니냐?"

아재는 무엇이 그리도 좋은지 시종일관 기분 나쁜 웃음을 터트렸다. 사실 지담은 누구라도 만나 말을 주고받는 것에 기쁨을 느끼는 중이었으나, 그 사실을 순돌이 알 리 없었다.

"집이 어디냐? 들어다 줄게. 가자."

"돼, 됐으니까 이만 가 보쇼! 쓸데없는 참견 말고요!"

"어허, 그놈 참 드럽게 버릇없네. 쓸데없는 참견 말라니? 그게 내 유일한 취미다."

순돌은 지담을 위아래로 훑으며 경계의 눈초리를 내보였다. 들어 준다는 말은 사실 고맙기도 했지만, 외부인을 엄격하게 금지하고 있는 순돌의 마을은 그 누구의 방문도 환영하지 않았다. 떳떳한 신분이 아니었기에 경계가 상당했던 것이다. 법은 없었으나 그들 나름의 규칙은 있었고, 그것을 최초로 바다 여인이 깨트렸으나 범주가 달랐다. 그녀는 의식이 없는 연약한 병자였고, 지담은 누가 봐도 경계해야 할 대상이었다.

"아, 맞아."

지담은 무엇이 떠올랐다는 듯 아이를 바라보았다. 주머니를 뒤적거리던 지담은 종이를 쓱 꺼내어 펼쳤다.

"너 혹, 이런 사람 본 적 있어?"

"이게 아재 눈에는 사람이요?"

순돌은 미친 사람을 바라보는 시선으로 흘겼고, 지담은 쓱 종이를 내려다보다가 허둥지둥 다른 주머니를 살폈다. 구겨 놓은 지도를 펼친 것이다.

"순돌아!"

"순돌아아아아!"

그때였다. 한 무리의 똥강아지들이 먼지처럼 뭉쳐 굴러 오고 있었다. 지담은 오만상을 찌푸리며 똥강아지들을 바라보았다. 잘 만났다, 요놈들. 조금 전에 날 두고 그냥 갔겠다?

"순돌아, 저 아재 풀어 줬어?"

"히익, 이게 다 뭐래? 우와, 순돌이 니가 다 잡았어?"

"꿩도 있어! 이게 다 몇 마리여? 오메."

아이들은 좁쌀처럼 흩어져 포획한 짐승들을 구경했다. 우와! 우와아! 녀석들의 입에서 귀여운 탄성이 흐르자 지담은 목에 뻣뻣한 힘을 주며 어깨를 돌렸다. 힘 자랑은 해도 해도 계속하고 싶었다.

"우와! 순돌아! 이거 정말 네가 잡았어?"

"우리 순돌이 이제 멧돼지도 잡네? 어떻게 잡았대?"

"뭐, 별거 아녀. 그냥 때려잡으니까 잡히던데?"

순돌이 바른말을 하지 않으며 지가 잡은 척을 한다. 지담이 매섭게 노려보니 순돌은 힐끔 그의 눈치를 살피다가 이내 딴청을 부렸다.

"우와아! 순돌아, 니 최고다. 진짜 멋지다. 최고여!"

"순영이 누나가 좋아하겠다. 참으로 순돌이는 사내 중의 사내지! 암!"

아이들은 순돌의 찬양에 여념이 없고, 지담은 '순영이 누나'라는 말에 다시금 용희를 떠올렸다.

"얘들아, 잠깐만."

"아재는 아직도 안 가고 거기서 뭐 해요?"

"괄시 좀 그만하고 이것 좀 봐 봐."

지담은 반대편 주머니에서 종이 한 장을 꺼내 들었다. 이미 많이 구겨졌지만 고운 인상은 그림으로 여전히 빛을 발했다. 순돌은 관심 없는 듯 발길을 돌리며 멀찍하게 떨어져 있는 자신의 짐을 챙겼다.

"이 사람 본 적 있는 꼬마는 손들어 봐. 실시."

지담의 입장에서 기대란 손톱만큼도 없는, 버릇이 된 허무한 질문이었다. 아이들은 옹기종기 종이 밑으로 모여들었다. 훌쩍, 훌쩍, 코를 먹으며 아이들은 종이를 뚫어지게 바라보았다.

"없지? 없으면 됐다. 그럼 난 이만 내려갈 테니 너희들은 또다시 먼지처럼 뭉쳐서 굴러가 보……."

지담은 별 기대 없는 시선으로 아이들을 바라보다가 이내 종이를 접으려 했다.

"나 저 누나 알 것 같아."

"나도."

"나도."

아이들이 뜻밖의 이야기를 시작하자 지담은 멈칫했다.

"순돌이네 그 누나 아녀?"

"그러게. 그 누나 같은데?"

"순돌이네 집 그 누나 맞네."

아이들이 쑥덕거리자 지담은 일순간 조여들었던 긴장감을 내려

놓으며 피식, 헛웃음을 흘렸다. 그 순영이 누나인가 뭐시긴가 하는 누이를 말하는 것 같았다.

"그래그래, 본 적 있는 것 같지? 다들 그러더라. 어쩜 너희들은 하는 말이 다 똑같냐."

똥강아지들은 어느 지방, 어느 동네나 하는 말이 같았다. 본 적이 있는 것 같다, 누구네 누나다.

"아닌데요? 우리는 진짜 본 적 있는데요?"

"그러니까 니들은 이 사람이 얘네 누나라는 거 아냐?"

지담이 저 멀리 순돌이를 가리키자 아이들은 고개를 끄덕였다. 대강 그 모습을 흘겨본 지담은 정말로 내려가려는 듯 그림을 넣었다.

"그래, 그냥 물어봤어. 굳이 만나려는 건 아니니까 신경 쓰진 마, 얘들아."

"그 바다 누나 맞지?"

"응, 바다 누나 맞는디."

"그래그래, 알겠어. 잘들 가라. 안녕."

답을 이미 내린 지담은 아이들의 말을 흘겨 들으며 내려갈 준비를 했다. 순돌은 아이들의 딴짓이 마음에 들지 않아 소리를 빽 질렀다.

"싸게 싸게 안 오냐? 빨리 가야지 거기서 뭐 한대? 빨리 와!"

그러더니 지담을 향해서도 되알진 잔소리를 늘어놓는다.

"아재요! 내 아까부터 쓸데없는 짓 하지 말고 가라고 했을 텐데?"

"간다, 가! 이 버르장머리 없는 놈아! 간다고!"

괜한 타박을 들은 지담은 순돌의 별난 성깔에 혀를 내두르며 몸을 돌렸다.

"순돌아! 이거 멧돼지 안 가져가나?"

아이들 두어 명이 멧돼지를 옮겨 보고자 들러붙어 낑낑대지만 움직일 리가 없다.

"그냥 둬! 영풍이 형님한테 말해서 옮겨야것어! 그걸 우리가 어떻게 옮긴대?"

"그럴까? 그럼 같이 가자, 순돌아!"

순돌이 되었다며 손을 흔들자 아이들은 씨름하던 멧돼지 다리를 놓고 순돌을 향해 뛰어갔다. 지담은 손을 흔들었다.

"잘 가라! 얘들아! 안녕!"

"잘 가요! 아재요!"

아이들은 빛의 속도로 멀어져 이내 자취를 감췄다. 마치 이 산속에서 나고 자란 것처럼 모든 움직임이 자연스러웠다.

지담은 반대편으로 걸음을 옮기기 시작했다. 별 희한한 녀석들을 다 보겠다는 생각에 헛웃음이 터졌다.

'그 바다 누나 맞지?'

가볍던 발걸음이 점점 느려지는가 싶더니 이내 우뚝 멈춰 섰다. 홱, 뒤를 돌아보았지만 이미 공간은 적막해진 뒤였다. 무엇이 끌어당기듯 지담은 자리에 못 박혔다.

'아닌데요? 우리는 진짜 본 적 있는데요?'

녀석들은 아는 것이 아니라 본 적이 있다고 말했다.

'순돌이네 그 누나 아녀?'

'그러게. 그 누나 같은데?'

'순돌이네 집 그 누나 맞네.'

순돌이네 누나가 아니라, 순돌이네 집 그 누나라고 말했다.

"아뿔싸."

지담은 두 눈을 크게 떴다. 예민해서 그렇다고 말하기엔 기분이 이상해서 견딜 수가 없었다.

◎

"일어난 겨?"

곧장 집으로 내달려 온 순돌은 제일 먼저 바다 여인을 찾았다. 이제 목을 가눌 만큼 기력을 찾은 여인은 순돌이 방으로 들어서자 시선을 들었다. 희미한 미소가 입가에 걸리니, 순돌은 따라 활짝 웃으며 여인의 곁에 앉았다.

"아, 미안혀. 내 손이 찬디 깜빡혔네."

버릇처럼 여인의 이마를 짚던 순돌은 미지근한 여인의 온기가 자신의 찬기에 물들까 싶어 손을 뺐다. 여인의 체온은 며칠 동안 정상을 유지했다.

"내가 오늘 삼을 캤어. 순영이 누나 오면 이것도 달여 달라고 할 테니께 기다려 봐."

"순돌…… 이지?"

순돌은 삼을 꺼내던 손을 멈추고 돌아보았다. 삼을 들어 올리던 아이의 작은 손이 허공에 그대로 멈췄다.

"순돌이 맞지?"

여인이 처음으로 입을 열었고.

"어…… 어! 맞어! 나 순돌이여! 순돌이!"

아이는 크게 놀라 눈을 둥그렇게 떴다. 작고 느린 음성이었지만 말을 할 수 있을 정도로 기력을 회복한 것이다. 게다 아무도 알려준 적 없는 자신의 이름을 알고 있었다.

"내, 내 이름 어떻게 알았어? 어떻게 안겨?"

"들었어…… 항상……."

여인은 간신히 매단 미소를 유지하며 아이를 바라보았다. 아이의 얼굴에 정직한 환희가 물드니, 만감이 교차하는 듯했다.

"고마워……. 고마워, 순돌아……."

"뭐, 뭔 그런 말을 한대? 내가 뭘 했다고."

얼굴을 붉히며 순돌이 중얼거리자 여인은 한없이 떨리는 손을 들었다. 이어 아직 찬기 서린 아이의 손을 붙잡았다.

"나는 순돌인데, 바다 누나는 이름이 뭐여?"

아이가 손을 꽉 잡아 주며 묻자 여인은 눈을 천천히 감았다가 떴다.

"기억나? 이름이 뭔지 기억해? 누나 이름?"

"내 이름…… 내 이름은…….."

말을 떼는 것이 어려웠지만 여인은 노력을 그치지 않았다. 이름을 생각하던 여인의 눈가에 둥근 눈물이 맺히더니, 잠시 후 베갯잇으로 흘러내렸다.

"홍시."

그녀는 지금 무엇을 떠올렸을까. 가늠을 한다는 것 자체가 무리였다.

"홍시라고 해."

모든 기억은, 그녀에게 고스란히 살아 있었다.

◎

"중전마마, 세자 저하 납시셨사옵니다."

"오, 그래. 어서 뫼시어라."

중궁이 반가운 시선을 들었다. 세자께서 납시셨다는 말에 당황하며 얼굴을 붉힌 여인이 중궁의 곁에서 몸을 일으켰다. 성큼성큼 내전으로 들어서던 완은 낯선 여인과 중궁의 조합 앞에서 우뚝 멈춰 섰다. 긴 숨은 저도 모르게 흘러내렸다.

"어마마마, 아무래도 소자가 때를 잘못 맞춘 모양입니다."

"아닙니다. 어서 오세요, 세자. 기다리고 있었습니다."

어색한 공기가 순환하자 낯선 여인은 더욱 고개를 조아리며 제두 손을 꼭 붙잡았다. 어쩔 바를 몰라 하며 서 있는 여인에게 시선을 뗀 완은 자리에 앉았고, 중궁은 여인을 앉혔다. 반듯한 자세로 앉은 완은 중궁과 시선을 맞추지 못하며 줄곧 바닥을 응시했다.

"세자, 무얼 하고 계시었습니까?"

"굳은 몸이나 풀까 하여 사구(射毬)를 하였습니다."

"그러셨습니까. 날이 추워졌으니 바깥 활동을 줄이셔야 합니다. 겨울이 성큼 왔습니다."

"그런 것 같습니다. 고뿔에 유의하소서, 어마마마."

간격을 두고 곁에 앉아 있는 여인이 떨고 있음은 보지 않아도 느껴졌다.

"식기 전에 차를 드시지요, 세자. 임 규수도 차를 드세요."

"예, 중전마마."

여인은 잘 배우고 익힌 손끝으로 차를 들었다. 하지만 눈으로도 보일 만큼 손을 떠니 덜그럭거리는 소리가 퍼졌다.

"소, 송구하옵니다. 손이, 손이 떨려서."

"괜찮습니다. 임 규수가 긴장하여 그런 듯하니."

말끝에 중궁은 여인을 소개했다. 완의 시선은 여전히 애먼 끝장에 닿았다.

"임 규수는 판돈령부사이신 임학성 대감의 둘째 여식입니다, 세자."

여인의 소개가 끝나자 완은 시선을 돌렸다. 세자께서 바라보시니 여인은 다급히 엎드리듯 고개를 수그렸다.

판부사대감이라면 꽤나 굵직한 가문에 흠이 없기로 정평이 난 가문이다. 아마도 중궁께서 신중히 평가한 여인일 것이고, 차기 세자빈으로 낙점을 찍으신 것이 분명했다.

"소, 소녀 세자 저하를 처음 뵈옵니다."

"……."

완의 입에서 대꾸가 나오지 않자 중궁은 두 사람을 번갈아 바라보다 짧은 한숨을 내쉬었다. 아들의 속내가 훤히 들여다보이는 까닭이었고, 이러한 상황이 기쁘고 반가울 리 없었던 까닭이다. 스스로 아들의 재혼을 주관해야 하니 어미의 심정 또한 오죽하겠느냐마는, 누구라도 그 곁에 두면 차차 나아지겠지 싶은 기대도 없지 않아 있었다. 산 사람은 살아야 하기에, 잃은 것은 잊어야 했다.

"몇 번 오가며 임 규수를 보니 심성이 곧고 어질며 또한 현명하지 않겠습니까. 부족함이 없습니다, 세자."

중궁은 팔을 괴며 상체를 폈다. 세자께서는 여전히 아무 말씀 없으시고, 임 규수는 자신의 칭찬이 민망한지 입술을 꾹 깨물었다. 눈매에 사욕이 없으니 선하고 바른 여인임은 자명했다.

"두 사람, 좋은 인연이 되기를 바라는 게 이 어미 마음입니다."

"가, 감읍하옵니다! 중전마마!"

듣기가 버거웠던 임 규수는 평소와는 달리 허둥지둥했다. 이미 이야기의 진척이 상당했던 듯, 임 규수는 어느 정도 마음의 준비를 끝마친 것 같았다. 세자빈의 자리로 오려는 모양이다.

그래, 진절머리가 날 정도로 잘 알고 있었다. 간택은 피할 수 없고, 나라는 세자빈이 시급했고, 내명부엔 그것을 누구보다 잘 해결해야 하는 의무와 책임이 있었다. 누군가는 세자빈이 되어야 했고, 또한 세자는 아무런 저항도 할 수 없다는 것을. 이것이 왕가의 숙명이요, 누구도 피해 갈 수 없는 현실이었음을. 하지만······.

"소자가 함께 나눌 이야기는 없는 것 같으니 나중에 다시 찾아오겠습니다, 어마마마."

현실은 예상보다도 차고 냉혹하여 받아들이기가 힘이 들었다.

"세자, 세자께서 그리 일어나시면 임 규수가 민망하지 않겠습니까? 조금만 더 머물다 가시지요."

중궁은 간곡히 청했다. 아들이기 전에 세자인 너의 운명이 이토록 가혹함에 속이 상하지만, 그렇다 하여 우리는 우리의 본분을 잊어선 안 되는 거라고.

"임 규수가 보기보다 여린 부분이 있습니다. 세자가 그렇게 일어서면 임 규수가 상처받지 않겠습니까?"

어미가 조용히 다그치듯 말하자 완은 움직임을 멈추며 다시 자리에 앉았다.

"그래요, 세자. 나라의 법에 따라 다시 빈을 뽑아야 하니, 이 어미가 임 규수를 마음에 두었습니다."

여리다. 상처를 받는다. 그 말이 기가 막히고 허망한 탓에 완은 실소를 토했다. 임 규수는 두 주먹을 말아 쥔 채 숨만 잘게 내쉬었다.

"종사의 위태로움이 계속되고 있습니다. 어서 후사를 보셔야지요. 세자께서 하지 않으시면 누가 할 수 있겠습니까. 아니 그렇······."

"작금의 세자란 총기를 잃고 문무를 등한시하며 직무를 유기하고 있다."

완은 나직하게 입을 열었고 중궁은 조용히 입을 닫았다.

"지금 소자가 들려 드린 이야기는 조선의 백성이라면 누구나 아는 사실입니다.”

“……”

“부인을 잃은 충격에 벗어나지 못한 채 마음을 쉬이 잡지 못한다 하더라. 날이 지고 달이 뜨는 것과 관계없이 동궁전은 암흑천지라 하더라. 시도 때도 없이 술을 찾으니 손을 벌벌 떨고 눈도 제대로 뜨지 못한다 하더라.”

임 규수는 어쩔 바를 몰라 입술만 깨물었다. 중궁은 곁눈질로 임 규수의 표정을 살폈다.

“꿈마다 세자빈이 찾아와 울부짖는다 하더라. 가위에 눌리어 뜬 눈으로 밤을 새우곤 한다더라. 그것을 전해 들은 상께서 동궁에 대한 소문이 두려워 내인들을 모조리 내치니, 살아남는 내인이 궐 안에 없을 정도라 하더라.”

“세자, 그게 무슨.”

“멀쩡하게 보이지만 멀쩡한 것이 아니라 하더라. 일전에 있다던 정신의 병이 도진 것은 아닌가. 혹 지금의 세자란 몸도 마음도 전부 망가진 것은 아닌가.”

말끝에 완은 남의 이야기처럼 웃었다. 아들의 표정이 매정하게 변하니 중궁은 주름진 주먹을 말아 쥐었다.

“어마마마께서도 알고 계시지 않습니까? 소자를 둘러싼 이야기를 말입니다.”

"지금의 세자께선 충분히 그럴 수 있습니다. 고작 일 년밖에 되지 않았고, 그러한 사실을 백성들도 잘 이해할 것……."

"네, 그렇지요. 고작 일 년밖에 되지 않았습니다."

그래, 알고 있다. 언젠가는 잊어야 한다는 것을. 그것을 누구보다 잘 알고, 잘 이해하며, 가슴 아닌 머리로 새기는 중이었다.

"말씀대로 빈궁이 망자가 된 것이 고작 일 년입니다. 한데 소자에게 무얼 바라십니까?"

"알겠습니다. 알겠습니다, 세자. 어미가 그런 허무한 소문은 바로잡을 것이니 이제 그만 노여움을 풀……."

"소문을 바로잡을 이유가 무엇입니까. 부풀었으나 사실입니다. 오히려 소자를 보지 못한 백성들이 소자를 더욱 잘 알고 있다는 뜻이지요."

누구의 죄인가. 부인을 잃고 방황하는 세자의 죄인가. 그럼에도 불구하고 세자의 빈을 뽑아야만 하는 이 나라 중궁의 죄인가.

"이런 소자를 알면서도 곁으로 다가오는 여인은, 대체 뉘란 말입니까?"

이도 저도 아니라면, 손끝만 떨며 아랫입술만 사리 물은 이 여인의 죄인가.

"뭐, 그렇지요. 이런들 저런들 단자는 모였겠지요. 어마마마께서는 그 안에서 최선의 선택을 하셨을 것이고, 그러한 일을 의심하는 것은 아닙니다."

죄인은 없으나 모두에게 벌이 내려진다. 자리는 갈수록 불편했고, 또한 삼엄했다.

"하오나 그것이 무엇을 뜻하겠습니까. 소자에게 사람이 오는 것이 아닌 가문이 온다는 것이겠지요."

임 규수는 하얗게 질린 얼굴로 눈만 깜빡거렸다. 찻잔에 눈물이 떨어질 것 같아, 간신히 눈썹 끝에 매단 채 숨을 참았다.

"세자의 상황이야 어떻든 그저 세자빈이 되고 싶은 여인. 여식을 그 자리에 올리고 싶은 가문."

"말씀을 삼가세요, 세자!"

"원손을 낳아 원자를 만들고, 나아가 세자를 만들고, 나아가 임금을 만들고 싶은 여인과, 그의 가문."

완의 잘 뻗은 눈썹이 일그러졌다. 여인이 참아 내고 있는 눈물까지 이해하고 싶은 의지는 없었다.

"세상천지 어느 누가, 전 부인을 잊지 못하는 사내와 혼례를 하고자 하겠습니까? 그런 사내에게 딸을 주고 싶은 부모는 또 어디 있겠습니까?"

"……."

"그러니 말대로 국혼이겠지요. 누가 오건 목적과 뜻은 다르지 않을 것입니다. 한데 그런 여인의 마음까지 소자가 헤아려야겠습니까?"

터지려는 분노를 억누르고 있음이 자명한 세자의 표정은, 그래서 더욱 날카로웠다.

"간택에 조금의 관여도 하지 않겠습니다. 말 그대로 빈궁전의 새 주인을 뽑는 것일 뿐, 소자의 여인을 가리는 것은 아닐 테니 말입니다."

임 규수는 끝끝내 눈물을 떨궜고, 그것을 감추고자 황급히 눈가를 훔치며 눈을 크게 깜빡거렸다. 중궁은 포기했다는 듯 고개를 돌리며 품어 왔던 한숨을 내쉬었다.

"그러니 어마마마께서도 소자의 마음까지는 관여하지 마십시오."

긴장감을 이어 가던 완은 정리하듯 숨을 끊어 내쉬며 시선을 부드럽게 풀었다. 중궁은 중궁의 입장이, 여인은 여인의 입장이 있을 뿐 누구의 탓이 아니었으므로.

"아뢰옵기 황공하오나 소자, 누구의 마음까지 신경 쓸 만큼 심신이 여유롭지도, 한가하지도 않습니다."

다만 세자의 마음은 얼어붙었다.

"먼저 일어나겠습니다. 다음엔 어마마마를 독대할 수 있기를 바라옵니다."

겨울이 오는구나, 하였다.

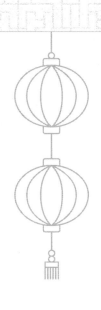

97
화

네
가
나
이
길

【해종실록 12권. 해종(偕宗) 18년 11월 2일】

   가례도감에서 가례 때 필요한 것들을 정리하여 아뢰니 시국이 좋지 않고, 또한 상 중인 국가의 사정을 이해해 대폭 축소하라 이르다.

"무슨 일이 있으십니까. 걸음이 급해 보이십니다, 저하."

세자의 옷을 벗어던지고 평복으로 갈아입은 완이 다급한 걸음을 옮기던 그때, 궐의 초입에서 들려오는 음성이 발목을 붙잡았다. 곁에서 세자를 따르던 월호는 상대를 먼저 발견하곤 걸음을 멀리하며 고개를 수그렸다. 완이 소리가 나는 곳으로 돌아서니 임규수가 서 있었다.

"저하, 바깥 날씨가 보기보다 춥고 사납습니다."

다정히 말을 걸어 보아도 세자의 눈매 위로 반가움이 보이지 않는다. 억지로 쥐어짠 용기와 덤덤함을 표정으로 그려 내며, 임 규수는 말간 웃음을 지었다. 완은 힐끔 하늘을 올려다보며 시간을 가늠하는 듯하더니 이내 고개를 내렸다. 그의 손엔 한 장의 서찰이 들려 있었다.

"중궁전으로 가는 중인가 보오."

"예? 아, 예. 중전마마께서 각통이 심하다 하시어 사가에서 약을 좀 달였습니다."

"약을? 사가에서?"

"예, 저하. 각통에 오갈피의 뿌리가 특효라 하여 천궁과 숙지황 등을 섞어 지었습니다. 명의의 도움이 있었으니 효험이 좋지 않을까 합니다."

임 규수의 말끝에 완은 그녀가 들고 있는 작은 항아리로 시선을 옮겼다. 값진 보자기로 둘러싼 항아리는 옻칠이 잘된 윗동만 보였다. 다른 이의 손을 타는 게 싫었는지 그녀는 아랫것을 부리지 않은 채 직접 약을 들고 왔다. 마음 씀씀이는 꽤 깊었고, 또한 따뜻한 성정으로 보이기 충분했으나 완은 무심히 말을 이었다.

"어마마마께서는 어의의 처방 없이 별다른 음복을 하지 않으시오. 정성은 갸륵하나 쓸데없는 일을 한 것 같소."

"꼭 드셔야만 약이겠습니까. 마마의 회복을 바라는 마음이 전달되고, 또한 정성에 감읍한 하늘이 도와주신다면 그것으로 기쁠 일이지요."

"뭐, 그렇다면 할 말은 없겠으나."

완은 밋밋한 대꾸를 끝으로 돌아서려 했다. 나라는 세자와 예비 세자빈의 가례 일을 정하는 것에 혈안이었고, 보다 더 좋은 날, 보다 더 손 없는 날을 가리고자 많은 이들이 모여 의견을 주고받았다. 절차대로라면 임 규수의 예비 처소가 정해졌겠으나 이런저런 사유로 별궁이 마련되지 않은 때이기도 했다.

"출궁을 하시는 듯합니다, 저하."

"그렇소만."

"어디를 가시는지 혹 여쭈어도 되겠습니까?"

당돌한 질문이 이어지자 완의 눈빛에 경계심이 일렁였다. 친근함을 내보이고 싶었던 임 규수는 아차 하는 마음에 고개를 수그렸다.

"소, 송구하옵니다, 저하. 소녀가 괜한 것을 여쭈었습니다."

질문을 후회하는 임 규수의 마음은 조급했다. 하루빨리 세자의 안쓰러운 마음을 보듬고 싶었고, 또한 모두 다 품어 낼 자신도 있었다. 하늘이 정해 준 인연이란 게 생심코 이 사람이라면, 과정이야 어찌 되었든 관계를 위하여 노력하고 또 인내해야 한다는 것을 잘 알고 있었다.

"정말 송구합니다. 저하께서 출궁 하시는 것이 이례적이다 보니 순간 궁금해서……."

하지만 이렇듯 세자의 매서운 시선을 마주하고 있노라면. 조금도 다정하지 않은, 갈수록 냉한 기운이 쌓여 가는 세자의 음성을 듣고 있노라면.

"내 벗에게 오랜만에 연락이 당도하여, 보여 주고 싶은 것이 있다 하니 잠시 다녀오려는 것이오."

"아…… 그러십니까……."

진정 이 사람과 부부가 되어 잘 지낼 수 있을까. 남은 수십의 세월, 진정 후회하지 않을 자신이 있을까. 스스로 던지는 그런 물음이 두렵게 했고 암울하게 했다.

"금방 돌아오지는 않을 것이오. 거리가 꽤 되니 혹 기다리지는 말길 바라오."

"예, 저하. 여부가 있겠습니까."

임 규수는 쥐고 있는 항아리를 더욱 꼭 붙잡았다. 완은 할 말을 다 했다는 것처럼 임 규수를 내려다보았다.

"그럼 이만."

"저, 잠시만……."

임 규수는 다시 완을 불렀다. 무수히 많은 나날, 그에게 닿기 위한 노력의 시작이 시작되었다.

"소녀가 잘하겠습니다."

"무엇을?"

"정녕 무엇에도 투기하지 않으며, 괜한 구설수로 저하의 성심을 어지럽히지 않겠습니다."

감동 어린 임 규수의 말끝엔 여러 다짐이 들어 있어 엿볼 수 있었다.

그래, 한 걸음 한 걸음 걷다 보면 언젠가는 닿을 수도 있겠지. 비록 지금은 이렇게 멀다 해도. 비록 우리, 지금은 이렇게 닿을 수 없다 해도.

"또한 웃전들을 잘 뫼시고 주제와 본분에 맞는 행동으로 저하의 위신에 해가 되는 일 없도록 하겠습니다."

임 규수는 말끝에 시선을 들며 간절한 눈빛을 내보였다. 표정을 읽기 어려운 세자의 눈빛을 받아들이며 생각하기를, 익숙해져야 한다고. 이겨 내야 한다고.

"저하의 곁에서 평생 참된 여인이 될 수 있도록 열과 성을 다하겠습니다. 믿어 주십시오, 저하."

임 규수가 예상했던 상황과는 달리 어색한 침묵이 흘렀다. 마치 두꺼운 벽으로 차단한 듯 임 규수는 세자의 시선에 들지 못했다.

완이 다시 고개를 들며 하늘을 올려다보았다. 오로지 갈 길을 재촉하기만 하는 세자의 마음 또한 엿보이는 것 같아, 임 규수는 마른침을 삼켰다.

"그렇게 하시오."

돌아오는 대답이란 게 얼마나 창창히 희망을 박살 내었는지.

"잘 해보길 바라오."

임 규수는 자리에 박혀 서 있는 듯 움직일 수 없었다. 세자는 이미 떠난 뒤였다.

◎

하루가 다르게 날은 차가워져 갔다. 평평한 곳이 드물다 보니 바람은 고이듯 머물며 주변을 더욱 시리게 만들었고, 길어진 밤은 아침이 오늘 것을 모르게 했다.

며칠이나 흘렀을까. 용희는 어둠 속에 눈을 떴다. 곁에선 순돌이 쌔근쌔근 숨을 쉬었고, 그 옆에선 순영이 자고 있었다. 외풍이 심한 까닭에 순돌은 누이의 품을 파고들 듯 웅크리고 있었다.

상체를 일으킨 용희는 시선을 가로막는 어둠 사이로 남매를 바라보았다. 그러다 허리 밑으로 내려간 순돌의 이불을 끌어 잘 여며 주고는, 자신의 이불을 가져다가 이중으로 덮어 주었다.

일어서려니 다리에 통증이 일어 느리게 몸을 움직였다. 아직까진 발끝에 온전한 힘이 실리지 않아 걷기가 수월하지 않지만, 짧은 거리를 오갈 정도는 되었다. 용희는 좁은 문틈으로 빠져나온 뒤 바람이 들어갈까 황급히 문을 닫았다. 찬 공기를 대면하니 아직 잠에서 깨지 못한 정신이 놀라 번쩍 뜨였다. 챙겨 나온 솜옷을 주섬주섬 입으며, 용희는 깊숙하게 끌어 올린 숨을 길게 내쉬었다.

"휴……."

용희는 마루에 걸터앉아 아직 해가 걸리지 않은 하늘을 올려다보았다. 검은빛에 투명함이 조금씩 섞이니 하늘은 약간의 푸른빛을 띠고 있었고, 구간 구간 색이 조금씩 달라 바라보는 재미가 있었다.

멍하니 하늘을 올려다보던 용희는 시선을 내려 제 두 손을 가만히 쥐었다가 폈다. 생각만큼 빠르게 움직이지 않는 제 손을 바라보던 용희는 어깨도 돌려 보고 고개도 돌려 보며 굳은 몸을 풀었다.

"이제 괜찮을까……."

마음은 이미 한양으로 달려갔다. 깨어난 건 정신일 뿐 몸은 아직 먼 길을 떠날 준비가 되지 않아, 그녀는 계문 할멈의 말대로 부지런히 몸을 깨우고 있었다.

누구도 용희의 애타는 마음을 알지 못했다. 순돌과 순영을 믿지 못하는 건 아니었으나 신분을 말하기란 위험했고, 외부에 자신의 존재를 알려 볼까 생각도 했지만 무슨 영문인지 이곳 사람들은 산 아래로 내려가지 않았다.

"이 정도면 느려도 천천히 내려갈 수 있지 않나……. 아직 힘들까……."

너무나도 궁금한 게 많았지만 붙잡고 물어볼 사람이 없었고, 물

어본다 한들 답을 아는 사람도 없었을 뿐더러, 자신의 존재가 시
국에 어떤 영향을 끼칠 것인지에 대한 염려도 무시할 수 없었다.
이곳의 일 년과 궐의 일 년은 흐르는 속도와 대하는 자세가 다를
것이니, 무엇이 변해도 단단히 변했으리라, 그저 이렇게 앉아 추
측만 하고 있을 뿐이었다.

"저하……."

용희는 저도 모르게 중얼거리며 긴 숨을 내뱉었다. 말끝에 통증
이 이는 것은 인지상정이었으니 놀랄 것도 없었다. 저하의 춘추가
한창이니 조정은 빈궁전을 비워 둘 리 없을 것이고, 애석하게도
후사가 없으시니 서둘러 빈궁의 자리를 메꿨을지도 모르는 일이
다. 또한 자신의 존재는 누구에게나 달갑지만은 않을 것이다.

생각은 복잡하게 엮이고, 마음만으로는 당장 할 수 있는 일도
없었으며, 무엇보다 사무치는 그리움을 이겨 내기란 하루하루가
고역이니 시간은 묶인 듯 흐르지 않았다.

"휴, 다른 생각은 하지 말자. 다른 생각은 하지 말자."

용희는 완과 부모님을 떠올리며 조급한 마음을 애써 달랬다. 번
뇌가 이런저런 불안함을 만들지라도 건강한 몸과 마음으로 돌아
가는 것. 그것만을 되새기고 곱씹으며 다른 모든 것들을 멀리 두
기로 했다.

"어? 벌써 일어났어? 내가 깨웠구나?"

용희는 문을 열고 나온 순영을 바라보며 미안한 표정을 지었다.

"아니어요. 일어날 시간이라 눈 뜬 거지 별거 없구먼요."

순영은 잠이 가득한 눈을 비비며 용희 곁에 앉았다. 꼭 붙어 앉아 서로의 머리를 쓰다듬으니 언뜻 보기에 자매지간 같기도 했다.

"인자 곧 떠나실 거지요?"

이미 답을 내리고 하는 질문이니 순영의 목소리엔 굴곡이 없었다. 용희는 무척이나 차분하고 평온한 순영의 기운에 말없이 고개를 끄덕였다.

"언니 가고 나면 우리 순돌이가 많이 섭섭해서 어쩐대요. 저것이 하는 행동은 차도, 말도 못 하게 정이 많은데."

누이는 남모를 걱정이 많았다.

"외롭지 않게 키운다고 키웠는데 지한테 부족함이 많았겠지요. 하기야 뭐를 어떻게 해도 어린 속이 허한 것은 별수 없었을 거구먼요."

순돌은 매일 밤 바다 여인이 눈을 뜰 수 있길 바랐다. 어서 깨어나 자신의 이름을 불러 주고, 자신의 눈을 들여다봐 주길 바랐다. 하지만 그토록 바라던 일이 일어났음에도 아이는 온전히 기뻐할 수 없었다. 바다 여인에겐 돌아가야 할 곳이 있었다.

"그렇다고 돌아갈 곳이 있는 사람을 무슨 수로 잡겠어요? 저도 순돌이도 언니가 하루라도 빨리 가족들을 만났으면 하는구먼요."

순영은 중얼거리며 용희의 손을 꾹 잡았다. 오만 가지 마음이 쏟아지니 용희는 감히 다른 말은 하지 못하고 순영의 손에 힘을 실었다. 무엇이든 남겨 주고 싶은 마음에 용희는 머리에서 뒤꽂이를 뺐다. 일 년 전 사냥 당시 품 안에 넣어 두고 있었고, 그것을 순영이 잘 간직하고 있다가 얼마 전 그녀에게 돌려주었다. 홍시 열매가 자잘하게 열린 뒤꽂이는 완이 건넨 어느 날의 선물이었다.

"순영아, 이거 가져."

"이것을요?"

용희는 대답 대신 순영의 머리에 뒤꽂이를 꽂아 주었다. 이래저래 아이와 잘 어울리니 용희는 활짝 미소를 그렸다.

그날, 그 밤, 내 님의 품에 안겨 있자니 햇빛 같은 달빛이 쏟아지더란다. 한데 달빛보다 님의 품이 더 따뜻하니 기이한 경험이었더란다. 죽어도 이 품에서 죽으리오, 살아도 이 품에서 살겠다고, 그런 다짐에 다짐을 했었더란다.

"정말로 저한테 주시는 거여요?"

"물론. 마음 같아선 다 주고 싶은데 줄 수 있는 게 없어서. 그나마 성한 게 이것뿐이네."

"아……. 고마워요, 언니."

"자주 올 수는 없겠지만 가끔 한 번씩 꼭 찾아올게. 약속해."

"언니라면 언제든지 환영이구먼요. 언제든지 놀러와요, 꼭."

순영은 그녀의 마음이 깃든 선물에 얼굴을 붉혔다. 장신구라고는 일절 해 본 적 없는 순영의 밋밋한 머리에 어여쁨이 깃들었다.

"잘 간직해 줘, 순영아. 내게는 제일 소중한 물건이니까."

"네, 언니."

이별이 다가오고 있었지만 시간은 그윽했다.

"그리고 고마웠어, 진심으로."

"지도 고마웠구먼요, 참말로."

기쁘게 돌아서는 것이니 힘차게 웃어 주기로, 서로는 암묵적인 합의를 마쳤다.

◎

"저하, 이 길이 맞습니까? 혹 길을 잘못 든 것은 아니십니까?"

"나도 모르겠다. 분명 이 길이 맞는데."

완은 고개를 갸웃하며 종이를 바라보았다. 지담이 엉망으로 그려 낸 지도 한 장을 들고 온 산을 이 잡듯 뒤지니, 바보 같은 짓을 하고 있다는 생각이 스멀스멀 올라왔다.

"월호야, 내가 괜한 짓을 하는 게 맞지 싶다. 윤지담의 그림 솜씨를 믿고 길을 떠나다니."

"소신의 생각도 그렇습니다."

며칠 전 깊은 밤, 동궁전으로 전서구 한 마리가 날아들었다. 긴요한 일이니 부디 와 주십사, 지담은 한 장의 지도와 함께 서신을 보내왔다.

"이 그림이 어딜 봐서 이곳이더냐? 봐라. 발로 그려도 이보단 정확하겠다."

"아무래도 발로 그린 듯하옵니다."

월호가 긍정하니 완은 분노에 찬 눈썹을 꿈틀거렸다. 녀석이 긴급하게 청하니 궐을 떠나오긴 왔지마는, 예까지 불러내야 하는 긴급한 일이란 게 무엇인지 갈피를 잡기가 어려웠다.

"아무래도 지담 녀석에게 나의 답답함이 느껴졌던 모양이다. 궐에만 있지 말고 이렇게 온갖 곳을 헤집으라는 것이."

"소신이 생각하기로는 그 녀석이 지금 명을 재촉하고 있는 듯하옵니다."

"역시, 아무리 생각해도 그런 것 같지?"

"예, 저하."

완은 끊임없이 걸으며 피식 헛웃음을 토했다. 말도 탈 수 없어 자력으로 움직이며 고도가 높은 산을 등정하다 보니 희한하게 상쾌했다. 따분한 세상살이를 떠올릴 여유가 없으니 모처럼 만사를 내려놓기에는 제격이었다. 하지만 상쾌함도 잠시, 왕족의 몸이래도 피곤함과 출출함을 피해 갈 수는 없었다.

"좀 쉬었다 가야겠다."

"예, 저하."

두 사람은 적당한 곳에 자리를 잡았다. 처음부터 무리한 일정
이었고, 도대체 지담이 말하는 곳이 어디쯤인지 이제는 감도 오지
않았다. 이 깊디깊은 산속 어딘가에서 길을 잃은 것일 뿐 별다른
수확은 없는 실정이었다.

"저하, 먹을 것과 마실 것을 좀 구해 오겠습니다."

경사가 급하니 바르게 앉아도 몸이 기울었다. 완은 털털한 자세
로 바위에 걸터앉으며 고개를 끄덕였다. 월호는 말이 끝나기가 무
섭게 사라졌고, 완은 잠시 숨을 돌리며 주변을 돌아보았다.

"범이 나온대도 열 마리쯤 나올 지경이로다."

완은 이곳을 오르며 이름도 알기 어려운 나무와 세상 본 적 없
는 짐승들을 보았다. 말 그대로 인적부도의 호젓한 산속이니, 범
이 왕 노릇을 하고 있대도 믿을 수 있을 것만 같았다. 일전 흑단의
무리가 이런 은벽한 산속에 몸을 숨겼으니 발견하기 어려웠겠구
나, 완은 늦게나마 탄식했다.

"후, 시원하다."

적막하지만 깨어 있는 것들이 많아, 홀로 있대도 동궁전의 적적
한 기운과는 사뭇 달랐다. 모든 것이 살아 숨 쉬니 자연의 일부가
된 듯 마음이 편안했다. 완은 숨을 크게 들이켰고 이어 온 고단한

행보에 목을 돌렸다. 그때였다.

스스슥!

완은 시선을 들었다. 소리 나는 쪽을 향해 고개를 돌렸지만 아무것도 보이지 않았다. 검집에 손을 가져다 대며 완은 다시 귀를 기울였다.

스스슥, 스스슥. 몸을 숨긴 것의 소리는 다분히 가볍고 빨라 따라잡기 힘들 지경이었다. 네 발 가진 짐승의 소리라 하기엔 소리가 낮은 곳에서 울려 퍼지지 않아, 완은 천천히 자리에서 일어섰다. 산적인가. 아니면 사냥꾼인가.

"거기 누구냐."

답 대신 인기척이 들리자 완은 소리가 나는 방향대로 걸음을 옮겼다. 잠시나마 흑단을 떠올리고 있던 차였기에 예감이 좋지 않았다.

"누구냐!"

정신없이 걸으며 추적하다 보니 사람의 형태가 보였다. 완은 팔을 쑥 뻗으며 상대의 어깨를 붙잡았고, 돌리며 멈춰 섰다.

"아……."

어린 소녀다.

"누구세요?"

땅에 난 것들을 이리 캐고 저리 캐어 낸 소쿠리엔 흙 묻은 것들이 잔뜩이었다. 소녀의 손은 새카맣게 때가 들었고, 추위를 머금은 두 볼은 새빨갰으며, 두 눈엔 계곡물을 담았는지 너무나도 청량했다.

"아니다. 미안하다. 기척이 수상하여 잡았다."

"기척이요? 제가요?"

"아니다. 혹 수상한 자인가 하여."

완은 횡설수설을 하다가 어깨를 붙잡았던 손을 놓았다. 앙상한 소녀의 뼈 감촉이 그대로 손바닥에 물들어 몇 번이고 손끝을 비볐다. 낯선 사내에게 어깨를 잡히고도 소녀는 천진무구한 표정을 지었다.

"길을 잃으셨대요?"

"아니, 그것은 아니고."

"그럼 여기서 혼자 뭐 하고 계신대요? 여긴 순돌이가 놓은 덫도 많은데."

"누굴 좀 기다리고 있었다. 일행이 금방 올 것이다."

"아아, 그렇구먼요."

소녀는 바구니 안을 쓱쓱 뒤졌다. 그러더니 흙이 군데군데 묻은 고구마 하나를 쑥 내밀었다. 완은 멀뚱멀뚱 바라보았다.

"이거 가져가요."

"아…… 되었다. 괜찮다."

"먹어요. 여기서 길 있는 곳까지 내려가려면 아직도 한참인데."

완은 얼떨결에 고구마를 받았다. 소녀는 고구마에 시선을 주며 자랑스럽게 말했다.

"지가 키운 거여요. 고구마는 퇴비를 많이 주면 잘 안 자라는데, 이번엔 씨알도 크고 잘 지었대요."

"그래, 고맙다."

"누가 오기 전에 어서 먹어요. 나는 가진 게 하나라서 더 줄 것이 없는데."

차갑게 식어 버린 고구마를 내려다보던 완은 빙그레 미소 지었다. 어엿한 여인이었으나 완의 시선엔 한없이 어린 백성, 한없이 어여쁜 소녀이기만 했다.

"아, 물이 없어서 그래요? 물 줄까요?"

"아니다. 정말로 괜찮다. 아껴 먹을 테니 걱정 마라."

"그럼 가 볼게요. 고생하세요."

소녀는 짧은 인사를 끝으로 걸음을 옮겼다.

이래저래 당황함을 감추지 못하던 완이 다시 소녀의 어깨를 붙잡았다.

"아재요, 왜 그래요?"

크게 벌어진 입술만큼 두 눈이 크게 떠졌다.

"네? 아재요, 무슨 일이래요?"

그의 시선은 뒤꽂이에 매달렸다.

"무엇, 무엇이냐."

"예?"

"이거! 이것이 무엇이냐!"

완은 떨리는 손으로 뒤꽂이를 가리켰다. 소녀는 무엇을 가리키는 건지 몰라 고개만 갸웃거리다가 뒤꽂이를 떠올리고는 후다닥 뒤로 물러섰다.

"내, 내 거예요, 내 거."

"어디서 났느냐? 이것은, 이것은!"

말이 어찌나 빠르게 밀려 올라오는지 실상 나오는 단어가 몇 개 없었다. 완은 뒷걸음을 걷는 소녀를 따라 앞으로 걸었고, 소녀는 겁에 질린 얼굴로 뒤꽂이를 빼 움켜쥐었다. 이윽고 소쿠리를 떨어트렸다.

"왜, 왜, 왜 이러시는지 몰라도 이것은 내 거……."

"바른대로 말하라! 어디서 났느냐고 묻질 않더냐!"

친절하던 사내에게서 벼락같은 음성이 떨어지자 소녀는 마른침만 꾹꾹 삼켰다. 그의 시선은 꼭 쥔 뒤꽂이에서 떨어질 줄 모르니, 소녀 또한 어쩔 바를 몰라 두려운 마음에 몸을 떨었다. 호통을 듣고 있는 이유를 알지 못해 대답을 고르기도 어려웠다.

"하늘 아래 같은 것이 있을 리가 없다. 내가 직접 부탁하여 제작했으니 말이다."

완은 검집에 꽂혀 있는 그대로 세자의 검을 들었고, 소녀는 두 눈을 크게 떴다.

"말해라. 어디서 났는가."

검집으로 겨누었지마는 다분히 위협적이었다. 사내의 기운이 어찌나 형형한지, 검보다 사내의 기운에 눌리고야 말았다.

소녀는 흠칫 놀라 숨을 헐떡거렸다.

"말하라고 하였다."

아이가 겁을 집어먹은 채 말을 하지 않자 완의 머릿속엔 오만 가지 상상이 퍼졌다. 이윽고 걷잡을 수 없는 분노와 혐오가 이성을 상실하게 했다.

"네가 주웠을 리 없다. 그렇다면 누가 네게 줬느냐?"

그래, 일 년 전 그녀를 발견한 누군가 그녀의 주검을 파헤쳤을지도 모른다. 헤집어 그녀의 모든 것들을 꺼내 갔는지도 모른다. 빈궁의 죽음을 알고도 묵살하며 주검을 의도적으로 유기한 채, 몇 푼의 장신구와 그녀의 존재를 맞바꿨을지도 모른다. 순진함으로 무장한 이 아이는 그들과 연관이 되어 있을지 모른다.

"이제 두 번은 더 묻지 않을 것이다. 칼을 뽑아 들지 않을 수 있도록 네가 나를 도와라."

완의 얼어 버린 음성엔 다분히 살기가 넘쳤다. 눈앞의 아이는 어여쁜 백성에서 구제받지 못할 용의자로 탈바꿈했다. 어린 소녀는 이런 세자의 마음을 알 리 없고, 다만 거짓말도 알지 못해 눈물을 후드득 떨궜다.

"저기, 저 언니가 줬어요."

소녀는 벌벌 떨리는 손을 천천히 들었다.

"선물이라고, 선물이라고 오늘 아침에 줬어요……."

완은 손끝을 따라 시선을 옮기기도 전에 가진 모든 힘을 잃었다. 차마 뒤를 돌지 못해 두 눈엔 뿌옇게 막이 쳤다.

"지는 아무 잘못 없구먼요……. 없구먼요……."

소녀의 목을 겨누었던 검집을 허무하게 내렸고, 완은 떨리는 숨을 감당하지 못해 잔숨을 끊어 내쉬었다. 잠시 후 사력을 다해 천천히 뒤를 돌았다.

시간이 멈춘 것만 같았다. 두려움에 짓눌렸던 소녀는 곧장 도망을 쳤고, 남은 것은 이 산속을 울리는 바람, 떠나야만 사는 구름, 매일매일 달빛과 이별하는 햇살뿐이다. 또 무엇이 더 있는고 하며 시선을 돌려 보니, 외로운 삶, 허망한 인생, 홀로임에 물들어 가던 맥맥한 세자의 시선에 담기는 것이 있었다.

"……하."

완은 믿을 수가 없어 휘청거렸다. 두 눈을 재차 감고 떠 봐도 변함이 없고, 울대를 가득 메운 서러움은 삼켜도 내려가지 않았다.

"거짓이다."

꿈이라면 이곳에 나를 묶어라. 깨지 말고 영원히 이곳에 잠겨 살아라. 아무도 들어오지 못할 은밀한 꿈속에 이렇듯 너와 나, 둘만 남아 간절하게 살아라.

"이건 거짓이다……."

완은 차마 말을 잇지 못했다. 꿈이라도 좋겠다며 스스로 위했으나 차가운 바람은 신랄하게도 현실이었다. 결국 두 무릎이 저절로 꺾여 완은 검을 붙잡은 채 주저앉았다.

믿을 수 있겠는가.

"거짓이다……. 거짓……이다……."

그녀가 보였다.

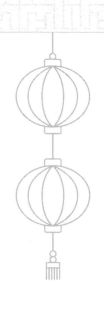

98
화

사랑이냐고 물으시거든

해종실록 12권. 해종(偕宗) 18년 11월 4일

예조에서 아뢰기를,

"나라의 빈궁을 뫼시려는 시국에 동궁의 출궁은 온당하지 않습니다. 엎드려 청하옵건대 예도에 따라 환궁을 조속히 명하여 주시옵소서."

하자 상이 이르기를,

"나 또한 어디로 갔는지 알 수 없고 알고 싶지도 않다. 때를 알고 막중함을 아는 세자이기에 별다른 생각은 하지 않는다. 나는 오히려 세자의 마음을 이해하니 그냥 두도록 하라."

하였다.

　세자는 원자의 시절부터 남다른 교육을 받았다. 하루를 잘게 쪼개 무수히 많은 것들을 새기고 익히니, 그중엔 마음을 다스리는 법 또한 포함되어 있었다.

　"거짓이다……. 믿을 수가 없다……."

　감정에 치우치지 않는 법. 또한 서러움을 눈물로 말하지 않을 수 있는 법. 외로우나 참을 수 있어야 하고, 즐거우나 들썩이지 않을 수 있어야 했으며, 어떤 극한 상황이 도래해도 자신의 몸을 굽히지 않는 대단한 기백을 갖추어야 했다.

　"거짓이다……. 거짓…… 이다……."

　나라의 임금이란 어느 날 갑자기 만들어지는 것이 아닌, 오랜 시간 육신과 심신의 절제를 연마하고 완성한 자에게 주어지는 자리였다. 그런 교육과 연습을 누구보다 성실하게 받든 지금의 세자는 어느 시절, 어느 때의 누구와 견주어도 잡을 흠이 없는 완벽한 분이셨다.

그런 그가, 무릎을 꿇었다.

"네가, 네가 어떻게, 네가……."

시야를 가렸던 뿌연 막이 터져 눈물은 줄기로 흘러내렸다. 말머리엔 두서가 없었고, 끝맺음을 하지 못한 음성은 공중으로 흩어졌다. 검 하나를 간신히 붙잡고 있었으니 사실상 무방비 상태였다. 누구의 기습도 막을 수 없고, 또한 누구의 재간도 당해 낼 수 없었다.

"네가, 어찌 네가……."

고개를 숙인 완의 어깨가 끊임없이 흔들렸다. 정신없이 쏟아 내는 눈물엔 끝이 보이지 않아, 어찌 이 많은 것을 가슴에 담고 살았는지 심정은 참담했다. 온몸이 떨리니 완은 칼자루를 간신히 붙잡은 채 전신을 다스렸고, 뜨거운 것이 시야를 가로막아 눈을 뜨지 못하니 완은 고개를 숙인 채 상대에게 물었다.

"네가…… 정녕 네가 맞는가?"

하늘에서 뚝 떨어지듯 나타난 상대 또한 상황이 녹록하지 않아, 눈물로 범벅이 된 채 어깨를 떨기만 했다. 말의 마디마디가 제대로 이어지지 않았다.

"네가, 네가······ 네가 맞는가?"

"네······."

대답을 듣고 난 세자의 고개가 더욱 내려갔다. 차오르기 무섭게 낙하하는 눈물은 순서를 앞다투며 무참히도 쏟아졌다. 뜨거움이 고인 이마엔 혈관이 솟아났고, 목선을 따라 힘줄이 굵어졌다.

"나를······ 아는가?"

심장은 너덜거리는 것처럼 불규칙하게 뛰었다. 박동이 원활하지 못해 숨이 얽혀, 내쉬고 들이마시는 순서도 들쭉날쭉했다.

"네······."

온몸에 금이 간다. 마찬가지로 눈물만 쏟는 여인이 대꾸하자 완의 어깨가 더욱 굵직하게 흔들렸다. 눈물이 고인 머리가 무거워 들지 못하니 저절로 이가 물렸다. 마치 무엇이 서로를 막아서고 있다는 것처럼 다가서지 못하고, 두 사람은 가로막힌 사연을 모두 알아 울었다.

"너의 이름이······ 이름이 무엇이냐······."

믿을 수가 없어 세자께서 하문하시니.

"용희입니다······."

눈물을 가르는 음성으로 여인은 아뢰었다.

"그럼 내 이름은, 내 이름은 무엇이냐······."

그래도 믿을 수가 없어 세자께서 재차 하문하시니.

"완······ 완이시옵니다······."

이번엔 땅 아래로 꺼져 들어가는 것만 같은 대답이 돌아왔다.

"아아······."

완은 절규하며 검을 더욱 힘주어 잡았다. 발끝부터 오한이 스민 것처럼 떨림이 계속되니, 무엇이라도 붙잡지 않으면 그나마도 버틸 수 없을 것만 같았다.

한참 후 완은 고개를 들었다. 쏟아지는 눈물이 그녀를 제대로 보여 주지 않아, 완은 애원하듯 여인에게 청했다.

"그렇다면 이곳은 극락인가?"

"아닙니다······."

"그럼 어찌하여 네가, 네가 나를 찾지 않고 어떻게, 어떻게······."

"그게, 정신을 차리고 깨어난 것이 얼마 되지 않아······."

용희의 대꾸에 억장이 무너져 완은 미간을 힘겹게 눌렀다. 모든 것이 맞아떨어지니 일시에 이해되고, 그녀가 보내 왔을 시간이 눈앞에 그려지기 시작했다. 틈을 주지 않는 서러움이 공간을 장악했다.

"가려고······ 저하께 가려고······ 그런데 몸이 따라주질 않아서······."

"걸을 수 있겠는가?"

"……."

"걸어 볼 수…… 있겠는가?"

숨찬 질문이 이어지자 용희는 답 대신 한 발 한 발 걸음을 옮겼다. 후들후들 떨리는 걸음이 용케도 자신을 향하자 완은 솟구치는 오열을 쏟았다. 눈물이 그나마 붙어 있던 기력을 빼앗아 걷기를 어렵게 하니, 용희의 떨리는 걸음은 애처로웠다.

"멈춰…… 멈춰라……."

완은 한쪽 팔을 들며 그녀를 멈추게 했다.

"내가 가겠다……."

쏟아 내도 비워지지 않고 무엇이 자꾸만 차오르기에 생각하니, 이것은 서러움인가 기쁨인가. 불안한 것인가 안도하는 것인가. 감정도 확신할 수 없으며 시간도 계절도 종잡을 수가 없었다.

완은 천천히 몸을 일으켰다. 두 다리가 없는 듯 감각도 온전하지 않고, 무거운 것이 어깨를 짓누르듯 바로 서기 어려웠으나 괴력의 장사처럼 우뚝 섰다.

걸음을 떼니 조금씩 가까워졌다. 눈물을 뿌리며 잇새의 흐느낌을 벗 삼으니, 비로소 가까워졌다. 불덩이를 삼킨 듯 뜨거운 속내가 계절의 찬바람과 맞서니, 종국에 가까워졌다. 또 가까워지고, 가까워지고, 가까워졌다.

완은 팔을 뻗어 그녀를 붙잡고 품으로 끌었다. 눈으로 보아도 믿기지 않으니 이렇듯 사력을 다해 느껴 볼 뿐, 이상·이하의 일은 할 수 없었다.

"용희야……."

마치 어제 안아 본 것처럼. 귀한 너를 그제 품어 본 것처럼.

"정녕 네가, 네가 맞는가…… 용희야……."

마치 우리는 한시도 떨어져 본 적이 없던 것처럼.

"용희야……. 용희야……."

"아아…… 저하……."

완의 입술 사이로 확신을 거듭 끝마친 제 이름이 튀어나오자 용희는 처음으로 소리 내어 눈물을 흘렸다. 고된 말은 생각 사이사이에 숨어 나와 주지 않으니, 서로는 더욱 억세게 서로를 붙잡았다. 그녀의 목덜미를 뜨겁게 부여잡으며 완은 쉼 없이 눈물을 후드득 떨궜다.

"그래, 내가 너의 사내니라……. 나는, 나는 너의 사내가 맞는다……."

"……."

"고맙다……. 고맙다……. 그저…… 내가 네게 고맙다……."

"저하……."

누구도 지금의 두 사람을 갈라놓을 수 없었다. 커다란 무쇠 덩이가 내리친대도 한 몸처럼 부딪쳐 끝내고 말 참이다. 서로는 서로의 시간 속 완벽한 주인이 되며 다시 한번 생각하기를, 남은 생애 한 조각의 슬픔마저 모두 지우고 말리라.

못 보낸다. 나는 너를 못 보낸다. 이제라도 찾은 너를 어디도 못 보낸다. 죽어도, 죽는 틈에 너와 내가 갈라진대도 나는 너를 아니 보낸다.

"고맙다……. 고맙고…… 고맙다……."

그런 다짐과 바람을 가슴에 새겼다.

©

조금 전, 마루에 앉아 있던 용희에게 순영이 다가왔다. 나가려는 참인 듯했다.

"언니, 지는 다녀올 테니 뜨신 방에 들어가 계셔요. 언니 몸은 아직 성치 않구먼요."

"순영아, 어디 가?"

"지요? 지는 요 앞에 심어 놓은 장뇌삼 좀 걷으러 가려고요. 날도 찬디 한 뿌리씩 달여 먹으면 우리 식구들 좋을 것 같아서."

"아아, 그렇구나."

용희는 빙그레 웃음을 지었다. 우리 식구라면 순돌과 자신을 말하는 게 분명했다.

"고구마 몇 개 삶아 놨으니 입이 심심하거든 먹어요, 언니요."

순영은 말도 못 하게 똑소리 나는 아이였다. 살림이니 음식이니 못 하는 것이 없고, 바느질 솜씨는 타의 추종을 불허할 정도였다. 살뜰하게 동생을 살피는 모습하며, 이웃을 돌보는 모습하며, 게다 예쁜 얼굴만큼이나 고운 순영의 마음 씀씀이는 잠시만 말을 섞어 봐도 알 수 있었다.

"저, 순영아."

"예?"

"괜찮으면 나도 같이 갈까?"

"예에? 언니가요?"

"응, 이렇게 앉아 있는 것보단 운동도 되지 않을까 싶어서."

"하유, 길이 사나워서 힘들 것인데. 날도 춥고요."

"힘들면 다시 돌아올게. 너만 괜찮으면 가고 싶은데."

마루에 앉아 용희는 순영을 올려다보았다. 순영은 잠시 고민하다가 고개를 끄덕였다.

"뭐, 그래요. 걷는 연습을 많이 해야 먼 길 갈 테니 조금씩 산도 타 보고 해요, 언니요."

"고마워. 방해 안 할게."

순영은 자신을 따라나선 용희를 염려스럽게 바라보았다. 느린 걸음이나마 조금씩 속도가 붙으니 순영은 용희의 손을 붙잡았다.

"천천히 와요. 탈 나서 또 쓰러지면 큰일인데."

이만큼 걷기 위해 용희는 무구히 많은 노력을 더했다. 자력으로 처음 일어나고자 했을 땐, 발바닥이 지면에 닿으면 그다음 발을 떼는 법을 잊어버린 사람처럼 움직이지 못했다. 마치 갓난쟁이 걸음마와 같은 위태로움의 연속이었다. 하지만 그녀는 포기를 몰랐고, 할 수 있음에 모든 희망을 걸었다. 이만큼 걷게 되었음은 돌아갈 곳이 있는 용희의 악착같은 연습 결과였다.

"언니요, 힘들지 않을까요?"

"괜찮아, 괜찮아."

한참을 걸었고, 길이 나지 않은 가파른 산을 오르다 보니 땀이 송골송골 맺혔다. 어느덧 말이 없어진 용희는 입술을 꾹 깨문 채 올라서는 무릎에 안간힘을 주었다.

얼마나 걸었을까. 조금 앞서 걷던 순영이 돌아섰다.

"언니, 예서 좀 기다려요. 지가 얼른 가서 캐 올 거구먼요."

"도와줄게."

"아녀라. 장뇌삼은 뿌리가 굵지 않아서 보통 솜씨로는 잘 캐기가 어림도 없구먼요. 또 땅이 얼어서 쉽지 않으끼요, 언니요."

"아, 그래?"

무슨 말인지 잘 알기는 어렵지만 순영이 그렇다니 그런 것이다. 용희의 손에 딱딱한 흙을 묻히고 싶지 않은 순영은 캐 오겠다며 조금 더 앞서 걸었다.

적당한 바위에 걸터앉은 용희는 땀을 닦으며 자신의 발을 내려다보았다. 이마만큼 걸을 수 있음을 눈으로 확인했으니, 희망은 성큼 다가왔다.

"휴…… 저리다……."

저린 통증이 금세 일어 용희는 허리를 수그린 채 종아리를 주물렀다. 금방 돌아오겠다던 순영은 아직이고, 용희는 저린 발과 손을 연신 매만졌다. 그때였다.

"마마……."

자신의 종아리를 내려다보던 용희는 피식 실소했다. 휴, 미치겠다. 이제는 별 헛소리가 다 들리네. 사람 하나 없는 공간에서 누가 나를 부른단 말인가. 그것도 세자빈이었던 나를 아는 사람조차 한 명 없는 이곳에서.

"마마……."

용희는 종아리를 매만지던 손을 멈췄다. 고개만 들면 상황을 알수 있겠으나 어인 일인지 쉽게 들 수 없었다. 몇 번이고 눈만 깜빡거리던 용희는 간신히 무거운 고개를 들어 올렸다. 그곳엔 생사고락을 함께했었던. 때로는 웃고, 때로는 울며, 때로는 기대거나 기대오며 마음을 나누었던.

"지담?"

나의 친구, 나의 벗.

"마마……."

용희는 눈앞에 나타난 지담을 바라보며 놀라 눈물도 잊었다. 그녀와 시선이 부딪히자 지담은 온갖 것이 교차하는 듯한 표정을 지었다. 완벽하게 굳어 버린 용희와는 달리 지담은 할 일을 할 뿐이라는 것처럼 몸을 바르게 세웠다. 그러곤 쥐고 있던 검을 떨궜다. 두 손이 내려와 차디찬 흙바닥에 닿으니, 지담은 그대로 그녀를 향해 절을 올렸다.

"신 윤지담, 빈궁마마를 뵈옵니다."

어쩌면 내내 꿈꿔 왔던, 모두가 바라 왔던, 그러한 순간이었다.

◎

"이런 곳에 숨어 있는 마을이 있을 거라곤 생각도 못 했습니다, 마마."

무엇도 믿기는 것이 없어, 용희는 간신히 눈만 감았다가 뜨며 지담을 바라보았다.

"꼬맹이들이 눈앞에서 어찌나 빠르게 사라지던지, 뒤를 밟아 찾았다기보다 헤집고 헤쳐서 길을 찾아냈다는 게 더 맞는 말이겠지 싶습니다."

지담은 며칠 전 그녀를 찾아냈다. 순돌의 집을 염탐하던 중 문을 열고 용희가 나서자, 지담은 숨이 멎을 뻔했다고 했다. 당장 모습을 드러내고 싶었으나 신중한 상황 판단이 필요했기에 선뜻 나설 수가 없었다.

"혹, 붙잡혀 계신 건 아닌가 생각도 했습니다."

"그건 아니었고……."

"예. 하지만 얼마 지나지 않아 그런 것은 아니라는 것도 알게 되었습니다. 마마께 무슨 변고가 생길까, 주변만 맴돌며 때를 기다렸습니다."

지담은 많이 변해 있었다. 판서 가문의 귀한 도련님 행색이라 말하기엔 궁핍하고 초라한 모습하며, 꺼끌꺼끌한 피부까지 무엇 하나 예전의 지담의 것이 아니었다. 그리고 가장 변한 것이 있었으니, 가죽 덮개로 가려 놓은 그의 한쪽 눈이었다.

"눈은……."

"아, 이거 말씀이십니까."

지담은 별거 아니라는 듯 씩 웃으며 어깨를 으쓱 올렸다. 무어라 말해야 그녀의 근심을 덜 수 있을까 빠르게 생각했다.

"별거 아닙니다. 검을 쓰는 사내에겐 훈장 같은 것이지요, 마마."

"아……."

의심이 맞아떨어지자 용희는 미간을 좁히며 일렁이던 눈물을 떨궜다. 잃어버린 지담의 눈이 비로소 시간의 공백을 일깨워 주었다. 모두에게 불행했던 그 계절, 그 시간이 현실로 다가오기 시작했다. 전부 자신의 결함인 것 같아 숨을 쉬기가 몹시도 버거웠다.

서로 나눈 미안함이 침묵으로 뒤엉키고, 꽤 오랜 시간이 지나서야 용희는 입술을 열었다.

"그분은……."

용희는 눈물을 떨구지 않으려 안간힘을 쓰며 완을 입에 올렸다.

"그분은 잘 계시는가?"

지담은 망설였다. 차마 거짓말은 튀어나오지 않았다. 그도 그럴 것이, 그분의 괜찮았던 날은 단 하루도 기억에 없었다.

시간을 뒤로 감았다. 지난 일 년, 마마를 잃으신 동궁의 웃음을 일각이라도 마주했던 적이 있었던가. 예컨대 흘리는 웃음을 보았던 적이 있었던가. 그분의 숨이 닳았던 적이 있었던가. 살갗에 온기가 돌았던 적이 있었던가.

"저하께서는 강녕하신가?"

질문이 이어지자 지담은 잠시 침묵했다. 그분의 힘겨웠던 밤들을 어찌 설명해야만 하는가. 끝장을 달구던 마른 한숨은 또 어찌 설명해야만 하는가.

"아니오. 저하께서는 내내 강녕하지 못하셨습니다."

그래, 그분이 행복했대도 행복하지 아니했대도 눈앞의 그녀는 슬프겠지. 웃었다면 웃음이 자신을 지워 냈을까 서러울 것이고, 울었다면 눈물이 그분을 닮게 했을까 가슴 미어질 것이다.

"근자에 들어 빈궁전의 내정자가 생겼습니다."

내내 슬픔과 맞서 싸우던 용희의 표정에 변화가 깃들었다. 지담은 마치 풍문을 전하는 떠돌이처럼 덤덤하게 말을 이었다.

"국혼 일자가 잡히지는 않았으나 머지않은 것만은 확실합니다."

저도 모르게 주먹을 말아 쥔 용희를 보았지만 지담의 설명은 평소처럼 요란스럽지도, 또한 장황하지도 않았다. 이윽고 모두 이해한다는 듯 용희는 고개를 작게 끄덕였다. 애당초 필부의 아내는 아니었으니 합당한 결과물이었다. 다만 떨리는 숨소리까지는 감출 수가 없었다.

"그렇다면 내정이 된 규수는 좋은 분인가? 뭐, 좋은 사람이겠지. 현명하신 분들께서 간택하셨을 테니……."

자신이 뭐라고 떠들고 있는지도 알기 힘들었다. 제 입을 통해 나오는 말이 제 귀에 들리지 않아 용희는 망연자실했다.

"저하의 국혼이 겨울을 넘기지는 않겠지. 아닌가. 이듬해 봄쯤 되려나. 아니다. 빈궁전을 그렇게 오래 비워 둘 수는 없을 테니."

보기에 자신감을 잃은 용희가 빼앗긴 자리를 망연히 떠올리며 거듭 중얼거렸다. 등장이 몹시도 늦었음에 실망한 눈빛만 내보였다.

"마마."

내내 그녀의 어지러운 마음을 들여다보던 지담이 입을 열었다. 발끝만 내려다보던 용희가 고개를 들었다.

"소신이 마마를 찾았음에도 나설 수 없었던 건 저하께 죄스러웠기 때문입니다."

"그것은 무슨 뜻인가?"

"저하께서 그토록 그리던 마마를, 소신이 먼저 뵈옵기가 송구한 까닭이었습니다."

지담은 말했다. 마마의 지금 이 얼굴, 이 눈빛, 그분이 먼저 바라보셨으면 하였다고. 그분께서 세상 그 누구보다 제일 먼저 마마를 알아보셨으면 하였다고.

"그러려고 마마께 나타나고 싶은 걸 꾹 참고 있었는데, 도저히 안 될 것 같아 모습을 드러냈습니다."

지담이 멋쩍게 웃자 용희는 고개를 갸웃거렸다. 그의 말을 반은 이해하였으나 반은 이해하지 못했다.

"그분께서 마마께 돌아오는 길이 쉽지 않은 모양입니다. 두 분께서 운명처럼 한곳에서 만나길 기다렸는데, 저하께서 예상과는 달리 길을 헤매시니 말입니다."

"그게 무슨 말인가?"

"저하께서는 며칠 전 소신의 연락을 받고 출궁을 하셨습니다."

내내 궁금했던 세자의 안부. 뜨거움이 왈칵하니 역류하고, 눈가엔 마르지 않는 눈물이 솟구쳐 용희는 고개를 수그렸다. 애처로운 그녀의 어깨가 흔들리니 지담은 천천히 하늘을 올려다보았다. 이내 결심했다는 듯 자리를 뜨며 그녀를 부축해 일어섰다. 이러고 있을 때가 아니었다.

"소신이 모셔다 드리겠습니다, 마마."

그분께 일각이라도 더 빨리, 세상의 전부를 안겨 드려야 했다.

"저하께선 지금 이곳에 계십니다."

또한 그녀가 가진 모든 질문의 답을, 그분만이 쥐고 계셨다.

◎

"그럼 조금 전 내가 만났던 그 아이가 너를 돌봐 주고 있었다는 것이냐."

"네, 저하. 그 아이와 남동생이 물심양면으로 도와주었습니다."

두 사람을 적시던 눈물이 소각되었고, 비로소 현실로 돌아온 완과 용희가 나란히 얼굴을 마주했다. 순서를 정할 수 없을 만큼 하고픈 이야기가 쌓여 감당을 할 수 없었다.

"그렇다면 한양으로 돌아올 때를 기다리고 있었던 모양이다."

"네, 저하."

손을 붙잡아도 해결할 수 없을 만큼 그리움이 복받쳤다. 이런 마음을 어찌 담아만 놓았을까. 서로는 보내 온 지난날들이 자못 대단하기만 했다.

"안 그래도 조금 더 몸이 괜찮아지면 이곳을 떠나려 했습니다. 궐문을 어찌 통과해야 하는지, 그것이 조금 불안했지만요."

"무엇이 불안했단 말이냐. 본래 너의 자리인데 말이다. 어느 때, 언제라도 네게는 열려 있는 문이다."

나누는 대화에 두서가 없고 감정은 널을 뛰었다. 기쁜 미소를 주고받다가 떨어지는 눈물을 훔치고, 이제 모두 되었다 말하다가도 채 말하지 못한 지난 심정을 토로하기도 했다.

"빈궁전에 내정자가 생겼다지요?"

그러다 먼저 마음을 추스른 용희가 덤덤히 이야기를 꺼냈다. 완은 아직 서로 나눌 이야기가 아닌 화제에 미간을 지그시 눌렀다.

"전부 제가 불민한 탓입니다. 조금만 더 일찍 깨어났다면 좋았을 것을요."

"네가 신경 쓸 일이 아니다."

"하오나 염려가 되는 것은 어쩔 도리가 없습니다."

"내가 알아서 처리할 것이다. 이런 일들까지 네게 짐으로 안겨 주지는 않을 것이니 걱정하지 말고."

무엇을 염려하는지, 또한 무엇에 망설이는지 모를 수가 없었다. 어서 내정자를 내쳐 달라고, 없던 일로 만들어 달라고 떼쓰지 않을 그녀를 잘 알고 있었으니까. 하지만 세자께선 이미 결심하고도 남은 일이었다.

무심한 위로를 끝으로 완은 일어섰다. 붙잡힌 손에 이끌려 그녀 또한 일어섰다.

"오늘은 그런저런 일들로 너와의 시간을 방해받고 싶지 않다."

너른 어깨, 후광이 내리쬐는 얼굴. 비로소 안정이 느껴지는 세자의 표정은 그 어느 때보다 더 준열하고 또한 늠연했다.

"가자. 네가 있었던 곳으로 말이다. 그 두 아이를 내가 직접 만나고 싶다."

사람의 정이란 새붉고 뜨거워, 느끼려면 다가가 제 몸을 태워야 하는 것만이 아니었다. 이렇듯 투명하고 따뜻해, 바라보는 자체만으로 느낄 수 있는 것이기도 했다.

"걸을 수 있겠고? 업어 주랴?"

"아뇨, 저하의 곁에서 걷고 싶습니다."

완은 용희의 대꾸에 모처럼 긴 미소를 입가에 매달며 걸음을 옮기기 시작했다.

나는 너를 찾아 길을 나선다. 겹겹이 둘러싼 두려움의 산을 넘고, 망망히 펼쳐진 그리움의 강을 건너고, 너를 감춰 놓은 어지러운 미로를 지나, 마침내 나는 너를 찾고야 말았다.

"손을 놓지 않을 것이다. 천천히 걸을 테니 무리하지 말아라."

"네, 저하."

나를 바라보는 너의 찬란함에 두 눈이 멀 것만 같아, 나는 눈을 감았다. 그럼에도 불구하고 마음에 눈이 달려 네가 훤히 보이니 나는 울지 않았겠니. 너는 또 다른 나였음을 이제야 깨닫는다.

"용희야."

"네, 저하."

"그냥. 그냥 불러 보았다."

약속해. 이번이 우리 마지막이래도 기다려 주겠니. 살다 보면 돌고 돌아 또다시 만나지 않겠니. 두 번 다신 만날 수 없대도. 설혹 정해진 운명 끝에 다음은 기약될 수 없대도.

"용희야."

"네, 저하."

만나지 않겠니. 내가 너를 찾지 않겠니. 그때도 오늘처럼 기다려 주겠니.

"그냥. 그냥 불러 보았다."

나를, 잊지 말고 기억해 주겠니.

99
화

비
로
소
、
나
는

【해종실록 12권. 해종(偕宗) 18년 11월 8일】

　밤이 깊기가 하염없는데 중궁이 대전으로 걸음 하여 만나 뵙기를
청하니, 성상께서 허하다.

　지담이 월호를 찾아 돌아오자 네 사람은 꿈인 듯 한데 모였다. 그들에게 가파른 길이란 웃음을 먹던 시절의 구간이요, 얽힌 추억의 지름길이니 즐겁지 않을 수가 없었다. 용희가 길을 잘 몰라도 지담이 훤히 뚫고 있으니, 네 사람은 그녀가 머물던 마을을 손쉽게 찾았다.

　"이곳인가?"

　"예, 저하. 이곳입니다."

　비단 그녀가 머물던 곳이 아니래도 동궁께선 이곳을 알아야만 했다. 조선 땅에서 조선인으로 인정받지 못한 채 국가의 혜택을 누리지 못하는 사람들. 이들이 몸을 사려야만 하는 이유가 무엇이

건 간에 동궁은 알아야 했다.

완은 마을로 보이는 형태가 드러난 길목에서 우뚝 멈춰 섰다.

"소박하지요? 저도 처음엔 깜짝 놀랐습니다."

용희의 말을 귀담으며 완은 보이는 풍경을 서서히 시선에 담았다. 비바람이나 겨우 벗어날 수 있을 것으로 보이는 막집은 부지런히 쌓아 올린 돌과 흙이 전부요, 틈마다 일궈 놓은 작은 밭은 수급이 어려운 환경에 알맞은 작물만 크고 있었다. 퍼져 흐르는 부뚜막의 연기가 밖으로 새어 나갈까, 굴뚝을 땅 아래로 내려 만든 집의 형태 또한 이색적이었다. 번지르르한 것은 아무것도 없고, 크고 작음을 구별할 수 없게 집의 크기는 대부분 비슷했다.

"이곳 사람들은 스스로 만든 규율 아래 자유로운 방식으로 삶을 살고 있습니다. 남녀의 구별을 크게 두지 않고 할 수 있는 일을 합리적으로 나누었다지요."

"그렇구나."

"나라를 갖지 못해 이리저리 떠돌다가 이곳에 정착한 것이 꽤 오래되었다고 합니다. 자급자족이 가능하고 의원 못지않은 실력을 지닌 자도 있는지라, 보기보다 꽤 정착이 잘되었습니다."

마을이 훤히 내려다보이는 언덕에서 용희는 완에게 설명했다. 감히 조선의 땅에서 먹고살며 세금을 내지 않으니 차기 군주께서 분노한대도 할 말은 없고, 신고하지 않은 이주민이 제멋대로 부역이나 군역 등의 제도에서 이탈한 채 살고 있으니 모두 잡아 벌을 내린대도 할 말은 없었다.

"참으로 고마운 자들이로다."

하지만 여기 모인 사람들은 잘 알고 있었다. 세자께서는 이로운 마음으로 이들을 품어 내실 분이라는 것을. 가장 낮은 곳, 사각지대에 가려 보이지 않는 무엇을 찾아내는 기쁨을 알고 계신 분이라는 것을.

"어서 내려가자. 아까 도망친 그 아이가 놀랐을 텐데 가서 자초지종을 알려야 하지 않겠는가?"

"예, 저하. 아이의 이름은 순영입니다. 올해 열다섯이라 합니다."

용희가 부드럽게 웃으며 순영이의 존재를 입에 올리자 완은 반가운 표정으로 걸음을 옮겼다. 이윽고 그녀가 지내던 움막 같은 집에 도착했다.

"순영아, 순영아!"

여전히 마루에 앉아 훌쩍거리는 순영에게 최대한 빠른 걸음을 옮겼다.

"홍시 언니……."

울먹이며 고개를 든 순영은 뒤따라 걸어오는 사내들을 바라보다 흠칫 놀라 일어섰다. 완의 얼굴을 다시 바라보는 것만으로도 겁이 났다.

"순영아, 괜찮아. 나를 찾아온 분들이시란다."

겁먹은 마음을 이해한 용희가 다가가 손을 잡으니 순영은 눈물을 찔끔찔끔 흘렸다. 절정에 달한 세자의 분노란 육중한 장골의 사내도 대하기 힘든 무게인데, 새순 같은 소녀가 무슨 수로 감당을 했겠는가.

아이가 대놓고 무지막지하게 우니, 완은 다가가 무릎을 굽혀 앉으며 손을 잡았다. 경기하듯 놀란 순영이 후들후들 떨었다.

"놀라게 해서 미안하다. 내 여인이 네게 준 선물인 줄 알았다면 그리하지 않았을 것이다. 미안하다."

"괜찮아요, 괜찮아요……. 그럴 수도 있으니께……."

흐어엉, 아이는 내뱉는 말과는 달리 더욱 서럽게 눈물을 터트렸다. 닭똥 같은 눈물에 크게 당황한 완에게 다가간 지담이 속삭였다.

"지금 여인을 울리신 겁니까?"

"……."

"울리셨네, 울리셨어. 저하께서 여인을 울리셨네."

"비켜라. 조용히 하고."

실망이라는 듯 지담이 곁에서 입을 놀리자 완은 순영의 손등을 토닥였다.

"지금 여인네 손을 막 문지르시는 겁니까? 남녀가 유별한데 막 문지르십니까? 이렇게 막 문지르시고? 주무르시고?"

"안 가냐?"

"부디 굽어살피십시오, 저하. 여인을 울려서 되겠습니까?"

끙. 때를 놓치지 않고 타박을 하니 완은 할 말이 없는 관계로 순영을 올려다보았다. 지담이 계속해서 불경한 입을 놀리자 아이는 무의식중 피식 웃음을 흘렸다. 분위기가 조금 식자 많이 진정한 듯, 맺힌 눈물을 닦아 낸 것을 끝으로 순영이 눈물을 멈췄다.

"미안하다. 정말로 미안하다. 내 은인을 몰라보고 결례를 범했다."

"아니어요. 괜찮아졌으니께 신경 안 쓰셔도 되어요."

투박한 순영의 대구에 완은 미안함을 담아 빙그레 미소 지었다.

"순영이 네가 나를 살렸구나. 고맙다. 정말 고맙다."

"지가 뭘 한 게 없는데. 그건 그렇고, 고구마는 자셨어요?"

순영이 내주었던 고구마에 대해 묻자 완은 고개를 가로저었다. 조금 전 놀라 떨구었던 고구마를 품에 고이 넣어 온 완이었다.

"아껴 먹겠다고 하지 않았더냐? 나 혼자 잘 먹겠다."

"집에는 많으니까요, 아재요. 이젠 혼자 먹지 않아도 되구먼요."

다정한 완의 눈빛이 닿자 순영의 마음이 금세 열렸다. 그때였다.

"아악!"

땅! 둔탁한 소리와 함께 지담이 악을 질렀다. 완은 황급히 뒤를 돌아보았다.

"아아악!"

이어 지담은 머리를 부여잡은 채 비틀거렸다. 월호는 경계 태세에 돌입했고, 용희는 지담의 뒤통수를 맞고 떨어진 것을 바라보았다. 돌멩이다.

"아아아악!"

이번엔 지담의 허벅지로.

"아파! 아파! 아프다고!"

다음엔 지담의 팔뚝으로 돌멩이가 날아들었다. 월호에게도 날아들었지만 월호는 검집으로 가볍게 돌멩이를 쳐 냈다. 하지만 지담에게 날아드는 돌멩이는 월호는 가만히 내버려 두었다.

"아아악! 누구야! 어떤 놈이 감히!"

이마로 돌멩이를 받은 지담이 이마를 부여잡으며 눈에 힘을 주었다. 순영은 완의 손을 붙잡은 채 서로 얼굴을 마주 보았다.

"속히 몸을 피하소서, 저하."

월호는 완에게 쏟아지는 돌멩이를 차분하게 튕겨 냈다. 아무도 맞은 사람이 없는데, 한쪽 눈이 불편한 지담만 몸으로 돌멩이를 튕겨 냈다.

"나도 도와 달라고! 이 월호 놈아!"

"난 모르는 일이다."

치사한 월호가 도와주지 않자 지담은 칼을 붙잡았다. 그러자 주위가 잠잠해졌고, 언제 돌멩이가 날아들었냐는 듯 평온해졌다. 월호가 땅에 떨어진 돌멩이를 하나 주워 들곤 날아들었던 곳으로 정확하게 내던졌다.

"으이씨!"

백발백중으로 공격하던 적이 그제야 몸을 드러냈다. 지담은 이를 갈았고, 그들을 위협하던 적군은 새총을 활처럼 든 채 위풍당당하게 나타났다.

"누가 뭐 땀시 우리 누이를 울렸어?"

허리께에 오는 자그마한 아이는 새총으로 위협하며 다가왔다. 완과 월호는 눈을 동그랗게 떴고, 녀석과 안면이 있는 지담이 오만상을 찌푸렸다.

"아재요! 내가 좋은 말로 할 때 나타나지 말라고 했지!"

"또 너냐? 또 너야?"

아이는 겁을 모른 채 장성한 사내들의 틈을 비집고 들어섰다. 무사가 주군을 옹위하듯 순영와 용희 앞에 서며, 아이는 새총의 시위를 팽팽하게 당겼다. 노려보는 기운은 또 어찌나 형형한지, 산전수전 다 겪고도 살아남은 세 사내가 여차하면 돌멩이에 맞아 죽을지도 모르는 상황이었다.

"뭔데 우리 누나들을 괴롭히고 그런대? 내가 가만 안 둘 거여."

"마, 말은 왜 놓는 거냐? 버르장머리 없는 것이 아주 나날이 발전하는구나?"

　며칠 안 본 사이 무례함이 더더욱 상승한 아이를 향해 지담은 입을 쩍 벌렸다. 요 콩만 한 놈이 순돌인 듯해, 완은 팔짱을 낀 채 아이를 바라보았다.

　"사람 말을 못 알아먹으니 별수 없지. 그짝이 뭐 간디 우리 누이를 울린대? 여긴 어떻게 들어왔고?"

　"내 발로 내가 걸어왔다! 떫냐?"

　"좋은 말로 할 때 썩 꺼져! 당장 꺼져! 내가 다른 것은 다 참아도 우리 누이 울리는 꼴은 못 보니께!"

　"허! 이놈이! 내가 안 울렸어!"

　"그럼!"

　"내가 아닌! 저분께서 울리셨다."

　바로 저분이다. 지담은 두 손을 공손하게 만들며 완을 가리켰다. 그러자 아이의 새총 방향이 완을 향해 돌아섰다. 빠른 전환 태세가 웬만한 장수보다 낫다.

　"아재요, 아재가 우리 누이를 울렸는감?"

　완은 흠칫 놀라 손사래를 쳤다. 순돌의 뒤에 서 있던 용희가 부드러운 손길로 아이의 어깨를 붙잡았다.

　"순돌아, 괜찮아. 누나가 아는 분이란다."

　"홍시 누나가 안다고? 저런 요상한 아재를 누나 같이 착한 사람이 어떻게 알까?"

"대화 도중 끼어들어 미안한데, 저런 요상한 아재는 어떤 아재
를 뜻하는 것이냐?"

완이 끼어들자 순돌은 더욱 눈을 흘겼다. 난데없이 나타난 비열
한 아재는 쓸데없이 키가 크고 훤칠해, 순돌의 시선에 더더욱 마
음에 들지 않았다. 혹시 누나를 앗아 갈 말 도둑놈 정도로 보였다.

"누나, 참말로 아는 아재여? 불리한 상황이면 소쿠리를 흔들어."

"정말로 아는 분이야."

"협박당하거나 그런 것은 아니고? 괜찮으니께 지금 말혀. 전부
다 새총으로 쏴 버릴라니께."

"정말 아는 분 맞아. 누나를 찾으러 와 주신 분들이야."

순돌은 그래도 못 미더운지 한참이나 새총을 빳빳하게 겨냥한
채 눈을 흘겼다. 그러다 팔을 내리며 경계를 조금 푸는 듯했다.

"하, 요놈 물건이네."

지담이 중얼중얼하며 머리를 문질렀다. 어찌나 통증이 얼얼한
지 눈물이 찔끔 나올 정도였다.

"너 때문에 내 머리 깨질 뻔했어. 내 귀한 머리통이."

"하, 들은 것도 없는 대갈빡이 깨지든지 말든지."

무슨 말을 해도 본전도 찾을 수가 없다. 월호는 한심한 듯 지담
을 바라보았고, 지담은 정말 아프다는 표정으로 연신 머리를 문질

렸다.

"네가 순돌이냐?"

완은 다시 무릎을 굽혀 앉으며 아이와 시선을 맞췄고.

"그래요. 내가 순돌인데 뭐 문제 있나?"

홍시 누나를 빼앗긴 억울함에 순돌은 토라진 음성으로 답했다. 완은 순영과 순돌을 번갈아 바라보았다.

"반갑다. 나는 완이라고 한다."

이 작은 아이들은 세자께서 죽어도 잊지 못할 은인이요, 또한 나라의 세자빈을 구한 영웅이었다.

◈

"찾으셨나이까, 중전마마."

"어서 오세요, 임 규수."

희붐한 새벽 시간. 중궁전은 임 규수에게 급히 들라는 전갈을 보냈다. 시각은 얼마나 야심했는지 눈을 뜬 임 규수가 머리를 채 빗어 넘기기도 전의 일이었고, 세숫물이 담긴 놋대야에 두 손을 담그기도 전의 일이었다. 빠르게 내전으로 들어선 임 규수를 바라보며 중궁은 살가운 미소를 지었다.

"시간이 너무 이르지요. 잠을 깨운 것은 아닌가 하여 염려스럽습니다.”

“아니옵니다, 중전마마. 안 그래도 깨어나 있었던 참이었나이다.”

“그러합니까. 다행입니다.”

중궁은 통 잠을 청하지 못한 얼굴로 임 규수를 넌지시 응시했다. 두 손 곱게 모은 채 바르게 앉아 있는 임 규수의 품행은 무엇하나 흠잡을 곳이 없고, 넉넉한 마음이야 만백성을 품고도 남을 여인이었으나, 그래서 더 슬픈 일이었다.

“임 규수, 내 물을 것이 있어 불렀습니다.”

“무엇이든 하문하시옵소서, 중전마마.”

첫 정이란 이토록 무서운 것이다. 용희에게 주었던 것만큼 내줄 마음이 중궁에게도 없으니, 그것은 노력으로 어찌 될 바가 아니었다. 중궁은 안쓰러움이 가득한, 또한 측은함이 가득한 눈빛으로 임 규수를 바라보았다. 처음 입궐했을 때에 비해 임 규수는 생기를 많이 잃어버린 상태였다.

“일단 차를 들지요.”

“예, 중전마마.”

노상 그러하듯 두 사람은 나란히 찻잔을 들었다. 임 규수는 바른 자세로 차를 들다 중궁의 손끝으로 시선을 주었다. 중궁의 손끝이 떨려 찻잔이 흔들렸다. 그것을 바라본 임 규수는 자신도 모르게 마음의 준비를 하게 되었다. 무엇을 들어도 놀라지 않아야 한다. 그녀는 본능적으로 예감했다.

중궁의 작은 탁자 위엔 서찰이 놓여 있었다. 궐에서 보듯 반듯하게 접힌 것은 아니었고, 오는 길이 험난했는지 많이 구겨진. 읽기가 버거우셨는지, 곳곳에 눈물이 번진.

"소녀는 괜찮습니다, 중전마마. 경청할 준비가 되었으니 개의치 마시옵소서."

"그래요, 임 규수. 그럼 허심탄회하게 말하겠습니다."

"예, 중전마마."

임 규수가 차분히 아뢰자 중궁은 결심 끝에 입을 열었다.

"임 규수에게 빈궁의 자리란 어떠한 자리입니까?"

용희가 살아 있다. 선명한 세자의 인이 찍힌 서찰은 깊은 밤 중궁전으로 날아들었다. 찾았다. 만났다. 지금, 함께 있다.

"나는 나의 말을 전하기 전에 그것이 알고 싶습니다, 임 규수."

처음엔 드디어 아들이 미쳤구나 했다. 미쳐 세간을 헤매다가 기어이 거짓을 토하는구나 했다. 하지만 세자는 그럴 사내가 아니고, 부지중에 세자인까지 찍어 날려 보낼 성정은 더욱 아니었다. 믿기지 않는 것일 뿐, 믿어야 했다.

"아뢰옵기 송구하옵니다만 중전마마, 소녀가 차를 모두 다 마신 후 답을 드려도 되겠나이까?"

"그리하세요, 임 규수."

"감읍하옵나이다."

임 규수는 바른 자세로 정성껏 차를 음미했다. 중궁께서 신경 써서 내린 차를 언제 또 마셔 보겠는가, 문득 그런 생각이 들었던 것이다.

아침은 찾아들지 않아 문간 너머 푸른빛이 감돌았고, 차를 모두 비운 임 규수는 찻잔을 내렸다. 이윽고 숨을 고르게 내쉬며 고개를 들었다. 이 나라엔 바르고 현숙한, 잘 배우고 잘 자란 여인들이 많아 나라의 미래가 더욱 풍성했다. 인내를 고충이라 여기지 않고, 본분을 무엇보다 중히 여기며, 투기나 사사로운 이기심을 죄악으로 여길 줄 알고, 무엇보다 내 것이 아닌 것을 내려놓을 줄 알았다.

"소녀, 중전마마께서 하문하신 질문의 답을 고하고자 하옵니다."

반가의 규수란 고운 치마, 어여쁜 댕기만으로 설명되는 것은 아니었다. 임 규수는 차분한 숨에 심지를 굳건히 하며 말을 이었다.

"짧은 시간 궐에 있으며 많은 생각을 하였습니다. 소녀가 앞으로 해야 할 일, 소녀가 앞으로 나아가야 할 방향에 대하여 말이옵니다."

"……."

"처음엔 잘할 수 있으리라 믿었습니다. 사실 지금도 자리가 그러하다면 해야 한다 믿고 있사옵니다만, 그것은 혼자 할 수 있는 일이 아니라는 것을 깨달았습니다."

차가웠던 세자의 눈매, 음성. 내줄 마음이 없는 세자의 빈껍데기.

"빈궁의 적임이 소녀뿐이라면 무엇이든 감내하겠나이다. 사가의 부모 또한 그리 말씀하셨으니, 방법이 소녀뿐이라면 무슨 일이 있어도 웃전을 따르며 자리를 지킬 것이옵니다."

그것은 세월로 어루만질 수 없고, 시간으로 무디게 만들 수 있을 것 같지 않았다. 세자는 이미 그러한 지경이었음을.

"하오나 소녀의 자리를 대신할 다른 누군가 있다면, 기쁜 마음으로 물러날 의지 또한 가지고 있나이다, 중전마마."

겁이 난다. 그러한 분을 지아비로 어찌 섬기나. 살다 보면 서러워질 텐데, 홀로 보내는 깊은 밤이 두려워질 텐데.

"실은 소녀, 저하를 뵈옵기가 두려웠습니다."

매서운 눈길은 살다 보면 나아지시려나. 차가운 마음은 살다 보면 따뜻해지시려나. 내가 저하를 그리 만들 수 있으려나. 자신이 없다.

"큰 그릇이 되기엔 소녀 그릇이 이리도 작아 두렵고…… 또 겁이 나고……."

임 규수는 말꼬리를 흐리며 고개를 수그렸다.

"기회가 주어진다면 국혼을 무르고 싶은 마음 또한 은연중에 품고 있습니다. 소녀의 간악한 마음을 벌하여 주시옵소서, 중전마마……."

"고개를 드세요, 임 규수. 괜찮습니다."

중궁은 엎드려 죄를 청하는 임 규수에게 다가가 손을 맞잡았다.

"마마……."

"괜찮습니다. 임 규수에게 무슨 죄가 있겠소. 죄가 있다면 이 사람에게 있을 뿐."

애당초 무슨 정이 깊어 이 자리를 찾아왔겠는가. 부모의 뜻이요, 그저 가라는 길이니 걸어왔을 뿐.

"실은 내 어젯밤, 죽은 줄 알았던 빈궁께서 살아 있다는 소식을 접했습니다."

"네에?"

놀라 황급히 고개를 들었던 임 규수는 다시 시선을 내렸다. 맞잡은 손끝은 누가 먼저랄 것 없이 떨렸다.

"소, 송구하옵니다. 너무 놀라 그만."

"아닙니다. 지금 이 사람도 경황이 없어 정신을 차리기가 힘든 상황이니."

들은 말은 실로 충격이었다. 생각은 아무것도 떠오르지 않는데, 온몸은 긴장감에 식은땀이 흘렀다.

한참 후, 끝을 내다본 임 규수는 입을 열었다.

"소녀 잘 알겠나이다, 중전마마."

이러한 와중에 번뜩하니 스치는 생각이란 게, 지금껏 내 자리가 아니라 이다지도 버거웠구나. 비로소 모든 것이 제자리를 찾겠구나. 이제야 그분께서 웃으실 수 있겠구나.

"진실로 감축드리옵니다."

임 규수는 고개를 들며 활짝 웃었다. 중궁의 망연한 표정엔 미안함과 안타까움, 좋은 인연이 되지 못한 복잡함이 뒤섞여 있었다.

"소녀는 사가로 돌아가면 되겠나이까?"

"임 규수에겐 한없이 미안합니다."

"아니옵니다. 소녀 정말로 괜찮습니다. 마마께서 돌아오신다니 나라의 경사가 아니겠습니까?"

"그리 말해 주니 고맙습니다. 내 주상 전하께 따로 아뢰어 임 규수와 가문에 피해가 가는 일은 무엇도 없게 할 것이오."

"성은이 망극하옵나이다, 마마. 이제야 소녀의 마음도 한결 가벼워졌습니다."

조금 더 가벼워진 임 규수의 음성에 진심이 묻어났다. 명분을 찾아 족쇄를 던져 버리니 기쁘지 않을 수가 없었다.

"부디 왕실의 번성과 억년의 기쁨을 누리소서. 소녀 지극히 바라겠나이다."

임 규수가 고개를 조아리며 아뢰자 중궁은 따사로운 눈매로 그녀를 바라보았다. 자리를 순순히 내준 임 규수는, 어쩌면 완의 두 번째 은인인지도 몰랐다.

○

"방이 변변찮아 어쩐대요? 우리는 식구가 없어서 방이 하나면
충분한디."

"괜찮다. 이만하면 충분하다."

순영은 완의 일행에게 방을 내주었다. 사방이 막히고 천장이
있어 방이라 칭할 뿐 사실상 창고나 다름없는 구조였다. 식구라
고는 딸랑 둘로 살았던 살림에 방은 두 칸도 필요가 없어, 간간이
비를 피해 나물을 말리거나 겨울 이불을 넣어 두거나 하며 쓰던
곳이었다.

퀴퀴한 냄새가 올라오지만 완은 성큼 안으로 들어섰다. 엎혀 자
는 주제에 이것저것 가릴 형편은 아니었다.

"괜찮으시겠습니까? 상태가 좋지 않습니다."

어디에서든 눈만 감으면 잠을 청할 수 있는 월호지만 동궁이
염려되었다. 완은 허리를 전부 펴지 못한 채 구부정하게 방 안에
섰다.

"괜찮다. 내 걱정은 말라."

"예, 저하."

완과 월호가 서 있자 심지가 얼마 남지 않은 촛대를 들고 온 순영이 다시 나타났다.

"지랑 순돌이는 요 앞 계문 할머니네 가서 잘 거예요."

"어째서?"

"방이 좁은데 다들 어쩌 누워 주무신대요? 아재는 언니랑 부부라니까 우리 방에서 주무셔도……."

말이 끝나지도 않았는데 완이 덥석 반기는 표정을 했다. 안 그래도 용희와 떨어지고 싶지 않아, 이곳에 지담과 월호만 욱여넣고 자신은 얼어 죽는 한이 있어도 그녀가 잠든 방 앞에 머물러 보려고 했는데.

"염치는 없다만 제안은 고맙게 받겠다. 내가 지금 면을 세울 처지가 아니라서 말이다."

"아재요, 우리 언니 아직 몸이 좋지 않으니까 잘 신경 써 주세요."

"그래, 고맙다."

순영이 집을 나서자 완은 빛의 속도로 용희가 있는 처소를 찾았다.

"에? 어째서 들어오십니까?"

"순영이가 내게 자리를 양보했지 뭐냐."

"예에? 순영이가요? 그럼 순돌이는요?"

"따라갔다. 아이들이 착하고 순하기가 말도 못 한다. 그건 그거고, 너는 어서 이리 와라."

이부자리를 손보던 용희가 눈을 동그랗게 떴다. 날름 이부자리 안으로 들어온 완이 용희에게 어서 안겨 보라 손짓을 툭툭 했다. 시선은 또 얼마나 정겹고 급한지 용희는 그의 행동 하나하나가 감격에 겨워 그만 웃음을 흘리고 말았다. 용희가 올 듯 아니 올 듯 뜸을 들이자 완의 시선이 돌아갔다.

"저건 무엇이냐?"

"무엇이 말씀이십니까?"

완의 시선을 따라 용희가 바라보니 서찰 몇 장이 눈에 띄었다. 용희는 표정을 부드럽게 하며 말을 이었다.

"잠이 오지 않을 적 저하를 떠올리며 몇 자 적어 보았습니다."

"내게 주려던 것이더냐?"

용희가 보드라운 입술을 꾹 다물며 고개를 끄덕이자 완은 팔을 쭉 뻗어 뭉텅이의 서찰을 집었다.

"지, 지금은 읽지 마시어요! 부끄럽단 말입니다!"

"내 것이라며? 당장 읽어 보아야겠다."

"안 됩니다! 안 됩니다!"

된다 안 된다, 서로 씨름하다가 완은 허공으로 뻗었던 팔을 접으며 용희를 안았다. 행여나 서찰을 앗아 갈까, 완은 서둘러 품 안으로 버석버석 서찰을 넣었다.

"알겠다. 돌아가서 살필 것이니 앗아 갈 생각은 마라."

"여전하십니다."

"무엇이?"

"이렇듯 짓궂으시니 말입니다."

"사람은 그렇게 쉽게 변하는 것이 아니다."

안긴 것인지 안은 것인지 잘 알기 어려운 모습으로 두 사람은 꼭 붙었다. 완은 그녀를 안은 팔에 힘을 주며 조용히 읊었다.

"내게도 있다."

"무엇이 말씀이십니까?"

"네게 주려고 써 둔 서찰이 말이다."

용희는 천천히 두 눈을 감았다가 떴다.

"줄 날이 오려는가, 사실 나는 기대하지 않았는데 말이다."

잠이 오지 않았다. 긴긴밤은 네가 없어 너무나도 고달팠다. 고이고 고인 그리움이 방황하여 몇 자를 적어 내려가니 금세 수북하게 쌓이더라.

"그렇다면 소녀에게 내주실 것입니까?"

"물론."

"저하의 앞에서 소리 내어 읽을 것입니다."

"그럼 나도 지금 읽……."

"아니요! 아니요! 혼자 읽겠습니다! 혼자 읽겠다고요!"

그녀를 만난 뒤 처음으로 큰 웃음이 터졌다. 완은 이제야 살겠다는 듯 어깨를 흔들며 웃었고, 그런 그를 바라보다 용희도 따라 웃었다.

"뭐가 그리 웃기대?"

그때였다. 쑥 하고 순돌이 들어서니 용희는 홱 일어나 완을 밀쳤다. 완은 뒤로 나자빠졌고, 용희는 들어선 순돌을 바라보며 옷매무새를 다듬었다

"수, 순돌이 왔어?"

"뭐여. 내가 못 올 곳을 왔대?"

"그래."

"아니?"

완과 용희의 대답이 엇갈린다. 용희는 잘 왔다며 순돌을 끌었고, 완은 오만상을 찌푸렸다.

"몸이 전부 쾌차한 모양이로다. 내치는 힘 좀 봐라. 병자가 맞느냐?"

용희의 힘에 밀린 것이 당황스러워 완이 중얼거렸다. 순돌은 좌우를 흘깃거리며 살피다가 완과 용희 사이에 갈라 앉았다.

"난 오늘 여기서 잘 거구먼?"

"안 된다."

“그래, 순돌아.”

또다시 답이 엇갈리니 순돌은 용희를 향해 불쌍한 표정을 지어 보였다. 깜빡깜빡 눈을 감았다가 뜨며 어리광을 부리는 순돌의 눈매에 용희는 다정한 미소를 지었다.

“누나요, 순돌이는 여기서 자면 안 되는 거여요?”

통 쓰지 않던 존댓말까지 쓰며 순돌은 용희의 품을 파고들었다. 완의 눈썹이 꿈틀거렸다.

“그래그래, 여긴 순돌이 자리. 우리 코 자자.”

“순돌이 너는 내 옆으로 오라. 여기서⋯⋯.”

“누나요, 순돌이는 누나 옆에서 자면 안 되는 거래요? 순돌이는 저 아재 무서운데.”

허. 완은 기도 안 찬다는 듯 코웃음을 쳤다. 콩만 한 녀석의 처세술이 어찌나 대단한지 아주 기가 막힐 지경이었다.

“안 되는 거래요? 순돌이 여기서 자면 안 되는 거래요, 누나요?”

“안 되긴. 같이 코 자자. 괜찮아.”

용희가 완의 눈치를 보며 순돌을 중앙에 눕혔다. 웬일로 칭얼거리며 순돌이 눕자, 용희가 더욱 신경 쓰는 손길로 아이를 살펴 주었다. 완과 눈을 마주친 순돌은 승리자의 사악한 미소를 그리며 용희에게 더욱 달라붙었다. 완은 부글부글 끓는 속을 어쩌지 못해 뒤로 홱 돌아누워 이불을 뒤집어썼다.

"누나요, 순돌이 재워 주면 안 되더래요?"

"재워 줄까? 누나가 우리 순돌이 토닥토닥해 줄까?"

아이가 순하다는 말 취소다. 착하다는 말도! 취소다!

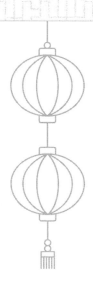

100
화

빼지 말고 더하지 말고

【해종 18년 11월 1일. 세자빈 김씨의 편지 中】

강녕하시지요. 노상 같은 질문뿐입니다. 며칠의 꿈자리가 흉하니 저하께 별고는 없으실까 염려가 끊이질 않사옵니다. 하오나 괜찮으시리라, 소녀는 그리 굳건히 믿고 희망에 의지하고 있사옵니다. 항시 돌아서실 적 "오늘 밤 다시 올 것이다." 하여 주시던 저하의 말씀이 불현듯 가슴에 새겨져, 이렇게나마 삼경이 넘어선 시각에 허한 마음을 달래 봅니다.

눈을 떠도 아니 만나지니 쌓인 죄를 씻을 길이 없어 가슴은 천 갈래로 찢어지옵니다. 다시 뵐 수 있으렵니까. 간절히 믿으면 되는 일은 사실이옵니까. 답은 들을 수 없겠으나 무엇도 잊지 않고 기억하니 서럽지는 않사옵니다.

행차 떠오르는 것이 많고 하니 잠들지 못하고 내일을 기다리옵니다.

"자네가 이곳의 이임이자 장인가?"

날이 밝자 완은 모두의 앞에 섰다. 나이가 지긋한 사람들은 세자의 신분을 알아 몸을 떨었고, 나이가 젊은 사람들은 세자의 신분을 짐작하며 몸을 떨었다. 나이가 어린 사람들은 세자의 신분을 몰라 눈치만 살폈다.

"예. 소인 공덕이라 합니다요."

세자의 시선이 닿아 있는 노인이 몸을 떨며 아뢰었다. 늙은 태가 형형한 노인은 털로 만든 목 조끼를 껴입은 채 고개를 떨궜다. 한 치 앞으로 다가온 두려운 미래를 엿본 듯한 노인의 목소리는 마을 사람들을 더욱 불안하게 만들었다. 그도 그럴 것이, 숨어 살 수밖에 없기에 숨어 살았다. 발각되는 날엔 아마도 살아남기 어려우리라, 모두는 쉬쉬했지만 잘 알고 있었다.

"여기 사람들은 합이 전부 몇인가?"

"그것이, 두 달 전 언순이가 딸을 낳았으니 이제 오십하고도 두 명이 되었습니다요."

오십 하고도 둘. 완은 고개를 돌리며 모인 사람들의 얼굴을 바라보았다. 눈이라도 마주치면 큰일이 나겠다는 것처럼, 사람들은 하나둘 바닥으로 엎드렸고 몸을 더욱 떨었다. 찬기가 든 것인지 공포가 휘감긴 건지는 알 수 없었다.

"다들 일어나라."

"하, 하오나."

"나는 그대들의 국본이 아니니 타국의 세자에게 예를 다할 필요는 없다."

사람들은 다시 주섬주섬 몸을 일으켰다. 목소리만 엿들어도 사지가 후들거리고 눈앞이 캄캄해졌다. 문물이라고는 접한 적이 없어 순박하기로는 풀을 뜯는 짐승과도 같아, 모인 사람들은 그저 느끼는 공포를 밖으로 표출할 뿐 더는 무엇도 할 수가 없었다.

이래서 그 바다 여인을 받으면 안 되는 거였다. 기분에 어쩨 위험할 것 같더라니 했다. 마을 사람들의 원성은 자리에 없는 순돌과 순영에게 돌아가고, 바다 여인의 회복을 전적으로 도운 계문 할멈에게 쏟아졌다. 사람들이 차가운 눈초리로 계문 할멈을 노려보지만 외려 계문 할멈의 표정은 평온했다.

"언제부터 이곳에 터를 잡았는가?"

"그, 선대 때부터니 한 삼십 년 되었습니다요."

"삼십 년이나 이곳에 머물렀다?"

조선의 왕이 누구인지 세자가 누구인지 관심 없는 자들이었다. 왜가 쳐들어오는지, 반정과 반란이 있는지도 관심이 없었다. 그들에게 중요한 것은 쌀쌀해지는 날씨, 불시에 불어오는 태풍, 겨울이 오는 소리와 장마일 뿐.

"호적을 두지 않은 자들이 모여 제멋대로 살아가는 것의 형량을 알고 있는가?"

"아이고…… 아이고……."

"알고 있느냐고 물었다."

마을의 이임을 맡고 있는 공덕은 퍼렇게 변한 입술을 파들파들 떨었다. 정신적 지주, 마을에서 좀처럼 보기 힘든 배운 자로 통했던 공덕이 무너지니 마을 사람들은 단체로 충격에 휩싸였다. 몇몇의 여인들은 눈물을 터트리고 말았다.

"그…… 죽음을 면치 못할……."

공덕은 심장을 토해 내듯 숨을 헐떡였다. 간간이 부녀자의 눈물소리가 들려왔지만 완은 동요하는 법 없이 공덕을 내려다보았다.

공은 공이요, 죄는 죄라. 이해와 관용만으로 나라가 바로 설 수는 없는 법.

"사, 살려 주십시오, 세자 저하!"

공덕은 땅과 하나가 되듯 엎드렸다. 따르는 어르신이 눕다시피 엎드리니 마을 사람들은 일제히 다시 엎드렸다. 완의 뒤에 서 있는 지담의 눈썹이 미세하게 움직였다. 덫에 걸렸을 때 자신을 올려다보던 몇몇의 똥강아지들도 제 아비를 따라 땅에 엎드린 것이다.

"어린 것들만이라도 살려 주십시오, 저하! 그저 태어났을 뿐 무슨 죄가 있겠습니까! 어린 것들만이라도! 부디 굽어 살펴 주십시오, 세자 저하!"

공덕은 엉금엉금 기어 세자의 발끝으로 다가가 더욱 몸을 조아렸다. 낡아 쭈글쭈글해진 공덕의 손등은 평평한 곳을 찾아볼 수 없을 정도로 볼썽사나웠다.

"부디, 죄를 몰라 청하는 것은 아니옵고, 이 천한 것들이 더 살기를 바라겠습니까……. 어린 것들만이라도……."

말리는 자가 없으니 여인들의 곡소리는 조금씩 커졌고, 똥강아지들은 제 어미가 우니 따라 울기 시작했다.

흐느낌의 바다 위에서 완은 천천히 숨을 불어 내쉬었다. 용희를 데려갈 군사와 내인들이 이곳으로 찾아오는 중이었고, 세자는 무엇이든 결단을 내려야만 했다. 그들이 행한 착한 일과 그들이 쌓아 온 불법적인 작태는 성질이 달라도 너무 달라, 선행으로 범법을 덮을 수 있는 것도 아니었다. 이대로 사실이 알려진다면 순돌과 순영 정도나 간신히 살아남을까. 다른 이들은 목숨을 구명하지 못할 것이 자명했다.

"나는 이미 생각의 정리를 마쳤다. 그대들이 세자빈을 구명했다 하여, 국본인 내가 이제 와 모른 척 돌아설 수는 없다."

공덕은 흐느꼈다. 노인의 눈물엔 많은 것이 섞여 있어 묵직했다.

"이곳은 흔적 없이 사라질 것이다. 그대들이 살았던 곳은 이제 없느니라."

"아이고…… 아이고…….."

"원래부터 조선에 없었던 곳이니 변하는 것은 없다. 나는 그리 생각하는데, 어찌 생각하는가?"

마을이 사라진다니 아이들은 눈물을 줄줄 흘렸고 노인은 뚝뚝 흘렸다. 사람은 누구나 소속의 안정을 느끼고 싶어 하고, 누구나 반듯한 집단 속에 살기를 바랐다. 그것은 본능이니 구태여 설명할 거리도 되지 못했다.

"이곳은 잊어라. 내가 그대들의 마을을 다시 만들어 주겠다."

"예에?"

눈물만 뚝뚝 흘리던 공덕이 고개를 조금 들었다. 아이를 끌어안고 통곡만 하던 여인네들의 눈물도 기적처럼 멎었다. 칼바람이 두 볼을 할퀴니 눈물 자국은 그대로 얼어붙을 것만 같았다.

"마을을 만들어 주겠다고 했다. 절차를 밟고 조선인으로 입적을 하라."

"세, 세자 저하!"

"꼴이 이게 무언가? 저 아이들은 무슨 죄가 있기에 배움으로부터 떨어져 눈 뜬 봉사와도 같이 살아간단 말인가?"

공덕은 입을 크게 벌렸다. 살려만 주신 대도 감사한데 이게 무슨 천운이란 말인가?

"세자빈을 살렸기 때문만은 아니다. 조선에서 삼십 년을 살았으면 이미 그대들은 조선인이다."

"저하, 세자 저하!"

마을 사람들은 또다시 서럽게 눈물을 터트렸다. 내내 해결할 수 없던 불안에서 벗어날 수 있는 기회를 만난 것이다. 누구나 간절히 바라고 원했지만 쉽게 입 밖으로 꺼낼 수 없던, 금기의 단어와도 같던, 조선인으로 사는 일.

"물론 쉽지는 않을 것이다. 그대들에겐 다른 법도와 제도가 생길 것이니 말이다."

"아…… 괜찮습니다요……. 괜찮습니다요……."

"그대들의 농법은 나라에도 익히 도움이 될 것이니 나의 기대가 크다."

세자의 말끝에 공덕은 머리를 땅에 찧었다. 기쁨의 몸부림이니 달리 말릴 수도 없었다.

"자, 이제 나는 이 나라의 국본으로서 전할 말은 다 하였고."

완은 가벼운 몸짓으로 한쪽 무릎을 굽히며 땅에 대고 앉았다. 이어 공덕의 손을 붙잡고, 이마에 맺힌 노인의 피를 손으로 닦았다.

"다 죽어 가던 세자빈을 받아 주고 살려 주어 고맙소이다."

지금 이날의 일들을 모두가 오래오래 기억하기를. 조선이 이방인을 허락한 최초의 사건이었고, 세자가 낡고 닳은 타향살이 노인에게 머리를 수그린 전대미문의 사건이었다.

"이건 부인을 찾은 평범한 사내로서 어르신께 드리는 인사입니다."

이날의 사건은 오해 없이 기록되어 훗날 두고두고 이롭게 쓰였다.

◎

"내가 유심히 관찰을 해 보니 아이의 영특함이 상당하다. 순영이 네가 보기엔 어떠하냐?"

"우리 순돌이요? 글쎄요. 저는 잘 모르겠는데요?"

완과 순영은 마주 보고 앉았다. 떠날 차비를 모두 마친 완은 순영에게 이런저런 이야기를 건넸다. 이 아이들에게 거만의 부를 안겨 주어도 마음을 다 갚지는 못할 것이다.

"다른 아이들보다 키가 작아서 지는 걱정이여요. 잘 먹이지 못해서 그러나 신경도 쓰이고요. 영특한 건 잘 모르겠는데."

"글쎄다. 내 생각은 다른데. 순돌이는 아주 영민한 아이다. 순영이 너도 그렇고."

완이 부드럽게 말하자 순영은 두 볼을 붉혔다.

"나는 순돌이에게 때에 맞는 교육을 시키고 싶다."

"교육요?"

"그래, 너도 알다시피 아이의 사냥 실력이나 새총을 쏘아 대는 실력이나 예삿일이 아니지 않느냐?"

"그거야 뭐 실력이간요. 어깨너머 본 대로 흉내나 내는 것이지요."

"아니다. 고작 아홉에 그 정도면 기대가 될 만하다. 민첩함과 응용하는 능력이 탁월하니, 그것은 천부적이라고밖에 할 수가 없다."

순영은 눈을 반짝였다. 동생이 영민하여 대단한 인물이 될 수도 있다 하시니 설레는 것은 당연한 일이었다. 여전히 완의 신분을 정확하게 이해하지 못했고 나라의 국본이 무언지 잘 알지는 못했지만, 무슨 일이든 다 이뤄 주실 것만 같은 전능함이 느껴졌다.

"누이인 네 생각을 먼저 묻고 싶었다. 네 생각은 어떠하냐?"

순영은 침을 꼴깍 삼켰다.

"지야 무슨 생각이 따로 있는 것은 아니고요. 홍시 언니가 하는 말만 따르고 또……."

"또?"

"아재 말씀도 따르고 싶고요. 지한테는 어른이 없으니께요."

완은 껄껄 웃음을 터트렸다. 온순한 아이들이 무턱대고 마음을 열어 주니 이 또한 기쁜 일이라. 순영의 머리를 쓰다듬으며 완은 입술을 열었다.

"그럼 순돌이를 내게 맡겨 준다면 어디 한번 잘 키워 보겠다. 어떠하냐?"

"그런데 고것이 말도 못 하게 떽떽거려서 쉽지 않을 것인데요? 지가 아무리 일러도 사나운 것은 고치지를 못해서."

"적임자가 있으니 걱정은 할 것 없다."

그제야 염려가 묻어 있던 눈매를 지우며 순영이 미소를 방싯 그렸다. 완이 아이와 시선을 맞추며 웃음을 주고받으니 두 사람 머리 위로 떠오르는 한 인물이 있었다.

"지는 홍시 언니랑 아재만 믿을 거니까요. 우리 순돌이 잘 부탁드려요, 아재요."

"그래, 나도 잘 부탁한다."

적임자는 바로 지담이었다.

"어떠냐, 꼬마! 이 정도면 또 충분히 먹고도 남겠지?"

캬캬캬! 지담은 또 혼자 기쁜 웃음을 터트리며 성큼성큼 걸어왔다. 순돌은 쭈그리고 앉아 바닥만 휘휘 긁다가 힐끔 고개를 들었다. 또 저 무식하게 힘만 센 아재가 노루를 대롱대롱 엮어 왔지만 관심이 일지 않았다. 이미 멧돼지를 때려 잡아 온 이력이 있었으니 이젠 뭘 잡아 와도 그러려니 하고 마는 것이었다.

"뭐야. 반응이 왜 이렇게 시시해? 호응을 해 주지 않으면 내 사냥 능력이 떨어진단 말이다."

"걸리적거리지 말고 저리 가라니까, 아재요?"

"가라니까? 아재요? 말을 높일 거면 높이고 말 거면 말아라. 말본이 그게 뭐냐?"

"그려, 그럼. 내릴 거구먼."

오, 올려야지! 올리라는 뜻이잖아!

지담은 사냥감을 내려놓으며 아이의 옆에 쭈그리고 앉았다. 입술을 삐죽하니 내어놓고 땅만 죽죽 그어 대는 순돌의 심기는 상당히 불편해 보였다.

"뭐냐? 아홉 살에 어울리지 않는 이 청승은? 무슨 일 있었어?"

"일은 무슨. 기쁜 일이 있어야 웃는 거지. 웃긴 일도 없는데 웃고 있으면 그게 더 이상한 거 아녀?"

"모르는 소리. 내가 늘 하는 말이지만, 웃긴 일이 없을 땐 보란 듯이 더 웃어야 하는 거야."

"어째서?"

"글쎄다? 이유까지 물어본 사람이 없어서 지금 내가 좀 당황스러운데?"

"에효, 말을 말어야지."

순돌은 땅이 꺼지듯 한숨을 내쉬며 한심하다는 시선으로 지담을 바라보았다. 그러자 지담은 손을 올려 보였다.

"내가 믿기 어려운 동안이지만 너보다 곱절 이상은 살았다. 무시하고 싶은 마음 또한 알겠지만 그런 눈으로 보지는 마라."

"나이만 먹으면 뭐 한대? 머리에 들은 게 없는데."

"내, 내 머리에 뭐가 들었는지 안 들었는지 네 놈이 봤냐? 이게 아까부터 시비야! 기껏 놀아 주러 왔더니!"

"누가 놀아 달라고 했어? 귀찮게 하지 말고 썩 꺼져!"

"허! 이, 이, 이놈 좀 보게! 사람 박대하는 수준이 아주 대갓집 마님보다 더 하구먼?"

지담과 순돌은 서로를 바라보며 으르렁거렸다. 무릎이 닿을 듯 가깝게 쭈그리고 앉아 애고 어른이고 으르렁거리니, 어느 쪽이 더 어른인지 구분도 되지 않는 그림이었다.

"아재는 언제 떠나?"

그러다 고개를 돌리며 순돌이 물었다. 지담은 무심히 입을 열었다.

"이제 곧 간다. 왜, 아쉽냐?"

"아니 뭐, 홍시 누이도 가는 거잖아."

"당연하지. 그분이 안 계셔서 나라가 어떤 꼴이었는지 넌 모를 거다."

"꼴이 어떻든 그게 나랑 무슨 상관이래? 신경질 나 죽겠구면."

순돌은 애먼 나뭇가지로 땅바닥만 긁었다. 힘을 이기지 못한 가느다란 줄기가 툭 하고 부러지자, 순돌은 있는 힘껏 땅바닥에 패대기를 쳤다. 지담은 말없이 아이의 행동을 바라보았다.

"나는 싫은데. 홍시 누나 떠나는 거 싫은데."

그토록 살아나기만을 바랐던 홍시 누이가 떠난다니, 마음이 쓰린 것을 말로 다 설명할 수 없었다.

"아재요, 우리 그냥 여기서 살면 안 되나? 우리 다 같이?"

봄이면 왔다가 겨울이면 떠나는 새들처럼 계절을 약속할 수가 없고, 겨울이면 잠이 들었다가 봄이면 깨어나는 동물처럼 기다려도 소용없는 일이다. 이제, 가는 것은 알겠는데 언제 다시 볼 수 있는 건지는 알 수가 없었다.

"그냥 다 같이 살면 안 되나……."

순돌의 목소리에 힘이 없으니 지담은 막막한 숨만 크게 들이마셨다. 눈가에 그렁그렁한 눈물을 담고는 떨구지 않으려, 아이는 필사적인 노력을 다하고 있었다.

"울고 싶으면 울어도 돼, 꼬마."

"사내놈이 무슨 눈물이래? 기도 안 차네. 난 안 울 거구먼."

"그냥 울어도 괜찮다. 내가 아무한테도 말 안 할게."

"우는 걸 제일 보여 주기 싫은 사람이 아재요. 무슨 헛소리를 찍찍 하는지."

지담은 헛웃음을 토했다. 까마득한 먼 옛날, 자신의 아홉 살은 어땠는지 기억이 잘 나지 않았다. 하지만 짐작건대 눈앞의 순돌이처럼 눈물을 참거나, 마음을 숨기거나, 모든 것을 혼자 감당하려고 하지는 못했을 것이다.

"좋다. 그럼 너, 나하고 내기할래?"

"미안한데 내가 지금 아재랑 놀아 줄 기분이 아니라서."

"내기 모르느냐?"

순돌이 코를 훌쩍거리며 고개를 들었다. 지담은 머리를 조금 더 수그려 아이의 귓가에 속삭였다.

"나하고 과녁 맞히기 경합을 벌여서, 순돌이 네가 나를 이기면 홍시 누나를 다시 만나게 해 줄게."

"이 아재 농하는 것 좀 보소. 아재가 무슨 힘이 있어? 맨날 구박만 당하던데."

"자신 없는 게냐? 그럼 말고."

못 미더워하는 순돌의 시선이 사나운 것을 끝으로 지담은 몸을
일으켰다. 그러자 마치 지푸라기라도 움켜쥐는 듯 순돌이 지담의
옷자락을 움켜쥐었다.

"말 무르기 없대요, 아재요."

"오호라, 이제 존댓말 쓰기로 한 거냐?"

지담은 애써 웃음을 삼켰다.

"나중에 져 놓고 딴소리나 하지 마, 아재요."

"반말이야, 존댓말이야! 하나만 해!"

순돌은 진지했다. 홍시 누나를 다시 볼 수 있다면 멧돼지도 한
손으로 때려잡을 수 있을 것 같았다.

◎

"이제라도 포기하는 게 어떠냐?"

손끝에서 살을 날린 지담이 만족스러운 표정으로 경쟁자 순돌
을 내려다보았다. 허리춤밖에 오지 않는 꼬마 녀석은 씩씩거리며
다시 새총에 돌멩이를 장착했다.

"아재요! 길고 짧은 것은 끝까지 대 봐야 아는 것이지 뭔 말이

이렇게 많대?"

"허어, 이놈 하는 말 좀 들어 보게. 패배를 인정할 줄 모르는 사내는 진정한 사내가 아니야, 인마."

순돌이 거친 숨을 내쉬며 과녁을 노려보았다. 이윽고 녀석의 고사리 같은 손에서 돌멩이가 튕겨져 나갔고, 과녁 중앙에 매달아 놓은 끈이 흔들렸다.

"봤지! 나도 맞췄구먼!"

허. 지담은 과녁을 바라보다 시선을 내려 순돌을 바라보았다. 실력을 제대로 보고 싶어 내기로 꼬드겼지만, 상상했던 것보다 순돌은 감각이 좋았다. 부는 바람까지 계산해 손끝에서 돌멩이를 놓는 솜씨는 가히 일발필중의 명사수라. 스스로 터득한 바른 자세, 가슴을 모두 열어 어깨를 활짝 펴는 자세는 고쳐 줄 부분이 없어 기특하기도 했다.

"너, 이거 한번 쏴 볼래?"

지담은 손을 내려 자신의 활을 내주었다. 무사의 본능으로 어린 인재를 알아보았으니 가르치는 기쁨을 느끼고 싶었다. 하지만 순돌은 힐끔 활을 보더니 고개를 가로저었다.

"나는 내 것이 더 좋구먼. 그게 뭔지도 모르겠고. 아, 빨리 쏘기나 해! 아재요!"

순돌이 급한 마음으로 채근하자 지담은 가뿐하게 살을 놓았다.

급히 화살을 뽑아 얹고 급히 시위를 당기며 급히 살을 놓았으나 보나 마나 할 것 없이 명중이다. 빠르기와 정확성이 본 적 없는 것이라, 순돌은 멍하니 지담의 손끝부터 과녁을 따라 시선을 돌렸다. 짐승의 가죽으로 만들어 꽤 두툼한 과녁은 보기 좋게 뚫렸고, 변죽은 진동했다. 아이의 입술이 벌어졌다.

"어떠냐? 대단하지?"

한쪽 눈이 보이지 않는 애꾸눈 아재는 무엇도 상관없다는 것처럼 화살을 꽂아 넣었다. 찰나였으나 포물선은 아름다웠고 또한 날카로웠다.

"패배를 예감한 모양이다, 꼬마?"

"돼, 됐어! 이깟 것 나도 할 수 있다고!"

순돌은 다시 이를 악문 채 새총을 당겼다. 아득히 먼 지담의 과녁보다 한참이나 가까운 순돌의 과녁은 다시금 흔들렸다. 적중한 것이다.

허어, 이 녀석 좀 보게. 지담은 다시금 놀라 탄성을 내질렀다. 보기엔 갓난아기 장난과도 같은 순돌의 과녁이지만 중요한 것은 그런 것들이 아니었다.

"봤지! 아재요!"

"장난이 아니네."

아이의 평정심에 기함할 지경이었다. 상대의 기운에 영향을 받지 않고 역량을 선보이기란 장성한 사내도 어려운 일이었다.

과녁의 복판을 맞고 데구루루 구르는 돌멩이를 바라보던 지담은 더욱 아이에 대한 확신이 생겨났다.

이제 남은 것은 한 발. 지금까지는 동점이다. 마지막의 중압감을 이기려는 듯 순돌은 지담보다 먼저 새총을 당겼고, 과녁을 향해 쏘았다. 어김없이 과녁을 맞춘 돌멩이가 뒹구니 순돌의 입가에 만족스러운 미소가 떠올랐다.

지담이 시위를 장전하니 일촉즉발의 긴장감이 둘 사이를 휘감았다. 하지만 어쩐 일인지 지담은 쉽게 살을 놓지 못했다.

"불발되라고 대놓고 치성을 드려라, 아주."

옆에 꼭 붙어서 두 손을 모은 채 중얼중얼 비껴가라 기도하는 순돌에게 타박을 주었다. 아이가 하도 간절하게 기도하니 지담은 피식 웃음을 흘리다가 손끝에서 살을 놓았다. 화살은 과녁을 비껴갔다.

"이럴 수가! 안 맞다니! 이럴 수가! 이럴 수가!"

"이겼다! 이겼다! 이겼다아!"

익위사의 자비인 줄도 모르고 아이는 기뻐 날뛰었다.

"아재요! 내가 이긴 거 맞지! 맞지!"

"그래, 네가 이겼다. 하아, 고놈 참 잘 쏘네."

한껏 억울함을 표출하던 지담은 순순히 살을 내리며 순돌의 승리를 축하했다. 방방 뛰며 기뻐하는 모습을 보고 있자니 영락없는 아홉 살 꼬마 녀석이었다.

한쪽 무릎을 꿇고 앉아 순돌과 시선을 마주한 지담은 맥맥하게 아이를 바라보다 입술을 열었다. 지금 당장 아이는 깊이를 헤아릴 수 없을 진중한 물음이었다.

"순돌이 너, 홍시 누나가 나중에 아들을 생산하시면 그 아들을 지켜 줄래?"

"지켜 줘? 내가?"

"그래, 지켜 주는 거야, 평생. 홍시 누나가 아들을 생산하시면 누군가 지켜 줘야 하거든. 어떠하냐?"

"암먼! 암먼! 내가 지켜 주지! 그것은 내가 제격이지! 이 새총만 있으면 문제없구먼!"

"열과 성을 다하여?"

"그게 뭐여? 뭘 다해? 아무튼 나는 다 해!"

순돌이 비장함을 내보이며 작은 주먹을 불끈 쥐자 지담은 하염없이 아이의 머리를 쓰다듬었다.

"그럼 이제 가자. 홍시 누나한테."

작금의 익위사와 먼 미래 충성을 이을 익위사의 접점이요, 참으로 위대한 순간이었다.

저 멀리서부터 나팔 소리와 징 소리가 끊이지 않고, 행렬은 저 옛날 매사냥을 나가시던 때처럼 성대했다. 죽은 줄 알았던 며느리가 살아 있다니 상감께서도 전례 없는 인력을 동원하신 것이다.

"이만 가야겠다."

"네, 저하."

모두가 세자빈을 극진히 반기니 처음 보는 풍경에 마을 사람들은 전율을 느꼈다. 마을을 통째로 옮겨야 했으니 당도한 사람들은 세심하게 갈라져, 누구는 남고 누구는 떠나기로 했다. 사람들은 상감으로 하여금 성(姓)을 하사받을 예정이었고, 부작용의 최소를 위해 살던 모습 그대로 옮겨 주기로 했다. 마을 사람들이 안전하게 이동할 수 있을 때까지 이곳에 지담이 남기로 정해졌다.

"마마, 소인이 모시겠나이다."

나인이 다가와 아뢰자 용희는 고개를 끄덕였고, 아쉬움에 뒤를 돌아보았다. 성대한 규모가 지닌 삼엄함과 칼을 찬 무사들의 기운에 눌려, 먼발치에서 서성이는 순돌이가 보였다. 용희는 잠시 기다리라 말하곤 순돌을 향해 이리 오라 손짓했다. 그 모습을 완이 바라보았고, 순영은 순돌의 등을 떠밀며 가 보라 말했다.

처음 보는 사람들이 많아 낯을 가리기 시작한 순돌이 느린 걸음으로 다가왔다. 용희가 아이를 맞이하며 구부려 앉으니 오랜만에 차려입은 비단옷이 흙바닥에 쓸렸다.

"순돌아, 누나랑 한 약속 잊지 않았지?"

순돌은 말을 하지 못한 채 고개만 주억거렸다. 모두가 그녀를 어렵게 대하니 평소처럼 편한 말이 나오지 않았다.

"괜찮아. 편히 말해도 돼, 순돌아."

용희가 작게 말하자 순돌은 곁눈질로 사방을 살피다가 조막만 한 입술을 열었다. 누구에게 들릴까 아주 작은 음성으로, 아이는 말했다.

"기다려 줄 거지? 나 잊어버리는 거 아니지?"

"아무렴. 누나가 순돌이를 어떻게 잊어."

"그럼 내가 갈 때까지 잘 있어. 내가 누나의 아이를 잘 지켜 줄 거구먼."

응? 용희는 뜬금없는 아이 타령에 동그랗게 눈을 뜨다가 이내 웃음을 터트렸다. 순돌은 여전히 코앞까지 다가온 작별에 잔뜩 숨을 밀어 넣고 있는 중이었다. 용희는 순돌을 폭 안았다.

"기다릴게. 다시 만나자, 순돌아."

아무리 발가락에 힘을 주고 서 봐도 더 이상은 참을 수가 없어, 순돌은 어깨를 들썩거렸다. 차라리 아까 울어 버릴걸. 이렇게 많은 사람들 앞에서 울어 버릴 줄 알았다면, 모자란 아재가 울어 버리라고 할 때 그냥 울어 버리고 말걸.

"건강해. 우리는 조만간 다시 만날 테니까."

"잘 가……. 홍시 누나…… 잘 가요……."

아홉 살 소년의 뜨거운 눈물이 그녀의 어깨를 적셨다.

모든 움직임은 완의 명 아래 멈췄고, 세자빈과 아이의 이별이 원만할 수 있을 때까지 기다렸다. 용희는 한참이나 아이의 작고 마른 등을 토닥이며 다음을 약속했다. 잘 있으렴. 우리, 다시 만나는 날엔 헤어지지 않기로 해.

"잘 있어, 다시 만날 때까지. 그리고 꼭 다시 만나."

"순돌이 잊으면 절대 안 돼…… 홍시 누나……."

내 작은 호위무사, 잠시만 안녕.

101
화

마음껏 그리고 마음대로

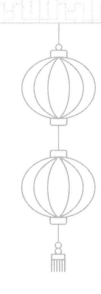

【천종(薦宗) 15년 5월 6일. 덕온세자(德溫世子) 동궁 일기 中】

내 어머니께선 면의에서 비단옷으로 갈아입으시고, 커다란 가마에 몸을 싣고 궁인들과 장군들의 호위 가운데 도성으로 돌아왔다. 어머니를 마중 나온 백성들의 통곡 어린 환대가 반나절 넘게 이어졌다. 백성들이 옷고름을 뜯어 길가로 내던지니 가마가 그것들을 밟고 지나 광경은 장관이었다.

궐 안의 모든 이는 백 리 길을 마다한 채 버선발로 뛰어나와 어머니를 섬기고 반겼다. 감격에 사무친 내 어머니가 구슬 같은 눈물을 뚝뚝 흘렸으니 이제야 이유를 잘 알겠다.

한 가지 안타까운 것은 그때엔 내가 없어 어머니를 모시지 못했다는 것이다. 시간은 이미 흘러 어찌할 바가 없으니 심중의 불효요, 지금에 와 생각해도 거듭 서러운 일이다.

"행수께선 안에 계시는가! 좀 나와 보시게!"

이제 막 셈에 눈을 뜬 아이들에게 장사의 근간이 되는 상도(商道)를 가르치던 륜명이 고개를 들었다. 아랫것이 고하기도 전에 문전에서 자신을 다급히 찾는 목소리는 누구의 것인지 대번 알 수 있었다.

"잠시 이걸 보고 있거라. 금방 돌아오겠다."

"예, 행수 어르신."

륜명은 아이들을 뒤로하며 밖을 나섰다. 마당을 내려다보니 아랫것들은 성난 사내들을 진정시키느라 안절부절못하고 있었다.

"해, 행수 어르신, 소인이 안 된다고 해도 통 얘기를 듣지 않으시고……."

"두어라. 괜찮다."

"예? 예."

아랫것들이 륜명의 명에 물러나자 사내들은 성큼성큼 걸어왔다.

"행수! 행수께선 이 사실을 알고 계셨소?"

이들은 명국과 조선의 사이를 오가며 물건을 대량으로 들여오고 내보내는 중간 상인들로, 비교적 조선말과 명국의 말에 모두 능한 자들이었다. 륜명은 마루에 서서 부채를 팔랑이며 찾아온 사내들을 바라보았다. 종잇장을 펄럭거리는 사내들의 안색이 붉은 것을 보니 화가 잔뜩 난 성싶었다.

"무슨 일입니까?"

"아니 글쎄, 행수의 말만 철석같이 믿고 내 이번에 인삼을 넉넉히 풀었는데, 풀고 나니 가격이 오르는 것은 무슨 조화인가?"

"그것을 어찌 제게 따져 물으시는 것입니까? 시장의 이치라는 게 오를 때도 있고 내릴 때도 있는 법. 인삼 유통을 대인께서만 하시는 것은 아니지 않습니까?"

"어허! 이 사람 좀 보게! 이제 와 말을 바꾸는 것인가? 연 부장과 함께 지금이 적기라고 나를 꼬드기지 않았나! 내 지금 손해가 얼마인지 알긴 아는가?"

"여기서 이럴 것이 아니라 싼 가격에 인삼을 가져간 관아에 가

따져 물으시오. 이리 오른 것은 필시 정부의 개입 없이는 힘들 것 이므로."

"글쎄, 나는 모르는 일일세! 정부고 나발이고 아무것도 모르겠 으니 내 손해 본 것이나 물어내게!"

서너 명으로 몰려온 사내들은 왁자지껄 분을 감추지 못했다. 그 도 그럴 것이, 창고에 가득 담아 놓았던 인삼을 풀고 나니 가격이 월등히 뛰어오른 것이다. 륜명의 언질만 없었다면 내다 팔 이유도 없었을 것이고, 그랬다면 지금쯤 더욱 좋은 가격에 매매가 이루어 졌을지도 모르는 일이었다.

"어쩔 겐가? 이 손해를 어쩔 것이냐고!"

"왜들 소란이오?"

그때였다. 창고 장부 정리를 마친 연 부장이 모습을 드러냈다. 륜명은 난처했던 시선을 그녀에게 옮겼고, 사내들은 매서운 연 부 장의 눈초리에 헛기침을 내뱉었다.

"왜들 소란이냐 물었소. 장사판에 와서 고함을 쳐 대다니, 어이 이리들 무례하시오?"

사내들은 연 부장의 시선을 외면하며 우물쭈물했다. 부들부들 한 눈매와 나직한 음성으로 감정을 잘 드러내지 않는 륜명과는 달 리, 연 부장은 여인의 몸이지만 대적하기 힘든 사나움이 있었다.

"황 대인, 황 대인께서 말씀해 보십시오. 웬 소란인지."

꿀 먹은 벙어리처럼 아무 말도 하지 못한 채 쭈뼛거리자 연 부장은 사내 한 명을 지목했다. 지목당한 사내는 말을 버벅거리다가 용기 내어 입술을 떼었다.

"이, 인삼 가격이 크게 올랐소! 우리가 연 부장과 행수의 말만 믿고 관아에 인삼을 넘겼다가 손해를 크게 보았으니 어, 어떻게 책임질 거요!"

"지금 손해라 하시었소?"

앙칼진 음성 끝이 더욱 치솟았다. 답을 하던 사내가 흠칫 놀라 두어 걸음 뒤로 걸었다.

"소, 손해는 손해지! 우리에게 다시없을 적기라고 한 것은 연 부장이 아니었소?"

"이런 미련한! 하나는 알고 둘은 모르니 어찌 장사치라 할 수 있단 말이오?"

연 부장이 버럭 화를 내자 사내들은 당황한 표정을 지었다. 계산이 남달리 빨랐고, 그녀의 언술은 까칠했으나 사람을 설득하는 기술이 있었다.

"내가 대인들께 인삼을 풀어 관아에 내놓으라 한 것은 단순한 이득을 보라 한 것이 아닙니다!"

"그렇다면?"

호의를 베풀지 않으나 거짓 장사를 하는 사람은 아니라는 것.

그것이 연 부장을 둘러싼 세간의 평이었다.

"잠시 인삼을 흥정하는 가격이 올랐으나 그것은 일시적인 현상일 뿐. 관아에서 요청했을 당시 내다 팔지 않은 자들은 색출되어 따로 관리를 받게 될 것이오."

"아……."

"순간 많은 이득을 취하면 뭐 할 것이오? 나라에서 조만간 인삼을 취급하는 상인들의 수를 대폭 줄일 것이라 시기를 보고 있소. 그만큼 일반 상인에게 인삼을 유통할 기회를 주지 않겠다는 것이 현국의 취지인 것이오. 뜻을 그렇게도 모르시오?"

연 부장이 카랑카랑하게 말을 던지자 류명은 부채를 살랑거렸고, 그제야 상인들은 아아, 하며 고개를 끄덕였다.

"그러니까 연 부장의 말은, 지금 나라에서 독점을 주기 위해 인삼꾼들을 솎아 내고 있다는 것인가?"

"……."

"……요?"

오금이 저리다. 사내는 간신히 말끝에 존대를 붙이며 연 부장의 시선을 살폈다. 고운 낯빛으로 한 번을 웃지 않는 연 부장이야말로 찔러 피 한 방울 안 나올 여장부였다.

"인삼은 조선이나 명국이나 중요한 물품이 되었소. 앞으론 허가를 받은 자들만이 취급할 수 있게 변할 것이고 또한 중요한 공산품이 될 것이오. 대인들에게 가장 먼저 그 자격이 주어질 것이니 기다려 보시오들."

"역시 연 부장이네! 진작 이런 말을 해 주었더라면 우리가 이렇게 불편한 걸음을 하는 일이 없지 않았겠나!"

"우리는 그런 줄도 모르고 당장 이득에 눈이 멀어 이런 아둔한 짓을 하고 말았네! 내 사과함세!"

"그렇다면 연 부장! 우리는 언제까지 기다리면 되는 것인가?"

"글쎄? 나라에서 하는 일을 내가 어찌 알겠소? 다만 시간이 오래 걸릴 수 있는 국가사업이니 오래 걸리더라도 그 수확이 확실할 것이오."

"그렇지! 그렇지! 오래 걸릴 수도 있지!"

"그럼 연 부장만 믿고 이만 우리는 가 보겠네! 류명 행수! 결례가 많았네!"

"그럼 대인들께선 살펴 가십시오."

류명은 부채질을 하며 간단히 인사를 건넸고, 사내들은 왔던 것처럼 우왕좌왕 길을 떠났다. 여전히 매서운 눈길로 그들이 사라지는 모습을 바라보던 민연은 힐끔 류명을 바라보았다.

"왜요? 문제가 있습니까?"

"아니다. 네가 없었으면 곤욕을 치를 뻔했다. 내가 혼자였다면 버티다가 결국 손해를 배상해 주었을 테지."

"쯧쯧, 그렇게 물러 터져서 어찌 행수 자리를 지키고 계십니까?"

"그러니 내 곁에 네가 있지 않아. 네가 없이 이 자리를 내가 어찌 지키겠느냐?"

륜명이 빙그레 웃자 민연은 한심하고 답답하다는 듯 눈꼬리를 추켜세웠다. 이윽고 아무도 남지 않게 되자, 민연은 나직한 목소리로 입술을 열었다.

"이제 상단 창고를 열어 인삼을 밖으로 내보내십시오. 이번에 전부 처분해야 합니다."

"왜? 지금 내보내면 관아에 적발될 거라면서?"

"그것을 정녕 믿는 겁니까? 행수께서는 대체 장사를 하는 것입니까, 마는 것입니까?"

"뭐라? 그럼 지금 저 대인들에게 한 말은 모두 거짓이었다는 것이냐?"

륜명이 부채를 접으며 입을 크게 벌렸다. 민연은 잡고 있던 장부를 펼치며 못다 한 일을 시작했고, 별일 아니라는 듯 무심히 말을 이었다.

"저들이 싼값에 인삼을 내어놓았으니 당분간 관아는 인삼을 들이지 않을 것입니다. 관심 밖이라는 것이지요."

"공산품이 될 거라더니?"

"되겠지요. 언젠가는?"

장부를 한 장 한 장 넘기며 민연은 무심히 답했다. 무책임한 답이 그녀의 입술 사이로 술술 흐르자 륜명은 경악하듯 두 눈을 크게 떴다.

"연 부장, 지금 저자들을 거짓으로 홀렸단 말이냐?"

"거짓이라니요? 인삼은 분명 공산품이 될 것입니다. 다만 때가 언제인지 모르는 것이지요. 말씀드리지 않았습니까? 오래 걸릴 수도 있다고?"

확인할 것을 전부 확인했는지 그녀는 장부를 닫았다. 감정에 치우치지 않고, 손익 계산을 분명하게 하는 그녀는 타고난 사업가였다.

"행수께서는 제발 정에 치우치지 좀 마세요. 우리는 아직 갈 길이 멀단 말입니다."

"허어."

륜명에게 부족한 부분을 말끔하게 채우는 역량이었다. 확실하게 밀고 나가 뒤끝 없이 처리하는 판단력과 결단력. 사내들의 힘겨루기가 한창인 판에서 고고하게 살아남은 생명력. 인정에 치우치지 않는 민연의 차가운 성격은 대규모 상단을 꾸려 나가기에 더없는 안성맞춤이었다.

"하실 말씀 더 없으시면 이만 가 보겠습니다. 저는 바빠서요."

"저, 민연아."

민연은 돌아서며 눈을 동그랗게 떴다. 류명이 여간해서 부르지 않는 자신의 이름을 부른 것이다.

그녀는 류명을 따라 명국으로 건너왔고, 괴팍한 성격을 고치지 못해 한동안 애를 먹었다. 빛도 들지 않고 공기도 통하지 않는 컴컴한 방에 쭈그리고 앉아 곡기를 끊어 낸 것이 얼마였던지.

"저를 부르셨습니까?"

그런 그녀를 세상 밖으로 조금씩 데리고 나온 것은 바로 류명이었다. 무엇을 어찌해도 다그치지 않고, 그녀의 욕설과 폭력에도 언성을 높이지 않고, 한결같은 다정함으로 그는 말했다.

"고맙다."

괜찮아. 나는 널 믿는다, 민연아. 그리고 고맙다.

류명의 따뜻한 온기가 그녀의 마음을 녹이더니, 마침내 민연은 방문을 열고 스스로 나설 수 있게 되었다. 타고난 영민함으로 장사의 이치를 홀로 터득하고, 단박에 류명의 상단을 배부르게 했다. 꼭 맞는 옷을 입은 듯한 천부적인 기질로 상단의 안주인을 도맡아 꾸려 가기 시작한 것이다.

"나는 항시 네게 고마운 마음을 가지고 있다, 민연아."

민연은 문득 튀어나온 류명의 고맙다는 인사에 정적인 표정을 지었다. 류명이 자신의 오라비라는 것을 알고 있었지만, 민연은 끝끝내 모른 척했다. 류명 역시 자신이 오라비라는 것을 밝히려 들지 않았고, 다만 먼 옛날 신기형에게 은혜를 받은 적이 있어 너를 보필하는 것이라, 편히 설명했다.

"우리 상단에, 그리고 내 곁에 네가 있어 얼마나 든든한지 모른다."

류명이 햇살처럼 웃으며 비 갠 뒤 하늘 같은 말을 건네자 민연은 가느다란 웃음을 매달았다. 그녀의 입가에 둥근 미소가 그려지는 일, 흔치 않았다. 물론 가문을 잃고 아비는 불명예스럽게 죽었으나 억울하게 당한 일은 없었으니, 그저 그런 듯 가슴에 묻고 살아야 했다.

"새삼스러우십니다. 고맙다니요. 낯 뜨겁게 그런 말씀을 하십니까?"

"그냥. 고마울 땐 고맙다고 바로 말하는 것이다. 내 마음을 너도 느꼈으면 해서."

"말씀 안 하셔도 충분히 느낍니다."

"나는 네 마음을 모르겠는데?"

류명이 고개를 갸우뚱하며 장난스럽게 묻자 민연은 그의 얼굴을 한참이나 빤히 들여다보았다. 얼굴 어딘가에 아비의 흔적을 새겨 넣고, 오라비는 평생을 지켜 줄 것처럼 든든히 곁을 지켜 주었다.

"저도 고맙거든요."

"허어! 지금 뭐라 했느냐? 뭐라고?"

처음으로 들어 본 민연의 고맙다는 말에 류명은 화들짝 놀라 그
녀 뒤를 졸졸 따라다녔다. 그녀의 감정이 나날이 발전하니 큰 기
쁨이 아닐 수 없는 것이다.

"다시 말해 봐라. 한 번만. 응? 응?"

"두 번은 말 안 합니다. 아, 비키세요! 일하잖아요!"

류명이 재촉하며 졸졸 따라다니니 민연은 귀찮다는 듯 팔을 휘
젓다가 웃음을 터트리고 말았다.

"행수 어르신! 우리 다 읽었어요!"

때마침 방 안에서 아이들이 뛰어나왔고, 민연을 둘러싸며 매달
렸다. 무엇이든 사납게 굴던 민연이지만 어느덧 아이들에게 손을
뻗어 가진 온기를 나눠 주었다. 그 모습이 하도 정겹고 눈이 부셔,
류명은 씁쓸한 미소를 그리고 말았다.

고운 댕기, 붉은 입술, 비단 치마. 그녀는 조선의 별당 아씨로
살았던 분이라지요.

"뭘 그렇게 보십니까?"

"아니, 아니다. 그저 네가 어여뻐서."

아비는 날아가는 새도 떨어트린다던 나라의 정승이었다지요.
그런 그녀는 이제 없지마는 그것이 또 무에 대수랍니까.

"제게 또 고마우십니까?"

"그래, 고맙다. 하나부터 열까지 고마운 것이 천지구나."

신민연이라는 이름은 버렸으나 그녀는 비로소 참된 인생을 살아가는 중이라지요.

"행수께서 내일은 제게 더 고마워하실 겁니다."

"어째서?"

"내일은 더 많이 웃어 볼 테니까요."

하루하루 죽어 가는 것이 아닌, 매일매일 살아가는 중이라지요.

◎

매서운 한파다. 인왕산 봉우리를 넘어서 강줄기를 훑고 지나온 칼바람에, 여인들은 귀와 뺨을 가리는 남바위 없이는 외출을 하지 못할 지경이었다. 얼어붙지 않은 것을 찾기 힘들었고, 햇살이 넉넉하게 내려온들 기온이 뚝 떨어져 온기를 기대하긴 역부족이었다. 모든 것이 죽었다가 되살아나기만을 바라기에, 겨울은 고난의 계절이었다.

"아따, 우라질, 날씨 한번 드럽게 춥네."

"여보게 봉삼이, 이깟 추위가 무슨 대수인가? 우리 세자빈마마께서는 이런 추위도 뚫고 목숨을 부지하셨는데."

"하기야 그건 그렇지? 성치 않은 몸으로 어째 이런 겨울을 나셨대. 하늘이 돕지 않고서야 있을 수 없는 일이지. 또 작년은 좀 추웠는가?"

"이게 다 우리 세자 저하께서 평소 좋은 일을 많이 하셔서 그런 거지. 혹 아는가? 이 겨울 다 가고 나면 나라에 좋은 일이 있을지."

그것 참 희한하지. 모두에게 춥고 고달픈 계절이었으나 백성들에겐 활력이 넘쳤다.

"우리 마마께서 도성으로 돌아오실 적 가마에서 빛이 번쩍번쩍 하더라니까? 후광이 말도 못 하게 비치더라고! 내가 두 눈으로 똑똑히 보았다, 이거야!"

그 광경을 멀리서나마 바라보았던 자는 영웅담처럼 이야기를 풀어내기 일쑤였다.

"어머니, 그래서? 그래서 그다음엔 어떻게 되었어? 응?"

"어떻긴. 몹쓸 바다에서 구사일생하시어 세자 저하의 곁으로 돌아오셨지."

"우와아! 그럼 바다에서 사는 용왕님이 살려 주신 거야?"

"그럼, 그러니까 착하게 살아야 복을 받는 거야. 착하게 살지 않으면 용왕님이 도와주지 않으시니까."

아이들은 군밤을 구워 내는 어머니의 곁에서 구전 동화를 듣듯 그녀의 이야기를 기다렸다. 관상 좀 본다던 사람들은 풍문으로 새겨들은 세자빈의 이목구비를 분석해 새로운 관상학을 만들었고, 세자빈이 평소 즐겨 하신다는 장신구 모양은 불티나게 팔려 고공

행진 중이었다.

"이것이 세자빈마마께서 즐겨 하시는 거란 말이지?"

"예예, 마님. 요즘 없어서 못 파는 물건입니다. 웃돈을 얹어서라도 사 가시겠다는 분들이 줄을 서 계시지 뭡니까?"

"그럼 웃돈을 얹어 줄 테니 내게 다 팔게. 다른 여인들이 나와 같은 걸 하고 다니는 게 싫단 말일세."

이렇듯 용희는 죽음을 불사한 전설이 되었고, 있는 자들에겐 귀감이, 없는 자들에겐 희망이 되었다. 착하게 살면 복을 받는다는 말을 검증받았다는 것처럼 선행하는 사람들이 늘어났으니, 의도는 아니었지만 그녀가 조선 사회에 전반적으로 끼친 영향이 방대하다 볼 수 있었다.

◎

겨울은 어느덧 지난 손님이 되어 갔다. 도무지 그칠 것 같지 않던 한파가 누그러지나 싶더니, 어느 날은 외투 없이 볕을 쬐며 숨을 들이마실 수도 있었다. 사나운 바람에 입김마저 얼어붙을 것 같아 이 겨울이 대체 지나기는 지나는가 모두가 의심스러워했지만 결국 사라졌다. 왔으니 가는 것이다. 다른 의도는 없었다.

"저하께서 늦으시나?"

어둠이 그윽하게 찾아드는 처소 안. 용희는 홀로 앉아 자수를 놓았다. 드문드문 간택의 일이 떠올라 미소 짓기도 하고, 이진이 보고파 날이 밝는 대로 기별을 넣어야겠다 싶다가도, 끝내 찾지 못한 민연의 생사가 궁금해 잠시 손을 멈추기도 했다. 그러다 보니 어느덧 시간은 야심해져 촛대의 불꽃만이 까물거렸고, 용희는 늦으시는 저하의 걸음에 고개를 갸우뚱했다.

그녀가 다시 입궐한 때부터 지금까지 단 한 번도 거르신 적 없던 걸음이다. 떨어져 있었던 시간을 메우려는 듯 매일 밤 고단한 품으로 그녀를 끌어안으셨고, 눈을 뜰 때면 항시 그녀의 이마에 입술을 맞대며 애정을 아끼지 않으셨다.

"세자 저하 납시오!"

드디어 반가운 박 내관의 음성이 울려 퍼졌다. 용희는 다급히 쥐고 있던 바늘을 수틀에 꽂고 몸을 일으켰다. 날렵하게 솟은 버선코가 그녀의 치맛자락 아래서 모습을 보였다 감추기를 반복했다.

"저하, 이제 오십니까?"

용희가 몹시도 반갑다며 환히 웃자 완은 미안한 표정을 지었다. 온종일 자신을 기다렸을 그녀를 빨리 찾아오지 못해 마음이 편치 않았다.

"추운데 뭐 하러 밖을 나왔어."

"그냥요. 일각이라도 더 빨리 뵙고 싶어서요."

"어서 들어가자."

완은 용희의 손을 붙잡았고 내인들은 덤덤히 그 뒤를 따랐다. 처음엔 두 분께서 손만 잡아도 시선을 어디에 두어야 할지 몰라 우왕좌왕하던 내인들이 아니었던가. 하지만 익숙해질 대로 익숙해진 두 사람의 애정 표현에 내인들은 더 이상 놀라지 않았다. 유달리 다정하시니 특이하다 생각되었지만 궐 밥을 오래 먹은 자들이 떠올리기를, 상감 또한 청춘의 때 중궁의 손을 항시 잡고 다니시며 애지중지하셨다 하니 집안의 내력인가 싶기도 했다.

용희가 장지문을 열자 그녀의 향기가 밀려 나왔다. 완은 달고도 부드러운 향내에 심신의 안정을 느꼈고, 그녀의 손을 꼭 붙잡은 채 안으로 들어섰다.

"무얼 하고 있었어. 아, 자수를 놓고 있었구나."

"예, 저하. 오랜만에 바늘을 다루다 보니 속도가 나지 않고 실력도 예전 같지 않습니다."

"무엇을 하든 무리는 하지 말아라. 느리더라도 꾸준히 하면 된다."

자리에 앉으며 그가 말하니 용희가 부드러운 미소로 화답을 했다.

용희가 대궐에 들어서는 날부터 내의원의 극진한 처방이 시작되었다. 실종 육 개월 뒤 나라가 빈궁의 사망을 선포한 까닭은, 살

앞으리라는 희망을 조금도 가질 수 없었기 때문이다. 차디찬 물의 온도, 절벽에서 떨어졌을 때 전신으로 받았을 충격. 그것들을 이겨 낸다 한들 따라오는 부작용을 홀로 감당했을 리가 없다고 내의원의 모두는 판단했다. 하지만 세자빈을 진찰한 의원들은 모두 놀라 기함했다. 오장육부의 기가 원활하고, 혈액의 순환이 완만했으며, 머리도 말짱하여 기억에 문제가 없었다.

"오늘도 곤하셨지요, 저하."

어떤 대단한 인물이 병중을 살폈기에 원기를 회복하시었나 궁금했던 내의원 사람들은 등장한 계문 할멈과 순영, 그리고 순돌을 보고는 자신들의 의술에 의문을 품었다. 의술을 배운 적도 들은 적도 없는 사람들이 그녀를 건강하게 지켜 준 것이다.

"괜찮다. 하는 일에는 끝이 있기 마련이고, 그것이 끝나야 너를 보러 올 수 있으니 조급증이 생기기는 했다만 말이다."

바빴던 하루가 고단했는지 완의 눈꺼풀이 무겁게 내려왔다가 올라갔다. 궁궐엔 행사가 많고 타국의 사신이라도 올 적이면 응당 세자가 그들을 대접하기도 했다. 주어진 일이 많으니 노상 바쁠 수밖에 없는 자리였다.

"저하께서는 이리 바쁘신데 따로 도와 드릴 것이 없어 속이 상합니다."

"조정에 바른 자들이 들어서 기반과 틀을 잡아 가니 근심을 한

462

결 덜었다. 네게 걱정을 끼칠 만큼은 아니니 염려하지 않아도 되 겠다."

아, 그렇지. 완은 무엇이 떠올랐다는 것처럼 눈동자를 위로 올 렸다가 그녀를 향해 내렸다. 그의 말이 궁금했는지 용희는 고개를 비스듬하게 꺾었다.

"하, 내가 아직은 때가 아니라고 그렇게 일렀는데 말이다."

"예? 무엇이요?"

"네가 아직 완벽하게 건강을 찾은 것이 아니지 않느냐? 아직은 때가 아니라고 그렇게 알아듣게 말을 해도 대신들의 성화가 어찌 나 불같은지."

"무슨 말씀이신지 전혀 못 알아듣겠습니다."

"그게, 그러니까, 그것이 말이다."

흠흠. 완은 헛기침을 두어 번 내뱉으며 뜸을 들였다. 그냥 말하 기는 민망스러워 익선관을 스스로 벗어 용희 손에 내려 주며 시선 을 회피했다.

"너와 내가 시급히 후사를 보아야 왕실의 안정을 찾는다나 뭐 라나."

"……."

"아니, 나는 그래서 단호히 아직은 때가 아니라고 말을 하긴 했 는데."

"……."

"그러니까 말이다! 대신들이라는 자들이 어찌 이리도 상황을 모른다는 말이냐! 세자빈의 몸이 성치 않은데 후사라니! 내가 아주 불같은 화를 내고 돌아왔다!"

아직 길일을 받아 들지 못했다. 그녀의 몸이 빠르게 회복되어 간다지만 혹시 모를 뒤탈을 염려한 의원들이 두 사람의 길일을 막아선 것이다. 조정은 후사를 원했고, 내의원은 순리를 따라야 한다며 팽팽히 맞서는 때였다. 매일 밤 그녀의 곁에서 잠들었지만 그것으로 만족해야 했던 세자에게 지난겨울은 무척이나 혹독했다.

"하! 아직도 내 화가 풀리지를 않는구나! 용희야! 내가 다시 가서 몇 마디를 더 해야겠다!"

간간이 뜨거움을 이기지 못해 그녀 쪽으로 손을 뻗었다가도, 누구보다 그녀의 쾌유를 원했기에 손을 내려야 했다.

"아아! 다들 퇴청을 했겠군! 그럼 내일 날이 밝자마자 단단히 일러 주어야겠다!"

용희가 아무런 대꾸 없이 경청만 하자 완은 자리에 없는 대신들에게 괜한 역정을 내며 무안함을 풀었다. 그래도 말을 하지 않으며 용희가 바라만 보자 완은 귀까지 붉어진 얼굴로 고개를 돌렸다.

"알았다, 알았다. 내가 하지 않아도 될 말을 하여 너에게 부담을 주……."

"오늘 낮에 내의원에서 길일을 받아도 될 것 같다는 소견을 받았습니다."

"그래, 축하한다. 내의원에서 길일을 받아도 될…… 것…… 같다는…… 것은…….'

완은 홱 고개를 돌리며 용희를 바라보았고, 그녀는 부끄러움과 기쁨을 동시에 담은 미소를 지었다. 너무 놀라 말문이 막혔는지 완은 입술만 벌린 채 눈만 깜빡거리다가 더듬거리며 입술을 열었다.

"그럼, 그럼, 전부 나았다는 것이냐?"

"예, 저하. 이제 정말 괜찮다고 합니다."

"그걸 왜 이제 말해 주는 것이야! 일찍 말해야지!"

"이제 막 오시지 않으셨습니까? 이제 막 오셔 놓고 얘기할 틈도 주지 않으셨으면서 무슨 말……."

용희는 말을 하다 멈췄다. 완이 손을 뻗어 쑥, 하고 자신을 끌어당긴 것이다. 달리 무슨 말을 하고 말 것도 없이 완의 입술은 그녀의 입술을 찾아갔다. 달고 보드라운 것을 물었다는 것처럼 깊고 하염없는 입맞춤을 이어 갔다. 숨 쉬기가 벅차 잠시 얼굴이 떨어지니 완은 물었다.

"하여, 길일은 언제인가?"

아무렴 관계없다는 듯 완은 용희의 옷고름을 끌렀다. 혈기가 왕성한 세자의 손등에 핏줄이 서자, 용희는 그것을 내려다보다 고요한 미소를 띠었다. 심장이 너무 뛰어 말이 뱉어지지 않았다.

"물었다. 우리의 길일은 언제인가?"

저고리를 끌러 내시니 팔을 가만히 들었다가, 치마가 속절없이 내려가니 용희가 몸을 조금 비틀며 그의 행동만 주시했다. 내어놓으라는 답은 내어놓지 않고 그녀의 얼굴에 물든 홍조만 더더욱 붉어졌다.

"어찌 말씀이 없으시오, 부인. 지금 당장 달려가 관상감에 물어야 하는가?"

그녀의 가느다란 목과 등을 감싸 안고 선을 따라 입을 맞추며, 완은 집요한 질문을 이어 갔다. 간지럽고 뜨거운 기운이 새겨지는 것 같아 그녀는 두 눈을 꼭 감았다가 떴다. 이미 완은 놓아줄 용의가 없어 보이고, 그녀 또한 벗어나고자 하는 의지가 없었다.

"오늘이옵니다."

말이 끝나기가 무섭게 완은 옥대를 끌렀고 용포를 내던졌다. 다급히 용희를 눕히며 과격한 힘으로 그녀를 탐하니 참으로 오랜만에 찾아온 부부의 밤이었다. 다리와 다리가 엮이고 입술과 입술이 만났다. 다정했던 사내는 거친 면모를 가지고 있어 그녀를 기쁘게도 힘들게도 하였고, 수줍었던 여인은 미혹의 기질을 가지고 있어 그를 즐겁게도 괴롭게도 하였다.

쉽게 끝날 것 같지 않은 시간이 흐르고 또 가지 말았으면 하는 밤은 깊어만 갔다. 만감이 교차한 그녀의 눈가에서 간혹 눈물이 떨어지니 완이 그 눈물에 입을 맞추었다.

"용희야."

"네, 저하."

어둠에 휘감긴 그의 음성이 귓가에 내려앉는다. 용희는 그의 음성을 따라 눈을 감았다.

"네가 가진 모든 슬픔, 전부 내 것이 되기를 희망한다."

남은 시간이 얼마나 있는지, 앞으로 얼마의 시간이 주어져 있는지 서로는 알지 못했지만, 당장 내일도 바라볼 수 없기에 다만 오늘 사랑하자고.

"내가 가진 모든 기쁨, 전부 네 것이 되어라."

오늘 느끼고, 오늘 말하자고. 사랑한다고.

102
화

모두에게 그런 날이

　네가 없는 이 못가에 처음으로 걸음을 해 보았다. 가을바람이 풀
잎을 두드리니 네가 온 듯하여 반가웠다. 날이 밝으면 훤히 밝아서,
해가 저물면 아니 밝아서, 끝내는 어쩌지 못해 이 마음을 다잡을 길
이 없다. 뉘라고 그렇지 않겠느냐마는 언제나 너를 다시 볼 수 있을
까, 차마 눈을 감지 못한 내가 너를 기다리고 있다. 편지를 쓴다 한
들 네게 당도할 리 있겠느냐마는 다시 볼 것이다. 기쁘게도 그런 날
이 올 것이다. 나는 이렇게 믿고 있으니 그대도 믿어 의심치 말라.

　시간을 뒤로 돌려 가다 보면 어지러운 정국과, 부정부패로 썩은 조정과, 터무니없는 세금에 이어지는 기근, 횡행하는 양반들의 핍박과 모진 학대가 일상처럼 느껴지던 때가 있었다.

　신기형의 권세가 상감의 목덜미를 죄일 만큼 치솟았던 때, 가난에 시달리던 부모들은 고충을 견디지 못한 채 자식에게 기생이 되기를 권하기도 했거니와, 의지가 없는 아이의 손목을 끌고 가 기적에 강제로 이름을 올리는 경우도 다반사였다.

　뿐인가. 강제로 팔려 간 자식이 영영 돌아올 수 없단 걸 알지 못해, 등이 굽은 깡마른 어미는 꺼진 마루 위에 홀로 앉아 맹물에 간장을 타 먹기 일쑤요, 무리한 부역으로 허리를 다친 지아비의 딱한 사정을 널리 알리고자 붓을 들었던 아낙은, 쓸 줄 아는 글자가 없어 눈물로 종이를 적시다 붓을 다시 내리곤 했다.

고아가 된 아이들은 위험의 사각지대에 내몰렸고, 굶주린 배를 채울 수 있다면 도둑질도 서슴지 않아 했다. 다 자라기도 전에 사기꾼이 되어 버린 아이들은 보리 한 되를 훔친 죗값으로 맞아 죽기도 했다. 바른 말을 하는 자들은 목이 잘렸고, 목숨을 부지한들 가족과 이별한 채 평생을 치욕스럽게 살아야 했다.

누구도 이런 세상을 원치 않았으나 끝을 낼 방법도 알 수 없었다. 강도 높은 핍박은 백성들에게 생각할 시간을 주지 않아, 상황에 익숙해져 갈 뿐 벗어날 길을 모색할 수도 없게 만들었던 것이다. 상감의 바른 생각이 아래로 전달되지 않는, 이렇듯 어지러운 시국의 한가운데 몰락한 이영의 가문이 있었다.

"얘! 이영아! 이리 좀 와 보련!"

행수 명실은 얼마 전 기방으로 팔려 온 이영을 찾았다. 태어나 걸음마를 뗄 적부터 술병을 붙잡았다니 그저 기방을 꾸리는 것이 천직이라 믿던 명실에게 이영은 대단한 불청객이었다. 양반 댁 규수라면 치를 떨었으니 그럴 만도 했다.

"얘! 너는 사람이 불러도 대꾸를 안 하고! 이제 귀도 안 들리는 것이야?"

신기형이 전리품처럼 기방에 맡겨 두고 간 이영은 듣기로 고관

대작의 여식이었다지. 그 아비가 신기형과 막역한 사이였다니 목숨은 부지한 모양이다. 하지만 목숨을 살려 준 대가는 참혹했다.

"애, 이거 입어. 어서."

천한 것의 상징인 짧은 저고리, 저급한 화려함이 묻어나는 치마, 목을 부러트릴 것만 같이 거대한 가채. 내세울 것이라곤 몸뚱이뿐이라 내면의 아름다움은 무시한 채 외면의 아름다움에 열중인 기생의 삶.

이영은 두 팔로 무릎을 봉한 채 앞에 놓인 요사스러운 옷가지를 바라보았다. 그녀의 치장을 도와줄 어린 수모가 때를 기다렸고, 명실은 혀를 끌끌 찼다.

"여기에 너만큼 사연 없는 인생 있는 줄 아니? 청승 떨지 마. 애야, 그래도 너는 밥이라도 남이 해 주는 것을 먹고 잠이라도 바람 불지 않는 곳에서 자잖아. 네 어미는 어찌 되었는지 소식 들었니? 응?"

명실이 의미 없는 질문을 던지며 짧은 담뱃대를 입에 문 채 뻐끔거렸다. 의욕 없는 시선으로 옷가지를 바라보던 이영의 눈빛에 번쩍하는 빛이 들었다.

"어휴, 그래도 꼴에 지 에미 욕한다고 눈에 불 켜는 것 좀 봐."

그 눈빛이 마음에 들지 않았던 명실은 눈살을 구기며 곰방대에 입술을 가져다 댔다. 후우, 하고 불자 그녀의 안에 들어 있던 것들은 흰 연기가 되어 쏟아졌다.

"이봐요, 교양 있는 아가씨, 지금 네 눈엔 내가 사람처럼 보이지 않지? 천박하고, 무식하고, 그래서 사람처럼 보지 않잖아. 너도 나와 같은 년이 될까 봐 두려운 거지?"

말을 잃어버린 이영이 답을 하지 않자 명실은 피식 헛웃음을 흘렸다. 벙어리가 되어 버린 반병신을 앞에 두고 무슨 말을 하나 싶었다.

"그래, 좋아. 나도 좌상 대감께서 널 가만히 두라 하시니 별다른 요구를 하진 않을 거야. 하지만 내 기방에서 그런 양갓집 규수의 차림은 두고 볼 수 없겠어."

명실은 이영이 입고 있는 옷을 삿대질로 가리켰다. 사내 앞이 아니라면, 또한 돈 되는 일이 아니라면 일절 웃는 일이 없는 명실에게, 이영은 처치가 곤란한 죽은 꽃일 뿐이었다.

"네가 그걸 입고 기방에 돌아다니면 우리 애들은 기가 죽어 어쩌니? 우리 애들 괴롭혀 봐야 너에게 도움 될 것이 없다는 말이다. 알아듣겠어?"

후우. 다시 뻐끔하며 담배 연기를 뿜어낸 명실은 어린 수모에게 옷을 갈아입히라 말한 뒤 일어섰다.

때론 인생이란 허무했고, 서글펐고, 그래도 살아 보겠다며 기를 쓰게 만들었다가, 끝내는 처음으로 다시 돌아가 허무함을, 서글픔

473

을 느껴야 하는 일이기도 했다. 어지럽게 흘러나와 흔적 없이 사라지는 저 담배 연기처럼.

"털고 일어나. 이제 와서 어쩔 거야? 네 아비에게 죄가 있었거나 없었거나 난 관심 없어."

"……."

"하지만 뭐, 만에 하나 네 아비가 무고하여 풀려나실 적 네가 없으면 속이 상하실 것 아니니? 이렇게라도 살아 있는 게 자식 된 도리 아니겠어? 물론 난 부모가 없어서 잘 모르겠다만."

명실은 방문을 열었다. 살고자 하는 마음이 없는 죽은 꽃에게 물을 주고 싶은 마음은 조금도 없었지만, 그녀의 아비가 무고하다는 것쯤은 잘 알고 있었다.

"그리고 너, 내가 경고하는데 내 기방에서 죽지 마. 송장 치우는 거 질색이야. 정 죽고 싶거든 야반에 도주라도 해서 나가."

알고 있었다. 다만 관심이 없었을 뿐.

"그럴 용기 없으면 그냥 닥치고 살아. 우린 결국 죽을 때까지는 사는 거야. 사는 입이니까 풀칠하는 거고. 인생 별거 없어."

어린 수모가 이리저리 눈치를 보며 저고리를 들자 명실은 문을 닫았다. 저도 모르게 신경질적으로 걷다가, 명실은 돌아서며 이영의 방을 넌지시 바라보았다.

"그래, 무슨 죄겠니. 이런 시대에 태어나 지금껏 남들과는 달리

곱게 자란 대가려니 해라."

에효. 명실은 고개를 휘휘 젓다가 다시 걸음을 옮겼다. 그녀가 이영을 온전히 이해하지 못함은 어쩌면 당연한 결과였다. 천하다 손가락질받는 대도, 일평생 사랑하지 못한 대도, 언젠가는 퇴기가 되어 누구도 찾아 주지 않을 것을 알고 있대도. 그런 것들은 두렵지 않았다. 먹고사는 일 앞에 감정 따위, 사치에 불과했다.

ⓒ

말을 잃은 이영이 운명처럼 월호를 다시 만나게 된 것은 얼마 후 기방의 빈 공터에서였다. 객의 걸음이 있을 리 없고, 객이 없다 보니 오가는 기녀들도 많지 않아 이영이 주로 다니는 길목이기도 했다.

만났으나 잠깐이요., 흐르는 눈물을 닦기도 전에 헤어졌다. 동궁을 가까이서 뫼시니 월호에게 개인적인 시간이란 게 있을 리가 없고, 만났다는 서러운 감정을 느끼기도 전에 그는 돌아서야만 했다.

그 후 월호는 다시 찾아오지 않았다. 이영은 월호를 스쳐 만났던 때를 떠올리며 조용히 그곳을 걸었다. 며칠 전 그가 자신을 바라보던 충격의 눈빛을 곱씹으며 아랫입술을 꾹 깨물었다.

그래, 너 역시 놀랐겠지. 만났다는 반가움보다 놀라움이 먼저 찾아들었겠지. 붉은 입술 사이로 맥없이 빨려 들어가는 술을, 낯선 사내들의 틈바구니에 끼어 천치 같이 흘리는 내 웃음을, 상상했겠지. 떠올렸겠지. 그러다 내 천한 꼴이 가엽고 우스워서 눈을 감고 말았겠지. 어쩌면 인연이라 여겼던 날들이, 단박에 아닌 게 되어 버리지 않았겠니. 너도 그저 그렇고 그런 사내. 나 역시 그저 많고 많은 그런 여인. 쓰리지만 너와 나, 운명은 아니었나 보다.

"……."

이영은 바스락거리는 소리에 고개를 돌렸다. 주 등이 붉은빛을 뿜어내며 주변을 밝히니, 이영은 소리가 나는 쪽으로 걸음을 옮겼다.

"더는 다가오지 마라."

들려오는 목소리가 익숙해 또다시 왈칵하고 눈물이 솟아오르니, 그녀는 손끝만 마주 잡았다. 그래도 찾아와 주었구나. 그래도 네가 날, 찾아와 주었구나.

"다가오지 말고 거기 그대로 있어."

월호는 몸을 숨긴 채 자신을 찾아내려는 이영에게 말했다.

낮에 한바탕 비가 쏟아졌던 까닭인지 모든 것이 젖어 풀 냄새가 짙었다. 싸구려 분 냄새와 곳곳에 묻은 술 냄새를 없애 주니 그녀는 일순 다행이라는 생각이 들었다.

다가오지 말라고 했지만 저절로 몸이 움직여, 이영은 월호에게 다가갔다. 그러자 나뭇잎이 흔들리는 소리와 함께 훌쩍 담을 넘어 밖으로 나가는 그림자가 보였다. 이영은 우뚝 멈춰 섰고, 월호는 담벼락 아래 털썩 주저앉았다. 화살을 뽑아낸 어깨에 피가 흠뻑 고여 통증이 불같았다.

"오해 마라. 그저 내 몰골이 흉하여 숨은 것뿐이니."

월호가 낮게 중얼거리자 그녀의 걸음이 담벼락까지 가까워졌다. 치마를 감싸며 담벼락 아래 주저앉는 그녀의 움직임이 느껴지자, 월호는 입가에 작은 미소를 지었다. 이영의 별당 근처 담벼락을 사이에 두고 앉아 본 적이 많았기에 조금도 어색하지 않은 순간이었다. 그때도 오늘처럼 같은 별을 바라보았고, 같은 달을 시선에 담았다.

"오랜만에 앉아 본다. 너하고 나, 이렇게."

그것이 더욱 가슴을 저미고 섭섭하게 해, 월호는 피 묻은 제 손끝을 내려다보았다. 오늘 은화를 옮기다가 산중 괴한들의 습격을 받았다.

"오래 있진 못해. 다시 가 봐야 한다."

가까이 다가서지는 못하고 이렇듯 담벼락 하나를 사이에 둔 채, 이영은 대답 대신 눈물만 흘렸다. 그러다 문득 월호에게 보여 준 붉은 제 입술이 노여워 손등으로 입술을 벅벅 문질렀다. 흉하게 벗겨진 붉은색은 손등과 볼에 묻어 번졌다.

이렇게 살아서 무얼 해. 너에게 이런 모습까지 보이며 살아서 대체 무얼 해. 차라리 죽어 없어졌으면 좋겠어. 차라리. 차라리……

"잘 있어라."

월호는 어깨에서 목덜미로 이어지는 통증에 잔숨만 내쉬다가, 천천히 고개를 들어 담벼락에 머리를 기댔다. 마치 이영이 생각한 말을 듣기라도 한 것처럼 그는 투박한 말솜씨로 그녀를 위로했다.

"데리러 올게."

그녀는 멈추지 못하고 입술만 문질렀다. 굵은 눈물방울은 손등 위로 툭툭 떨어졌다.

"백방으로 알아보는 중이니까 걱정 마라. 너는 그저 잘 있기만 하면 된다."

텅 빈 공터처럼 돌아오는 말은 없고, 끅끅, 새소리인지 울음소리인지 알기 어려운 신음만 담벼락을 넘어왔다. 칼자루를 부여잡은 손끝에 힘이 실리지만 마음만으로는 할 수 있는 일이 없어.

"얘! 이영아! 너 여기서 뭐 해! 왜 청승맞게 담벼락 아래서 울고 있어! 내가 정말 얘 때문에 못살겠네!"

월호는 일어섰다.

"빨리 일어나! 얘가 아주 가지가지 한다, 정말! 입술은 또 왜 그래? 너 정말 미치기까지 한 거야? 어서 안 일어나?"

들려오는 행수 명실의 신경질적인 목소리를 끝으로 다시 발길을 옮겼다. 마음에 뜨거운 것이 쌓여 폭발할 것 같았으나, 억지로 누르고 누르며 그녀에게서 멀어져 갔다.

그저 바랄 수밖에. 무시로 멈춰 서며 두 손 모아 기도할 수밖에. 사랑 하나 버거운 시절. 마음 하나로 이룰 수 있는 것이 없는 시절. 그래도 너만은 나를, 널 두고 돌아서는 이 못된 나를 기다려 주기를. 살아 주기를. 부디. 부디.

◎

"그래서 월호의 눈빛이 그리도 외로웠나 봅니다. 늘 그런 것들이 느껴졌었거든요."

용희가 품에서 중얼거리자 완은 동의하듯 고개를 끄덕였다.

"얼마나 힘들었을까. 지금 생각해도 가슴이 아픕니다."

정인을 잃은 슬픔, 가까이 두고도 만질 수 없는 슬픔, 목소리를 들을 수 없는 슬픔, 그녀의 아비를 허무하게 잃어야 했던 슬픔, 혼자는 무엇도 해결할 수 없었던 사내의 슬픔까지.

"이렇게 다시 만났으니 망정이지, 두 사람 어찌 될 뻔했을까요?"

"나처럼 살았겠지. 너를 잃었던 그때의 나처럼."

완은 다정한 손길로 그녀의 등을 토닥이다 힘주어 그러잡았다. 서러운 순간들이 자꾸만 떠올라, 두 사람은 희미한 미소 끝에 지금을 귀히 여겼다.

그래, 그랬겠지. 찾지 못했다면 살아도 사는 게 아닌 것처럼 되었겠지. 살아서 무얼 하나, 자꾸만 고개를 가로젓게 되었겠지. 이를 악물어 보아도, 두 주먹을 힘껏 쥐어 보아도.

"월호의 가문에 경사가 일었다. 부인이 아이를 가졌다는구나."

"정말입니까? 정말로요?"

내 남은 삶 그대 없이 살아 무엇 하나. 무엇에 의미가 있어 숨을 쉬어야 하나. 그런 생각들로 하루를 채우다가 끝끝내 사라져 버렸겠지. 사랑을 잃어 본 사람들은 익히 예감했다.

"어, 언제 들으셨습니까? 언제요?"

"오늘 들었다."

용희가 자리에서 상체를 일으키며 눈을 크게 뜨자 완은 악력으로 그녀를 다시 눕혔다.

"그걸 왜 이제야 말씀하십니까! 일찍 말씀을 주셨어야지요!"

"우리가 다른 대화를 나눌 시간이 있긴 했는가?"

"그건! 그렇지만……."

전신을 휩쓴 뜨거움이 아직 가시지 않았다는 것을 깨달은 용희가 다시 얼굴을 붉히며 그에게 안겼다. 또다시 그녀의 등을 가벼이 토닥거리며 완은 웃었다.

"오며 가며 신경 좀 써 주어라. 월호는 수시로 집을 비우니 그

부인의 섭섭함을 어찌 다 말할 것인가?"

"잘 알겠습니다. 걱정 마세요. 곁에서 살뜰하게 살피겠습니다."

용희가 다짐하자 완은 마음이 놓인다는 듯 눈을 느리게 감았다가 떴다. 또다시 둘만을 생각할 수 있는 시간이 되었는가 싶다가도, 서로는 서로에게 근심이 남아 있다는 것을 깨닫게 되었다.

"저하, 지담도 어서 좋은 짝을 만나야 할 텐데요."

바로 지담의 혼사 문제였다.

"그러게 말이다. 그게 지금 가장 총체적 난제인데."

"어째서 혼기가 되었음에도 여인을 만나려 들지 않는 것일까요?"

"그것이 전부 제 인연을 아직 못 만난 까닭이 아니겠는가?"

용희는 완의 말끝에 한숨을 내쉬었다. 어서 지담에게도 좋은 여인이 나타나 단란한 가정을 꾸려 나가기를 누구보다 바라고 있었기에.

"늘 장난만 치며 모든 여인을 한결같이 대하니 그 속을 누가 알겠습니까?"

"모르는 소리. 지담이야말로 싫고 좋음이 분명하여 얼굴에 고스란히 티가 나는 녀석이다."

녀석은 단순했다. 마음을 숨기거나, 피하거나, 외면하는 방법 같은 건 잘 알지 못했다.

"첫째로, 좋은 것을 보면 귀가 붉어진다."

"아아, 그런 것 같습니다. 맞습니다."

"둘째로, 머리를 무지막지하게 긁는다."

"좋은 것을 볼 땐 헛기침을 또 잘 뱉지요? 아니라는 말도 평소보다 강하게 수시로 하면서요."

완은 용희의 말에 고개를 끄덕이며 말을 이었다.

"넷째로, 진심을 다해 좋아하는 상대에겐 장난을 치지 않는다."

"제게는 무척이나 장난을 걸었던 지담입니다, 저하."

"바로 그것이 반증이지."

쳇. 용희는 입술을 삐죽거리다 지담을 떠올렸다. 언제나 유쾌하고 살갑지만, 한편으로는 깊은 인연은 맺지 못하는 성격인가 하여 지담은 언제나 용희의 근심이 되었다.

"걱정 마라. 짚신도 짝이 있다는데 곧 좋은 배필이 나타나지 않겠는가?"

"정말 그렇게 된다면 얼마나 좋겠습니까?"

"그러니 기다려 보자."

완은 그녀의 등을 하염없이 토닥였고, 용희는 아늑함과 안전함 속에서 조금씩 깊은 잠에 빠졌다. 그의 품은 만 리의 성벽보다 든든했고 또한 모든 것을 재우고야 마는 어둠보다 깊었다.

용희가 고요히 숨을 내쉬는 것을 확인한 뒤에도 완은 한참이나 등을 토닥였다.

기다려 보자.

"잘 자라, 용희야."

모두에게 좋은 날이 올 것이다.

◎

"어? 지담 나리?"

이제 막 잠이 들려 했는지 눈을 비비며 나온 순영이 찾아온 지담을 바라보았다. 날이 푹해졌기로 새벽엔 찬 기운이 횡행하니 그녀는 팔을 비비며 방문을 닫았다.

"잤는가?"

"아니요. 이제 막 잠을 청해 볼까 했는데요."

순영은 방긋 웃으며 찾아온 지담을 반겼다. 남녀를 내외하는 엄격한 풍습 사이에도 예외라는 것은 있어, 순영은 새벽에 느닷없이 찾아온 지담에게도 곧잘 반가움을 표했다.

"순돌이는 어디 갔고?"

"오늘 훈련이 길어져서 못 올 것 같다고 기별을 받았어요. 기다리지 말라고요."

"아아, 그랬는가."

지담은 아쉽다는 듯 고개를 끄덕였다. 찾아온 목적은 순영이 아니라 순돌이었던 모양이다.

"그게 다 무엇이에요?"

순영이 그가 들고 있는 물건들을 바라보자 지담은 고개를 내려 제 두 손을 바라보았다. 그러곤 별거 아니라는 듯 지담은 씩 웃음을 그렸다.

"얼마 전에 맞춰 준 무복이 벌써 닳았다 하지 뭔가. 다시 맞춰 주겠다고 했는데 무복이 완성되어 배달을 왔다."

"예에? 이 시간에요? 나리가 직접요?"

순영이 눈을 동그랗게 뜨자 지담은 마루에 짐을 내렸다.

"당장 내일 입을 무복이 없을 것 같아 부랴부랴 왔는데 헛다리를 짚었다. 내일 날이 밝는 대로 궐로 보내 주어야겠다."

당연히 집으로 돌아왔을 것이라 생각했는데, 훈련에 흠뻑 빠진 순돌은 임시 처소를 벗어나려 하지 않았다. 연습이 없는 시간에도 틈만 나면 활을 쏘았고 검을 들며 심신을 수련했다.

"괜한 걸음 하셨구먼요, 나리요. 죄송해서 어쩔까요. 아이고."

순영이 귀한 분을 불편하게 만들었다는 것처럼 난색을 표하자 지담은 손을 내저었다. 세자빈을 살려 놓은 공을 크게 치하하여, 상감은 순영과 순돌 남매에게 성(姓)과 번듯한 가문을 내려 주었다.

"잠시 앉았다가 가시든가요, 나리요."

"그럼 잠시만 실례하겠다."

산골짜기에 숨어 살던 촌스러운 기색은 여전히 말투로 비롯되었으나, 규수의 차림을 입혀 놓고 몸가짐을 가르치니 순영 또한 금세 배운 아가씨의 태가 났다.

"아이코, 이 문은 꼭 안으로 열리더라. 다른 것은 밖으로 열리는데."

하지만 군데군데 허점이 드러나 그것이 더욱 귀여워 보이는 때이기도 했다. 순영이 쿵쿵거리며 잠시 사라졌다가 뜨거운 꿀물을 가져오자 지담은 반갑게 받아 들었다.

"추운데 방에서 자셔요, 나리요."

"아…… 방……."

순수한 의도로 순영이 제 방문을 활짝 열어 주자 지담의 귀가 금세 붉어졌다. 잘 펼쳐 놓은 이부자리가 시선에 들어오니 한두 번 바라본 광경도 아닌데 희한하게 낯이 뜨거웠다.

"되, 되, 되었다. 나는 그냥 마시고 갈 테니 신경 쓰지 말……."

"어째 신경을 안 쓴대요? 나리께서 이리 귀한 걸음을 해 주셨는데요."

또 순순히 포기한 순영이 곁에 털썩 앉자 지담은 뜨거운 꿀물을 벌컥벌컥 들이켰다. 순영은 입술을 멍하니 벌리며 그 모습을 바라보았다.

"뜨, 뜨거울 것인……."

"아, 뜨거워. 아, 뜨거. 아, 뜨거."

결국 다시 뱉어 낸 지담이 입을 허겁지겁 닦으며 잔을 내려놓았다. 이내 머리를 긁적거리며 붉어진 귀를 매만지니, 순영은 그런 지담을 바라보다 웃음을 터트렸다.

"왜 웃는가?"

"왜는요. 나리께서 뜨거운 꿀물을 냉수처럼 드시고는 머리를 긁적거리시니 귀여워서 그러지요."

지담은 무의식에 머리를 긁고 있었음을 깨닫고는 황급히 손을 내렸다. 괜한 헛기침이 쏟아져 지담은 어흠, 어흠 하며 주먹을 말아 쥐고는 기침을 쏟아 냈다.

"무슨 일이 있으셨어요? 오늘따라 이상하시네요?"

"일은 무슨 일 그저……."

"오늘따라 웃지도 않으시고, 장난도 치지 않으시고."

지담은 기침을 내뱉다가 천천히 고개를 돌려 순영을 바라보았다.

조선의 지도에도 없던 작은 마을. 그곳에서 살던 순영을 모두는 어린 소녀라고 불렀다. 하지만 지담의 눈에만 유독 여인으로 보였다. 그도 그럴 것이, 몸을 숨긴 채 용희를 지켜보던 며칠 동안 순영을 바라보았다.

순영은 한양의 여인들처럼 꾸밈을 몰랐고, 도도함을 몰랐고, 그렇지만 살뜰했고, 살가웠고, 친절했으며 건강했다. 바라보기 참 좋은 여인이다, 생각하며 용희와 늘 함께인 순영을 주시했었다.

"정말 무슨 일 있으셨더래요?"

순영이 훅, 하고 얼굴을 들이밀자 지담은 엉덩이를 밀며 떨어져 앉았다. 고개를 갸우뚱하며 순영이 눈을 깜빡거리자 지담은 목덜미까지 붉어진 얼굴로 말을 더듬거렸다.

"아니, 아니, 나는 그저 순돌이 없다 하니 이만 가 보려고 하는데 이 꿀물, 꿀물이 맛있어서 맛있다고 하는데 아니, 그러니까 그게 무슨 말이냐 하면 말이다……."

지담은 당황함에 말꼬리를 흐렸다. 오늘따라 표정이 경직되고 말본새는 딱딱해서 조금도 다정하지 않았다. 스스로 왜 그러는지 알지 못해 지담은 계속 머리를 긁적였다. 순영은 방싯 웃으며 두 손을 비볐다. 추운 듯했다.

"추운가?"

"아니요. 하나도 안 추워요."

어서 들어가라고 말해야 하는데. 늦은 시간 찾아와 미안하다고 말해야 하는데. 어쩐지 말이 떨어지지 않아 지담은 멀뚱하게 앉아 마른침만 삼켰다.

마을을 통째로 한양으로 옮기는 과정에 순영과 순돌을 안전하게 살핀 것도 지담이요, 그들의 거처가 마련될 때까지 자신의 집을 내주었던 것도 지담이다. 또한 순돌의 교육을 전반적으로 책임지고 있는 것도 지담이요.

"지는 나리가 계셔서 얼마나 감사한지 모른대요, 나리요."

이렇듯 순영에게 큰 사람이 되어 주고 있는 것 또한 지담이었다.

"워, 원, 무슨 그런 말을 하는가?"

"참인데요. 나리께서 없으셨다면 우리 순돌이 저렇게 잘 크고 있을 리도 없고, 또 제 맘이 이렇게 놓일 리도 없고요."

순영이 더 바랄 것 없겠다는 표정으로 바라보자 지담은 긴장한 듯 침을 꿀꺽 삼켰다. 그러다 생각했다. 그녀의 눈매엔 통상 보기 힘든 투명하고 순박한 기질이 묻어 있으니, 사내 된 도리로 마음을 쓰고 싶은 건 어쩔 수가 없는 일이라고.

"지가 살며 다 갚을 거예요. 그런데 전부 갚을 수 있으려나 모르겠네요."

순영이 옥구슬 굴러가는 음성으로 예쁘게도 말하자 지담은 벌떡 일어섰다. 도저히 안 되겠다.

"가시는 거예요?"

"이만 가 보겠다."

"저, 나리요!"

지담은 돌아보면 순영에게 마음을 빼앗길 것 같아 우뚝 섰다. 시선은 애먼 하늘 위로 솟았다.

"이거 날 밝으면 순돌이한테 가져다주신다고 하지 않으셨어요?"

"아아."

순영은 지담이 가지고 왔던 보따리를 무심하게 내밀었고, 지담은 삐걱거리는 움직임으로 보따리를 받았다.

"추운데 잘 여미고 다니세요. 바람이 목으로 들어가면 고뿔이니께."

순영은 지담의 옷자락을 잘 여며 주었다. 지담은 긴장한 듯 두 주먹을 꽉 움켜쥔 채 입술을 굳게 닫았다. 심장은 왜 이렇게 풀썩거리는지 모르겠고, 진땀은 왜 이렇게 나는지도 모르겠다.

"가, 가겠다."

"예, 나리. 조심히 가시어요."

코앞에서 순영이 활짝 웃으며 인사를 건네자 지담은 휙 돌아서 도망치듯 걸음을 옮겼다. 그러다 난데없이 멈춰 서고는 입술을 뜯으며 말문을 열었다.

"저기 말이다."

"예?"

내내 망설였던 말. 내내 입안에서 굴리다가 번번이 삼키고 말았던 말.

"내일 낮 이 부근에 유명한 사당패가 몰려와 볼거리가 있을 것이라 하던데, 가 볼 것인가?"

"치이, 또 장난삼아 농을 하시는 것이지요? 매번 바쁘신 분께서

훤한 낮에 그런 것을 구경할 시간이 있으시대요?"

"장난치는 거 아닌데."

"예?"

"진심으로 묻는 것이다. 가 볼 것이냐고."

그의 말을 곱씹어 생각하던 순영이 기뻐 어쩔 바를 모르겠다는 듯 반갑게 웃었다. 그 웃음은 또 어찌나 밝았는지 휘영청 밝은 달이 무색했고, 심지를 밝힌 촛불이 무안했다.

"참이지요? 참이지요, 나리? 갈 거구먼요! 그리할 것이구먼요!"

"그럼 내일 다시 오겠다. 간다!"

지담은 그제야 할 일을 모두 끝냈다는 듯 허겁지겁 걸음을 옮겼다. 입가에 그려진 미소는 지워지지 않아 바느질로 꿰맨 것인가, 고개를 갸웃하게 만든 밤이기도 했다.

"나리! 조심히 가시어요! 내일을 기다릴 거구먼요!"

순영의 음성이 멀리도 따라오니 지담은 그녀의 목소리를 발끝에 신고, 손끝에 담으며, 그림자에 녹였다.

"멍청하긴. 하여튼 윤지담, 익위사 망신은 혼자 다 시키고 다녀요. 무지하게 떨다가 왔네. 어흐."

한평생 동궁의 행복이 나의 행복, 동궁의 기쁨이 곧 나의 기쁨이라 여겼던 지담의 삶에 순박한 산골짜기 아가씨가 날아들었다. 이제 와 바라는 것이 무엇인고 하며 마음을 들여다보니 선명하게 비치는 것이 있었다.

"아니야. 민월호만 모르면 그만이지. 암, 그렇고말고."

원컨대 그대 나를 사랑해 주었으면. 나 또한 그렇듯이.

103
화

이
루
리
라

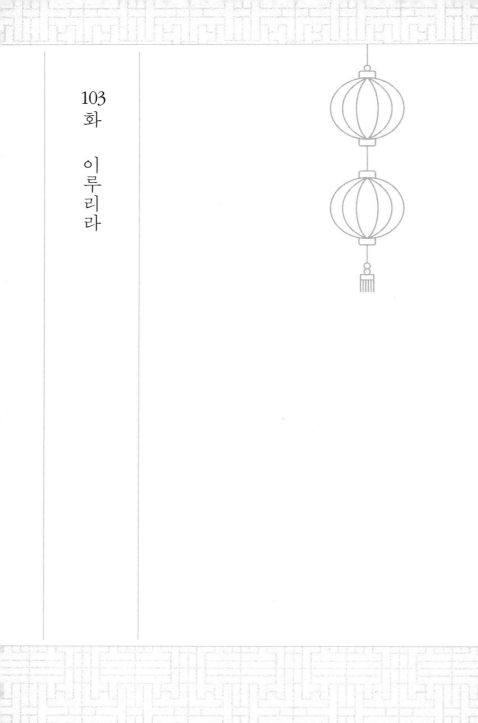

【해종실록 14권. 해종(偕宗) 20년 2월 6일】

낮에 왕세자빈(王世子嬪)이 아들을 낳았다.

　들판엔 초록의 생명이 싹을 틔우고 지천엔 존재가 미미한 꽃들이 망울을 터트렸다. 얼어붙었던 강물은 유유히 흘렀다. 매월 상순에 이르는 절기에 따라 여인들은 씨를 뿌렸고, 사내들은 밭갈이를 했다.

　조선의 봄이란 속세를 떠난 방랑 시인들에겐 천상의 계절이요, 먹고살아야 하는 백성들에겐 가장 바쁜 시기였다. 겨우내 녹이 슨 농기구를 손질하는 손길부터 한 년의 계획을 모두 세워야 하는 자들에겐 숨 돌릴 틈 없는 시간이 자명했으나, 그럼에도 불구하고 이 계절이 반가운 까닭은 모든 것을 새롭게 시작할 수 있기 때문일 것이라.

일 년 중 가장 많은 혼사가 치러지는 것도 이 때문이요, 고적한 시와 그림이 유독 많이 탄생하는 것도 바로 이 때문이었다. 꿀을 잔뜩 묻혀 놓은 것처럼 봄바람은 달큼하기 그지없고, 코끝에 눌어붙어 온종일 숨을 달게 하니 지담은 모처럼 한가로이 풀숲에 누워 하늘을 올려다보았다. 이 너른 언덕은 무명의 들꽃이 한들거리며 빽빽하게 솟아 있으니, 언뜻 보기엔 포근한 이부자리 같기도 했다.

사랑에 빠진 사내는 시름을 몰랐다. 하늘만 올려다보아도, 솜뭉치 같은 구름만 시선에 박아도 지루하지 않았다. 자연이 만들어 준 침구에 누워 그녀가 오기만을 기다리고 있자니 재주껏 참아 봐도 미소가 그려졌고, 그러다 헛기침을 쏟아 내기도 했다.

"늦는가. 길을 잃은 것은 아닐 테고."

지담은 상체를 조금 일으키며 뒤를 보았다. 너른 들판엔 그녀의 흔적이 보이지 않고, 그렇게 멀뚱멀뚱 바라보다가 조금 더 상체를 일으켰다. 그때였다.

"어흥!"

"으어!"

지담은 화들짝 놀라 곁을 바라보았다.

"저예요. 놀라셨습니까?"

그 곁엔 무성한 들꽃에 몸을 숨긴 채, 두 손으로 호랑이 발톱을 만들고 있는 순영이 있었다. 지담은 놀란 가슴을 쓸어내리며 피식 헛웃음을 흘렸다.

"이젠 하다 하다 이런 장난까지 치는 것인가?"

"매번 속으시니 재미가 있습니다. 어찌 그리 매번 속으시는지요?"

"언제 왔어. 전혀 몰랐다."

"조금 전에요. 바람이 많이 부니 인기척을 못 느끼셨나 봅니다."

지담이 무안함에 머리를 긁적이자 순영이 웃음을 터트렸다. 살던 마을 특유의 억양이 아직 남아 있었지만 그녀의 말투는 놀랍도록 빠르게 변해 갔다.

"무슨 생각을 그리 골똘히 하셨습니까? 나리께선 계속 웃고 계시던데요."

"그냥, 뭐. 그냥 이것저것 생각했다."

"그러셨구나. 깊게 생각하시는 듯하여 사실은 조금 기다렸습니다."

누구도 말투를 고치라 말한 적 없지만 그녀는 필사적인 노력을 했다. 지담에게 어울리는 여인이 되고 싶어 스스로 고쳐 나가기 시작한 것이다. 한양의 말투가 완벽하진 않았으나 그래서 그것이 더욱 사랑스러운 그녀였다.

"하늘 참 푸릅니다. 우리 순돌이도 같이 있으면 좋을 텐데요."

"자네는 이것보다 더 높은 하늘을 보며 살지 않았던가?"

"그렇긴 했지만 또 아득하네요. 그런 적이 있었나 싶기도 하고요."

"가끔은 그립겠군."

"아…… 뭐, 가끔요."

순영은 지담을 바라보며 한가득 눈웃음을 그렸다. 평생을 몸담으며 살았던 그곳은 마치 자고 일어난 뒤의 꿈 자락처럼 아득했다. 고급의 것으로 만든 옷과 패물이, 보드랍기가 이루 말할 수 없는 이부자리가 마음에 쏙 들어 그런 것만은 아니었다.

"괜찮아요. 나리께서 계신 곳이면 여기도 거기도 전부 제가 사는 곳이지 뭐예요."

그대가 있으니까. 이곳에 그대가 있기 때문에 다른 곳은 모두 하찮은 의미가 되어 버린 것이다.

순영이 무심한 듯 애정 어린 말을 툭 내뱉자 지담은 또 당했다는 듯 고개를 절레절레 저었다. 속내를 표현하는 것에 한계를 모르고, 뱉은 말로 사내 마음에 불을 지피는 줄도 모르니. 듣고 난 이후의 부끄러움은 온전히 지담의 몫이요, 티 없이 맑은 마음으로 사랑을 노래하는 그녀는 이런 지담의 난처함을 알 리 없었다.

"왜 그렇게 고개를 저으십니까? 제가 또 말실수를 한 것입니까?"

"아닐세. 신경 쓰지 말게."

상대방을 난처하게 만드는 화법이라면 누구에게도 지지 않을 지담이었지만, 유독 순영의 앞에서만 쩔쩔맸다.

다른 이들을 대하듯 가벼운 장난이 나오지 않았고, 여인들 앞에서 간혹 즐겨 하던 농익은 말들도 순영에겐 하고 싶지 않았다. 그녀에겐 좋은 것들만, 좋은 말들만 보여 주고, 들려주고, 알려 주고 싶었다.

"참, 나리께 드릴께 있구먼요. 아니, 드릴 것이 있어요."

"내게 줄 것? 무언데?"

순영이 귀엽게 눈을 깜빡거리며 작은 헝겊 주머니를 쓱 내밀었다. 지담은 이게 무어냐는 표정으로 멀뚱멀뚱 내려다보았다.

"안 받으세요?"

받을 생각 없이 바라만 보자 순영이 억지로 그의 손 위에 헝겊 주머니를 올려 주었다. 어서 끌러 보라는 식으로 손짓하자 지담은 천천히 주머니를 열었다. 지담의 시선은 주머니 안으로 빨려 들어가듯 멈췄다. 굳이 꺼내 보지 않아도 형태를 보아 무언지 대번 알 것 같았다.

"아……."

"어서요. 어서 꺼내 보세요."

순영이 그래도 재촉하자 지담은 주머니를 뒤집어 물건을 꺼냈다. 잃어버린 한쪽 눈을 가려 줄 안대(眼帶)였다.

"제가 직접 만들었대요. 아, 만들었어요."

"······."

"매번 가죽으로 만든 것만 하시던데, 이제 조금 있으면 날이 푹 해질 거라 더우실 것 같아서요."

눈의 살이 짓무르는 것을 막기 위해 안쪽으로는 보드라운 천을 덧대고, 외피로는 통풍이 잘되는 천으로 단단히 매듭지었다.

"단순한 것이 아니지요. 여기 좀 보세요."

순영이 한 술 더 뜨며 안대 모서리를 가리켰다. 그의 이름이 작게 새겨져 있다.

"누가 봐도 나리 것이지요? 솜씨는 없지만 만들어 봤어요."

지담은 말없이 그녀가 내민 안대를 바라보기만 했다. 잃어버린 한쪽 눈은 주군을 지키는 과정에 벌어진 일이었으니 슬퍼할 일이 아니었다. 단 하나 후회되었던 것은, 더 나은 모습으로 그녀를 만나지 못했다는 것. 더욱 건강한 모습으로 그녀를 만나지 못했다는 것.

"마음에 드세요? 괜찮아요?"

그것이 간혹 마음을 찔러 괜스레 미안했고, 그래서 그녀에게 가는 길을 머뭇거렸다. 하지만 이렇듯 순영이 세심하게 마음을 쏟을 때면, 사람에겐 마음의 눈이 있으니 너와 나는 그것으로 마주 보자고. 세상엔 육안으로 볼 수 없는 것들이 있으니 너와 나는 그런 것들을 더욱 많이 보자고. 자꾸만 그런 생각을 하게 했다.

"몹시, 몹시 마음에 든다."

“정말요? 그럼 제가 해 드릴까요?”

“지금?”

“응, 지금.”

지담은 그녀의 말끝에 안대를 넘겼다. 순영은 잠시 멈췄다가 팔을 들어 그가 하고 있는 오래된 안대를 끌렀다. 그러자 눈꺼풀 위를 수놓은 괴로운 상흔이 드러났고, 그것을 처음 마주한 순영은 미간을 슬며시 구겼다가 다시 폈다.

“이런 건 보지 마. 보기에 흉측할······.”

“얼마나 아팠을까.”

순영은 그의 상처에 손을 올렸다. 잠시 놀라 한쪽 눈을 떴던 지담은 다시 굳게 눈을 감았다. 손끝이 눈꺼풀을 누르자 아주 오랫동안 몰랐던 눈꺼풀의 감각이 깨어 일어나는 듯했다.

“지금도 아파요?”

“아니, 하나도 아프지 않다.”

“상처가 이렇게 깊게 났는데, 아팠겠어요.”

“바라보기에 무섭지 않은가? 이런 흉터.”

“아니요? 제 눈엔 세상에서 제일 멋있는 훈장인데요.”

“······.”

“이런 안대로 덮어 놓기엔 너무 멋있지만, 또 너무 멋있으시니 가려 놓아야겠어요.”

순영이 능청인지 진심인지 모를 말로 분위기를 식히니 지담은
헛웃음을 흘렸다. 그의 상처를 바라보다 입술을 꾹 깨문 순영은
안대를 새로 끼워 주었다. 이내 표정을 밝게 고치며 순영은 활짝
웃었고 지담은 눈을 떴다.

"예뻐요."

안대는 맞춘 듯이 꼭 맞았다.

"멋있어요, 나리. 세상에서 최고로 멋있으세요."

"또 이런다. 누가 들으면 어쩌려고."

"누가 들으면 어때요? 난 모두가 들어주었으면 좋겠어요. 다들
맞는 말이라고 고개를 끄덕거릴걸요?"

진심을 숨기는 일 없이 토해 내니 간지러운 마음에 지담이 입꼬
리를 올렸다. 낯간지러운 말로 늘 자신을 최고라 일컬어 주니 사
내의 어깨가 으쓱거리는 것은 당연한 일.

"예쁘다."

이 아름답고 순수한 그녀의 마음을 지켜 주기 위해, 그는 남은
평생을 살아가기로 마음먹었다.

지담은 그녀의 투명한 두 눈을 바라보았다. 담긴 것이라곤 제
모습뿐이라 안심하고 바라볼 수 있었다.

"예쁘다, 정말로."

"그렇지요? 안대가 참 예쁘지요?"

"그래, 안대도 예뻐. 진심으로."

지담이 중얼거리니 순영이 말을 멈추며 응시했다. 바람결에 그녀의 머리칼이 흔들리자 지담이 가만히 머리를 쓰다듬으며 나직하게 말했다.

"너 나한테 시집올래?"

"네? 네?"

사랑이여, 부디 변하지 않길 비오.

"시집오기 싫으면 내가 너한테 장가들어도 될까? 이런 애꾸눈 사내도 괜찮다면 말이다."

"나, 나리……."

이렇듯 멈춰 서 그대로 있어 주길 비오. 그래도 가야 하면 내 두 손을 꼭 붙잡고 함께 가 주길 비오.

지담은 불쑥 그녀의 얼굴로 다가갔다. 코끝을 마주할 듯 가까이 다가가니 순영은 숨 쉬기를 멈췄고, 두 눈을 크게 떴다.

"자네, 나와 백년해로하며 살아 주겠는가?"

바라오. 내 변치 않을 사랑이, 그대이길 비오.

"세자 저하!"

"문을 열라."

"소, 송구하오나 지금 어의가 들어 마마의 맥을……."

"열라."

완은 다급히 용희의 처소를 찾았다. 며칠째 기운을 차리지 못하고 입맛이 없다 밥상을 물리더니, 기어이 열이 올라 자리에 누웠고 처소로 어의가 찾아드는 지경에 이르렀다.

"세자빈마마, 세자 저하께서 납시셨……."

채 고하기도 전에 인내심이 부족한 세자께서 장지문을 열었다. 그녀의 처소에 어의가 들었다는 소식에 만사를 제쳐 두시고 걸음하셨으니 그럴 만도 했다. 완의 표정엔 근심이 가득 내려앉았다.

"저하, 납시셨사옵니까."

"대체 무슨 일인가? 빈궁께선 어이 저리 자리를 보전하시었소?"

어의가 일어나 공손히 맞이함에도 불구하고 완은 누워 있는 용희에게 시선을 고정했다. 진맥 차 발을 길게 드리워 용희를 가까이 볼 수 없으니 굳어 있던 완의 표정은 더욱 경직되었다.

"빈궁께 무슨 일이 있는가?"

"일은 일이온데."

어의는 힐끔 고개를 돌려 용희를 바라보았고, 따라 들어왔던 의녀들이 서둘러 자리를 치웠다. 완은 좌정했고 어의 또한 따라 앉았다.

"저하……."

"누워 계시오, 빈궁. 움직이지 말고."

용희가 움직이려 하자 완은 손을 내저으며 황급히 만류했다. 어의는 맞잡은 두 손만 움찔거리며 마른침을 삼켰다.

"괜찮으니 어의께선 말씀해 보시오. 무슨 일이오?"

완의 심장이 가파르게 뛰어올랐다. 지난 몇 달 동안 그녀의 몸은 안팎으로 건강해 보였으나 그게 다가 아니었을 수도 있다. 그런 생각을 늘 염두에 두고 있었고, 언젠간 그녀 안에 잠복되어 있던 후유증이 튀어나올지도 모른다 항시 염려하며 마음의 대비를 해 두었던 때였다.

"왜 말을 못 하는가? 빈궁의 상태가 얼마나 심각하기에?"

"아…… 그런 것은 아니옵고 저하……."

"큰 병인가? 치료는 가능한 것인가? 차도는 볼 수 있는 것이지 않소?"

어의는 넙죽 엎드렸다. 용희는 이미 소식을 들었는지 말이 없고, 완은 그녀가 침묵하는 뜻을 무겁게 받아들이며 주먹을 말아 쥐었다.

"경하드리옵니다, 저하! 빈궁마마께서 회임을, 회임을 하셨나이다!"

"감축드리옵니다, 세자 저하!"

처소 안의 모두는 엎드렸고, 문 대기를 하던 처소 밖 나인들 또한 엎드렸다. 들은 말을 잘 이해하지 못해 완은 두 눈을 감았다가 뜨며 몇 번이고 곱씹었다.

"달거리가 끊기셨고 달포 전부터 회임 증상이 시작된 것으로 보아, 이미 복중 아기씨께서 자리를 잘 잡으신 것으로 사료되옵나이다, 저하!"

"그, 그, 그게 무슨, 무슨 말인가. 회임을, 회임을."

"그렇사옵니다! 저하! 감축드리옵니다, 저하!"

"회임! 회임이라니!"

완은 너무 놀라 뒤로 몸을 밀었다. 그러다가 앞으로 다가가야 한다는 생각에 다시 앞으로 몸을 움직였다.

"발을! 어서 발을 올려라!"

"예, 저하."

의녀들이 일어나 발을 올리자 어의가 퇴장했고, 모습을 드러낸 용희를 바라보며 완은 입술을 멍하니 벌렸다. 이미 눈물로 범벅된 용희가 자신을 바라보자 완은 더욱 입을 크게 벌리며 두 눈만 껌뻑거렸다.

"저하⋯⋯."

"우, 우, 움직이지 마라! 움직이지 마! 꼼짝도 하지 마라!"

완은 굵은 음성으로 외치다시피 말했고, 용희는 울먹울먹거리며 고개를 끄덕였다. 박 내관을 따라 모두가 퇴장하니 온전히 둘만 남았고, 여전히 그녀에게 다가가지 못한 완이 떨어져 바라보기만 했다. 너무 놀라 숨은 거꾸로 들어갔고 기도가 꼭 막힌 듯 호흡이 거칠어졌다.

"내가, 내가 지금 무슨 소리를 들은 것이냐?"

"저하⋯⋯."

"회임? 회임? 내가 아는 그 회임이 이 회임이 맞는가?"

"네⋯⋯. 맞습니다⋯⋯."

용희가 누워 눈물만 쏟아 내자 완은 허어, 탄식을 쏟아 내다가 더듬더듬 그녀에게 다가갔다. 다리에 힘이 풀려 팔로 바닥을 짚고 쭉 몸을 당겨 다가가더니 이마를 짚으며 밀린 숨을 내쉬다가.

"허어, 이런 맙소사."

자신보다 더 놀랐을 그녀를 진정시켜 주지도 못한 채 탄성만 내지르고.

"회임, 회임이라니. 이런 맙소사."

기쁨인지 분노인지 과정도 알기 어려운 중얼거림만 내내 흘려 놓았다. 경직된 세자의 표정은 도무지 풀릴 줄을 모르고 눈앞의 빈궁은 울먹거리기만 하니, 처음 맞이한 회임의 시간은 두 사람을 충격의 도가니로 인도했다.

"저하……. 소첩이 회임을 했다 합니다……."

결국 참다못한 용희가 재차 언급하자 완은 정신을 차리듯 고개를 휘휘 젓다가 그녀를 내려다보았다.

"용희야!"

완은 용희의 손을 덥석 잡았다. 정신이 현실로 돌아온 듯 세자께서 이름을 크게 부르시니 용희가 입술만 삐죽거리던 울음을 쏟아 냈다. 모두가 바라는 큰 소식을 안겨 드리지 못해 늘 마음의 짐을 떠안고 살지 않았겠나.

"흐잉…… 저하……."

"그래, 용희야. 그래그래, 내가 여기 있다. 내가 여기 있어."

"흐어엉…… 저하……. 저하……."

온갖 것이 밀려오고 만감이 교차하고 서러움이 역류하니 눈물은 많은 것을 담고 뚝뚝 떨어졌다. 그간의 마음고생을 헤아리는 빈궁의 지밀나인들과 상궁들은 처소 밖에서 그녀를 따라 눈물을 토했고, 박 내관과 동궁의 내인들은 기쁜 마음에 하늘을 바라보며 웃었다.

완은 미처 정리하지 못한 엉망진창의 표정으로 용희를 바라보았다. 눈물이 무참히도 쏟아지는데 닦아 줄 생각도 하지 못했다.

놀랍고, 충격적인 데다가, 믿어지지 않고, 꿈인 것도 같고, 형체를 본 것은 아니니 실감은 조금도 나질 않는데, 그녀 안에 또 다른 생명체가 있다고 하고.

"고맙다. 고맙다. 고맙다, 용희야."

"저하……. 제가…… 소첩이…… 흐어어엉…….."

"세상에 이런 기특한 일이 있나. 고맙다. 고맙다, 용희야."

저 작은 몸 안에 아기를 품어 준 그녀가 대견하기도 하고 기특하기도 한데, 대단해 보이기도 하고 숭고해 보이기도 하는, 정신없이 쏟아지는 생각의 홍수 속에 완은 그녀의 손등만 토닥거렸다. 마음 같아선 용희를 들쳐 엎고 방이라도 돌고 싶은데 손끝을 내밀기도 겁이 났다.

"괜찮은 것인가? 그래서 요 며칠 몸이 좋지 않았던 것이냐?"

"그랬나 봅니다……. 어의가 당연한 증상이라고…….."

"내가 진작 알아봤어야 하는 건데 무심했다. 미안하다. 미안하다."

"아닙니다……. 소첩이 잘 모르고 미련하게…….."

속이 좋지 않다, 오늘은 유독 곤하다, 입맛이 없다, 처음으로 낮잠을 잤다는 등의 이야기를 서로 말하고 들으면서도 알지 못했다. 서로는 서로만 알았을 뿐 다른 것은 일절 몰랐던 것이다.

"좀…… 일어나고 싶습니다…….."

"괜찮겠는가? 그냥 누워 있는 것이 낫지 않겠느냐?"

"저하께 안기고 싶어서요……."

"그래! 그래! 일어나자! 일어나! 내가 일으켜 주마!"

이유가 그렇다 하니 말리지 못하고 완은 용희를 조심히 일으켰다. 마치 허리에 병이 깃든 병자를 일으키듯 조심히 상체를 일으킨 완은 어색한 자세로 용희를 안았다. 서로의 온기가 느껴지니 그제야 실감이 조금 나는 것도 같고, 여전히 경황은 없으나 온 나라가 바라고 서로가 간절히 원하던 일이었음은 변함이 없고. 누구의 자식인들 귀하지 않겠느냐마는 세자의 혈육이라니 더 이상 설명할 것이 없었다.

"네가 큰일을 하였다. 용희야, 용희야, 네가 아주 큰일을 하였다."

"아직 낳지 않았습니다…… 저하……."

"품은 것만도 큰일이고 대단한 일이다. 대단한 일을 했다."

"너무 놀랍고…… 또 소첩도 너무 기뻐서……."

여간해선 우는 법이 없는 용희가 철없는 소녀처럼 눈물을 터트리자 완은 그 어깨를 귀히 쓸어내렸다.

볼이 통통한 아기나인들을 바라볼 때면 멈춰 서 미소만 짓던 빈궁이 아니었던가. 침착할 수 없음은 당연한 일이요, 신분의 것처럼 도도하게 체면을 차리기도 힘이 들었다. 찾아온 생명이 반갑기도 하거니와 그것이 그대와 나의 결실이라니 목메고, 심장이 뛰고, 두려움을 짓누르는 환희가 뒤따르는 것이었다. 반쪽짜리 부부에서 진정한 하나가 되는 일 같아, 나라의 원손을 얻었다기보다 당장은 서로의 자식을 만난 초짜 부부의 심정이었다.

"살며 다 안겨 주겠다. 내가 다 안겨 주마, 용희야. 내가 이제 네게 더 무엇을 바랄 것이냐."

"아직 안 낳았다니까요……."

용희가 어깨를 적시며 눈물을 쏟자 완은 반쯤 실성한 사람처럼 웃기 시작했다.

"하……. 우리가 부모가 되는 일이다. 용희야, 믿어지느냐?"

"아니요……. 안 믿겨요……."

"나라의 국운이 네게 달린 것이 아니라 내 운명이 지금 네 손에 달렸다. 조심하고 또 조심해라."

"명심하겠습니다……."

그녀도 그를 따라 울며 웃었고, 웃다 울었다. 친정의 부모가 유독 그립고 지금쯤 대전과 내전에서 소식을 접하셨을 상감과 중궁의 놀라움이 기대되니 가슴은 더욱 뛰어올랐다. 시대가 시대인 만큼 사내아이를 생산하고픈 마음이 굴뚝같았으나 오늘만큼은 그런 것에 연연하지 않기로 했다. 그저 찾아와 준 새 생명이 반갑다고. 우리의 아이로 찾아와 주어 너무나도 고맙다고.

"저하, 고맙습니다……. 그냥 전부 다 고맙습니다……."

듣기에 벅찬 말을 용희가 늘어놓자 완은 둥그런 이마에 입술을 맞대며 그녀의 어깨를 그러잡았다.

부부의 날이란 놀랍게도 대부분 수순이 같아 뜨거움의 계절이 있고, 그것을 넘어서면 의지의 시간을 만나게 되었다가, 갈등의 시간을 겪기도 하고, 그러다가 미온의 바람을 지나기도 하며, 또다시 사랑의 얼굴을 만나게 되었다.

"내가 더 고맙다……. 내가 더 잘하겠다, 용희야……."

나를 닮은 아이, 네 품에서 잠든 우리의 아이를 바라보며 인생의 토지를 다지다가, 누구의 부모들이 그러하듯 내 자식이 살아갈 터전은 비옥하길 바라는 마음에 모진 비바람을 뚫고 버티며 참된 어른이 되어 갔다. 어느덧 서로의 닮은 얼굴이 거울 같이 느껴지기도 하고, 세월에 늘어진 주름에 입을 맞추기도 하며…….

그래, 언젠가 청춘의 바람이 모두 지나 굽은 등으로 마주 앉게 되는 순간이 오면 꼭 한번 그대에게 말해 주어야지.

"누워야 하지 않겠는가? 누워 있어, 편하게."

"아닙니다. 그냥 저하께 기대어 있을래요."

"그래, 그럼 그러자. 그렇게 하자."

이제 보니 당신 참 많이 늙었소. 거뭇해진 얼굴, 굽어 버린 등, 꽃잎보다 여리던 살결은 어느덧 흔적도 없이 사라지고 말았소. 하지만 낡아 온 세월이 제법이니 모습은 온당하지 않겠소.

"저하, 소첩이 죽는 날까지 연모합니다."

그대 꽃 같은 청춘에 못난 날 만나 지금껏 후회가 없었겠소, 미련이 없었겠소. 모든 것 인내하며 나와 살아 준 그대의 세월에 경의를 표하는 바이오. 비록 우리 홍안의 시절 모두 흘려보냈지만, 인생에 그런 나날 있었는가 흘러 버린 세월이 야속하기도 하지만, 전부 낡고 닳아 처음과 같지 않대도 변하지 않는 사실이 있소. 나의 당신, 여전히 곱소.

"나 또한 사랑한다, 용희야."

여전히 사랑하오.

104
화

모든 날 너에게

【천종(<ruby>薦宗</ruby>) 2년 3월 7일】

　　상감과 중궁의 이야기를 허구처럼 꾸며 미상의 작자가 책을 배포하니 반가의 아녀자들은 물론이요, 글자를 모르는 천것들까지 앞다투어 이야기에 관심을 보였다. 소식을 접한 중궁이 책을 구해 읽은 뒤 맞는 것도 있고 틀린 것도 있다 하니 상감은 나쁘지 않다 하였다. 이름 없이 떠도는 책의 이름을 지으니 중궁이 깊은 뜻을 담아 '朝鮮戀愛實錄' 즉, 조선연애실록이라 하였다.

"지담!"

바람이 실어다 준 익숙한 목소리. 급한 발걸음을 옮기던 지담이 다리를 멈추며 돌아보았다. 저쯤, 오조룡이 수놓인 당의에 두 손을 숨긴 채 용희가 화사한 미소를 그리고 있다.

"중전마마!"

"지담!"

세자빈의 시절보다 곱절은 늘어난 내인들이 뒤를 따랐고, 그녀의 얼굴로 쏟아질 볕을 차단해 줄 커다란 가리개는 곁을 따랐다. 지담은 반가운 마음에 걷던 방향을 바꾸어 용희에게 다가갔다.

"마마! 강녕하셨사옵니까! 신 윤지담, 중전마마를 뵈옵니다!"

"참으로 오랜만일세. 그간 별고는 없었는가?"

"예. 소신, 마마의 은덕으로 잘 지내고 있었사옵니다."

내인들의 시선을 의식한 안부가 둘 사이에 오고 갔다. 인사를 마친 지담은 슬쩍 시선을 들었고, 장난이 가득한 용희의 미소를 확인한 순간 짧게 눈을 찡긋거렸다. 둘만이 알아볼 수 있는 정겨운 인사법이었다.

"자네 부인과 아이들은 어찌 지내는가? 안 그래도 내 가끔 생각이 나서 묻고 싶었던 차였네."

"잘 지내고 있사옵니다. 얼마 전에 마마께서 보내 주신 권유 옷이 벌써 작아졌지 뭡니까. 얼마나 빠르게 자라는지 소신 부지기수로 놀라는 중이옵니다."

"그럴 테지. 그 나이의 사내아이들은 돌아보기가 무섭게 자라는 때일세. 게다가 자네를 닮았다면 기골이 장대할 것이니 이 얼마나 기쁜 일인가?"

이팔청춘 젊은 때의 시절을 비켜섰다. 용희가 장자를 무사히 순산한 것이 벌써 팔 년 전. 건강상의 이유로 지금의 상왕이 세자였던 완에게 임금의 자리를 물려준 것이 전전 년이고, 익위사였던 지담과 월호가 따라서 별운검이 된 것 또한 그즈음이었다.

그사이 용희는 두 명의 자식을 더 보았다. 아들과 막내 딸아이까지 순산하니 왕가의 기반을 굳건하게 했음은 물론이요, 내명부의 기강을 다잡기에 충분했다.

"한데 어디를 그리 급히 가는가?"

"아뢰옵기 송구하오나 주상 전하를 뵈옵고자 편전으로 걸음하고 있었사옵니다."

"아아, 그랬는가."

"예, 중전마마."

서로는 멋쩍은 웃음을 주고받으며 가벼운 웃음을 흘렸다. 이렇듯 엮인 기억을 시선에 매달고 바라보니, 모두가 외경하며 우러르는 그녀는 너무도 많은 모습을 거쳐 왔다. 처음엔 정체를 알 수 없는 이상한 패랭이 녀석으로. 다음엔 사내 행색을 하는 수상한 홍시 녀석으로. 그다음엔 자꾸만 시선을 잡아 끄는 실수투성이 홍시로.

"그런데 전하께서는 지금 편전에 아니 계실 것인데?"

연약한 면모가 있어 지켜 주고 싶게 만들더니, 세자의 마음을 홀연히 사로잡은 홍시는 다시없을 여인이 되었고, 알고 보니 그녀는 모두가 애달프게 찾던 재상의 여식. 되찾은 가문과 이름은 세자빈의 자리를 지당하게 했다.

"마마, 그럼 전하께서는 지금 어디에 계시옵니까?"

또한 죽을 고비를 넘겼지.

"우리 혜주가 기를 쓰며 전하를 찾아가 어리광으로 떼를 부리니, 잠시 편전을 나오셨다 들었네."

그러곤 다시 돌아와 세자를 살게 했다.

"아아, 전하께선 이번에도 후원에 납시신 모양입니다."

"그러신 듯하네. 전하께서 혜주 손을 붙잡고 가실 곳이 더 있겠는가."

이제는 어엿한 중궁의 모습, 자식을 둔 어미의 모습이 되어 버린 그녀는 새로운 아름다움을 찾았다. 기품에 무게마저 더했으니 그것들을 어찌 말로 다 설명할 것이오. 인품은 날이 갈수록 표정에 녹아들어 그녀의 얼굴을 더욱 어질고 현숙하게 만들었다. 가히 조선의 국모였다.

"그럼 지금 공주 아기씨와 좋은 시간을 보내고 계시겠군요, 마마."

"그렇다네. 전하께서 딸아이 재롱에 푹 빠지셔 이 사람은 찬밥 신세가 되었지 뭔가?"

"그럴 리가 있겠습니까?"

또다시 두 사람은 말끝에 살가운 미소를 지었다. 이제 겨우 말을 깨우친 아기마마는 세상에 궁금한 것들이 천지요, 누구보다 아버지를 따랐다. 바둑알처럼 검은 눈동자가 온종일 제 아비를 따르니 조정 대신들과 국사 문제를 두고 팽팽히 맞서실 적에도 전하께서는 뜬금없이 웃었다. 그게 다 불현듯 떠오른 아기마마 때문일 것이라. 근엄함을 생명으로 하는 임금도 어찌할 바를 몰라 자식

앞에선 한없이 다정해졌다.

"때마침 나도 공주를 찾아 그리 가는 길이었네. 함께 걸음 하겠는가?"

"예, 중전마마. 소신이 뫼시겠사옵니다."

딸아이가 일 많은 아버지를 붙잡아 두고 있음이 자명해 중궁께서 출동하는 중이셨다.

지담은 용희와 간격을 유지한 채 걸음을 옮겼다. 붓끝을 닮은 목련이 희고 매끈한 자태를 뽐내며 봉우리를 열어 갈 때의 일이었고, 갓난아기 새살 같은 바람이 얼굴을 스치며 풍요로움을 느끼게 만들 때의 일이었다.

"날이 참 좋네."

"예, 마마. 걷기에 좋은 날씨이옵니다."

"자네와 오랜만에 걸어 더욱 좋은 것 같네만."

"소신의 생각도 같사옵니다."

길게 늘어선 내인들이 용희와 지담의 뒤를 따르며 두 사람의 대화를 숨죽여 들었다. 둘 사이에 고인 정은 상상도 어려운 것들이라, 그들의 다정함이 이 계절의 바람만큼 따뜻하게 느껴졌다. 불러 멈춰 세우고픈, 두 손 안에 꼭 쥔 채 보내고 싶지 않은, 그러한 봄의 때였다.

호젓한 후원의 길목엔 곧게 뻗은 나무들이 빽빽하게 들어서 있고, 끝을 따라 고개를 올려 보면 풍덩 빠지고 싶은 파란 하늘이 그려 놓은 듯 존재했다. 울창함은 폐부를 시원하게 했다. 서걱거리며 밟히는 흙 소리조차 마음의 묵은 때를 벗겨 주는 것만 같았다. 황량했던 나뭇가지에 살이 붙으니 돌아온 새들이 가지마다 앉아 짹짹거리며 주인 행세를 시작했다.

"아버지! 아버지! 저것이 무엇입니까?"

"저것은 개구리다."

"개굴이? 개굴이요?"

"그래, 개구리. 겨우내 잠을 자다 봄이면 깨어나느니라."

경칩(驚蟄)을 수월하게 보낸 개구리가 잠에서 깨어나 못가를 지키니 아비 손을 잡고 걷던 혜주가 눈을 빛냈다. 세상엔 처음 접하는 것들이 많고, 하여 궁금한 것들이 많고, 알고 싶은 것들이 너무나도 많았다.

"잠을 자요? 아버지! 개굴이는 잠을 푸우욱 자요?"

"그래, 푸우욱 잔다."

"혜주랑 똑같다! 혜주도 매일매일 푸우욱 잡니다!"

쏟아 내는 말보다 굴러가는 혀가 느리니 발음은 영 시원찮다.

그래도 아비만은 곧잘 아이의 말을 모두 이해하며 알아들으니 부모의 능력이라 할 수 있겠다.

"아버지! 개굴이가 무척 많습니다!"

"그래, 날이 폭하니 많기도 많다."

오랜만에 익선관을 벗고 상투관을 쓴 채, 아이의 느린 걸음에 맞춰 앞으로 나아간다. 완은 쉴 새 없이 떠드는 딸아이의 말을 모두 경청했다. 두서도 없고 주어도 없으나 대신들의 딱딱한 말보다 백 번이고 천 번이고 듣기 좋았다.

"아버지! 저기도 개굴이!"

혜주는 정신없이 개구리 소리를 따라 팔을 뻗었다. 간혹 폴짝 뛰어오르는 개구리를 발견할 때면 아이는 발까지 동동 구르며 까르륵 웃음을 흘렸다.

"개구리가 그리 좋으냐? 잡아 줄까?"

체면도 잊으신 채 개구리를 잡아 주겠다니 뒤따르던 박 내관이 조용히 미소 그렸고, 혜주는 신이 난 듯 고개를 끄덕거리다가 다시 고개를 가로저었다. 영문을 몰라 완은 고개를 갸우뚱거렸다.

"혜주야, 개구리 잡아 주지 말까?"

"네에, 개굴이가 싫어할 것이어요."

"어째서?"

"잡혔으니까요. 잡히면 싫어할 것이어요. 저렇게 작은 개굴이도 가족을 잃으면 슬플 것입니다."

품은 뜻은 방대한 것 같은데 막상 말로 나오질 않으니 혜주는 답답한 듯 뽀얀 미간을 찡그렸다. 한갓 미물이라도 귀히 여기자는 말을 하고 싶은 모양이다. 하지만 자식 바보 상감께서는 아이 마음속에 담긴 말들을 모두 깨달아 헤아리는 중이셨다.

"용길아, 용길아, 보아라. 지금 우리 공주가 개구리의 속내까지 걱정을 하지 않느냐."

"예, 전하. 소인도 들었사옵니다. 공주 아기씨께서 지극히 현명하시니 경하드리옵니다, 전하."

"그러게 말이다. 이리도 현명하니 날 닮은 것이 분명하다."

껄껄껄. 완은 웃으며 자식 자랑에 열을 올렸고, 매일 듣는 말이나마 박 내관은 아기마마의 현명함에 감복했다. 아비가 제 칭찬을 하며 웃음을 터트리니 딸아이도 따라 웃고, 서로는 만발한 웃음 속에 후원을 거닐었다.

"아버지! 혜주는 아버지가 이렇게 웃으시면 좋지요!"

"얼마나 좋은 것인데?"

"이마안큼! 아니아니! 이마아아안크음!"

고사리 같은 손가락까지 힘껏 펼쳐 크게 원을 그리자 딸아이 재롱에 녹아내렸다. 완은 아이를 번쩍 들어 안고 후원을 노니다가 자리를 잡고 앉았다. 손바닥으로 얼굴을 부여잡은 딸아이가 사정

없이 입을 맞추니, 완은 처음으로 맞이하는 부모의 환희에 정신을
차리기가 힘이 들었다.

"이놈, 이것을 아까워서 나중에 뉘한테 준다?"

아이는 제 여인을 닮아 무척이나 사랑스러웠고, 그 얼굴 안에
제 여인을 모두 담아 놓았으니 그것이 감탄스러워 자꾸만 바라보
게 되었다.

아이는 흩날리는 꽃잎을 바라보다 아비 품에서 빠져나와 조르
륵 달려갔고, 그 뒤를 다급히 유모 나인이 따랐다. 완은 흐뭇한 심
정을 담은 시선으로 아이를 바라보았다. 가뜩이나 짧은 다리를 구
부린 채 콩알만 해진 모습으로 정신없이 꽃잎을 치마에 쓸어 담는
다. 유모 나인이 곁에서 말리는 듯하더니, 포기한 듯 깨끗한 꽃잎
을 모아 아기 마마의 치마에 담아 주었다.

"월호야."

"예, 전하."

"세상에 이런 기쁨이 다 있다니 놀라울 일이다."

어미가 곧잘 하는 버릇을 타고나 무의식에 흘리는 것을 보면 어
지러울 만큼 경이로웠다. 날이 갈수록 자신을 닮아 가는 왕자 형
제들의 모습도 이를 데 없이 만족스러웠으나 딸아이는 또 다른 존
재감을 과시했다. 저 아이 안엔, 용희가 유달리 많았다.

"좋아 보이십니다, 전하."

"딱딱하기 그지없는 자네도 집에 가면 나처럼 자식 바보가 되는가?"

"……그렇습니다."

월호가 머뭇거리며 답하자 완은 더욱 크게 웃음을 터트렸다. 그러다 아비의 정이 담뿍 담긴 시선으로 딸아이를 바라보며, 한 장의 그림처럼 마음에 그려 넣었다.

"보라. 이 얼마나 아름다운 풍경이더냐. 내 평생 이런 풍경은 처음이다."

세상에 사내로 태어나 내 여인을 만나고, 그 여인과 아이를 낳고, 그 아이가 자라 나를 닮고 내 여인을 닮으니. 붓만 집어 들어도 명석함이 남다를까 가슴이 뛰었고, 입만 열어도 타고남이 남다를까 기대가 되었다.

걷기를 시작하면 넘어져 다칠 것이 걱정이요, 뛰기 시작하면 세상의 모든 돌부리를 없애 주고 싶은 것이 부모 마음 아니겠나. 그 작은 입술 사이로 기침이라도 쏟아질 때면 가슴이 저려 들을 수가 없었고, 이마에 열이라도 오를 참이면 대신 아파 줄 수 없어 지나는 하루가 처참했다.

"아버지! 아버지이! 혜주 여기 있어여어!"

"그래! 보고 있다!"

사랑이라는 말로 묶어 놓기엔 단어가 빈약했고, 장황하게 설명하자니 어느 말을 끌어다 써도 만족스럽지 못했다.

혜주가 꽃을 쓸어 담고 손을 흔들자 완 또한 함께 손을 흔들어 주었다. 유모의 도움으로 차근차근 꽃을 모아 가져오는 딸아이의 모습은 다시 말해 행복, 조금 더 설명하자면 삶의 평화였다.

어느새 소식을 듣고 후원을 찾아온 왕자 형제들이 다정하게 혜주의 치마를 들어 주며 꽃을 모아 주었다. 장자는 장자답게 늠름한 기질이 있었고, 차자는 어린 나이에도 예술적 기질이 뛰어났다. 세 남매가 모여 다가오자 완은 그 모습을 한가로이 바라보았다. 혜주가 아버지 앞에 치마를 내리며 꽃잎을 우수수 쏟아 냈다. 헤헤, 웃으며 몸을 쪼그리고 앉으니 형제도 그 곁에 따라 공손하게 앉았다.

"아버지, 혜주의 선물이어요."

그중 가장 멀쩡한 꽃잎을 들어 빙글빙글 돌리며 혜주가 말하자 완은 고개를 까딱 수그리며 아이의 선물을 받았다.

"내게 주려고 가져온 것이더냐?"

"예에. 아버지도 드리고요, 오라버니들도 드리고요, 혜주가 어머니도 드릴 것이어요."

잠시만 기다려 보라며 꽃잎을 주워 든 혜주가 아비의 귓가에 꽃을 꽂아 주었다. 이를 바라보던 유모는 안절부절못하는 시선으로 마른침만 삼켰고, 다른 내인들은 상감의 용안을 뵙기가 송구하여 고개를 수그렸다.

박 내관은 미소를 지은 채 그 모습을 응시했다. 하나로는 부족한지 이곳저곳 아비의 얼굴 주변에 꽃을 꽂은 혜주가 이번엔 왕자 오라버니들의 얼굴에 꽃을 꽂아 주었다. 체면에 아닌 것 같지만 누이의 손길이니 딱히 거부도 하지 못하고, 듬성듬성 꽃을 꽂은 부자는 서로 바라보다 웃음을 터트렸다.

혜주는 작은 두 손을 모으며 손뼉을 쳤다.

"전하, 그리 좋으십니까?"

"어머니!"

"아아, 중전."

용희가 눈을 동그랗게 뜬 채 멈췄다. 고개를 돌린 완의 귓가와 머리에 꽃이 잔뜩 꽂혀 있는 것이 아닌가. 아들들의 모습도 별반 다를 바가 없고, 눈을 돌려 보니 월호와 박 내관의 얼굴까지 꽃 천지였다.

"혜주, 너."

"헤헤, 혜주가 어머니도 해 드릴 것이어요."

아비라 한들 상감이시니 용희가 황급히 걸음을 그에게 옮겼다. 아랫것들이 흉이라도 볼까 싶어 용희는 난처한 얼굴로 고개를 조아렸다.

"송구합니다, 전하. 공주가 아직 연소하여 배움이 부족한 까닭에."

"중궁께서도 이리 앉아 보오. 혜주가 어머니께도 해 주고 싶다 하지 않는가?"

용희가 완을 향해 밉지 않게 눈을 찡긋거리다가 고개를 돌려 보니, 자진해서 아기마마께 제 얼굴을 내밀어 준 지담에게도 꽃 세례가 퍼부어졌다. 천진난만한 손끝과 웃음이 뒤섞이니 누구도 아기마마의 치장을 거부하기가 힘이 들었던 것이다.

"혜주야, 그럼 이 어미도 해 주련?"

그것을 어찌 어미라고 피해 갈 수 있으랴.

용희도 포기한 듯 아이에게 다가가며 얼굴을 내밀었다. 혜주가 방싯방싯 웃으며 고개를 끄덕이니 용희도 따라 미소를 지었다. 같은 틀에서 만들어진 듯 너무나도 닮은 두 모녀가 서로를 바라보고 웃자, 완은 잠시 감상하듯 그 모습을 바라보았다. 그가 바라는 가장 이상적인 그림, 그가 가장 좋아하는 그림이기도 했다.

혜주가 앙증맞은 손으로 용희의 귓가에 꽃을 꽂자 다가온 형제도 손길을 도와 어미의 치장을 도와주었다.

"이번엔 어미가 혜주에게 해 줄게."

용희가 꽃을 들자 내심 기쁜지 혜주가 까르륵 거리며 웃었다.

죽 늘렸다가 놓고 싶은 두 볼을 내밀자 용희는 정성이 담긴 손길로 아이의 머리에 꽃을 꽂아 주었다. 상감을 따라 나와 한쪽에서 모습을 기록하던 사관도 멍하니 그 모습을 바라보았고, 잠시 손끝에서 놀리던 붓을 멈췄다.

세상에서 가장 아름다운 모습은 절세가인의 한창때도 아니요, 이지러진 곳 어디도 없이 둥그렇게 몸체를 완성한 밤중의 만월(滿月)도 아니요, 형형한 색상이 간드러지는 만발한 꽃도 아니었다.

"자아, 다 되었다. 우리 혜주가 꽃이 되었네."

바로 아이를 품에 안은 어머니의 미소.

"참이지요? 어머니, 혜주가 꽃이 되었지요?"

"그럼, 이 어미 눈에는 혜주가 꽃보다 더 어여쁘단다."

어머니의 눈 속에서 자신을 발견하는 아이의 미소. 그것들을 바라보며 감상에 젖는 아버지의 미소.

"아버지! 아버지! 이것 좀 보시어요! 혜주가 꽃이 되었어요!"

혜주는 고새를 참지 못하고 아비를 찾아 종종 짧은 다리를 움직였다.

"아바마마라고 해야지, 혜주야. 아바마마, 이렇게."

"두시오, 중전. 그런 것이 벌써부터 무에 중요하겠는가?"

완이 껄껄 웃으며 품으로 쏙 들어오는 혜주를 한 팔로 안고 용희를 바라보았다. 솜털 같은 머리를 쫑쫑 땋아 예쁘게 댕기를 물린 혜주가 아버지의 품에서 머리를 이리 기대고 저리 기댔다.

"송구하옵니다, 중전마마. 모두가 소인의 불찰이옵니다."

아기마마께서 궁중 예법을 모두 알지 못함에 유모 나인은 고개를 수그렸고, 용희는 손사래를 쳤다.

"아닐세. 아이가 차차 배우면 되는 일을 일일이 죄라 하는가. 우리 선이도 저 나이 때엔 그랬지 아마?"

"소인도 기억하옵니다, 중전마마."

"실은 저 아이마저 너무 빨리 커 버릴까 봐 겁이 나네. 여기서 그대로 멈춰 줬으면 하는 어미 마음을 우리 혜주가 알까 모르겠네."

"지금은 당장 알지 못하신대도 공주 아기씨께서 후일에 전부 헤아려 주실 것이옵니다, 중전마마."

기쁜 마음 반대편엔 두려운 마음이 일렁였다. 아이가 너무 빨리 자라 품에 안겼던 기억이 옛것으로 지나 버릴까 봐. 세상에 좋은 것들이 너무 많아, 그것들의 기쁨을 알고 훌쩍 등을 돌려 어른의 세계로 건너갈까 봐. 그러다 먼 훗날 사랑하는 이가 생겼다며 마음에서 멀어질까 봐. 자식을 향한 이 마음이 언젠가는 외사랑이 되어 버릴까 봐. 두려웠으나 기대되었고, 그런 시간은 오지 말았으면 했다가 겸허히 맞이해야 할 것이라 마음을 다잡기도 했다.

"중궁께서도 이리 오시오!"

"예, 전하!"

혜주와 아들 형제들을 무릎에 앉혀 두고 완은 용희를 불렀다. 모처럼 왕가의 탈을 벗고 가족이 되어 만난 다섯 식구가 나란히 후원에 앉아 봄볕의 따스함을 만끽했다.

완은 곁으로 다가와 앉는 용희의 손을 말없이 잡았다. 그녀의 따사로운 기운은 이 계절의 것과 무척이나 잘 어울렸다. 서로 잡은 손에 힘을 주며, 서로는 잠시나마 시름했던 마음을 누인 채 하나 되어 생각했다.

이젠 꽃이 너인지 네가 꽃인지 분간을 할 수가 없고, 나비가 너를 따라온 것인지 꽃을 따라온 것인지 분간을 할 수가 없고, 깨어질까 두려운 이 행복은 정녕 내 것이 맞는지 아닌지 확신도 할 수가 없었다.

"어머니! 어머니! 혜주도 이렇게 손을 잡아요!"

"그래, 우리 혜주가 오라비들과 손을 잡았구나."

"네! 네! 이렇게 잡아요!"

바라고 원하건대 꿈이라면 깨지 않기를. 세월의 파도에 쓸려 가거나 지워지지 않기를. 낡은 몸이 되어 버려 모든 것을 잊는대도 지금 이 순간은 사실로 남아 주기를.

"너희 세 남매는 지금 잡은 손을 놓지 말고 평생을 가야 한다. 이 애비 말을 알겠느냐?"

"네, 아바마마. 소자 명심하겠사옵니다."

"혜주도 명심이에요."

하지만 무엇이 어찌 된대도 전부 괜찮다. 설혹 지워진대도 있었던 일. 행여 사라진대도 있었던 일. 너와 내가 사랑했던 하늘 아래 모든 일은 그저, 있었던 일.

"아버지, 어머니의 손도 혜주처럼 놓지 마시어요. 응?"

"그럼, 애비도 혜주에게 약조하마. 네 어머니 손을 놓지 않겠다고 말이다."

만일 네가 지운대도 내가 가지고 있으면 될 일. 네가 모르게 되는 날이 온대도 내가 아끼고 귀히 여기며 가지고 있으면 될 일.

"이제 그만 일어나셔야 하지 않으시겠습니까, 전하."

"조금만, 조금만 더 있겠소, 중전."

시간에게 세상의 기억을 모두 빼앗겨 너의 눈동자를 잊어버리는 날이 온대도, 우리의 사랑은 반드시 있었던 일로 남아 주기를.

"중전께서도 내 곁에 조금만 더 머물러 주겠는가?"

기어이는 만나게 될 저 먼 날의 이야기로 두려워하지 말자. 서글퍼도 말자. 네 기억은 혼이라도 팔아 기억할 것이다. 내 생을 담보라도 두고 담아 갈 것이다. 기억하고, 담아내고, 길래 간직하겠다.

그러니 또 만나자.

"예, 전하. 얼마든지요."

그때에도, 내가 너를 찾아갈게.

531

조선연애실록 4

2023년 6월 8일 초판 1쇄 발행

지은이 로즈빈
펴낸이 박시형, 최세현

책임편집 김명래 **디자인** 정아연 **교정교열** 전해림
마케팅 권금숙, 양근모, 양봉호, 이주형 **온라인마케팅** 신하은, 현나래
디지털콘텐츠 김명래, 최은정, 김혜정, 서유정 **해외기획** 우정민, 배혜림
경영지원 홍성택, 김현우, 강신우 **제작** 이진영
펴낸곳 팩토리나인 **출판신고** 2006년 9월 25일 제406-2006-000210호
주소 서울시 마포구 월드컵북로 396 누리꿈스퀘어 비즈니스타워 18층
전화 02-6712-9800 **팩스** 02-6712-9810 **이메일** info@smpk.kr

ⓒ 로즈빈 (저작권자와 맺은 특약에 따라 검인을 생략합니다)
ISBN 979-11-6534-756-7 (03810)

• 이 책은 저작권법에 따라 보호받는 저작물이므로 무단전재와 무단복제를 금지하며, 이 책 내용의 전부
또는 일부를 이용하려면 반드시 저작권자와 (주)쌤앤파커스의 서면동의를 받아야 합니다.
• 이 책의 국립중앙도서관 출판시도서목록은 서지정보유통지원시스템 홈페이지(http://seoji.nl.go.kr)와
국가자료공동목록시스템(http://www.nl.go.kr/kolisnet)에서 이용하실 수 있습니다.
• 잘못된 책은 구입하신 서점에서 바꿔드립니다.
• 책값은 뒤표지에 있습니다.
• 팩토리나인은 쌤앤파커스의 브랜드입니다.

쌤앤파커스(Sam&Parkers)는 독자 여러분의 책에 관한 아이디어와 원고 투고를 설레는 마음으로 기다리
고 있습니다. 책으로 엮기를 원하는 아이디어가 있으신 분은 이메일 book@smpk.kr로 간단한 개요와 취
지, 연락처 등을 보내주세요. 머뭇거리지 말고 문을 두드리세요. 길이 열립니다.